Frederick Forsyth

Die Akte ODESSA

Serie Piper
Band 2031

Zu diesem Buch

Am 22. November 1963 sterben zwei Männer. Die Nachricht von der Ermordung Präsident Kennedys erschüttert die Welt, der Selbstmord eines alten Juden namens Salomon Tauber in einem verkommenen Mietshaus in Altona hingegen wäre fast unbemerkt geblieben, hätte nicht der Zufall dem jungen Hamburger Illustrierten-Reporter Peter Miller ein vergilbtes Tagebuch in die Hände gespielt: Taubers minutiöse Aufzeichnungen aus dem Rigaer KZ lassen in ihm den Verdacht aufkommen, daß der ehemalige Lagerkommandant Eduard Roschmann noch lebt.

Die Jagd auf diesen Mann verstrickt ihn in ein Abenteuer auf Leben und Tod. Während er fieberhaft die bundesdeutschen Ermittlungszentralen zu aktivieren versucht, setzt die mächtige Geheimorganisation ODESSA *(Organisation der ehemaligen SS-Angehörigen)* zu seiner Verfolgung an. In ihrem Auftrag und Schutz entwickelt Kamerad Roschmann, als Radiofabrikant getarnt, in Westdeutschland ein Fernsteuerungssystem für Raketen, die eines Tages von Ägypten aus Israel endgültig vernichten sollen. Kein Wunder also, daß sich auch der israelische Geheimdienst für Miller zu interessieren beginnt.

Nach einem atemberaubenden Wettlauf mit dem von der ODESSA geheuerten Killer steht Peter Miller schließlich Auge in Auge dem Gesuchten gegenüber. In diesem Augenblick geht für ihn sogar eine doppelte Rechnung auf.

Frederick Forsyth, geboren 1938 in Ashford/Kent, war mit 19 Jahren der jüngste Jetpilot der Royal Air Force. Nach seinem Ausscheiden wurde er Journalist und war als Auslandskorrespondent in Frankreich, der DDR, der Bundesrepublik und der Tschechoslowakei tätig, später auch in Brüssel, Madrid, Bukarest und Rom. Ab 1965 arbeitete er als Fernsehreporter der BBC, u.a. in Westafrika. Heute lebt er als freier Schriftsteller in London.

Seit seinem ersten Roman, *Der Schakal*, mit dem er schlagartig weltberühmt wurde, erreichen alle seine Thriller sofort die Spitzen der Bestsellerlisten – inzwischen dürfte die Gesamtauflage Forsyths weltweit die 30-Millionen-Grenze überschritten haben. Bei Piper sind lieferbar: *Die Akte ODESSA, Die Hunde des Krieges, In Irland gibt es keine Schlangen, Der Lotse, Der Schakal, Des Teufels Alternative, Das vierte Protokoll, Der Unterhändler* und *McCreadys Doppelspiel*. Vier seiner Romane wurden bisher verfilmt.

Frederick Forsyth

Die Akte ODESSA

Roman

Aus dem Englischen
von Tom Knoth

Piper
München Zürich

Die Originalausgabe erschien 1972 unter dem Titel
»The ODESSA File« bei Hutchinson & Co. Ltd., London.

ISBN 3-492-12031-8
Neuausgabe September 1987
12. Auflage, 217.–226. Tausend September 1994
(1. Auflage, 1.–10. Tausend dieser Ausgabe)

Umschlag: Federico Luci
Photo Umschlagrückseite: Graham Finlayson
Satz: IBV Lichtsatz KG, Berlin
Druck und Bindung: Clausen & Bosse, Leck
Printed in Germany

Für alle Reporter

1

Fast jeder weiß noch, was er gerade in dem Augenblick tat, als ihn die Nachricht von Präsident Kennedys Ermordung erreichte. Das tödliche Geschoß hatte den Präsidenten um 12 Uhr 22 (Dallas Ortszeit) getroffen. Die Meldung von seinem Tode wurde um 13 Uhr 30 veröffentlicht. Das war 14 Uhr 30 in New York, 19 Uhr 30 in London und 20 Uhr 30 in Hamburg.
Peter Miller hatte seine Mutter in Osdorf, einem Vorort von Hamburg besucht, und fuhr durch den von Böen gepeitschten Regen in die Stadt zurück. Er besuchte sie immer Freitag abends, um sich zu vergewissern, ob sie auch mit allem versorgt war, was sie über das Wochenende brauchte, und weil er sich ohnehin verpflichtet fühlte, sie einmal die Woche zu sehen. Er hätte sie lieber angerufen, aber sie hatte kein Telefon; also mußte er zu ihr hinausfahren. Und genau das war natürlich der Grund, weswegen seine Mutter kein Telefon haben wollte.
Wie üblich hatte Miller das Radio eingeschaltet und hörte Musik vom NDR. Um 20 Uhr 30 befand er sich in Osdorf, zehn Minuten von der Wohnung seiner Mutter entfernt, als die Musik mitten im Takt abbrach und die Stimme des Ansagers sich meldete:
»Achtung, Achtung! Soeben erreicht uns eine Meldung. Präsident Kennedy ist tot. Ich wiederhole: Präsident Kennedy ist tot.«
Miller nahm den Blick von der Straße und sah auf die schwacherleuchtete Skala des Autoradios, als könnten seine Augen widerlegen, was seine Ohren gehört hatten, einen Sender, der Unsinn verbreitete.
»Mein Gott«, murmelte er, bremste und steuerte an den Straßenrand. Er blickte die breite, gerade Schnellstraße entlang, die durch Altona zur Hamburger Innenstadt führte. Andere Fahrer hatten dieselbe Meldung gehört und hielten ebenfalls am Straßenrand, als seien Autofahren und Radiohören auf einmal Dinge, die einander ausschlossen. Und genauso war es.
Vor sich sah er die Bremslichter der stadteinwärts fahrenden Wagen aufleuchten. Die Fahrer fuhren an die Bordsteinkante, um weitere Nachrichten nicht zu versäumen. Auf der Gegenfahrbahn strichen die Scheinwerfer stadtauswärts fahrender Wagen unruhig über den Asphalt, auch dort steuerten die Fahrer an den Straßenrand. Zwei Wagen überholten Miller, der Fahrer des ersten hupte wütend und tippte sich demonstrativ mit dem Zeigefinger an die Stirn.
Er wird es schon noch früh genug erfahren, dachte Miller.
Die Unterhaltungsmusik hatte aufgehört. Aus dem Radio kam der erstbeste Trauermarsch, den man zur Hand hatte. In gewissen Abständen verlas der Sprecher Bruchstücke weiterer Informationen, die ihm aus dem Nachrichtenraum überbracht wurden, so wie sie aus dem Fernschreiber kamen. Aus

den Einzelheiten wurde langsam ein Bild: die Fahrt im offenen Wagen durch die Straßen von Dallas, der Scharfschütze im Fenster des Schulbuchlagers. Von der Festnahme verdächtiger Personen war vorerst noch nicht die Rede.
Vor Miller hatte ein anderes Auto gehalten. Der Fahrer stieg aus und ging auf Millers Wagen zu. Er trat an das linke Wagenfenster, stellte fest, daß sich der Fahrersitz auf der rechten Seite befand, und ging um den Wagen herum. Er trug eine Joppe mit einem Kragen aus Nylonpelz. Miller drehte das Wagenfenster hinunter.
»Haben Sie das gehört?« fragte der Mann und beugte sich zum Fenster herab.
»Ja«, sagte Miller.
»Entsetzlich«, sagte der Mann. Überall in Hamburg, in Europa, in der ganzen Welt sprechen fremde Menschen einander an, um über das Ereignis zu reden.
»Glauben Sie, daß es die Kommunisten waren?« fragte der Mann.
»Weiß ich nicht.«
»Wenn sie es waren, kann das Krieg bedeuten«, sagte der Mann.
»Schon möglich«, sagte Miller. Als Reporter konnte er sich unschwer das Chaos vorstellen, das jetzt überall in den Zeitungsredaktionen der Bundesrepublik ausbrach. Alle verfügbaren Leute würde man zusammentrommeln, um den Lesern die auf den allerletzten Stand gebrachte Morgenausgabe rechtzeitig zum Frühstück zu liefern. Man mußte Nachrufe verfassen, aus den laufend eingehenden Informationen zusammenhängende Berichte schreiben und in die Setzmaschine geben. Schreiende, schwitzende Männer würden auf der Jagd nach immer mehr Einzelheiten sämtliche Telefonleitungen blockieren, weil in einer Stadt in Texas ein Mann mit durchschossener Kehle auf einer Bahre lag.
In mancher Hinsicht wünschte sich Miller wieder in die Redaktion einer Tageszeitung zurück, aber in den drei Jahren, in denen er inzwischen als freier Journalist sein Geld verdiente, hatte er sich auf Inlandsberichte über die Unterwelt in der Bundesrepublik und die Arbeit der Polizei spezialisiert. Seiner Mutter gefiel das ganz und gar nicht, und sie warf ihm seinen »Umgang mit schlechten Menschen« vor. Sein Einwand, daß er bald einer der gefragtesten Reporter Westdeutschlands sein werde, vermochte sie nicht von der Meinung abzubringen, die Tätigkeit eines Sensationsreporters sei ihres einzigen Sohnes unwürdig.
Der Rundfunk brachte weitere Meldungen. Peter Miller überlegte fieberhaft, ob sich aus dem sensationellen Ereignis für ihn die Möglichkeit zu einer speziell innerdeutschen Story ergab. Die Berichterstattung über die Redaktion der Bundesregierung war Sache der Bonner Korrespondenten, und die obligaten Rückblicke auf Kennedys Besuch in West-Berlin würden die

dortigen Journalisten liefern. Eine brauchbare Bildreportage aber für eine der zahlreichen westdeutschen Illustrierten, die zu den besten Kunden seiner Schreibe gehörten, schien auch nicht drin zu sein.
Der Mann am Wagenfenster merkte, daß Miller mit den Gedanken woanders war. Er setzte ebenfalls eine nachdenkliche Miene auf.
»Ja, ja«, murmelte er wie jemand, der das alles hatte kommen sehen, »gewalttätige Menschen sind das, diese Amis. Denken Sie an meine Worte – gewalttätige Menschen. Die haben alle eine gewalttätige Ader, und das wird unsereinem hier immer unbegreiflich bleiben.«
»Sicher«, sagte Miller abwesend.
Der Mann begriff endlich.
»Tja, dann werde ich mich mal wieder auf die Socken machen«, sagte er. »Ich muß nach Hause. Guten Abend!« Und er ging zu seinem Wagen zurück.
»Guten Abend«, rief Miller ihm aus dem geöffneten Wagenfenster nach und kurbelte die Scheibe rasch wieder hoch, denn der Wind peitschte vom Fluß her Schneeregen landeinwärts. Immer noch kamen die getragenen Klänge des »marche funèbre« aus dem Radio. Der Ansager erklärte, das für diesen Abend ursprünglich vorgesehene Unterhaltungsprogramm sei abgesetzt worden; es werde ausschließlich Musik gesendet, die dem Ernst des Ereignisses angemessen sei, nur unterbrochen von den neuesten Meldungen aus Dallas.
Miller lehnte sich in die bequemen Ledersessel seines Jaguars zurück und steckte sich eine filterlose Roth-Händle an. Seine Vorliebe für diese Zigarette gehörte ebenfalls zu den Dingen, die seine Mutter an ihrem einzigen Sohn auszusetzen fand.
Nur allzu gerne versuchte man sich auszumalen, was geschehen wäre, wenn... Gewöhnlich sind solche Denkspiele müßig, denn was hätte sein können, wird man nie wissen. Dennoch: Peter Miller hätte seinen Wagen mit Sicherheit nicht an den Straßenrand gesteuert und dort eine halbe Stunde lang geparkt, wenn an jenem Abend sein Radio nicht eingeschaltet gewesen wäre. Weder hätte er den Unfallwagen gesehen noch jemals von Salomon Tauber und Eduard Roschmann etwas gehört, und aller Wahrscheinlichkeit nach hätte der Staat Israel vierzig Monate später nicht mehr existiert.

Miller rauchte seine Zigarette zu Ende, drehte das Wagenfenster wieder hinunter und warf den Stummel fort. Ein leichter Druck auf den Gashebel ließ den 3,8-l-Motor unter der langgestreckten, flach gewölbten Kühlerhaube des Jaguar XK 150 S einmal aufheulen, dann fiel die Maschine in ihr gewohntes Brummen. Es klang wie das Knurren eines gefesselten Raubtie-

res. Miller schaltete die beiden Scheinwerfer an, blickte zurück und reihte sich in den dichter werdenden Verkehr auf dem Osdorfer Weg ein.
Die Ampel an der Ecke Stresemann-Daimlerstraße zeigte Rot, als er hinter sich das Signal des Unfallwagens hörte. Mit an- und abschwellendem Sirenengeheul raste der Wagen links an ihm vorbei, bremste leicht ab, bevor er bei Rot auf die Kreuzung fuhr, und bog unmittelbar vor Miller nach rechts in die Daimlerstraße ein. Miller reagierte reflexhaft. Er legte den Gang ein, der Jaguar schoß mit einem Satz nach vorn, bog kreischend um die Ecke und folgte dem Unfallwagen im Abstand von zwanzig Metern.
Schon im nächsten Augenblick wünschte sich Miller, er wäre geradeaus, auf dem direkten Weg, heimgefahren. Vermutlich kam bei der Verfolgung des Unfallwagens nichts heraus, aber man konnte nie wissen. Wo ein Unfallwagen hinfuhr, da waren immer Menschen in Not, und wo Menschen in Not waren, da gab's vielleicht Stoff für eine Reportage, besonders, wenn man als erster an Ort und Stelle war und die von den Redaktionen geschickten Kollegen erst eintrafen, wenn schon alles gelaufen war. Es konnte sich um einen schweren Verkehrsunfall, ein Großfeuer in einem Hafensilo oder ein brennendes Mietshaus handeln, in dem Kinder von den Flammen eingeschlossen waren. Es konnte sich um alles mögliche handeln. Miller hatte stets eine kleine Yashica mit Blitzlicht im Handschuhfach seines Wagens, weil man nie wußte, was sich im nächsten Augenblick vor der eigenen Nase abspielen mochte. Er kannte einen Mann, einen Engländer, der am 6. Februar 1958 durch München ging, als nur wenige hundert Meter vor ihm das Flugzeug mit der Mannschaft von Manchester United abstürzte. Sofort hatte der Mann, der beileibe kein Berufsphotograph war, die Kamera, die er immer auf seine Reise mitnahm, vors Auge gerissen und die ersten Bilder der brennenden Maschine geschosen. Einer Illustrierten hatte er sie dann exklusiv für 50000 DM verkauft.
Der Unfallwagen ließ den Altonaer Hauptbahnhof links liegen und raste durch das Gewirr der engen und düsteren Straßen, das sich bis zur Elbe erstreckte. Der Mann am Steuer des Ambulanz-Mercedes mußte sich in dem Viertel gut auskennen und verstand etwas vom Fahren. Miller spürte, wie die hartgefederten Hinterräder des Jaguars über das regennasse Kopfsteinpflaster rutschten, wenn er in den Kurven beschleunigte.
Miller hetzte an Mencks Auto-Ersatzteillager vorüber. Zwei Straßenecken weiter wurde seine Neugier gestillt. Der Unfallwagen bog in eine schlecht beleuchtete, von abbruchreifen Mietskasernen und schäbigen Stundenhotels gesäumte Straße ein, die in dem vom Wind gepeitschten, mit Schnee vermischten Regen um diese Zeit noch trostloser wirkte als bei Tageslicht. Der Unfallwagen hielt vor einem Haus, vor dem bereits ein Polizeiwagen stand, dessen kreisendes Blaulicht geisterhaft über die Gesichter der Zuschauer am Hauseingang strich.

Ein stämmiger Polizeimeister in einem Regenumhang befahl der Menge in barschem Ton, zur Seite zu treten und dem Unfallwagen Platz zu machen. Der Fahrer und ein Sanitäter stiegen aus, liefen zur hinteren Tür des Wagens und zogen eine Bahre heraus. Sie wechselten ein paar Worte mit dem Polizeibeamten und eilten in das Mietshaus.
Miller parkte den Jaguar zwanzig Meter weiter auf der gegenüberliegenden Straßenseite und hob die Brauen. Kein Zusammenstoß, kein Feuer, kein von Flammen eingeschlossenes Kind. Vermutlich nur ein Herzanfall. Er stieg aus und schlenderte zu den Leuten, die auf Weisung des Polizisten zurückgewichen waren. Sie standen da in einem Halbkreis, der einen Durchgang von der Haustür zum Unfallwagen freiließ.
»Haben Sie was dagegen, wenn ich hinaufgehe?« fragte Miller.
»Allerdings. Sie haben da nichts zu suchen.«
»Ich bin von der Presse«, sagte Miller und zog seinen Presseausweis hervor.
»Und ich bin von der Polizei«, entgegnete der Beamte. »Hier kommt niemand durch. Die Treppen sind viel zu schmal und außerdem baufällig. Die Krankenträger werden sowieso gleich wieder hier sein.«
Er war ein Hüne von einem Mann, wie sich das für einen Polizeimeister gehörte, der in einem der verkommensten Viertel Hamburg-Altonas Dienst tat. Annähernd zwei Meter groß, wirkte er mit seinen ausgestreckten Armen, mit denen er die Menge zurückhielt, und in seinem weiten Regenumhang unbeweglich wie ein verriegeltes Scheunentor.
»Was ist denn überhaupt los?« fragte Miller.
»Ich darf keine Erklärungen abgeben. Am besten erkundigen Sie sich auf dem Revier.«
Ein Mann in Zivil kam die Treppe hinunter und trat auf die Straße. Das rotierende Blaulicht auf dem Dach des VW-Streifenwagens huschte über sein Gesicht, und Miller erkannte ihn. Sie hatten zusammen die Oberschule in Altona besucht. Der Mann war kürzlich zum Kriminalinspektor bei der Hamburger Polizei befördert und der Altonaer Hauptwache zugeteilt worden.
»Guten Abend, Karl.«
Der junge Inspektor drehte sich um und blickte suchend in die Menge hinter dem Polizisten. Im aufblitzenden Blaulicht erkannte er Miller, der die rechte Hand erhoben hatte. Sein Gesicht verzog sich zu einem Grinsen, das zugleich freudiges Wiedererkennen und schicksalsergebene Resignation verriet. Er nickte dem Polizeimeister zu.
»In Ordnung, Wachtmeister. Er ist mehr oder weniger harmlos.«
Der Beamte senkte den Arm, und Miller drängte sich an ihm vorbei.
Sie gaben sich die Hand.
»Was tust du hier?« fragte Brandt.
»Bin dem Unfallwagen nachgefahren.«

»Alter Geier… Gibt's was Neues bei dir?«
»Immer noch das gleiche. Wurstele mich nach wie vor als freier Journalist durch.«
»Scheinst aber ganz gut zurechtzukommen dabei. Ich sehe deinen Namen alle naselang in den Illustrierten.«
»Na ja, der Schornstein muß schließlich rauchen. Hast du schon gehört – das mit Kennedy?«
»Ja. Scheußliche Sache. Die werden ganz Dallas durchkämmen müssen. Bin bloß froh, daß es nicht bei uns passiert ist.«
Miller deutete mit einem Kopfnicken auf den trüb beleuchteten Treppenflur des Mietshauses. Eine schwache nackte Glühbirne warf einen gelblichen Schein auf den bröckelnden Wandverputz.
»Selbstmord«, sagte der Inspektor. »Gas. Die Nachbarn haben den Geruch bemerkt, als es durch die Türritze drang, und die Polizei verständigt. Nur gut, daß niemand ein Streichholz angezündet hat, das ganze Haus stank nach Gas.«
»Nicht zufällig ein Filmstar oder sonst was Berühmtes?«
»Na, hör mal, wenn die so etwas machen, suchen sie sich eine andere Adresse aus. Nein, es war ein alter Mann. Sah ohnehin aus, als sei er schon seit Jahren tot. Passiert jeden Tag, daß jemand Schluß macht.«
»Na, wo immer der sich jetzt auch wiederfindet, schlimmer als hier kann's kaum sein.«
Der Inspektor lächelte flüchtig und drehte sich um, als die Krankenträger mit ihrer Last die letzten Stufen der knarrenden engen Treppen zum Hausflur hinabkamen. Brandt wandte sich dem Polizeibeamten zu.
»Lassen Sie mal ein bißchen Platz machen, damit die Männer da durchkönnen.«
Der Polizeimeister drängte die Menge noch weiter zurück. Die beiden Krankenträger traten auf den Gehsteig hinaus und gingen um den Unfallwagen herum zu der offenen Hintertür. Brandt folgte ihnen mit Miller, der sich ihm an die Fersen geheftet hatte. Nicht, daß Miller unbedingt den Toten sehen wollte; er ging nur ganz einfach dorthin mit, wohin Brandt ging.
Der eine der beiden Krankenträger setzte das Kopfende der Trage auf die Gleitschiene im Wagen. Der zweite wollte die Bahre gerade hineinschieben, als Brandt sagte: »Augenblick mal.« Er schlug einen Zipfel der Decke zurück, die über den Toten gebreitet war. Über die Schulter bemerkte er zu Miller: »Nur eine Formsache. Ich muß in meinem Bericht erwähnen, daß der Tote unter meiner Aufsicht zum Abtransport in die Leichenhalle in den Wagen geschafft wurde.«
Die Innenbeleuchtung des Unfallwagens war sehr hell. Für zwei Sekunden konnte Miller das Gesicht des Selbstmörders sehen. Sein erster und einziger Eindruck war, noch nie einen so alten und so häßlichen Menschen gesehen

zu haben. Selbst wenn man von den Auswirkungen der Gasvergiftung – der fleckigen Verfärbung der Haut und der bläulichen Tönung der Lippen – absah, konnte der Mann zu Lebzeiten wahrlich keine Schönheit gewesen sein. Ein paar schüttere Haarsträhnen klebten quer über dem ansonsten kahlen Schädel. Die Augen waren geschlossen. Das Gesicht war erschreckend ausgezehrt, und da dem Toten das falsche Gebiß fehlte, waren die Wangen so tief eingefallen, daß sie sich innen fast berühren mußten, was ihm das Aussehen eines Ghuls aus einem Horrorfilm verlieh. Lippen waren kaum zu erkennen, und die Partie über und unter dem Mund war von vertikalen Falten durchzogen. Miller dachte an die zusammengenähten Lippen eines Schrumpfkopfes, den er einmal bei Eingeborenen im Amazonasbecken gesehen hatte. Die beiden gezackten blassen Narben, die von den Schläfen bis zu den Mundwinkeln liefen, verstärkten diesen Eindruck noch.
Nachdem er einen raschen Blick auf das Gesicht des Toten geworfen hatte, legte Brandt die Decke wieder zurück und nickte dem Krankenträger hinter ihm zu. Der Mann trat zurück, als sein Kollege die Bahre in den Wagen schob, verschloß die Tür, ging um den Wagen herum und setzte sich auf den Beifahrersitz. Der Unfallwagen schoß davon, und die Menge zerstreute sich.
Miller sah Brandt an und hob die Brauen.
»Trostlos.«
»Ja. Armes Luder, der Alte. Wohl nichts drin für dich, oder?«
Miller sah gequält drein.
»Nichts zu machen. Wie du sagst, es passiert jeden Tag, daß einer Schluß macht. Überall in der ganzen Welt begehen in diesem Augenblick Menschen Selbstmord, und niemand nimmt auch nur die geringste Notiz davon. Schon gar nicht jetzt, wo sie gerade Kennedy umgebracht haben.«
Inspektor Brandt lachte bitter.
»Ihr verdammten Journalisten.«
»Seien wir doch ehrlich. Was die Leute lesen wollen, das sind Berichte über Kennedys Ermordung. Und auf die Leute kommt es schließlich an, denn sie kaufen die Zeitungen.«
»Damit wirst du wohl recht haben. Tja, ich muß wieder zur Wache. Bis bald, Peter.«
Sie trennten sich, und Miller fuhr zum Altonaer Hauptbahnhof zurück. Er bog in die zur Stadtmitte führende Hauptstraße ein und stellte seinen Jaguar zwanzig Minuten später in der großen unterirdischen Garage beim Hansaplatz ab. Von hier aus waren es keine zweihundert Meter bis zu dem Haus, in dem er ein Dachgartenapartment bewohnte.
Den Wagen während der Wintermonate in der Kellergarage unterzubringen, war kostspielig und gehörte zu den wenigen Extravaganzen, die Miller sich leistete. Seine ziemlich teure Wohnung gefiel ihm, weil sie so hochge-

legen war. Er konnte auf den geschäftigen Steindamm und über einen weiten Teil der Stadt blicken. Für Kleidung und Essen gab er nicht viel aus. Mit seinen neunundzwanzig Jahren, seiner Länge von fast zwei Metern, seinem unbändigen braunen Haar und seinen braunen Augen, die den Frauen so gut gefielen, hatte er es nicht nötig, sich teure Anzüge zu kaufen. Ein Freund hatte ihm einmal, nicht ohne Neid, gesagt: »Dir würden die Mädchen noch in eine Mönchszelle nachlaufen.« Miller hatte nur gelacht, sich aber doch geschmeichelt gefühlt, weil er wußte, daß es die Wahrheit war.

Seine wirkliche Leidenschaft waren Sportwagen, sein Beruf und Sigrid, obschon er sich gelegentlich eingestand, daß Sigi, wenn er jemals zwischen ihr und dem Jaguar zu wählen hätte, sich anderweitig würde trösten müssen.

Er blieb noch eine Weile vor dem Jaguar stehen, nachdem er ihn auf seinem Garagenplatz abgestellt hatte, ganz in den Anblick des Wagens versunken. Er konnte sich nicht daran satt sehen. Wenn er ihn in irgendeiner Straße geparkt hatte und zurückkam, verharrte er oft einen Augenblick lang in andächtiger Bewunderung, bevor er einstieg. Häufig blieben Passanten stehen und bemerkten, ohne zu wissen, daß der Wagen ihm gehörte, anerkennend: »Toller Schlitten!«

Normalerweise fährt kein freier Reporter seines Alters einen Jaguar XK 150 S. Ersatzteile waren in Hamburg schon deswegen nur unter allergrößten Schwierigkeiten zu bekommen, weil die XK-Serie, deren letztes Modell der Typ S gewesen war, seit 1960 nicht mehr produziert wurde. Miller hielt den Wagen selbst in Schuß, verbrachte jeden Sonntag viele Stunden im Overall unter dem Chassis oder der Motorhaube. Das Benzin, das der Wagen mit seinen drei Vergasern schluckte, ging ganz schön ins Geld, aber das nahm Miller gern in Kauf. Das berserkerhafte Röhren zu hören, wenn er auf der Autobahn das Gaspedal durchtrat, oder den Druck zu spüren, der ihn gegen die Polsterung preßte, wenn der Wagen auf einer Bergstraße aus der Kurve in die Gerade schoß – das ließ er sich gerne etwas kosten. Er hatte die Federung der beiden Vorderräder noch härter machen lassen, und da die Hinterräder mit Einzelradaufhängung versehen waren, blieb der Jaguar auch in Kurven, in denen andere Wagen, die sich nicht überholen lassen wollten, unweigerlich ins Schleudern gerieten, eisern in der Spur. Miller hatte ihn schwarz spritzen und an den Seiten der Länge nach mit einem wespengelben Streifen versehen lassen. Da der Wagen nicht für den Export, sondern für den innerenglischen Verkehr hergestellt war, befand sich das Lenkrad auf der rechten Seite; das erwies sich wegen der Sicht beim Überholen zuweilen als hinderlich, andererseits konnte er jedoch so mit der linken Hand schalten und mit der rechten steuern, was er als sehr vorteilhaft empfand. Immer noch vermochte er, wenn er daran dachte, wie er an den Jaguar gekommen

war, sein Glück kaum zu fassen. Irgendwann im Frühsommer hatte er beim Friseur ein Schlagermagazin aufgeschlagen und müßig durchgeblättert. Normalerweise interessierte er sich nicht für die Klatschgeschichten von Schlagersängern, aber es gab nichts anderes zu lesen. Ein langer Artikel berichtete von dem kometenhaften Aufstieg, mit dem vier pilzköpfige junge Engländer internationalen Ruhm errungen hatten. Das Gesicht ganz rechts außen auf dem doppelseitigen Photo – das mit der großen Nase – sagte Miller nichts, aber die anderen drei Gesichter kamen ihm bekannt vor.
Die Titel der beiden Schallplatten, mit denen das Quartett den entscheidenden Erfolg erzielt hatten – »Please, Please Me« und »Love Me Do« –, sagten ihm ebenfalls nichts, aber über die drei Gesichter zerbrach er sich zwei Tage lang den Kopf. Dann fiel ihm ein, daß die drei vor zwei Jahren in irgendeinem Beatschuppen an der Reeperbahn gespielt hatten. Es dauerte einen weiteren Tag, bis er sich an den Namen des Lokals erinnerte. Er war nur einmal auf einen Drink dort gewesen, um einen Gewährsmann aus der Unterwelt zu treffen, von dem er Informationen über die St.-Pauli-Bande zu erhalten hoffte. Der Schuppen hieß »Star-Club«. Er fuhr hin, ließ sich die Programme aus dem Jahr 1961 zeigen und fand die Gruppe, die er suchte. Damals waren es fünf Musiker gewesen, die drei, die er kannte, und noch zwei andere, Pete Best und Stuart Sutcliffe.
Von dort fuhr er zu der Photographin, die im Auftrag des Impresarios Bert Kämpferts die Werbephotos gemacht hatte. Von ihr erwarb er die Exklusivrechte an sämtlichen Bildern, die sie noch besaß. Seine Reportage »Wie Hamburg die Beatles entdeckte« erschien in fast allen westdeutschen Schlagermagazinen und Illustrierten und in vielen ausländischen Blättern. Mit dem Honorar kaufte er den Jaguar, den er bei einem Gebrauchtwagenhändler gesehen hatte. Der hatte ihn von einem britischen Armeeoffizier übernommen, dessen hochschwangere Ehefrau nicht mehr in den Wagen paßte. Miller hatte aus Dankbarkeit sogar ein paar Beatles-Platten gekauft, aber der einzige Mensch, der sie manchmal spielte, war Sigi.
Er riß sich vom Anblick des Wagens los, schlenderte über die Rampe zur Straße und fuhr in seine Wohnung hinauf. Es war fast Mitternacht, und obwohl ihm seine Mutter um sieben Uhr, wie immer am Freitag, ein reichhaltiges Abendessen vorgesetzt hatte, spürte er schon wieder Hunger. Er machte sich ein paar Rühreier und hörte die Spätnachrichten. Sie bezogen sich nahezu ausschließlich auf Kennedy, und da aus Dallas selbst nur sehr spärliche Meldungen kamen, war hauptsächlich von der offiziellen Reaktion in der Bundesrepublik die Rede. Die Polizei suchte noch immer nach dem Täter. Kommentatoren und Nachrichtensprecher verbreiteten sich wortreich über Kennedys Liebe zu Deutschland, seinen Besuch in der ehemaligen Reichshauptstadt im Sommer zuvor, als er auf deutsch gesagt hatte: »Ich bin ein Berliner!«

Es folgte ein auf Band gesprochener Nachruf des Regierenden Bürgermeisters von Berlin, Willy Brandt, dessen Stimme die innere Bewegung anzumerken war. Weitere Würdigungen schlossen sich an, so von Bundeskanzler Erhard und Altkanzler Konrad Adenauer, der am 15. Oktober zurückgetreten war.
Peter Miller stellte das Radio ab und ging zu Bett. Er wünschte, Sigi wäre zu Hause, weil er immer, wenn er deprimiert war und nicht einschlafen konnte, das Bedürfnis hatte, sich wie ein Kind ganz eng an sie zu kuscheln – worauf er sie jedesmal heftig begehrte. Sie liebten sich dann, und er konnte endlich einschlafen – sehr zu Sigis Enttäuschung, denn hinterher wollte sie immer vom Heiraten und Kinderkriegen reden. Der Nachtklub, in dem sie tanzte, machte erst um vier Uhr morgens zu, und samstags und sonntags häufig sogar noch später, weil die Reeperbahn an Wochenenden von Provinzlern und Touristen wimmelte, die bereit waren, einem Mädchen mit großem Busen und hübschem Hintern Champagner zu bestellen, der das Zehnfache des Ladenpreises kostete. Und Sigi hatte den größten Busen und hübschesten Hintern von allen.
Miller rauchte also noch eine weitere Zigarette, schlief um Viertel nach eins ein und träumte von dem grauenhaften Gesicht des alten Mannes, der sich in den Elendsvierteln von Altona das Leben genommen hatte.

Während sich Peter Miller um Mitternacht in Hamburg Rühreier bereitete, saßen in dem komfortablen Rauchsalon eines Hauses bei Kairo fünf Männer beim Drink zusammen. Das Haus gehörte zum Wohnkomplex einer Reitschule in der Nähe der Pyramiden. Die Männer hatten ausgezeichnet zu Abend gespeist und waren in bester Stimmung, seit sie vier Stunden zuvor – in Kairo war es jetzt ein Uhr morgens – die Nachricht aus Dallas gehört hatten.
Drei Männer waren Deutsche, die anderen beiden Ägypter. Die Frau des Gastgebers war zu Bett gegangen und hatte ihren Mann seinem bis in die frühen Morgenstunden währenden Gespräch mit den vier Besuchern überlassen. Er war der Inhaber der Reitschule, die ein beliebter Treffpunkt der Kairoer Gesellschaft und der deutschen Kolonie war.
In dem bequemen Ledersessel beim Fenster, dessen Jalousien geschlossen waren, saß Peter Bodden – El Gumrah. Er war unmittelbar nach dem Krieg nach Ägypten übergesiedelt, hatte den ägyptischen Namen El Gumrah angenommen und war jetzt im Kairoer Informationsministerium als Sachverständiger für außenpolitische Fragen tätig. Er hielt ein Glas Whisky in der Hand, während sein Nachbar zur Linken, Georg Reiche, ein Nahost-Experte der ehemaligen deutschen Reichsregierung und heute ebenfalls im ägyptischen Informationsministerium tätig, nur Orangensaft trank. Reiche

war inzwischen zum moslemischen Glauben übergetreten, hatte eine Pilgerreise nach Mekka gemacht und nannte sich seither El Hadj. Seinem neuen Glauben getreu, verschmähte er jeglichen Alkohol. Beide Männer waren fanatische Nationalsozialisten.

Der eine der beiden Ägypter war Oberst Chams Edine Badrane, der persönliche Adjutant Marschall Abdel Hakim Amers, der zum ägyptischen Verteidigungsminister avancierte, bevor er nach dem Sechstagekrieg von 1967 wegen Landesverrats zum Tode verurteilt wurde. Oberst Badrane sollte gleich seinem Herrn und Meister ebenfalls in Ungnade fallen. Der andere Ägypter war Oberst Ali Samir, der Chef des Mukhabarat, des ägyptischen Geheimdienstes.

An dem Essen hatte noch ein weiterer Mann teilgenommen, der Ehrengast, der um 21 Uhr 30, als die Nachricht von Präsident Kennedys Tod gemeldet wurde, nach Kairo zurückgeeilt war: Anwar Sadat, der Vorsitzende der ägyptischen Nationalversammlung, ein enger Mitarbeiter Präsident Nassers, der später sein Nachfolger wurde.

Peter Bodden hob sein Glas.

»Die Politik der Vereinigten Staaten wird sich ändern müssen. Meine Herren, trinken wir auf die gemeinsame Sache.«

»Aber unsere Gläser sind leer«, bemerkte Oberst Samir.

Der Gastgeber beeilte sich, diesem Übelstand abzuhelfen, und schenkte Scotch nach.

Die Anspielung auf die Politik der Vereinigten Staaten hatte keinen der vier Männer überrascht oder gar befremdet. Am 14. März 1960, als Eisenhower noch Präsident der Vereinigten Staaten war, hatten sich der israelische Premierminister David Ben-Gurion und Bundeskanzler Konrad Adenauer im New Yorker Hotel Waldorf-Astoria zu einer Geheimbesprechung unter vier Augen getroffen, die zehn Jahre zuvor noch für undenkbar gehalten worden wäre. Was bei jener Zusammenkunft vereinbart worden war, galt auch noch 1960 als undenkbar, und das war auch der Grund, warum es Jahre dauern sollte, bis Einzelheiten davon an die Öffentlichkeit drangen, und warum Präsident Nasser sich weigerte, die Informationen ernst zu nehmen, die ihm die ODESSA, die Organisation der ehemaligen SS-Angehörigen, und Oberst Samirs Mukhabarat auf den Tisch legten.

Die beiden Staatsmänner hatten ein Abkommen getroffen, demzufolge Westdeutschland dem Staat Israel einen jährlichen Kredit in Höhe von 50 Millionen Dollar gewährte, ohne irgendwelche Bedingungen daran zu knüpfen. Ben-Gurion stellte jedoch sehr bald fest, daß es zwar gut und schön war, Geld zu haben, aber wenig half, wenn es einem an sicheren und verläßlichen Waffenlieferanten mangelte.

Ein halbes Jahr darauf wurde das Waldorf-Astoria-Abkommen durch eine weitere Vereinbarung ergänzt, die von Franz Josef Strauß und Shimon Pe-

res unterzeichnet war, den Verteidigungsministern der Bundesrepublik Deutschland und des Staates Israel. Israel konnte jetzt den deutschen Kredit zum Ankaufen von Waffen in der Bundesrepublik verwenden.
Adenauer, der sich der weitaus heikleren Natur dieses zweiten Abkommens durchaus bewußt war, zögerte die Ratifizierung monatelang hinaus, bis er im November 1961 in New York mit dem neuen Präsidenten der Vereinigten Staaten, John Fitzgerald Kennedy, zusammentraf. Kennedy setzte ihn unter Druck. Er wünschte zwar nicht, daß Waffen aus den USA direkt an Israel geliefert wurden, war aber doch sehr stark daran interessiert, daß Israel auf anderen Wegen mit amerikanischen Waffen versorgt wurde. Israel benötigte Jagdflugzeuge, Transportflugzeuge, 10,5-cm-Geschütze, gepanzerte Mannschaftstransportwagen und vor allem Kampf- und Schützenpanzerwagen. Die Bundesrepublik verfügte über alle diese Waffen, vornehmlich amerikanische Fabrikate, die sie entweder zum Ausgleich für die Stationierungskosten der US-Truppen den Amerikanern abkaufte oder aber in Lizenz selbst herstellte. Unter dem Druck Kennedys trat das Strauß-Peres-Abkommen in Kraft. Die ersten deutschen Panzer trafen Ende Juni 1963 in Haifa ein. Es erwies sich allerdings als schwierig, das Übereinkommen auf die Dauer geheimzuhalten; allzu viele Menschen waren daran beteiligt. Die ODESSA erfuhr bereits gegen Ende des Jahres 1962 davon und informierte umgehend die Ägypter, mit denen ihre Agenten in Kairo aufs engste zusammenarbeiteten.
Im Herbst 1963 änderte sich die Situation. Konrad Adenauer trat am 15. Oktober zurück und ging in den Ruhestand. Sein Nachfolger wurde Ludwig Erhard, als »Vater des Wirtschaftswunders« eine erstklassige Wahllokomotive, in Fragen der Außenpolitik jedoch schwach und wankelmütig. Selbst zu Adenauers Zeiten hatte es eine lautstarke Gruppe innerhalb des Kabinetts gegeben, die für einen Aufschub des Waffenabkommens mit Israel war und es lieber gesehen hätte, wenn die Lieferungen gestoppt worden wären, noch bevor sie begonnen hatten. Der alte Kanzler hatte sie mit ein paar scharfen Sätzen zum Schweigen gebracht, und seine Macht erwies sich als so groß, daß sie stumm blieben.
Nach Erhards Amtsübernahme gewannen die Gegner des Waffenabkommens, die vor allem von dem an guten Beziehungen zur arabischen Welt interessierten Auswärtigen Amt unterstützt wurden, neuerlich an Einfluß. Erhard, der sich bereits den Spitznamen »Gummilöwe« zugezogen hatte, zögerte. Aber der amerikanische Präsident war nach wie vor entschlossen, Israel über Westdeutschland Waffen zukommen zu lassen.
Und dann wurde Kennedy ermordet. In den Morgenstunden des 23. November lautete die große Frage für die Gegner des Waffenabkommens daher ganz einfach: Würde auch Kennedys Amtsnachfolger den amerikanischen Druck auf Bonn weiterhin ausüben, oder würde er dem zaudernden

Kanzler Erhard gestatten, von dem Abkommen zurückzutreten? Wie sich zeigen sollte, wich Präsident Lyndon Johnson in dieser Hinsicht um keinen Deut von der Politik seines Vorgängers ab; aber zu jenem Zeitpunkt setzte man in Kairo noch große Hoffnungen darauf, daß er es tat.
Der Gastgeber jener geselligen Zusammenkunft im Rauchsalon der Villa vor den Toren Kairos goß sich einen weiteren Whisky ein, nachdem er die Gläser seiner Gäste nachgefüllt hatte. Er hieß Wolfgang Lutz, war 1921 in Mannheim geboren, hatte in der deutschen Wehrmacht zuletzt den Rang eines Majors bekleidet und war 1961 nach Kairo emigriert, wo er eine Reitschule eröffnete. Blond, blauäugig, mit kühner Adlernase, war er fanatischer Judenhasser und wurde von den politisch einflußreichen Gesellschaftskreisen Kairos und der vielfach aus Nazis bestehenden deutschen Kolonie hofiert.
Er stellte die Whiskyflasche wieder zu den anderen Flaschen auf dem Getränketisch und wandte sich mit einem breiten Lächeln seinen Gästen zu. Der Gedanke, daß dieses Lächeln falsch sein könnte, wäre seinen Gästen absurd erschienen. Und doch war es ein falsches Lächeln.
Lutz war zwar in Mannheim geboren, jedoch 1933 im Alter von zwölf Jahren mit seinen Eltern nach Israel emigriert. Er hieß Ze'ev, war Rav-Seren (Major) der israelischen Armee und zu jenem Zeitpunkt der führende Agent des israelischen Geheimdienstes in Ägypten. Am 28. Januar 1965 wurde er verhaftet. Bei einer Hausdurchsuchung hatte man im Badezimmer einen versteckten Geheimsender gefunden. Am 26. Juni des gleichen Jahres wurde er zu lebenslänglicher Zwangsarbeit verurteilt. Nach Beendigung des Sechstagekrieges von 1967 ließ man ihn im Rahmen eines Austauschverfahrens, bei dem Tausende von ägyptischen Kriegsgefangenen repatriiert wurden, frei. Am 4. Februar 1968 betrat er dann gemeinsam mit seiner Frau auf dem israelischen Flugplatz Lod erstmals wieder heimatlichen Boden.
Aber alles das – die Verhaftung, die Folterungen, die wiederholten Vergewaltigungen seiner Frau – lag in der Nacht nach Kennedys Tod noch in ferner Zukunft. Lutz hob sein Glas und prostete den vier lächelnden Gesichtern vor ihm zu. Er konnte es kaum erwarten, daß seine Gäste sich endlich verabschiedeten, denn eine Bemerkung, die einer von ihnen während des Essens gemacht hatte, war von allergrößter Bedeutung für sein Land, und er wünschte verzweifelt, allein zu sein, ins Badezimmer hinaufzugehen, den Geheimsender aus einem Versteck zu holen und eine Meldung nach Tel Aviv zu übermitteln. Aber er zwang sich zu einem Lächeln.
»Tod allen Judenfreunden«, sagte er und leerte sein Glas.

Peter Miller wachte kurz vor 9 Uhr auf und räkelte sich genießerisch unter der gewaltigen Daunendecke, die über das Doppelbett gebreitet war. Sigi

schlief. Er spürte die Wärme ihres Körpers und drängte sich eng an sie. Der feste Druck ihres Gesäßes gegen seinen Bauch erregte ihn.
Sigi, die erst gegen 5 Uhr morgens heimgekommen war, maunzte schlaftrunken und rückte unwillig von ihm ab.
»Laß mich in Ruhe«, murmelte sie, ohne aufzuwachen.
Miller seufzte, drehte sich auf den Rücken, hob den Arm vor die Augen und schaute im Zwielicht auf das Zifferblatt seiner Armbanduhr. Dann schwang er sich aus dem Bett, warf sich den Bademantel über, ging barfuß ins Wohnzimmer und zog die Vorhänge auf. Kaltes, graues Novemberlicht fiel in den Raum, und Miller kniff die Augen zusammen. Schläfrig blickte er auf den Steindamm hinunter. Es war Sonntag vormittag und der Verkehr auf dem regennassen Asphalt nur schwach. Miller gähnte und ging in die Küche, um sich die erste Tasse Kaffee zu machen, der im Lauf des Tages noch viele andere folgen würden. Seine Mutter und Sigi hielten ihm vor, ausschließlich von Kaffee und Zigaretten zu leben.
Während er in der Küche seinen Kaffee trank und die erste Zigarette rauchte, überlegte er, ob an diesem Tag irgendwelche unaufschiebbaren Dinge zu erledigen waren. Es fiel ihm nichts Wichtiges ein. Die Zeitungen und Illustrierten würden auf Tage oder gar Wochen nur an Kennedy-Berichten und Kennedy-Reportagen interessiert sein, und eine irgendwie interessante Story, hinter der er hätte herjagen müssen, gab es auch nicht. Im übrigen waren am Wochenende kaum Leute in den Redaktionen anzutreffen, und zu Hause ließen sie sich nur ungern stören. Er hatte kürzlich eine Serie über die Unterwanderung des Vergnügungsgewerbes auf St. Pauli durch französische, österreichische und italienische Gangster und Zuhälter abgeschlossen, die gut angekommen, aber noch nicht bezahlt worden war. Einen Augenblick lang erwog er, ob er sich das Honorar abholen sollte, überlegte es sich dann jedoch anders. Sie würden schon rechtzeitig zahlen, und einstweilen hatte er noch genügend Geld. Der letzte Kontoauszug, der ihm vor drei Tagen zugeschickt worden war, besagte, daß er noch 5000 DM auf der Bank hatte. Damit konnte er eine Weile auskommen.
»Das Schlimme mit dir, Freundchen«, sagte er zu seinem Spiegelbild, das ihm aus der von Sigi blitzblank geputzten Bratpfanne entgegensah, »ist nur, daß du faul bist.« Er ging zum Spülbecken und wusch seine Kaffeetasse mit dem Zeigefinger aus.
Als er vor zehn Jahren die Schule mit dem Abitur verließ, hatte ihn ein Lehrer nach seinen Plänen gefragt.
»Ich will ein reicher Nichtstuer werden«, hatte er geantwortet, und mit neunundzwanzig Jahren hielt er dieses Ziel, obschon er es nicht erreicht hatte und vermutlich auch niemals erreichen würde, noch immer für erstrebenswert.
Er trug das Transistorradio ins Badezimmer, schloß die Tür, damit Sigi

nicht aufwachte, und hörte die Nachrichten, während er duschte und sich rasierte. Die wichtigste Meldung besagte, daß man in Dallas inzwischen einen Verdächtigen festgenommen hatte. Die Nachrichten handelten fast nur von dem Attentat.

Miller trocknete sich ab, ging in die Küche zurück und machte weiteren Kaffee, diesmal zwei Tassen. Er trug sie ins Schlafzimmer, stellte sie auf das Tischchen neben dem Bett, warf den Bademantel ab und schlüpfte nochmals unter die Decke, unter der nur Sigis Haarschopf hervorschaute.

Sigi war als Schülerin eine glänzende Leichtathletin gewesen; sie hätte, so erzählte sie, alle Chancen gehabt, in die Olympiamannschaft zu kommen, wenn ihr Busen sich nicht in einer Weise entwickelt hätte, die sich beim Training als hinderlich erwies und eine gesicherte Unterbringung in einem Sportdreß nicht mehr gewährleistete. Sie machte Abitur, studierte und war dann zunächst Sportlehrerin an einer Hamburger Mädchenschule. Der Berufswechsel ein Jahr später hatte ebenso simple wie einleuchtende wirtschaftliche Gründe: Als Striptease-Tänzerin verdiente sie das Fünffache ihres Lehrerinnengehalts.

Es machte ihr nichts aus, sich in Nachtklubs splitternackt auszuziehen, aber lüsterne Bemerkungen über ihren Körper waren ihr außerordentlich unangenehm, wenn sie von einem Gast gemacht wurden, den sie dabei sehen konnte.

»Die Sache ist die«, hatte sie dem amüsierten Miller zu Beginn ihrer Bekanntschaft mit größter Ernsthaftigkeit klarzumachen versucht, »daß ich die Zuschauer nicht erkennen kann, wenn ich auf der Bühne im Scheinwerferlicht stehe, und deswegen macht es mir nichts aus. Ich glaube, ich würde sofort von der Bühne rennen, wenn ich sie sehen könnte.«

Das hielt sie jedoch nicht davon ab, sich an einen der Tische im Zuschauerraum zu setzen, sobald sie wieder angezogen war, um sich von einem Gast zum Champagner einladen zu lassen. Ein anderes Getränk gab es nicht, und der Champagner wurde in halben oder ganzen Flaschen (meist in ganzen) serviert. Sigi war an dem Erlös jeder Flasche, zu deren Konsum sie die Gäste animierte, mit 15 Prozent beteiligt. Zwar versprachen sich die Gäste in der Regel mehr davon als bloß eine Stunde lang in andächtiger Bewunderung in das tiefe Tal zwischen ihren Brüsten starren zu dürfen. Aber alle Hoffnungen erwiesen sich als trügerisch. Sigi war ein freundliches und verständnisvolles Mädchen und reagierte auf die plumpen Aufmerksamkeiten der Gäste mit nachsichtigem Bedauern.

»Arme Kerle sind das«, bemerkte sie einmal zu Miller, »was denen fehlt, ist eine nette Frau, die zu Hause auf sie wartet.«

»Was soll denn das heißen – arme Kerle?« protestierte Miller. »Das sind geile Böcke, die die Taschen voller Geld haben, mit dem sie um sich werfen können.«

»Aber das brauchten sie bestimmt nicht, wenn sie jemanden hätten, der sich um sie kümmert«, entgegnete Sigi, und was das betraf, war ihre weibliche Logik unwiderlegbar.
Miller hatte sie ganz zufällig entdeckt, als er Madame Koketts Bar neben dem Café Keese an der Reeperbahn aufsuchte, um mit dem Eigentümer, einem seiner alten Bekannten und bewährten Kontaktleute auf St. Pauli, ein paar Gläschen zu kippen und ein wenig zu schwätzen. Sie war ein großes Mädchen, annähernd einsachtzig, und hatte eine Figur, die für eine kleinere Person allzu kurvenreich gewesen wäre. Sie strippte mit den üblichen Gesten, die sinnlich wirken sollten, und zog dabei den obligaten Schmollmund und machte Schlafzimmeraugen. Miller kannte alles das zur Genüge und schlürfte ungerührt seinen Drink. Als aber dann der Büstenhalter fiel, vergaß er, das schon halb erhobene Glas zum Mund zu führen, und konnte nur noch starren und staunen. Sein Gastgeber blickte ihn lächelnd an.
»Die ist vielleicht gebaut, was?« meinte er.
Die doppelseitigen, ausklappbaren Damen im *Playboy* waren dagegen Fälle besorgniserregender Unterentwicklung. Wo andere einen Büstenhalter brauchten, hatte dieses Mädchen da seine Muskeln, die alles hübsch hoch und straff hielten.
Als der Auftritt beendet war und der Applaus einsetzte, gab das Mädchen die unpersönliche Pose der professionellen Tänzerin auf und machte eine scheue, verschämte Verbeugung vor dem Publikum. Im nächsten Augenblick verzog sich ihr Mund zu einem entwaffnenden breiten Grinsen, das an den Gesichtsausdruck eines noch nicht gänzlich abgerichteten jungen Jagdhundes denken ließ, der entgegen allen Wetten einen soeben geschossenen Fasan apportiert hat. Es war dieses Grinsen, das es Miller angetan hatte, und nicht ihr Strip oder ihre Figur. Er fragte den Besitzer, ob er sie wohl zu einem Drink einladen könne, und der ließ sie rufen.
Da Miller in Gesellschaft des Chefs war, bestellte sie nicht Champagner, sondern bat um einen Gin-Fizz. Miller ertappte sich bei der Vorstellung, wie angenehm es sein müßte, sie ständig um sich zu haben, und fragte sie, ob er sie später heimfahren dürfe. Sichtlich zögernd stimmte sie zu. Miller ging sehr überlegt vor und machte an jenem Abend sonst keinerlei Annäherungsversuche. Es war Frühlingsanfang, und als die Bar schloß, erschien das Mädchen in einem alles andere als modischen Dufflecoat, was er für eine vorsätzliche Demonstration hielt.
Sie tranken einen Kaffee miteinander und unterhielten sich über alles mögliche, wobei sie zusehends gelöster wurde und munter drauflos plauderte. Er erfuhr, daß sie Schlagermusik und Kunst liebte, gern an der Alster spazierenging und viel für Hausarbeit und Kinder übrig hatte. Von da an gingen sie regelmäßig an ihrem einzigen freien Abend in der Woche zusammen aus, aßen miteinander zu Abend oder gingen ins Kino.

Nach drei Monaten ging Miller mit ihr ins Bett, und bald darauf schlug er ihr vor, zu ihm zu ziehen, wenn sie Lust dazu habe. Mit der Zielstrebigkeit, die sie den wenigen Dingen gegenüber an den Tag legte, auf die es im Leben ankam, war sie sich bereits darüber klargeworden, daß sie Peter heiraten wollte. Das Problem war lediglich, ob sie am sichersten zum Ziel kam, wenn sie nicht mit ihm schlief, oder gerade dadurch, daß sie es tat. Da ihr jedoch nicht entging, daß er sich um eine ausreichende Belegung der zweiten Hälfte seiner Matratze nicht zu sorgen brauchte, wenn er nur wollte, zog sie zu ihm. Wenn sie ihm das Leben so angenehm wie möglich machte, würde er schon bald von selbst darauf kommen, sie zu heiraten. Ende November waren es sechs Monate, daß sie miteinander lebten.

Miller hatte zwar keinen sonderlichen Sinn für Heim und Herd, aber ihm entging nicht, daß sie ihm auf sehr angenehme Weise den Haushalt führte, und im Bett war sie mit Vergnügen bei der Sache. Sie sprach nie direkt vom Heiraten, versuchte aber, ihm ihren Herzenswunsch auf andere Weise zu signalisieren. Wenn sie an sonnigen Tagen durch die Grünanlagen an der Alster schlenderten, schloß sie, unter wohlwollenden elterlichen Blicken, zuweilen auch einmal Freundschaft mit einem der dort spielenden kleinen Jungen.

»O Peter, ist der nicht süß?«

Miller murmelte dann: »Ja, ja, wirklich, das ist er.«

Danach redete sie zur Strafe etwa eine Stunde lang nicht mit ihm, weil er den Wink nicht zur Kenntnis genommen hatte. Aber sie waren sehr glücklich miteinander, besonders Peter Miller, dem das Arrangement ausnehmend gut gefiel. Es bot ihm die Vorzüge der Ehe und insbesondere die Freuden regelmäßiger Liebe ohne die lästigen Bindungen der Ehe.

Er trank seine Tasse Kaffee halb aus und kroch ganz unter die Decke. Sigi schlief immer noch. Der Rücken war ihm zugekehrt.

Er legte die Arme um sie und liebkoste sanft ihre Scham. Davon würde sie langsam aufwachen. Nach einer Weile begann sie leise vor Behagen zu stöhnen und drehte sich auf den Rücken. Er beugte sich über sie und küßte ihre Brüste. Sie seufzte, noch immer schlaftrunken. Langsam tasteten ihre Hände über seinen Rücken, und zehn Minuten später liebten sie sich, stöhnend vor Lust und erschauernd.

»Das ist ja eine niederträchtige Art, mich aufzuwecken«, beschwerte sich Sigi hinterher.

»Es gibt schlimmere Arten«, meinte Miller.

»Wie spät ist es?«

»Fast zwölf«, log Miller, der wußte, daß sie den nächstbesten Gegenstand nach ihm werfen würde, wenn sie erfuhr, daß es erst halb elf war und er sie nur fünf Stunden hatte schlafen lassen. »Schlaf ruhig weiter, wenn du willst.«

»Mmmm. Danke, Lieber. Du bist so gut zu mir«, murmelte Sigi und war im nächsten Augenblick schon wieder eingeschlafen.
Miller hatte den restlichen Kaffee ausgetrunken und wollte gerade ins Badezimmer gehen, als das Telefon klingelte. Er eilte ins Wohnzimmer und nahm den Hörer ab.
»Miller.«
»Peter?«
»Ja, wer ist da?«
»Karl.«
Er war noch ein wenig benommen und erkannte die Stimme nicht gleich.
»Karl?«
»Karl Brandt«, wiederholte die Simme. »Was ist los mit dir, schläfst du etwa noch?«
Miller riß sich zusammen.
»Ah ja. Entschuldige, Karl, aber ich bin eben erst aufgestanden. Was gibt's?«
»Hör mal, es ist wegen des toten Juden. Ich muß mit dir sprechen.«
Miller war perplex.
»Welcher tote Jude?«
»Der in Altona, der sich gestern abend mit Gas vergiftet hat. Kannst du dich noch so weit zurückerinnern?«
»Ja, selbstverständlich erinnere ich mich an gestern abend«, sagte Miller. »Ich wußte nur nicht, daß es ein Jude war. Hast du irgend etwas über ihn herausgekriegt?«
»Ich muß mit dir sprechen«, sagte der Kriminalinspektor. »Aber nicht am Telefon. Können wir uns irgendwo treffen?«
Millers Reportergehirn schaltete jetzt blitzschnell. Wer etwas mitzuteilen hat, dies aber nicht am Telefon tun will, hält seine Information meist für sehr wichtig. Und wenn schon ein Kriminalinspektor sich so übervorsichtig verhielt, konnte es sich kaum um eine Bagatelle handeln.
»Selbstverständlich«, erklärte Miller. »Bist du über Mittag frei?«
»Das ließe sich einrichten«, sagte Brandt.
»Gut«, sagte Miller. »Ich gebe auch einen aus, wenn du meinst, daß da was Lohnendes drin ist für mich.« Er nannte ein kleines Restaurant am Gänsemarkt, und sie verabredeten sich für ein Uhr. Miller konnte sich nicht vorstellen, daß der Selbstmord eines alten Mannes in einer schäbigen Mietswohnung in Altona – ob es nun ein Jude war oder nicht – eine brauchbare Story abgeben sollte.
Während des Mittagessens schien der junge Kriminalinspektor nicht davon sprechen zu wollen, erst beim Kaffee sagte er unvermittelt: »Der Mann gestern abend.«
»Ja«, sagte Miller. »Was ist mit ihm?«

»Du weißt, was die Nazis während des Krieges und auch schon vor dem Krieg mit den Juden gemacht haben.«
»Allerdings«, sagte Miller. »Das haben sie uns auf der Schule ja ausführlich erzählt.«
Er war verwirrt und peinlich berührt. Wie die meisten jungen Deutschen seiner Generation hatte er mit vierzehn oder fünfzehn Jahren in der Schule gelernt, daß er zusammen mit allen seinen Landsleuten auf ewig von den entsetzlichen Kriegsverbrechen gebrandmarkt sei, die Deutsche begangen hatten. Damals hatte er das akzeptiert, ohne überhaupt zu begreifen, wovon die Rede war.
Lange Zeit war er nicht dahintergekommen, was die Lehrer in der ersten Zeit nach dem Krieg damit eigentlich gemeint hatten. Natürlich konnte man Lehrer und Eltern danach fragen, aber die schienen nie eine Antwort zu wissen. Erst Jahre später, als er zum jungen Mann heranwuchs, hatte er das eine oder andere darüber gelesen, und obschon er das, was er dabei erfuhr, abscheulich fand, vermochte er sich nicht persönlich betroffen zu fühlen. Das alles war in einer ganz anderen Zeit und in einer ganz anderen Welt geschehen und lag lange, sehr lange zurück.
Er war nicht dabei gewesen, als es geschah, sein Vater war nicht dabei gewesen und auch seine Mutter nicht. Irgendeine innere Stimme hatte ihm gesagt, daß Peter Miller mit alldem nichts zu schaffen habe, und so waren die Namen, die Daten und alle Einzelheiten für ihn immer abstrakt geblieben.
Er wußte nicht, warum Karl Brandt das Thema zur Sprache brachte.
Brandt rührte in seinem Kaffee. Offenkundig war er ebenfalls um Worte verlegen und schien nicht zu wissen, wie er beginnen sollte.
»Der alte Mann gestern abend«, sagte er schließlich, »das war ein deutscher Jude. Er hat viele Jahre im Konzentrationslager verbracht.«
Miller rief sich die Züge des Toten auf der Bahre von gestern abend ins Gedächtnis zurück. Hatten sie alle so ausgesehen, als sie starben? Aber das war absurd. Der Mann mußte vor nunmehr achtzehn Jahren von den Alliierten befreit worden sein; er hatte überlebt und ein ansehnliches Alter erreicht. Aber die Erinnerung an das Gesicht ließ sich nicht einfach fortwischen, und plötzlich wußte Miller, daß es ihn gestern nacht im Traum verfolgt hatte. Er war, zumindest bewußt, nie jemandem begegnet, der im Konzentrationslager gesessen hatte. Und selbstverständlich war er auch niemals einem dieser SS-Massenmörder begegnet, das stand fest. Das hätte er gespürt. Einen solchen Mann würde man schließlich noch von seinen Mitmenschen unterscheiden können.
Er dachte an den Eichmann-Prozeß in Jerusalem, der soviel Aufsehen erregt hatte. Wochenlang waren die Zeitungen voll davon. Ihm fiel das Gesicht hinter der schußsicheren Glasscheibe ein, und er erinnerte sich, daß es die Alltäglichkeit, die deprimierende Alltäglichkeit dieses Gesichts gewesen

war, was ihn damals am meisten beschäftigt hatte. Erst die Prozeßberichte hatten ihm eine vage Vorstellung davon vermittelt, wie die SS vorgegangen war und wie es überhaupt zu all dem hatte kommen können. Aber es war ausschließlich um Dinge gegangen, die sich in Polen, in Rußland, Ungarn und der Tschechoslowakei abgespielt hatten und weit zurücklagen. Er selbst hatte nichts damit zu tun.

Das Gespräch war ihm unbehaglich.

»Na, und?« fragte er.

Statt zu antworten, holte Brandt aus seinem Attachékoffer ein in braunes Packpapier eingewickeltes Päckchen hervor und schob es Miller über den Tisch zu.

»Der alte Mann hat ein Tagebuch hinterlassen. So alt war er übrigens gar nicht. Sechsundfünfzig. Offenbar hat er die Aufzeichnungen, die er im KZ machte, in seinen Fußlappen versteckt. Nach dem Krieg hat er sie dann alle übertragen. Sie bilden den Kern des Tagebuchs.«

Miller betrachtete das Paket mit mäßigem Interesse.

»Wo hast du es gefunden?«

»Es lag neben seiner Leiche. Ich habe es an mich genommen und gestern nacht durchgelesen.«

»Schlimm?«

»Grauenhaft. Ich habe nicht geahnt, daß es so entsetzlich war. Was die mit denen gemacht haben, meine ich.«

»Und was soll ich damit anfangen?«

Brandt zuckte mit den Achseln.

»Ich dachte, du könntest vielleicht irgendwas draus machen«, sagte er. »Etwas für die Zeitung oder so.«

»Wem gehört das Tagebuch?«

»Streng genommen Taubers Erben. Aber die sind wohl kaum ausfindig zu machen. Also bleibt es bei der Polizei und kommt zu den Akten. Du kannst es haben, wenn du willst. Sag nur keinem, daß du es von mir hast. Ich will keinen Ärger haben.«

Miller zahlte, und sie traten auf die Straße hinaus.

»Also gut, ich werde es lesen. Aber ich kann dir nicht versprechen, daß da eine große Sache draus wird. Vielleicht reicht es für einen Illustriertenartikel.

»Du bist doch ein zynischer Hund«, sagte Brandt mit einem schwachen Lächeln.

»Nein«, sagte Miller. »Aber ich interessiere mich wie die Mehrzahl meiner Zeitgenossen nun einmal hauptsächlich für das, was hier und heute passiert. Was ist los mit dir? Ich hätte eigentlich angenommen, daß zehn Jahre bei der Kripo ausreichen müßten, um einen sturen, abgebrühten Bullen aus dir zu machen. Diese Geschichte hat dir wohl echt zugesetzt, was?«

Brandt lächelte nicht mehr. Er blickte auf das Päckchen unter Millers Arm und nickte zögernd.
»Ja. Ja, das hat sie. Daß es so war, wie Tauber schreibt, habe ich nie wahrhaben wollen. Außerdem ist es eben nicht so, daß das alles längst der Geschichte angehört und damit vorbei und erledigt ist. Diese Story da endete gestern abend hier in Hamburg. Wiedersehen, Peter.«
Er nickte Miller zu, wandte sich um und ging rasch fort. Wie sehr er sich, was das Ende der Geschichte betraf, getäuscht hatte, konnte er nicht ahnen.

2

Kurz nach 15 Uhr war Peter Miller wieder in seiner Wohnung. Er warf das in braunes Packpapier eingeschlagene Manuskript auf den Wohnzimmertisch und ging in die Küche, um sich eine große Kanne Kaffee zu machen, bevor er mit der Lektüre des Tagebuchs begann.
Dann machte er es sich in seinem Lieblingssessel bequem, stellte sich eine Tasse Kaffee in Reichweite, zündete eine Zigarette an und öffnete das Päckchen. Das Tagebuch steckte in einem Lose-Blatt-Hefter, dessen Pappumschlag mit einem mattschwarzen Kunststoff überzogen war. Die ringförmigen Klammern im Heftrücken konnte man öffnen und schließen und so die Blätter des Tagebuchs herausnehmen oder auch, falls erforderlich, weitere einfügen. Der Hefter enthielt einhundertfünfzig engbeschriebene Blätter. Die Schreibmaschine mußte recht altersschwach gewesen sein, denn einige Buchstaben tanzten teils ober-, teils unterhalb der Zeile aus der Reihe und andere waren beschädigt oder bis zur Unkenntlichkeit abgenutzt. Die Seiten mußten größtenteils schon vor Jahren geschrieben worden sein, denn sie waren zwar säuberlich und glatt, aber doch zu einem großen Teil sehr vergilbt. Die ersten und die letzten Seiten waren jedoch neu und offenbar erst vor wenigen Tagen beschrieben worden: es war das Vorwort und ein Epilog. Aus der Datierung ging hervor, daß beides am 21. November – also erst vor zwei Tagen – verfaßt worden war. Der Mann, nahm Miller an, hatte diese Seiten wohl geschrieben, als er bereits entschlossen war, sich das Leben zu nehmen.
Miller überflog ein paar Sätze auf der ersten Seite und stellte fest, daß sie in klarem, präzisem Deutsch geschrieben waren und den Stil eines gebildeten, kultivierten Mannes verrieten. Auf dem vorderen Buchdeckel war ein weißes viereckiges Stück Papier aufgeklebt und darüber, um es sauberzuhalten, ein ebenfalls viereckiges, aber etwas größeres Stück Zellophanpapier. Auf dem weißen Papier stand in großen, mit schwarzer Tinte geschriebenen Blockbuchstaben: »Tagebuch von Salomon Tauber«. Miller setzte sich in seinem Sessel zurecht, schlug die erste Seite auf und begann zu lesen.

TAGEBUCH VON SALOMON TAUBER

Vorwort

Mein Name ist Salomon Tauber, ich bin Jude und im Begriff zu sterben. Ich habe beschlossen, meinem Leben ein Ende zu setzen, weil es wertlos geworden ist und mir nichts mehr zu tun bleibt. Was ich aus meinem Leben zu machen versucht habe, ist mir nicht gelungen: Meine Anstrengungen sind vergebens geblieben. Denn das Böse, das ich gesehen habe, hat nicht nur überlebt, es blüht und gedeiht – einzig das Gute ist dahingesunken in Staub und Spott. Die Freunde, die ich gekannt habe, die Dulder und Opfer, sind tot, und ihre Peiniger leben überall um mich herum. Bei Tage sehe ich ihre Gesichter in den Straßen, und in der Nacht sehe ich das Gesicht meiner Frau Esther, die auch schon lange tot ist. Ich bin nur deswegen so lange am Leben geblieben, weil es etwas gab, was ich tun wollte, etwas, was ich noch sehen wollte, und jetzt weiß ich, daß mir das nie vergönnt sein wird.

Ich hege keinen Haß und keine Bitterkeit gegen das deutsche Volk, denn es ist ein gutes Volk. Völker sind nicht böse; nur einzelne Menschen sind es. Der englische Philosoph Burke hatte recht, als er schrieb: »Ich sehe keine Möglichkeit, einen Schuldspruch für eine ganze Nation zu fällen.« Es gibt keine Kollektivschuld. Schon die Bibel berichtet, daß der Herr Sodom und Gomorrha wegen der Lasterhaftigkeit der Männer, die darin lebten, zerstören und auch ihre Frauen und Kinder nicht verschonen wollte, daß aber ein gerechter Mann unter ihnen lebte, der wegen seiner Rechtschaffenheit vor dem Zorn des Herrn bewahrt blieb. Das beweist, daß Schuld ebenso wie Erlösung an den einzelnen gebunden ist.

Als ich die Konzentrationslager von Riga und Stutthof und den Todesmarsch nach Magdeburg überlebt hatte und die alliierten Truppen im April 1945 meinen Körper – einen lebenden Leichnam – befreiten und nur meine Seele in Ketten ließen, da gab es in mir nur Haß auf die Welt. Ich haßte die Menschen und die Bäume und die Steine, denn sie hatten sich gegen mich verschworen und mich leiden gemacht. Vor allem aber haßte ich die Deutschen. Ich fragte mich damals, wie ich mich schon in den vier Jahren zuvor immer wieder gefragt hatte, warum der Herr sie nicht strafte, sie nicht – bis zum letzten Mann, Weib und Kind – niedermachte und ihre Städte und Häuser für immer vom Angesicht der Erde tilgte. Und weil Er es nicht tat, haßte ich auch Ihn, haderte mit Ihm, weil Er mich und mein Volk, das Er zu dem Glauben verleitet hatte, auserwählt zu sein, verlassen hatte, ja, ich erklärte, es gibt Ihn nicht.

Aber in den Jahren, die seither vergangen sind, habe ich wieder gelernt zu lieben; die Steine und die Bäume zu lieben, den Himmel über ihnen und den Strom, an dem diese Stadt liegt; ich liebe die herrenlosen Hunde und

Katzen, das Gras, das aus den Fugen des Kopfsteinpflasters sprießt, und die Kinder, die auf der Straße vor mir weglaufen, weil ich so häßlich bin. Ich kann es ihnen nicht verdenken. Es gibt ein französisches Sprichwort: »Alles verstehen heißt alles vergeben.« Wenn man die Menschen versteht, ihre Leichtgläubigkeit und ihre Ängste, ihre Gelüste und ihre Gier nach Macht, ihre Unwissenheit und ihre Unterwürfigkeit gegenüber dem Mann, der am lautesten schreit, wenn man das alles begreift, kann man ihnen vergeben. Ja, man kann ihnen selbst das vergeben, was sie getan haben. Aber vergessen kann man es nicht.
Es gibt einige Männer, deren Schuld über jedes begreifliche Maß hinausgeht und daher auch nicht vergeben werden kann. Und hier ist unser Versagen zu suchen. Denn sie sind noch unter uns, sie leben in den Städten mit uns, sie arbeiten in den Büros mit uns, essen mit uns in den Kantinen, sie lächeln uns an und schütteln uns die Hand und reden anständige Männer mit »Kamerad« an. Daß sie – beileibe nicht als Ausgestoßene, sondern als geachtete Mitbürger – weiterleben und mit ihrer ungesühnten Schuld ein ganzes Volk weiterhin in Verruf bringen dürfen, das ist unsere wahre Niederlage. Und diese Niederlage haben wir selbst verschuldet, du und ich, weil wir versagt haben, jämmerlich versagt.
Im Lauf der Zeit fand ich zu meiner Liebe zum Herrn zurück, und ich bat ihn um Vergebung für die Sünden wider seine Gebote. Ich habe mich vieler Sünden schuldig gemacht.

Shema Israel, Adonai elohenu, Adonai ehod...

Die ersten zwanzig Seiten des Tagebuches schilderten Taubers Kindheit und seine frühe Jugend in Hamburg. Es berichtet von seinem Vater, der aus der Arbeiterklasse stammte und im Ersten Weltkrieg mit höchsten Auszeichnungen dekoriert wurde, sowie vom Tod seiner Eltern im Jahre 1933, kurz nach der Machtergreifung Hitlers. Ende der dreißiger Jahre hatte er ein Mädchen namens Esther geheiratet, arbeitete in einem Architekturbüro und blieb dank der Intervention seines Arbeitgebers bis 1941 von rassischer Verfolgung verschont. In Berlin, wohin er zu einer Besprechung mit einem Bauherrn gereist war, wurde er festgenommen. Nach einem Aufenthalt in einem Durchgangslager wurde er in einem verplombten Viehwagen mit anderen jüdischen Leidensgenossen in den Osten abtransportiert.

Ich erinnere mich nicht genau daran, nach wie vielen Tagen und Nächten der Zug schließlich am Ziel war. Vielleicht sechs Tage und sieben Nächte, seit wir in Berlin verladen worden waren und man die Waggons verriegelt hatte. Plötzlich stand der Zug. Das Licht, das durch die Ritzen drang, verriet

mir, daß es draußen Tag sein mußte. Mir war übel vor Erschöpfung und dem Gestank im Waggon; in meinem Kopf drehte sich alles.
Von draußen hörte ich Rufe; die Riegel wurden zurückgelegt und die Türen aufgeschoben. Es war gut, daß ich, der einmal ein weißes Hemd und gebügelte Hosen getragen hatte, mich nicht selbst sehen konnte. (Krawatte und Jackett, die ich in dem stickigen Viehwagen ausgezogen hatte, waren mir längst abhanden gekommen.) Der Anblick, den meine Leidensgenossen boten, war schlimm genug.
Als das gleißendhelle Tageslicht in den Waggon fiel, schlugen sie die Arme vor die Augen und schrien vor Schmerz. Beim Öffnen der Türen hatte ich sofort die Augen zugekniffen, um sie zu schützen. Bei dem Gedränge der Körper leerte sich der Waggon zur Hälfte wie von selbst; die Menschen stürzten in einer stinkenden, taumelnden Masse auf den Bahnsteig. Ich hatte neben den Türen im hinteren Teil des Waggons gestanden und trat, vorsichtig durch halbgeschlossene Lider in das blendende Tageslicht blinzelnd, aufrecht auf den Bahnsteig hinunter.
Die SS-Wachen, die die Schiebetüren geöffnet hatten – verrohte Männer mit kriminellen Physiognomien, die in einer Sprache fluchten und brüllten, die ich nicht verstand –, wichen mit angewiderten Gesichtern ein paar Schritte zurück. Im Viehwaggon waren etwa dreißig niedergetrampelte Männer liegengeblieben. Sie würden sich nie wieder erheben. Die auf dem Bahnsteig kauernden restlichen Deportierten, ausgehungerte und halbgeblendete Gestalten in stinkenden, dampfenden Lumpen, versuchten taumelnd und strauchelnd auf den Beinen zu bleiben. Die geschwollene, schwarze Zunge klebte uns vor Durst am Gaumen, und unsere Lippen waren ausgetrocknet und aufgesprungen. Den Bahnsteig entlang leerten sich etwa vierzig weitere Waggons aus Berlin und achtzehn aus Wien. Ihre Fracht bestand etwa zur Hälfte aus Frauen und Kindern. Viele Frauen und die meisten Kinder waren nackt, kotbeschmiert und in einem genauso erbarmungswürdigen Zustand wie wir. Einige der Frauen, die aus den Waggons in das Licht hinausstaumelten, trugen ihr totes Kind in den Armen. Die Wachen rannten den Bahnsteig hinauf und hinunter und knüppelten die Deportierten mit Stöcken zu einer Art Marschkolonne zusammen, die sich unter ihrer Bewachung auf den Weg zur nächsten Stadt machte. Aber was für eine Stadt war das? Und in welcher Sprache brüllten diese Männer auf uns ein? Später erfuhr ich es, es war Riga und die SS-Leute waren örtlich rekrutierte Letten – ebenso fanatische Judenhasser wie ihre Spießgesellen aus Deutschland. Tiere in Menschengestalt. Hinter den Wachen duckten sich Männer in fleckigen Hemden und Hosen; jeder trug auf Brust und Rücken ein großes J. Sie bildeten das vom Ghetto herbeibeorderte Spezialkommando, das die Toten aus den Viehwaggons herausschleifen und außerhalb der Stadt verscharren mußte. Das Spezialkommando wurde von ei-

nem halben Dutzend Männer bewacht, die auf Brust und Rücken ebenfalls das J trugen; sie waren jedoch mit Axtstielen bewaffnet und durch Armbinden gekennzeichnet – jüdische Kapos, die dafür, daß sie sich für diese Aufgabe hergaben, besseres Essen und andere Vergünstigungen erhielten. Als sich meine Augen an die Helligkeit gewöhnt hatten, sah ich im Schatten des Bahnhofsdachs ein paar deutsche SS-Leute stehen. Einer stand auf einer Transportkiste; die vielen tausend menschlichen Elendsgestalten, die aus den Waggons quollen und den Bahnsteig überfluteten, betrachtete er mit verkniffenem, aber wohlgefälligem Lächeln. Er klopfte mit einer geflochtenen Lederpeitsche auf seinen rechten Reitstiefel. Die graugrüne Uniform mit dem zweifachen silbernen Blitz der Siegrune auf dem schwarzen Grund des rechten Kragenspiegels saß ihm wie angegossen. Die Rangabzeichen auf dem linken Kragenspiegel wiesen ihn als Hauptsturmführer aus. Er war hochgewachsen und schlank, hatte hellblondes Haar und blaßblaue Augen. Sehr bald sollte ich erfahren, daß er ein eiskalter Sadist und schon damals unter dem Namen »der Schlächter von Riga« bekannt war; die Alliierten übernahmen später diese Bezeichnung, als sie nach ihm fahndeten. Das war der erste Eindruck, den ich von SS-Hauptsturmführer Eduard Roschmann erhielt...

Am 22. Juni 1941 hatte die Wehrmacht, gegliedert in drei Heeresgruppen, um 5 Uhr morgens mit 140 Divisionen die russische Grenze überschritten. Der größte aller bis dahin von Hitler unternommenen Eroberungszüge begann. Jeder Heeresgruppe folgten die SS-Sonderkommandos. Sie waren von Hitler, Himmler und Heydrich mit der Ermordung der gefangengenommenen russischen Kommissare sowie der Mitglieder ländlicher jüdischer Gemeinden beauftragt, soweit sie in den von den deutschen Armeen überrannten weiten Gebieten angesiedelt waren. Ihr Auftrag schloß die Zernierung der städtischen jüdischen Gemeinden in den Ghettos jeder größeren Stadt zwecks späterer »Sonderbehandlung« mit ein.
Am 1. Juli 1941 eroberte die Wehrmacht Riga, die Hauptstadt von Lettland, und vierzehn Tage später rückten die ersten SS-Vorauskommandos ein. Die erste SD- und SP-Standorteinheit der SS etablierte sich am 1. August 1941 und begann unverzüglich mit dem Vernichtungsprogramm, das die in »Kurland« umbenannten drei baltischen Staaten »judenfrei« machen sollte.
Dann wurde in Berlin entschieden, Riga zum Durchgangslager zu machen, durch das die deutschen und österreichischen Juden auf ihrem Weg in den Tod geschleust wurden. 1938 lebten in Deutschland 320000 und in Österreich 180000 Juden, insgesamt also eine halbe Million. Bis zum Juli 1941 waren sie bereits zu Zehntausenden interniert, in innerdeutschen und österreichischen Konzentrationslagern – Sachsenhausen, Mauthausen,

Ravensbrück, Dachau, Buchenwald, Bergen-Belsen und Theresienstadt in Böhmen. Aber die Lager waren überfüllt, und die weiten Gebiete des eroberten Ostens schienen den SS-Mördern der geeignete Ort zur Beseitigung der restlichen Juden zu sein. Mit dem Ausbau beziehungsweise der Errichtung der fünf Vernichtungslager Auschwitz, Treblinka, Belzec, Sobibor und Chelmno wurde bald begonnen; bis zu ihrer Fertigstellung mußte ein Ort gefunden werden, wo in der Zwischenzeit so viele Juden wie möglich beseitigt und die Überlebenden »verwahrt« werden konnten bis zur »Endlösung«. Dazu war Riga ausersehen.

Zwischen dem 1. August 1941 und dem 14. Oktober 1944 wurden allein 200000 deutsche und österreichische Juden nach Riga abtransportiert. 80000 fanden dort den Tod, und 120000 wurden in die bereits erwähnten Vernichtungslager im südlichen Polen weitertransportiert. Von den vierhundert Häftlingen, die diese Lager lebend verließen, starb die Hälfte in Stutthof oder auf dem Todesmarsch nach Magdeburg. Taubers Transport war der erste, der das Reichsgebiet verließ; er traf am 18. August 1941 um 15 Uhr 45 in Riga ein.

Das Ghetto in Riga bildete einen in sich abgeschlossenen Teil der Stadt; vorher war es das Wohnviertel der Rigaer Juden gewesen. Als ich dorthin kam, lebten nur noch wenige Hundert. In weniger als drei Wochen waren unter Leitung Roschmanns und seines Stellvertreters Krause weisungsgemäß die meisten von ihnen ermordet worden.

Das Ghetto lag am Nordrand der Stadt und grenzte im Norden an das offene Land. Eine Mauer bildete seine Südgrenze, die anderen drei Grenzen waren durch mehrere Stacheldrahtzäune abgeriegelt. Es gab nur ein einziges Tor in der Nordgrenze zum Betreten oder Verlassen des Ghettos. Es wurde von zwei Wachtürmen mit lettischer SS flankiert. Von hier aus verlief die Mase Kalnu Iela – die »Straße zum Kleinen Hügel« – in gerader südlicher Richtung mitten durch das Ghetto zu dessen Südgrenze. Rechts neben der Straße (von Süden aus nach Norden, d. h. zum Haupttor gesehen) war der Blechplatz, wo die Auswahl für die Exekutionen vorgenommen wurden. Auch die Vollzähligkeitsappelle, bei denen die Zwangsarbeitskommandos zusammengestellt und die Auspeitschungen und Erhängungen vollzogen wurden, fanden dort statt. Der Galgen mit seinen acht Stahlhaken und den im Wind schwingenden Schlingen stand mitten auf dem Platz. Abend für Abend wurden mindestens sechs Unglückliche gehenkt, und häufig mußte die Last aller acht Haken mehrfach erneuert werden, bevor Roschmann mit seinem Tagewerk zufrieden war.

Die Gesamtausdehnung des Ghettos betrug annähernd fünf Quadratkilometer; in normalen Zeiten lebten zwölf- bis fünfzehntausend Menschen in diesem Stadtviertel. Vor unserer Ankunft waren von den Rigaer Juden –

vielmehr von den zweitausend Überlebenden und Zurückgebliebenen – umfangreiche Abbrucharbeiten verrichtet worden, so daß die fünftausend Männer, Frauen und Kinder unseres Transports ein geräumiges Gebiet vorfanden. Aber nach uns trafen Tag für Tag weitere Transporte ein, bis die Bevölkerung unseres Teils des Ghettos auf dreißig- bis vierzigtausend Einwohner anstieg. Sobald daher ein neuer Transport gemeldet war, exekutierte die SS jeweils ebenso viele Bewohner, wie sie Neuankömmlinge erwartete – auf diese Weise schaffte die SS Platz. Sonst wäre wegen der Überbelegung des Ghettos die Gesundheit der noch Arbeitsfähigen unter uns bedroht worden – und das ließ Roschmann nicht zu.
An jenem ersten Abend richteten wir uns daher in den besten Häusern ein; jeder suchte sich ein eigenes Zimmer aus, schlief in einem richtigen Bett und benutzte Vorhänge und Mäntel zum Zudecken. Als mein Zimmernachbar seinen Durst mit Leitungswasser gestillt hatte, meinte er, vielleicht würde es am Ende doch nicht gar so schlimm werden, wie man zunächst befürchtet hatte. Aber wir hatten Roschmann noch nicht erlebt...

Als der Herbst den Sommer und der Winter den Herbst ablöste, verschlechterten sich die Lebensbedingungen im Ghetto immer mehr. Jeden Morgen wurde die gesamte Bevölkerung – ein weit höherer Prozentsatz von Frauen und Kindern als von uns arbeitsfähigen Männern war bereits unmittelbar nach der Ankunft umgebracht worden – zum Appell auf dem Blechplatz zusammengetrieben. Namen wurden nicht aufgerufen, wir wurden nur gezählt und in Arbeitsgruppen eingeteilt. Tag für Tag verließ nahezu die gesamte Bevölkerung – Männer, Frauen und Kinder – in Marschkolonnen das Ghetto, um zwölf Stunden lang in den Handwerksbetrieben, die in wachsender Zahl in der näheren Umgebung des Ghettos entstanden, Zwangsarbeit zu leisten.
Ich hatte behauptet, Tischler zu sein, was nicht der Wahrheit entsprach; aber als Architekt hatte ich oft genug Schreinern bei der Arbeit zugesehen, ich kannte mich daher genügend aus, um mich durchzumogeln. Ich war von der Überlegung ausgegangen, daß Schreiner immer gebraucht wurden, und war einem nahen Sägewerk zugeteilt worden. Dort wurden die Stämme aus den Kiefernwäldern zersägt und zu Fertigteilen verarbeitet für Einheitsbaracken zur Unterbringung der Truppen.
Diese Knochenarbeit hätte auch die Gesundheit robuster Männer ruiniert, denn sie mußte sommers wie winters im Freien, in der Kälte und Feuchtigkeit der Tiefebene vor der lettischen Küste verrichtet werden...
Unsere tägliche Verpflegungsration vor dem morgendlichen Abmarsch zur Arbeit bestand aus einem halben Liter sogenannter Suppe, die man zutreffender als schwach getrübtes Wasser hätte bezeichnen können; gelegentlich schwamm ein Stückchen Kartoffel darin. Am Abend, nach der Rückkehr ins

Ghetto, gab es einen weiteren halben Liter mit einer Scheibe Schwarzbrot und einer schimmeligen Kartoffel.

Lebensmittel ins Ghetto zu schmuggeln war ein Vergehen, auf das die Todesstrafe stand. Sie wurde noch am gleichen Tag beim Abendappell auf dem Blechplatz vor der versammelten Ghettobevölkerung durch Erhängen vollstreckt. Trotzdem mußte man dieses Risiko in Kauf nehmen. Es war die einzige Chance, am Leben zu bleiben.

Jeden Abend standen Roschmann und einige seiner Schergen am Haupttor und machten Stichproben bei den Kolonnen, die ins Lager zurückkehrten. Sie riefen willkürlich einen Mann, eine Frau oder ein Kind aus der Kolonne heraus und befahlen ihnen, sich neben dem Tor auszuziehen. Wurde eine Kartoffel oder ein Stück Brot gefunden, so mußte die betreffende Person zurückbleiben, während die anderen zum Abendappell auf den Blechplatz weitermarschierten.

Wenn alle dort versammelt waren, kam Roschmann mit den SS-Wachen und den zumeist etwa zehn bis fünfzehn des Lebensmittelschmuggels überführten Häftlingen die Straße zum Appellplatz entlangstolziert. Als erste bestiegen die männlichen Delinquenten das Galgengerüst; mit der Schlinge um den Hals mußten sie das Ende des Appells abwarten. Dann schritt Roschmann ihre Front ab. Er grinste den Todeskandidaten ins Gesicht und trat einem nach dem anderen den Stuhl unter den Füßen weg. Er hatte seinen Spaß daran, dies von vorn zu tun, damit der betreffende Häftling dabei sein Gesicht sehen konnte. Gelegentlich tat er auch nur so, als trete er den Stuhl weg, und zog überraschend seinen Fuß zurück. Er lachte schallend, wenn seinem Opfer, das sich schon am Strick zu hängen glaubte, klar wurde, daß es noch immer auf dem Stuhl stand, und heftig zu zittern begann.

Manchmal beteten die Todeskandidaten zum Herrn, manchmal flehten sie auch um Gnade. Roschmann schätzte das. Er gab dann vor, schwerhörig zu sein, hielt die Hand ans Ohr und fragte: »Kannst du nicht etwas lauter sprechen? Was hast du gesagt?«

Wenn er dann den Stuhl fortgestoßen hatte, wandte er sich an sein Gefolge und bemerkte launig: »Leute, ich werde mir wohl doch noch ein Hörgerät anschaffen müssen...!«

Innerhalb weniger Monate war Eduard Roschmann für uns Häftlinge zum Inbegriff des Teuflischen geworden. Es gab kaum einen diabolischen Trick, den er nicht anwandte.

Wenn eine Frau beim Lebensmittelschmuggel ertappt wurde, zwang Roschmann sie, zunächst die Erhängung der Männer mit anzusehen – besonders wenn sich ihr eigener Mann oder Bruder darunter befand. Dann befahl er ihr, vor uns, die an drei Seiten des Platzes angetreten waren, niederzuknien, während der Lagerfriseur ihr den Kopf kahl rasierte.

Nach dem Appell wurde sie zum Friedhof außerhalb des Stacheldrahtzauns eskortiert, wo sie ein Grab ausheben und sich daneben knien mußte. Roschmann lud seine Luger durch oder einer seiner Henkersknechte die Armeepistole, um die Frau aus nächster Nähe durch einen Genickschuß zu ermorden. Zeugen waren bei diesen Exekutionen unerwünscht, aber über die lettischen SS-Wachen sickerte durch, daß Roschmann nicht selten absichtlich haarscharf am Ohr seines Opfers vorbeischoß, damit es im Schock in das Grab fiel, aus dem es dann wieder herausklettern mußte, um sich abermals hinzuknien und auf den tödlichen Schuß zu warten. Manchmal drückte er den Abzug durch, wenn gar keine Kugel in der Kammer war, und es machte nur »klick«. Das verstärkte das Entsetzen des Opfers und erhöhte sein Vergnügen. Die lettischen Wachen waren entmenschte Sadisten, aber Roschmann brachte selbst sie zum Staunen...

Es gab ein Mädchen in Riga, das half den Häftlingen auf eigene Gefahr. Sie hieß Olli Adler und stammte vermutlich aus München. Ihre Schwester Gerda war bereits auf dem Friedhof erschossen worden, weil sie Lebensmittel in das Lager geschmuggelt hatte. Olli war ein Mädchen von außerordentlicher Schönheit; sie beschäftigte Roschmanns Phantasie. Er machte sie zu seiner Konkubine – »Hausmädchen« lautete die offizielle Bezeichnung dafür, weil Beziehungen zwischen SS-Leuten und Jüdinnen verboten waren. Sie schmuggelte Medikamente aus SS-Beständen ins Ghetto, wann immer man ihr gestattete, es zu betreten. Auch darauf stand selbstverständlich die Todesstrafe. Ich sah sie zuletzt, als wir in Riga eingeschifft wurden...

Gegen Ende jenes Winters war ich überzeugt, nicht mehr sehr viel länger überleben zu können. Der Hunger, die Kälte, die Nässe, die schwere Arbeit und die ständigen brutalen Schikanen hatten aus mir, der ich vorher von robuster Gesundheit gewesen war, ein armseliges Bündel aus Haut und Knochen gemacht. Wenn ich in den Spiegel blickte, sah mich ein ausgemergelter uralter Mann mit rotgeränderten Augen und eingefallenen Wangen an. Ich war gerade fünfunddreißig geworden und sah doppelt so alt aus. Jedem anderen Häftling ging es genauso.
Ich war Zeuge des Abmarschs Zehntausender zum Wald der Massengräber gewesen; ich hatte Hunderte an Kälte, Krankheit und Überarbeitung sterben sehen; ich hatte miterlebt, wie Ungezählte durch Erhängen, Auspeitschen und Knüppelhiebe ermordet wurden. Nachdem ich das alles fünf Monate lang überlebt hatte, war auch meine Zeit abgelaufen. Mein Lebenswille, der sich noch beim Transport geregt hatte, war erloschen. Geblieben waren nur noch Reaktionen, die noch eine Zeitlang gewohnheitsmäßig weiterfunktionierten. Früher oder später mußten auch sie zum Er-

liegen kommen. Aber dann geschah etwas, was mir wieder für ein ganzes Jahr Willenskraft gab.
Ich erinnere mich noch heute an das genaue Datum. Es war der 3. März 1942, der Tag des zweiten Dünamünde-Konvois. Einen Monat zuvor hatten wir zum erstenmal die Ankunft eines seltsamen Lastwagens beobachtet. Er war stahlgrau angestrichen und hatte etwa die Größe eines langen, einstökkigen Busses, jedoch keine Fenster. Er parkte unmittelbar außerhalb des Ghettos, und beim Morgenappell erklärte Roschmann, er habe eine interessante Neuigkeit zu verkünden. In der nahen Stadt Dünamünde sei eine Fischkonservenfabrik in Betrieb genommen worden, die Arbeitskräfte brauche. Die Arbeit, so sagte er, sei leicht, die Verpflegung gut und die Lebensbedingungen denkbar günstig. Diese Gelegenheit sei den alten Männern und Frauen, den Gebrechlichen, den Kranken und den kleineren Kindern vorbehalten.
Natürlich wollten viele zu so einer bequemen Arbeit eingeteilt werden. Roschmann ging die Reihen entlang, um seine Wahl zu treffen. Diesmal versteckten sich die Alten und Kranken nicht im dritten oder vierten Glied wie vor dem Marsch zum Exekutionshügel, wo sie schreiend und protestierend vor die Front gezerrt wurden. Diesmal wollten sie gesehen werden. Schließlich waren über hundert für den Bus ausgesucht. Sie stiegen ein, die Türen wurden zugeworfen, und der Wagen fuhr davon. Ich weiß nicht, ob es schon beim ersten Mal vielen auffiel, daß er keine Abgase ausstieß. Später sprach sich herum, was es mit dem Wagen auf sich hatte. Es gab keine Fischkonservenfabrik in Dünamünde; der Bus war eine fahrbare Gaskammer. In der Umgangssprache des Ghettos bedeutete »Dünamünde-Konvoi« den Gastod.
Am 3. März flüsterte man sich im Ghetto zu, daß noch ein Dünamünde-Konvoi abgehen sollte, und tatsächlich kündigte ihn Roschmann beim Morgenappell an. Aber diesmal drängte sich niemand um den Vorzug, einsteigen zu dürfen. Grinsend begann Roschmann die Front abzugehen. Denen, die vortreten sollten, tippte er lässig mit der Reitpeitsche auf die Brust. Hinterlistig fing er mit der vierten, der hintersten Reihe an, wo die meisten Schwachen, Gebrechlichen, Alten und zur Arbeit Untauglichen standen. Eine alte Frau hatte damit gerechnet und sich in die erste Reihe gestellt. Sie war vielleicht fünfundsechzig Jahre alt. In der verzweifelten Hoffnung, durch diesen Trick am Leben zu bleiben, hatte sie Schuhe mit hohen Absätzen und schwarze Seidenstrümpfe angezogen, einen Rock, der so kurz war, daß er nicht einmal ihre Knie bedeckte, und obendrein trug sie noch einen ausgefallenen Hut. Sie hatte sich die Wangen mit Rouge geschminkt und die Lippen karminrot bemalt. Sie wäre in jeder Häftlingsgruppe aufgefallen, aber sie gab sich der Illusion hin, durch ihre Aufmachung für ein junges Mädchen gehalten zu werden.

Als Roschmann sie sah, blieb er stehen und starrte sie ungläubig an. Dann breitete sich ein freudiges Lächeln auf seinem Gesicht aus.
»Na, wen haben wir denn hier?« rief er. Er deutete mit seiner Reitpeitsche auf sie, um die Aufmerksamkeit seiner Spießgesellen auf sie zu lenken, die in der Mitte des Platzes standen und die bereits ausgesuchten Häftlinge bewachten. »Hätten Sie denn gar keine Lust auf eine hübsche kleine Fahrt nach Dünamünde, meine Gnädigste?«
»Nein, mein Herr«, erwiderte die alte Frau, zitternd vor Angst.
»Und wie alt sind wir denn?« fragte Roschmann höhnisch. Seine SS-Kumpane brachen in schallendes Gelächter aus.
»Siebzehn? Achtzehn? Oder schon Zwanzig?«
Die knochigen Knie der alten Frau begannen zu zittern.
»Ja, mein Herr«, flüsterte sie.
»Wunderbar«, rief Roschmann aus. »Ich mag hübsche Mädchen. Na, dann gehen Sie mal zur Mitte des Platzes, damit wir auch alle sehen können, wie jung und schön Sie sind.«
Er packte sie beim Arm und zerrte sie zur Mitte des Platzes. Dann ließ er sie los und sagte: »Nun, Gnädigste, da Sie so jung und so hübsch sind, wäre es doch nett, wenn Sie uns ein bißchen was vortanzen, wie?«
Sie stand da, bebend vor Kälte und vor Angst und flüsterte etwas, was wir nicht verstanden.
»Wie bitte?« brüllte Roschmann. »Sie können nicht tanzen? Oh, ich bin ganz sicher, daß ein so hübsches junges Ding wie Sie tanzen kann. Das wäre ja noch schöner!«
Seine Spießgesellen von der deutschen SS klatschten sich vor Vergnügen auf die Schenkel. Die Letten verstanden zwar kein Deutsch, fingen aber auch an zu grinsen. Die alte Frau schüttelte den Kopf. Roschmanns Lächeln verschwand.
»Los, tanzen!« kommandierte er.
Sie machte ein paar zaghafte Bewegungen und blieb wieder stehen. Roschmann zog die Luger, spannte und entsicherte sie, und dann schoß er wenige Zentimeter vor ihre Füße in den Sandboden. Sie sprang vor Schreck mit einem Satz in die Höhe.
»Tanz gefälligst für uns, du häßliche, alte jüdische Hexe. Los, tanz jetzt, tanz, tanz!« schrie er und feuerte jedesmal, wenn er »tanz!« schrie, dicht vor ihre Füße in den Sandboden.
Er schoß alle drei Reservemagazine aus seiner Pistolentasche leer und ließ sie eine halbe Stunde lang tanzen und immer höher springen, und ihr kurzer Rock schlug ihr bei jedem Satz bis zur Hüfte hoch. Schließlich sank sie zu Boden und blieb erschöpft liegen. Sie konnte nicht mehr aufstehen, ob er sie nun erschoß oder nicht. Roschmann feuerte seine drei letzten Patronen so nahe vor ihrem Gesicht ab, daß ihr der Sand in die Augen spritzte.

In der Stille, die zwischen den Schüssen herrschte, war über den ganzen Appellplatz nur der rasselnde, pfeifende Atem der alten Frau zu hören. Als er keine Munition mehr hatte, schrie er weiter »tanz!« und trat ihr mit seinem Stiefel in den Bauch. Das alles spielte sich in absolutem Schweigen vor unseren Augen ab, bis mein Nebenmann zu beten begann. Er war ein kleiner bärtiger Chassid und trug noch immer seinen längst zerlumpten langen schwarzen Mantel. Die meisten von uns trugen Mützen mit Ohrenschützern wegen der Kälte; er aber hatte nur den breitkrempigen schwarzen Hut seiner Sekte auf. Mit zitternder, aber von Mal zu mal lauter werdender Stimme rezitierte er immer wieder die Shema Israel. Mir war klar, daß sich Roschmann in seiner gefährlichsten Stimmung befand; ich betete schweigend und hoffte, daß der Chassid verstummen würde. Aber er tat es nicht.
»Höre, o Israel...«
»Halt den Mund!« zischte ich.
»*Adonai elohenu*... Der Herr ist unser Gott...«
»Sei still! Du bringst uns noch alle um damit.«
»Der Her ist allmächtig... *Adonai Eha-a-ad.*«
Wie ein Vorsänger in der Synagoge dehnte er die letzte Silbe in der überlieferten Weise – wie Rabbi Akiba, als er im Amphitheater zu Caesarea auf Befehl von Tinius Rufus hingerichtet wurde. In diesem Augenblick hörte Roschmann auf, die alte Frau anzuschreien. Er hob witternd den Kopf und wandte sich um. Da ich den Chassid um Haupteslänge überragte, sah er mich an.
»Wer hat da geredet?« schrie er und kam mit langen Schritten rasch auf mich zu.
»Du da – raustreten!« Es bestand kein Zweifel, daß er auf mich deutete. Ich dachte: Das ist also das Ende. Und wenn schon, es spielt keine Rolle. Es mußte ja geschehen, ob jetzt oder ein andermal. Ich trat aus der Reihe, als er vor mir stand.
Er sagte nichts, aber sein Gesicht zuckte wie das eines Tobsüchtigen. Dann verwandelte sich seine Miene zu dem wölfischen Lächeln, das jeder im Ghetto fürchtete; es jagte selbst den lettischen SS-Männern Furcht und Schrecken ein.
Seine Hand fuhr blitzschnell durch die Luft; niemand hatte die Bewegung wahrgenommen. Ich fühlte nur einen dumpfen Schlag gegen meine linke Gesichtshälfte und hörte gleichzeitig einen ungeheuren Knall, als sei in unmittelbarer Nähe meines Trommelfells eine Bombe explodiert. Ich spürte es ganz deutlich, und doch war es so, als sei ich nicht wirklich davon betroffen –: Meine Haut riß von der Schläfe bis zum Mund wie modriges Pergament. Noch bevor das Blut floß, hatte Roschmann schon wieder die Hand gehoben, und diesmal riß mir seine Peitsche mit dem gleichen ohrenbetäubenden Knall die andere Gesichtshälfte auf. Roschmann hatte eine 50 cm

lange Reitpeitsche; der Griff war eine mit Leder umwickelte federnde Stahlspirale, am anderen Ende befand sich der aus dünnen Lederstreifen geflochtene Riemen. Er schlug sie von oben nach unten und zog den Riemen durch. Bei diesen Hieben zerriß Menschenhaut wie Seidenpapier. Wie das aussah, hatte ich oft mit ansehen müssen.

Innerhalb von Sekunden tropfte mir das warme Blut vom Kinn auf die Jacke. Roschmann wandte sich von mir ab und deutete auf die alte Frau, die noch immer schluchzend mitten auf dem Platz kauerte:

»Los, lade dir die alte Hexe auf und schaff sie zum Wagen«, bellte er.

Und so hob ich die alte Frau auf und trug sie, während das Blut von meinem Kinn auf sie herabtropfte, die »Straße zum kleinen Hügel« hinunter zum Tor, wo der Gaskammerwagen stand. Wenige Minuten, bevor hundert weitere Opfer eintrafen, setzte ich sie im Inneren des Wagens ab und wollte mich wieder von ihr abwenden. Aber ihre knotigen Finger packten mein Handgelenk mit erstaunlicher Kraft und hielten mich fest. Sie kauerte auf dem Boden der fahrbaren Gaskammer und zog mich zu sich herab; dann tupfte sie mir mit einem kleinen Spitzentaschentuch, einem Überbleibsel aus besseren Tagen, das Blut aus dem Gesicht.

Ihr Gesicht war mit Rouge, Wimperntusche, Tränen und Sand verschmiert, aber ihre dunklen Augen strahlten mich an wie Sterne.

»Mein Sohn«, keuchte sie. »Du mußt leben. Schwöre mir, daß du leben wirst. Schwöre mir, daß du hier lebend herauskommst. Du mußt leben, damit du denen draußen in der Welt sagen kannst, was mit unserem Volk hier geschieht. Versprich es mir, schwöre es mir bei der Sefer Torah.«

Und so schwor ich ihr, daß ich überleben würde, irgendwie, gleichgültig um welchen Preis. Danach ließ sie mich gehen. Taumelnd stolperte ich die Straße entlang in das Ghetto zurück, und auf halbem Wege verlor ich das Bewußtsein.

Kurz nachdem ich die Arbeit wiederaufgenommen hatte, faßte ich zwei Entschlüsse. Der eine war, ein geheimes Tagebuch zu führen. Allnächtlich tätowierte ich mir mit einer Nadel und schwarzer Tinte Stichwörter und Daten in die Haut an Beinen und Füßen, damit ich sie eines Tages säuberlich auf Schreibpapier übertragen und damit über alles das, was in Riga geschehen war, Zeugnis ablegen konnte gegen die Verantwortlichen. Der zweite Entschluß war, Kapo zu werden – Mitglied der jüdischen Polizei.

Dieser Entschluß fiel mir schwer; Kapos waren die Männer, die ihre jüdischen Mitmenschen zum Arbeitsplatz und zurück und oft genug auch zur Hinrichtung zusammentrieben. Sie waren mit Axtstielen ausgerüstet, und gelegentlich, wenn ein deutscher SS-Führer sie beobachtete, schlugen sie auf ihre jüdischen Brüder ein, um sie zu schärferem Arbeitstempo anzutreiben. Dennoch suchte ich am 1. April 1942 den Chef der jüdischen Kapos auf und meldete mich freiwilig. In den Augen meiner jüdischen Leidensgenossen war ich damit zum Ausgestoßenen geworden. Kapos konnte die Lagerleitung immer gebrauchen, denn trotz der reichlicheren Essensrationen, besseren Lebensbedingungen und der Befreiung von der Zwangsarbeit gaben sich nur sehr wenige dazu her...

Ich sollte an dieser Stelle die Methode schildern, nach der die Arbeitsunfähigen exekutiert wurden, denn auf diese Weise ließ Eduard Roschmann siebzig- bis achtzigtausend Juden in Riga ermorden. Wenn der Güterzug mit einem neuen Häftlingstransport, der gewöhnlich etwa fünftausend Menschen umfaßte, in den Bahnhof einlief, waren meistens schon annähernd eintausend Insassen während der Fahrt gestorben. Ein Zug bestand aus fünfzig Viehwaggons, und ganz selten gab es bei einem Transport nur ein paar hundert Tote.

Sobald die neuen Opfer auf dem Blechplatz angetreten waren, wurde wieder eine Auswahl für die Vernichtung getroffen, und zwar nicht nur aus den neu Angekommenen – alle mußten antreten, und jeden konnte es treffen. Das war der Zweck des Abzählens, morgens und abends. Bei den neuen Opfern wurden die schwachen, alten oder gebrechlichen, darunter die meisten Frauen und fast alle Kinder, als arbeitsunfähig abgesondert und der Rest gezählt. Waren es insgesamt zweitausend, wurden aus den Insassen des Ghettos zweitausend ausgesucht; wenn fünftausend hinzukamen, marschierten fünftausend zum Exekutionshügel. Auf diese Weise gab es keine Überbevölkerung. Ein Mann überlebte vielleicht sechs Monate Sklavenarbeit, selten länger, dann war seine Gesundheit ruiniert, und Roschmann tippte ihm mit seiner Reitpeitsche auf die Brust, und der Tag, an dem er seinen toten Leidensgenossen in das Massengrab folgte, war gekommen...

Zuerst marschierten die Opfer unter Bewachung zur Exekution in ein Gehölz in der Nähe der Stadt. Die Letten nannten das Gehölz den Bickernicker Forst, und die Deutschen tauften es in Hochwald um. Auf den Lichtungen zwischen den Kiefern hatten die Rigaer Juden riesige Gräber ausheben müssen, bevor sie starben. Nach getaner Arbeit wurden sie auf Befehl und unter Aufsicht Eduard Roschmanns von lettischen SS-Wachen niedergemäht. Die restlichen Rigaer Juden schütteten dann die zum Bedecken der Toten jeweils benötigte Menge Erde darüber; auf diese Weise kam eine weitere Schicht von Leichen auf die bereits darunter liegende, bis der Graben voll war. Der Vorgang wiederholte sich beim nächsten Graben.

Vom Ghetto aus konnten wir jedesmal das Knattern der Maschinengewehrsalven hören, wenn eine neue »Sendung« liquidiert wurde. Wenn alles vorüber war, sahen wir Roschmann in seinem offenen Wagen den Hügel hinunterfahren und durch das Ghettotor kommen...

Nachdem ich Kapo geworden war, hörte jeder Kontakt zwischen mir und meinen Mithäftlingen auf. Es wäre sinnlos gewesen, ihnen zu erklären, was mich zu diesem Schritt bewogen hatte; sinnlos, darauf hinzuweisen, daß ein weiterer Kapo die Zahl der Opfer nicht um ein einziges erhöhte; sinnlos, ihnen erklären zu wollen, daß ein einziger überlebender Zeuge von entscheidender Bedeutung sein konnte – nicht zur Rettung der Juden, sondern um sie zu rächen. Dieses Argument hämmerte ich mir immer wieder selbst ein. Aber war das auch der wahre Grund? Oder hatte ich nur Angst vorm Sterben? Was auch immer es gewesen sein mochte – die Angst hörte bald auf, mein Verhalten zu bestimmen, denn im August jenes Jahres geschah etwas, was meine Seele abtötete. Der Kampf ums Überleben war von da an nur noch eine Angelegenheit meiner leiblichen Hülle...

Im Juli 1942 traf ein neuer großer Transport österreichischer Juden aus Wien ein. Sie mußten ausnahmslos zur »Sonderbehandlung« vorgemerkt worden sein; kein einziger von ihnen hat das Ghetto jemals betreten. Wir sahen sie nicht mal; sie wurden unmittelbar vom Bahnhof aus zum Hochwald in Marsch gesetzt und dort exekutiert. An jenem Abend kamen vier Lastwagen den Hügel hinunter. Ihre Ladungen bestand aus Bekleidungsstücken und persönlichen Habseligkeiten, die auf dem Blechplatz sortiert werden sollten. Ein Berg aus Schuhen, Socken, Unterhosen, Hosen, Kleidern, Jacken, Rasierpinseln, Brillen, Zahnprothesen, Eheringen, Siegelringen, Mützen und so weiter.
Das war das übliche Verfahren bei exekutierten Transporten. Jeder, der ermordet werden sollte, mußte sich neben dem Massengrab ausziehen. Die Kleidungsstücke und Wertsachen wurden dann in das Ghetto geschafft, sortiert und ins Reich abtransportiert. Gold, Silber und Schmucksachen nahm Roschmann in seine persönliche Obhut...

Im August 1942 war ein Transport aus Theresienstadt eingetroffen – auch aus diesem Lager in Böhmen traten Zehntausende deutscher und österreichischer Juden die Reise in die Vernichtungslager an. Ich stand auf der einen Seite des Blechplatzes und beobachtete Roschmann, der die Front abging und die Todesauswahl traf. Die neuen Opfer waren schon in Theresienstadt kahlgeschoren worden, und das hätte es erschwert, die Frauen von den Männern zu unterscheiden, aber sie trugen ihre Kittelkleider. Mir genau gegenüber, auf der anderen Seite des Platzes, stand eine Frau, die mir auffiel. Ihre Gesichtszüge kamen mir irgendwie bekannt vor, obwohl sie bis zur Unkenntlichkeit ausgezehrt und abgemagert war und ständig hustete. Als Roschmann bei ihr angekommen war, tippte er ihr mit seiner Reitpeitsche auf die Brust und ging weiter. Die Letten in seinem Gefolge packten die Frau sofort bei den Armen, zerrten sie aus der Reihe heraus und stießen sie zur Mitte des Platzes zu den Todgeweihten. In diesem Transport gab es viele, die nicht arbeitsfähig waren, und die Liste der Todgeweihten war sehr lang. Das bedeutete, daß von uns weniger Todeskandidaten ausgesucht wurden, um die Zahlen auszugleichen; aber für mich war das ohnehin eine akademische Frage. Als Kapo trug ich eine Armbinde und einen Knüppel, und durch die zusätzliche Verpflegung war ich sogar wieder etwas zu Kräften gekommen.

Roschmann hatte mein Gesuch zwar gesehen, sich aber offenbar nicht an den Vorfall erinnert. Er schlug Häftlinge so häufig mit der Peitsche, daß er sich nicht jeden einzelnen Fall merken konnte.

Die meisten der an jenem Sommerabend Ausgewählten wurden zu einer Marschkolonne zusammengetrieben und von den Kapos zum Ghettotor eskortiert. Dort übernahm die lettische SS die Überwachung und trieb sie die letzten fünf Kilometer zum Hochwald ins Massengrab.

Da aber auch eine fahrbare Gaskammer vor dem Tor stand, wurde eine Gruppe von etwa hundert der Gebrechlichsten abgesondert. SS-Untersturmführer Krause deutete auf mich und vier oder fünf andere Kapos.

»Ihr da«, brüllte er, »schafft die hier zum Dünamünde-Konvoi.«

Als die anderen abmarschiert waren, brachten wir die letzten hundert zumeist Gehbehinderten, Entkräfteten und Lungenkranken zum Tor, wo der Lastwagen stand. Die magere Frau, die vom TBC-Husten geschüttelt wurde, war auch darunter. Sie wußte, wohin der Weg führte; alle wußten es. Aber sie stolperte mit derselben resignierten Schicksalsergebenheit zum hinteren Ende des Lastwagens wie die anderen auch. Sie war zu schwach, um sich hinaufzuschwingen, denn die Wagenklappe war etwa eineinhalb Meter über dem Boden, und so wandte sie sich hilfesuchend an mich. Wir standen da und starrten einander in sprachlosem Staunen an.

Ich hörte, daß hinter mir jemand hinzutrat und die beiden anderen Kapos an der Wagenklappe Haltung annahmen und sich die Mütze vom Kopf rissen. Mir war klar, daß es ein SS-Führer sein mußte, und ich beeilte mich, das gleiche zu tun. Die Frau sah mich weiter unverwandt an. Der SS-Führer stand jetzt vor mir. Es war Hauptsturmführer Roschmann. Mit einem Kopfnicken befahl er den beiden anderen Kapos weiterzumachen und starrte mich mit seinen blaßblauen Augen durchdringend an. Ich wußte, was das bedeutete; ich würde ausgepeitscht an diesem Abend, weil ich meine Mütze zu langsam abgenommen hatte.

»Wie heißt du?« fragte er sanft.

»Tauber, Herr Hauptsturmführer«, sagte ich in Habtachtstellung.

»Na, Tauber, du scheinst mir reichlich müde zu sein. Was meinst du, sollten wir dich heute abend ein bißchen munter machen?«

Es hatte keinen Sinn, irgend etwas zu sagen. Die Strafe war beschlossen. Roschmanns Blick wanderte zu der Frau, und seine Lider verengten sich,

als argwöhne er irgend etwas. Dann breitete sich das breite wölfische Lächeln auf seinem Gesicht aus.
»Kennst du diese Frau?« fragte er.
»Jawohl, Herr Hauptsturmführer«, entgegnete ich.
»Wer ist sie?« fragte er. Ich konnte nicht antworten. Meine Lippen waren wie mit Kleister zusammengeklebt.
»Ist sie deine Frau?« fragte er weiter. Ich nickte benommen. Sein Grinsen wurde noch breiter.
»Aber mein lieber Tauber, wo bleiben denn deine Manieren? Hilf der Dame gefälligst in den Wagen«.
Ich stand noch immer wie gelähmt da, unfähig, mich zu rühren. Er trat dichter an mich heran und flüsterte: »Du hast zehn Sekunden, sie da hinaufzuheben. Sonst gehst du selbst rein!«
Zögernd streckte ich meinen Arm aus. Esther stützte sich darauf und kletterte in den Wagen. Die anderen beiden Kapos warteten schon darauf, die Türen zuwerfen zu können. Als Esther oben war, blickte sie zu mir hinunter, und zwei Tränen – aus jedem Auge eine – rollten ihr über die Wangen. Sie sagte nichts zu mir, und wir hatten auch vorher kein einziges Wort miteinander gesprochen. Dann wurden die Türen zugeworfen, und der Wagen fuhr fort. Das letzte, was ich von ihr sah, waren ihre Augen. Sie blickten mich unverwandt an.
Ich habe mich zwanzig Jahre lang gefragt, was sie mit diesem Blick ausdrükken wollte. War es Liebe oder Haß, Verachtung oder Mitleid, Verwirrung oder Verständnis? Ich werde es niemals erfahren.
Als der Wagen abgefahren war, drehte sich Roschmann zu mir um. Er grinste noch immer. »Du kannst weiterleben, bis es uns paßt, dich zu liquidieren, Tauber«, sagte er. »Von jetzt an bist du sowieso schon tot.«
Und damit hatte er recht. An jenem Tag starb meine Seele bei lebendigem Leib. Es war der 29. August 1942.

Seit jenem Tag war ich nur noch ein Roboter. Für mich zählte nichts mehr. Ich empfand weder Kälte noch Schmerz – ich empfand überhaupt nichts mehr. Ich beobachtete die Grausamkeiten von Roschmann und seinen SS-Kumpanen, ohne mit der Wimper zu zucken. Ich war gefühllos für alles, was den menschlichen Geist anrühren, und gefühllos für das meiste, was den Leib berühren kann. Aber ich nahm alles zur Kenntnis, jede winzige Einzelheit; ich versenkte sie in meinem Gedächtnis oder ritzte mir die Daten in die Haut an meinen Beinen. Die Menschentransporte kamen, marschierten zum Exekutionshügel oder zu den fahrbaren Gaskammern; sie starben und wurden verscharrt. Manchmal sah ich ihnen in die Augen, ihnen, die ich, ausgerüstet mit Armbinde und Knüppel, zum Ghettotor eskortierte. Dann fühlte ich mich an die Verse eines englischen Dichters erinnert, die ich einmal gelesen hatte. Sie handelten von einem alten Seefahrer, der dazu verurteilt war, mit der Erinnerung an den Fluch weiterzuleben, den er in den Augen seiner todgeweihten schiffbrüchigen Mannschaft gelesen hatte. Aber für mich gab es keinen Fluch, denn ich war immun gegen Schuldgefühle. Die sollten sich erst Jahre später einstellen. In mir gab es nur die Leere eines toten Mannes, der noch aufrecht gehen konnte...

Peter Miller las bis spät in die Nacht weiter. Mehrmals lehnte er sich in seinem Sessel zurück und atmete ein paar Minuten lang tief durch, um seinen rasenden Puls zu beruhigen. Dann las er weiter.
Einmal, es war kurz vor Mitternacht, legte er das Tagebuch aus der Hand und stand auf, um sich einen Kaffee zu machen. Er blieb am Fenster stehen und zog die Vorhänge zurück. Ein Stück weiter die Straße hinunter war das Café Chérie. Das helle Neonlicht erleuchtete den Steindamm, und er sah eins der Teilzeitmädchen, die da stehen, um ihr Einkommen aufzubessern. Sie trat am Arm eines Geschäftsmanns auf die Straße. Die beiden verschwanden in der Fremdenpension gegenüber, wo der Geschäftsmann um hundert Mark ärmer wurde, für eine kurze, hastige Erleichterung.
Miller zog die Vorhänge wieder zu und kehrte in seinen Sessel zurück. Er trank seinen Kaffee aus und las weiter in Salomon Taubers Tagebuch.

Im Herbst 1943 kam die Anweisung aus Berlin, die Zehntausende von Leichen im Hochwald wieder auszugraben und sie, entweder durch Verbrennen oder durch Bestreuen mit ungelöschtem Kalk, gründlicher zu vernichten. Das war leichter gesagt als getan; der Winter stand vor der Tür, und der Boden fror bald hart. Roschmann war tagelang in bösester Stimmung; aber die verwaltungstechnischen Einzelheiten machten ihm genügend zu schaffen, um ihn uns vom Leibe zu halten.
Tag für Tag konnte man die neuaufgestellten Arbeitskommandos mit geschulterten Äxten und Spaten den Hügel zum Hochwald hinaufmarschieren sehen, und Tag für Tag stiegen schwarze Rauchsäulen über dem Wald auf. Als Brennstoff benutzten sie Kiefernharz, aber normalerweise brennen bereits verwesende Leichen nicht ohne weiteres, und so ging die Arbeit nur langsam vonstatten. Schließlich gingen sie zu ungelöschtem Kalk über, bedeckten jede Leichenschicht damit und schaufelten sie im Frühjahr 1944, als der Boden aufzutauen begann, in die Gräben zurück.
Die Kommandos, die diese Arbeit leisteten, stammten nicht aus dem Ghetto. Es waren Juden aus Salas Pills, einem der schlimmsten Lager der Umgebung. Sie waren dort unter strengster Isolierung von jeglichem menschlichen Kontakt inhaftiert; später ließ man sie einfach verhungern: Man verweigerte ihnen so lange jede Nahrung, bis trotz der zahlreichen Fälle von Kannibalismus alle vor Hunger gestorben waren...

Im Frühjahr 1944 war diese Arbeit mehr oder weniger beendet, und schließlich wurde das Ghetto aufgelöst. Die meisten seiner dreißigtausend Bewohner wurden in den Hochwald getrieben; sie folgten den Hunderttausenden, deren Gebeine hier moderten, als letzte in den Tod. Etwa fünftausend von uns wurden in das Lager Kaiserwald überführt, während hinter uns das Ghetto in Flammen aufging und anschließend Planierraupen die Überreste dem Erdboden gleichmachten. Von dem, was einst hier gestanden hatte, blieb nichts übrig. Nichts außer einer Fläche mit Asche vermischten plattgewalzten Erdbodens, die sich Hunderte von Morgen weit ausdehnte...

Auf den folgenden zwanzig Seiten seines Tagebuchs beschrieb Tauber den Kampf ums Überleben, den er im Konzentrationslager Kaiserwald gegen Hunger, Krankheit, Erschöpfung und die Brutalität der Lagerwachen zu bestehen hatte. In dieser Zeit trat SS-Hauptsturmführer Eduard Roschmann nicht in Erscheinung. Er hielt sich jedoch offenbar nach wie vor in Riga auf. Tauber schildert, wie die SS, von panischer Angst erfaßt, den Russen in die Hände zu fallen, fieberhafte Vorbereitungen traf, Riga auf dem Seeweg zu verlassen; sie nahmen die letzten überlebenden Häftlinge als Freibillett für die Rückreise ins Reich mit.

Am Nachmittag des 11. Oktober 1944 erreichten wir mit insgesamt noch knapp viertausend Häftlingen Riga. Unsere Marschkolonne wurde sofort zum Hafen weitergeleitet. Aus der Ferne hörten wir ein merkwürdiges dumpfes Dröhnen; es klang wie der rollende Donner eines entfernten schweren Gewitters. Zunächst kamen wir nicht darauf, was es bedeutete – wir hatten noch nie Granaten oder Bomben detonieren gehört. Dann dämmerte in unseren von Kälte und Hunger benommenen Köpfen die Erkenntnis, daß es russische Artilleriegeschosse waren, die in den Vororten von Riga einschlugen.

Als wir bei den Hafenanlagen ankamen, wimmelte es dort schon von SS-Führern und -Mannschaften. Ich hatte nie so viele von ihnen zur selben Zeit am selben Ort gesehen; es müssen weit mehr SS-Leute als Häftlinge dort gewesen sein. Wir mußten uns in Reihen vor einem der Speicher aufstellen. Wieder glaubten die meisten von uns, wir sollten hier erschossen werden. Aber dem war nicht so.

Offenbar beabsichtigte die SS, uns, die letzten fünftausend der Hunderttausende von Juden, die durch Riga geschleust worden waren, als Alibi für ihre Flucht vor dem russischen Vormarsch zu benutzen. Das Schiff, das sie ins Reich zurückbringen sollte – ein Frachter, der am Kai 6 festgemacht hatte –, war das letzte, das aus der eingeschlossenen Stadt auslief. Die verwundeten deutschen Soldaten lagen zu Hunderten auf Tragbahren in zwei

Hafenschuppen. Nach einiger Zeit wurden die ersten an Bord getragen... Es war schon fast dunkel, als SS-Hauptsturmführer Roschmann erschien. Als er sah, welche Ladung das Schiff übernahm, erstarrte er. Nachdem er sich davon überzeugt hatte, daß es Verwundete der Wehrmacht waren, die an Bord geschafft wurden, drehte er sich um und befahl den Sanitätssoldaten, die die Bahren schleppten: »Schluß! Einladen sofort abbrechen!«
Er lief quer über den Kai auf sie zu und schlug einem von ihnen mit der flachen Hand ins Gesicht. Dann fuhr er herum und brüllte uns Häftlinge an: »Ihr Scheißkerle! Los, macht, daß ihr auf das Schiff raufkommt! Holt sie wieder runter! Bringt sie wieder in den Schuppen zurück. Das ist unser Schiff.«
Angetrieben von den Gewehrläufen der SS-Männer, die uns zum Hafen eskortiert hatten, setzten wir uns in Richtung Gangway in Bewegung. Hunderte von anderen SS-Männern, einfachen Soldaten und Reserveoffizieren, die auf dem Kai gestanden und zugesehen hatten, wie die Verwundeten an Bord getragen wurden, stürmten jetzt vor und folgten den Häftlingen aufs Schiff.
Ich hatte bereits die Gangway erreicht und wollte gerade hinaufsteigen, als ich einen Ruf hörte. Ich wandte den Kopf, um zu sehen, was es gab.
Ein Hauptmann der Wehrmacht kam den Kai hinuntergerannt und blieb in meiner unmittelbaren Nähe am Fuß der Gangway stehen. Er starrte zu den Männern auf dem Schiff hinauf. Die waren gerade dabei, die ersten Verwundeten wieder vom Schiff hinunter auf den Kai zurückzutragen.
»Wer hat befohlen, diese Männer auszuladen?« rief der Hauptmann. Roschmann trat von hinten auf ihn zu und sagte: »Ich. Das ist unser Schiff.«
Der Hauptmann fuhr herum. Er zog ein Papier aus der Tasche. »Dieses Schiff ist hier, um Verwundete der Wehrmacht an Bord zu nehmen«, sagte er, »und genau das wird geschehen.«
Damit wandte er sich um und befahl den Sanitätssoldaten, mit dem Einladen der Verwundeten fortzufahren. Ich sah zu Roschmann hinüber. Er war wie angewurzelt stehengeblieben, und ich glaube, er zitterte vor Wut. Dann begriff ich, daß er Angst hatte. Er hatte Angst, zurückzubleiben und den Russen in die Hände zu fallen. Im Gegensatz zu uns waren die Russen nämlich bewaffnet.
Er brüllte die Sanitäter an: »Sofort ausladen, sage ich! Ich habe dieses Schiff im Namen des Reichs beschlagnahmt.«
Die Krankenträger kümmerten sich nicht um sein Gechrei; sie gehorchten dem Hauptmann, der keine zwei Meter von mir entfernt stand. Sein Gesicht war grau vor Erschöpfung, und dunkle Schatten lagen unter seinen Augen. Von den Nasenflügeln liefen zwei scharfe Falten zu den Mundwinkeln hinunter, und auf Kinn und Wangen sproß ein mehrere Tage alter Stoppelbart. Als er sah, daß die Verladung der Verwundeten weiterging, wollte er an

Roschmann vorbeigehen, um seine Sanitätssoldaten zu beaufsichtigen. Am Kai lagen die Verwundeten auf Bahren in der Kälte; der Boden war schneebedeckt, und die Verwundeten warteten darauf, an Bord getragen zu werden. Einer der Verwundeten bemerkte in unverkennbar hamburgischem Tonfall: »Prima, der Hauptmann! Wird auch Zeit, daß einer den Schweinen endlich mal sagt, wo's lang geht!«
Als der Hauptmann an Roschmann vorüberging, packte Roschmann ihn beim Arm, riß ihn zu sich herum und schlug ihn mit seiner behandschuhten Rechten ins Gesicht. Ich hatte tausendmal gesehen, wie er Männern ins Gesicht schlug, aber nie eine solche Reaktion erlebt. Der Hauptmann schüttelte kurz den Kopf. Dann ballte er die Fäuste und landete einen wuchtigen rechten Schwinger auf Roschmanns Kiefer. Roschmann wurde mehrere Meter zurückgeschleudert und fiel mit dem Rücken in den Schnee. Ein dünner Blutfaden lief ihm aus dem Mundwinkel. Der Hauptmann drehte sich um und ging weiter.
Während ich ihm nachblickte, zog Roschmann seine Luger aus der Pistolentasche, zielte sorgfältig und schoß dem Hauptmann zwischen die Schulterblätter. Das Krachen des abgefeuerten Schusses ließ alles erstarren. Der Hauptmann strauchelte und fing sich wieder. Roschmann feuerte noch mal, und das Geschoß drang dem Hauptmann ins Genick und trat vorn durch die Kehle aus. Er fiel hin. Er war schon tot, bevor er auf dem Boden aufschlug. Irgend etwas, was er um den Hals getragen hatte, war von der Kugel weggerissen worden. Mir wurde befohlen, den Leichnam fortzuschleifen und in das Hafenbecken zu werfen. Der Gegenstand, den der Hauptmann um den Hals getragen hatte, war ein Orden, der an einem Band hing. Den Namen des Hauptmanns habe ich nie erfahren, aber der Orden war das Ritterkreuz mit Eichenlaub.

Miller las diese Seite des Tagebuchs mit wachsendem Staunen, das sich allmählich in Unglauben, Zweifel und dann in abgründige Wut verwandelte. Er las die Bemerkungen über den Rang und die Auszeichnungen des Offiziers sowie über Ort und Datum seines Todes ein paarmal, um ganz sicher zu sein. Dann las er weiter.

Danach wurde uns befohlen, die verwundeten Soldaten wieder auszuladen und die Bahren auf dem verschneiten Kai abzustellen. Ich führte einen jungen Soldaten die Gangway hinunter. Er hatte das Augenlicht verloren und trug eine schmutzige Bandage aus einem abgerissenen Hemdsärmel um den Kopf. Er delirierte im Fieberwahn und fragte immerzu nach seiner Mutter. Wahrscheinlich war er höchstens achtzehn Jahre alt.
Schließlich waren wieder alle Verwundeten an Land geschafft, und wir Häftlinge wurden an Bord getrieben. Man sperrte uns in die beiden Fracht-

räume vorn und achtern unter Deck. Wir waren so eng zusammengepfercht, daß wir uns kaum rühren konnten. Dann wurden die Luken dicht gemacht und die SS kam an Bord. Kurz vor Mitternacht lief das Schiff aus. Der Kapitän wollte anscheinend vor Anbruch der Dämmerung außerhalb des Rigaer Meerbusens sein, um nicht von patrouillierenden russischen Stormoviks gesichtet und bombardiert zu werden...

Es dauerte drei Tage, bis wir Danzig erreichten, das zu der Zeit noch weit hinter den deutschen Linien lag. Drei Tage verbrachten wir in einer schlingernden Hölle unter Deck, ohne Verpflegung und ohne Wasser. In diesen drei Tagen starb jeder vierte der viertausend Häftlinge. Zu essen gab es nichts, deswegen konnten wir uns auch nicht erbrechen; trotzdem drehte sich allen vor Seekrankheit der Magen um. Viele starben an Erschöpfung durch das ständige Würgen; andere vor Hunger, Kälte oder Sauerstoffmangel; einige auch, weil sie ganz einfach den Willen zum Leben verloren – sie streckten sich aus und ergaben sich dem Tod.
Und dann standen die Schiffsmaschinen still, die Ladeluken wurden geöffnet, und eisige Winterluft strömte in die stinkenden Laderäume. Als wir in Danzig auf den Kai hinausgetrieben wurden, mußten wir die Toten neben uns auf den Boden legen. Die Gesamtzahl der Häftlinge mußte mit der von Riga bei der Einschiffung übereinstimmen. Mit dem Zählen nahm es die SS immer sehr genau.
Später erfuhren wir, daß die Russen Riga am 14. Oktober eingenommen hatten, als wir uns noch auf See befanden...

Taubers qualvolle Odyssee ging ihrem Ende zu. Von Danzig aus wurden die überlebenden Häftlinge in Schuten zum nahen Konzentrationslager Stutthof gebracht, und bis Anfang Januar 1945 war Tauber nachts im Lager, und am Tage arbeitete er in der U-Boot-Werft von Burggraben. Weitere Tausende von Häftlingen starben in Stutthof an Unterernährung. Als die Russen im Januar 1945 auf Danzig vorrückten, traten die Überlebenden von Stutthof den berüchtigten Todesmarsch nach Westen an. Überall in den östlichen Provinzen Deutschlands wurden diese Gespensterkolonnen über winterliche Landstraßen in Richtung Berlin getrieben. Sie waren von der SS bewacht und dienten der SS als Freibrief für ihre Flucht nach Westen. Der Weg dieser Kolonnen war von Leichen gesäumt, denn in Frost und Schneetreiben starben die Häftlinge wie die Fliegen.
Tauber überlebte auch das, und die Reste seiner Marschkolonne erreichten schließlich Magdeburg, wo ihre SS-Wachen das Weite suchten. Sie brachten sich in Sicherheit. Taubers Gruppe wurde in das Magdeburger Stadtgefängnis eingeliefert und ratlosen alten Wärtern übergeben. Sie wußten nicht, womit sie ihre Gefangenen verpflegen sollten, und hatten panische

Angst vor dem Gedanken, wie die Alliierten reagierten, wenn sie die Gefangenen in diesem Zustand vorfanden. Deswegen erlaubten die Aufseher den Häftlingen, die noch einigermaßen bei Kräften waren, in der näheren Umgebung der Stadt Lebensmittel zu »organisieren«.

Zuletzt hatte ich Eduard Roschmann in Danzig gesehen, als wir auf dem Kai abgezählt wurden. Er trug einen warmen Offiziersmantel mit Pelzkragen und bestieg einen Kraftwagen. Ich dachte, ich würde ihn nie wiedersehen, aber ich sollte ihm noch ein allerletztes Mal begegnen. Das war am 3. April 1945.

An jenem Tag hatte ich mit drei anderen Häftlingen in der Gegend von Gardelegen, einer Kleinstadt in der Nähe von Magdeburg, einen Sack voll Kartoffeln zusammengebettelt. Wir waren auf dem Rückweg zur Stadt, als sich uns aus Richtung Gardelegen ein Wagen näherte. Ich trat an den Straßenrand, um ihn vorbeizulassen, und blickte dem Wagen ohne sonderliches Interesse entgegen. Im Wagen saßen vier SS-Führer; sie waren auf der Flucht vor dem Feind. Neben dem Fahrer zog sich ein Mann die Uniformjacke eines Unteroffiziers der Wehrmacht an. Das war Eduard Roschmann. Er erkannte mich nicht, denn ich trug eine Kapuze aus einem alten Kartoffelsack gegen den kalten Frühjahrswind. Aber ich, ich hatte ihn erkannt. Da gab es nicht den leisesten Zweifel.

Und zweifellos wechselten alle vier Männer in dem Wagen auf der Fahrt in den Westen ihre Uniformen. Der Wagen fuhr schnell. Etwas flatterte aus dem Fenster und flog in den Staub der Straße. Ein Kleidungsstück. Wir kamen zu der Stelle, wo es lag, und bückten uns, um es genauer anzusehen. Es war die Uniformjacke eines SS-Führers mit dem zweifachen silbernen Runenzeichen und den Rangabzeichen auf den Kragenspiegeln. Sie hatte einem SS-Hauptsturmführer gehört. Eduard Roschmann, der Schlächter von Riga, war untergetaucht...

Vierundzwanzig Tage danach kam die Befreiung. Wir wagten uns nicht mehr hinaus und blieben lieber hungrig im Gefängnis; denn auf den Straßen herrschte die totale Anarchie. Am Vormittag des 27. April lag plötzlich Grabesstille über der ganzen Stadt. Gegen Mittag war ich im Gefängnishof und sprach mit einem der verängstigten alten Aufseher; er beteuerte mir nahezu eine Stunde lang, daß er und seine Kollegen mit Adolf Hitler nichts zu tun gehabt hätten und mit den Judenverfolgungen schon gar nichts.

Ich hörte das Motorengeräusch eines Fahrzeugs, das draußen vor dem verschlossenen Gefängnistor vorfuhr. Kurz darauf hämmerte jemand gegen das Tor. Der alte Aufseher ging zum Tor und machte es auf. Ein Mann trat zögernd, mit entsichertem Revolver in der Rechten, durch den geöffneten Spalt. Er trug eine Felduniform, die ich noch nie gesehen hatte.

Er mußte ein Offizier sein. Bei ihm war ein Soldat mit flachem, rundem Stahlhelm und einem schußbereiten Karabiner. Die beiden blieben schweigend stehen und blickten sich in dem Gefängnishof um. In einer Ecke lagen etwa fünfzig Leichen von Häftlingen, die in den letzten vierzehn Tagen gestorben waren. Niemand hatte mehr die Kraft gehabt, sie zu beerdigen. An der Hofmauer lagen geschwächte, zu Skeletten abgemagerte Häftlinge, die sich dorthin geschleppt hatte, um ihre eiternden, stinkenden Wunden von der warmen Frühjahrssonne bescheinen zu lassen.
Die beiden Männer wechselten einen Blick und sahen dann den siebzigjährigen Gefängniswärter an. Er wich ihrem Blick nicht aus, obwohl ihm nicht wohl in seiner Haut war. Und dann sagte er etwas, was er im Ersten Weltkrieg gelernt haben mußte. Er sagte: »Hallo, Tommy.«
Der Offizier sah ihn an, schaute ein zweites Mal in die Runde und starrte wieder den Wärter an. Er sagte ganz deutlich auf englisch: »Du verdammtes Kraut-Schwein.«
Und plötzlich mußte ich weinen...

Die Engländer brachten mich zeitweilig in einem Magdeburger Krankenhaus unter, aber ich verließ es auf eigenen Wunsch und machte mich per Anhalter auf den Weg nach Hause. Die Straßen des Stadtviertels, in dem ich geboren und aufgewachsen war, hatten die Feuerstürme der alliierten Bombenangriffe nicht überdauert, auch das Büro nicht, wo ich einmal gearbeitet hatte, meine Wohnung – es war nichts mehr da. Erst als ich sah, daß gar nichts mehr übriggeblieben war, da brach ich vollkommen zusammen. Ich verbrachte ein Jahr als Patient mit Leidensgenossen aus Bergen-Belsen in einem Krankenhaus und blieb dort noch ein weiteres Jahr. Ich arbeitete als Krankenpfleger und kümmerte mich um die, denen es noch schlechter ging als mir.
Als ich dort kündigte, suchte ich mir in Hamburg ein Zimmer, um hier den Rest meiner Erdentage zu verbringen.

Das Tagebuch endete mit zwei weiteren sauberen weißen Seiten. Sie waren erst kürzlich beschrieben worden und bildeten den Epilog.

Ich habe seit 1947 in diesem kleinen Zimmer in Altona gewohnt. Kurz nachdem ich die Arbeit in dem Krankenhaus aufgegeben hatte, begann ich mit der Niederschrift dessen, was mit mir und den anderen in Riga geschehen ist. Aber lange bevor ich damit fertig war, wurde mir nur allzu deutlich bewußt, daß andere ebenfalls überlebt hatten – andere, die besser informiert und die auch sonst geeigneter waren als ich, Zeugnis abzulegen von dem, was geschehen war. Hunderte von Büchern sind bereits erschienen, die den

Massenmord beschreiben; für meins interessierte sich sicher niemand mehr. Ich habe es nie jemandem zum Lesen gegeben.
Wenn ich zurückschaue, wird mir klar, daß alles eine Zeit- und Energieverschwendung gewesen ist, der Kampf ums Überleben und mein schriftliches Zeugnis – andere haben das schon viel besser gemacht. Jetzt wünsche ich mir, ich wäre in Riga mit Esther gestorben.
Selbst mein letzter Wunsch, Eduard Roschmann vor Gericht zu sehen und seine Untaten zu bezeugen – er wird sich nie erfüllen. Das weiß ich jetzt. Ich gehe manchmal durch die Straßen und denke an die Jahre, die ich hier verbracht habe, aber es ist nicht mehr so wie früher. Die Kinder lachen mich aus, und wenn ich versuche, ihre Freundschaft zu gewinnen, laufen sie weg. Einmal kam ich mit einem kleinen Mädchen ins Gespräch, das keine Angst hatte, aber dann kam seine Mutter und zerrte es schimpfend fort. Ich rede nicht viel mit anderen Menschen.
Einmal war eine Frau da, die mich sprechen wollte. Sie war vom Wiedergutmachungsamt und erklärte mir, ich hätte Geld zu bekommen. Ich sagte ihr, daß ich kein Geld haben wollte. Sie war ganz ratlos und meinte, es wäre mein gutes Recht, mich für die Vergangenheit entschädigen zu lassen. Ich beharrte auf meiner Weigerung. Sie schickte dann jemand anders, und ich weigerte mich wieder. Er sagte, es sei regelwidrig, die Entschädigung zu verweigern. Ich begriff, was er damit sagen wollte: es brachte ihre Buchführung durcheinander. Aber ich nehme von ihnen, was sie mir schuldig sind. Kein Geld.
Als ich in dem britischen Lazarett lag, fragte mich einer der dortigen Ärzte, warum ich nicht nach Israel emigrieren wolle; damals war das Land gerade dabei, unabhängig zu werden. Wie hätte ich es ihm erklären sollen? Ich konnte ihm nicht sagen, daß ich das Gelobte Land niemals betreten würde – nicht nach dem, was ich Esther, meiner eigenen Frau, angetan hatte. Ich denke oft daran, ich träume oft davon, wie es wohl sein mag, in Israel zu leben. Aber ich bin dieses Land nicht wert.
Wenn jedoch irgendwann einmal diese Zeilen im Lande Israel, das ich niemals sehen werde, gelesen werden sollten – würde dann bitte jemand ein *khaddish* für mich sprechen?

SALOMON TAUBER,
Hamburg-Altona,
den 21. November 1963

Peter Miller legte das Tagebuch aus der Hand und streckte sich in seinem Sessel aus. Er zündete sich noch eine Zigarette an und starrte an die Zimmerdecke. Kurz vor fünf Uhr morgens hörte er, wie die Wohnungstür geöffnet wurde. Sigi trat ins Zimmer. Sie war überrascht, daß er noch wach und angezogen war.
»Warum bist du so spät noch auf?« fragte sie.
»Ich hab gelesen«, sagte Miller.
Später, als die kupferbeschlagene Kuppel der Michaelis-Kirche blaßgrün in der Dämmerung leuchtete, lagen sie zusammen im Bett, Sigi war zufrieden und noch ein wenig benommen wie eine junge Frau, die soeben geliebt worden war. Miller starrte schweigend an die Zimmerdecke.
»Ein Königreich für deine Gedanken«, sagte Sigi nach einer Weile.
»Ich denk bloß nach.«
»Ich weiß. Ich spür's doch. Und worüber?«
»Die nächste Story, die ich schreiben will.«
Sigi drehte sich zu ihm um und sah ihn an.
»Was hast du vor?« fragte sie. Miller beugte sich aus dem Bett und drückte seine Zigarette aus. »Ich werde einen Mann aufspüren, der 1945 untergetaucht ist«, sagte er.

3

Während Peter Miller und Sigi in Hamburg wieder zusammen einschliefen, schwebte eine riesige Coronado der Argentine Airlines über den dunklen Bergen Kastiliens und setzte zur Landung auf dem Madrider Flughafen Barajas an.
Auf einem Fensterplatz in der dritten Reihe der Ersten Klasse saß ein Mann von Anfang Sechzig mit eisengrauem Haar und kurzgestutztem Schnauzbart.
Es existierte nur ein einziges Photo von diesem Mann, das ihn zeigte, wie er früher ausgesehen hatte – Anfang Vierzig, mit militärisch kurzem, linksgescheiteltem Haar und ohne den Schnauzbart, der jetzt das Rattenartige seiner Mundpartie kaschierte. Kaum jemand aus dem kleinen Kreis der Männer, die dieses Photo jemals gesehen hatten, hätte den Mann im Flugzeug, der das dichte Haar nun ohne Scheitel zurückgekämmt trug, wiedererkannt. Das Photo in seinem Paß stimmte mit seinem veränderten Aussehen überein.
Der Name in seinem Paß lautete Señor Ricardo Suertes, argentinischer Staatsbürger. Seinen neuen Namen empfand er als besonders gelungenen Scherz, denn Glück heißt auf spanisch *suerte*, und der richtige Name dieses Erster-Klasse-Fluggastes war Richard Glücks, vormals SS-Gruppenführer,

Chef des Reichswirtschaftshauptamtes und Generalinspekteur der Konzentrationslager. Auf den Fahndungslisten der Bundesrepublik Deutschland und des Staates Israel stand er an dritter Stelle nach Martin Bormann und dem ehemaligen Gestapochef Heinrich Müller – er war noch gesuchter als Dr. Josef Mengele, der satanische Lagerarzt von Auschwitz. Richard Glücks war der unmittelbare Stellvertreter Martin Bormanns, der 1945 die Nachfolge des »Führers« angetreten hatte, und damit der zweite Mann an der Spitze der ODESSA.
Glück's Rolle bei den Massenverbrechen der SS war einzigartig; die Art und Weise seines spurlosen Verschwindens im Mai 1945 war entsprechend. Glücks war mehr noch als Adolf Eichmann einer der maßgeblichen Drahtzieher der Massenvernichtung gewesen; selbst hatte auch er nie eine Mordwaffe in die Hand genommen. Wenn man einen nichtsahnenden Fluggast auf die Identität seines Nachbarn hingewiesen hätte, er wäre zweifellos erstaunt gewesen über die Tatsache, daß der ehemalige Leiter eines Wirtschaftsverwaltungsamts ganz obenauf auf der Fahndungsliste rangierte. Denn dazu mußte man wissen: Von den deutschen Verbrechen gegen die Menschlichkeit zwischen 1933 und 1945 gehen etwa 95 Prozent auf das Konto der SS; davon werden wiederum etwa 80 bis 90 Prozent zwei SS-Dienststellen zugeschrieben, dem Reichssicherheits-Hauptamt und dem Reichswirtschaftsverwaltungs-Hauptamt. Wem die Vorstellung eines Wirtschaftsamtes, das mit Massenmord zu tun haben soll, abwegig erscheint, der muß sich die Konzeption vergegenwärtigen, die der »Endlösung der Judenfrage« zugrunde lag. Man wollte nicht nur alle Juden in Europa umbringen (und die slawischen Völker zu Sklaven der »Herrenrasse« degradieren), man wollte sie für dieses Privileg auch noch zahlen lassen. Bevor sich die Gaskammern öffneten, hatte die SS bereits den größten planmäßig organisierten Raub aller Zeiten durchgeführt.
Bei den Juden erfolgte die Zahlung in drei Phasen. Zunächst wurden ihre Geschäfte, Häuser und Bankkonten enteignet und ihre Möbel, Autos und Kleidungsstücke beschlagnahmt. Sie selbst wurden in die Zwangsarbeits- und Vernichtungslager nach Polen abtransportiert, dabei ließ man sie in dem Glauben, sie würden in den Osten umgesiedelt. Es war ihnen gestattet, bei dieser »Umsiedlungsaktion« so viel an Hausrat und Habseligkeiten mitzuführen, wie sie tragen konnten – gewöhnlich waren das zwei Koffer. Auf dem Lagerplatz wurden sie ihnen dann abgenommen, und schließlich – vor ihrer Exekution – auch noch die Kleidung, die sie am Leibe trugen.
Der Inhalt des Handgepäcks von sechs Millionen Menschen war eine Beute im Gesamtwert von mehreren Milliarden Dollar. Damals nahmen die europäischen und besonders die osteuropäischen Juden ihre sämtlichen Wertsachen auf Reisen mit. Aus den Lagern rollten ganze Güterzüge mit Schmucksachen, Brillanten, Gold- und Silbermünzen sowie alle Sorten von

Banknoten in die SS-Hauptquartiere ins Reich zurück. Die SS sicherte sich bei diesen Operationen einen beträchtlichen Profit. Das Gold wurde in Barren gegossen und mit dem sogenannten Hoheitsadler des Reichs und der zweifachen Siegrune, dem Zeichen der SS, gestempelt. Gegen Kriegsende deponierte man es auf Banken in der Schweiz, in Liechtenstein und Tanger. Diese Goldbarren bildeten den Grundstock des Betriebskapitals, mit dem dann später die ODESSA arbeitete. Erhebliche Mengen dieses Goldes lagen in Obhut selbstzufriedener, rechtschaffener, meist ahnungsloser schweizerischer Bankiers in unterirdischen Depots unter den Straßen Zürichs.

Die zweite Phase der Verwertung bestand in der Ausbeutung der Arbeitskraft der Opfer. Ihre Körper waren ein Energiepotential, das gewinnbringend genutzt werden konnte. In dieser Phase waren die Juden den kriegsgefangenen oder verschleppten Russen und Polen gleichgestellt, die nie über Vermögenswerte verfügt hatten, welche man ihnen jetzt hätte abnehmen können. Wer arbeitsunfähig war, wurde als unbrauchbar ausgemerzt. Die Arbeitsfähigen wurden entweder an SS-eigene Fabriken vermietet oder an deutsche Rüstungsbetriebe, wie Krupp, Thyssen, Opel und andere, zu einem Tagessatz von drei Reichsmark für ungelernte Arbeiter und vier Reichsmark für Facharbeiter. Der »Tagessatz« war der Gegenwert einer maximalen Arbeitsleistung, die einem mit einem Minimum an Ernährung funktionsfähig erhaltenen Körper innerhalb von vierundzwanzig Stunden abgepreßt werden konnte. Hunderttausende starben durch diese Methode an ihren Arbeitsplätzen.

Die SS bildete einen Staat im Staate. Sie verfügte über ihre eigenen Fabriken und Handwerksbetriebe, ein eigenes Ingenieurwesen, eigene Konstruktionsbüros, Reparaturbetriebe und Reparaturwerkstätten sowie Schneidereien. Sie produzierte in eigener Regie alles mögliche, was sie selbst jemals benötigen könnte; dafür hatte sie die Zwangsarbeiter – sie waren durch Hitlers Erlaß Eigentum der SS.

Die dritte Phase der Ausbeutung bestand in der Verwertung der Leichen. Die Opfer gingen nackt in den Tod; sie hinterließen Wagenladungen von Schuhen, Socken, Rasierpinseln, Brillen, Jacken und Hosen. Sie hinterließen auch ihr Haupthaar; es wurde ins Reich geschafft und dort zu Filzstiefeln für die Wehrmacht verarbeitet. Goldzähne und -plomben brach man mit Zangen aus den Gebissen der Toten, schmolz das Gold später ein und deponierte es ebenfalls in Form von Goldbarren bei der Reichsbank. Versuche, die Knochen zu Düngemittel und das Körperfett zu Seife zu verarbeiten, erwiesen sich als unwirtschaftlich.

Zuständig für alle gewinnbringenden wirtschaftlichen Aspekte der Vernichtung mehrerer Millionen Menschen war das Reichswirtschaftsverwaltungs-Hauptamt der SS gewesen. Señor Ricardo Suertes, der Mann, der auf dem Fensterplatz 3 B des Flugzeugs saß, hatte dieses Amt geleitet.

Glücks wollte seine Freiheit durch eine Rückkehr nach Deutschland nicht aufs Spiel setzen. Das hatte er auch gar nicht nötig. Er hatte genug Geld aus den geheimen Fonds für den Rest seines Lebens; er konnte seine Tage aufs angenehmste in Südamerika verbringen und tut dies auch heute noch. Seine nationalsozialistische Gesinnung blieb von den Ereignissen des Jahres 1945 unerschüttert; seine vormalige hohe Dienststellung sicherte ihm eine einflußreiche Position unter den flüchtigen Nazis in Argentinien, der Zentrale von ODESSA.

Die Maschine landete planmäßig, und die Zollabfertigung der Fluggäste verlief ohne Zwischenfälle. Das Spanisch, das der Passagier aus der dritten Reihe der Ersten Klasse sprach, war fließend; es veranlaßte die Beamten keineswegs, die Brauen hochzuziehen. Señor Suertes galt schon seit langen Jahren als Südamerikaner.

Vor dem Flughafengebäude stieg er in ein Taxi und nannte dem Fahrer in alter Gewohnheit eine nur einen Häuserblock vom Zurbarán-Hotel entfernte Adresse. Er zahlte den Taxifahrer, nahm seine Reisetasche und ging die letzten zweihundert Meter zu Fuß zum Hotel.

Schon nach wenigen Augenblicken bekam der den Schlüssel ausgehändigt, denn er hatte sein Zimmer per Fernschreiber reservieren lassen. Er ging nach oben, um sich zu rasieren und zu duschen. Punkt neun Uhr klopfte jemand dreimal leise und nach einer Pause noch zweimal. Er öffnete selbst und trat ins Zimmer zurück, als er seinen Besucher erkannte.

Der Gast schloß die Tür hinter sich, nahm eine stramme Haltung an und hob den rechten Arm zum alten Gruß.

Glücks nickte dem jüngeren Mann wohlwollend zu; er hob seinerseits die Rechte zum Gruß.

Er bat seinen Gast, Platz zu nehmen. Der Mann, der dieser Aufforderung erst Folge leistete, nachdem sich Richard Glücks hingesetzt hatte, war ebenfalls Deutscher, ehemaliger SS-Führer und derzeit Chef des innerdeutschen Organisationsnetzes der ODESSA. Er war sich der Ehre bewußt, zu einer persönlichen Unterredung mit einem so hochgestellten Vorgesetzten nach Madrid gerufen zu werden. Er nahm an, der Anlaß müsse mit der Ermordung Präsident Kennedys vor sechsunddreißig Stunden zusammenhängen. Und damit hatte er nicht unrecht.

Glücks goß sich aus einer Kanne vom Frühstückstablett eine Tasse Kaffee ein und zündete sich in aller Ruhe eine lange Corona an.

»Sie werden den Grund erraten haben, der mich zu diesem kurzfristig angesetzten und einigermaßen riskanten Europabesuch bewogen hat«, sagte er. »Da ich nicht beabsichtigte, auch nur eine Stunde länger als unbedingt erforderlich auf diesem Kontinent zu bleiben, will ich mich kurz fassen und ohne Umschweife zur Sache kommen.«

Der Untergebene aus Deutschland beugte sich erwartungsvoll vor.

»Daß es Kennedy erwischt hat, ist ein unschätzbarer Glücksfall für uns«, fuhr Glücks fort. »Wir dürfen nichts unversucht lassen, diesem Ereignis unsererseits ein Optimum an Vorteilen abzugewinnen. Können Sie mir folgen?«
»Jawohl, Gruppenführer – im grundsätzlichen schon«, sagte der jüngere Mann eilig. »Was meinen Sie im einzelnen damit?«
»Ich denke an das geheime Waffenlieferungsabkommen, das die Verräterbande in Bonn mit den Juden in Tel Aviv getroffen hat. Sie sind über das Abkommen im Bilde? Sie wissen, daß Westdeutschland fortlaufend Panzer, Geschütze und andere Waffen in großen Mengen an Israel liefert?«
»Jawohl, das weiß ich.«
»Und Sie wissen auch, daß unsere Organisation alles daransetzt, was in ihrer Macht steht, um den Ägyptern beizustehen, damit sie in dem kommenden Kampf den Sieg davontragen?«
»Selbstverständlich. Wir haben zu diesem Zweck bereits die Anwerbung zahlreicher deutscher Wissenschaftler organisiert.«
Glücks nickte.
»Ich komme noch auf diesen Punkt zurück. Worauf ich hinauswollte, das ist unsere Politik, unsere arabischen Freunde laufend so vollständig wie nur irgend möglich über alle Einzelheiten dieses verräterischen Abkommens zu informieren, damit sie ihrerseits mit dem erforderlichen Nachdruck auf diplomatischem Wege in Bonn vorstellig werden können. Die arabischen Proteste haben bereits die Bildung einer Gruppe in Westdeutschland zur Folge gehabt, die das Abkommen aus außenpolitischen Gründen ablehnt, weil es die Araber nachhaltig verstimmt hat. Diese Kreise sind unseren Interessen förderlich – wenn auch größtenteils unwissentlich –, weil sie sogar auf Kabinettsebene auf den Trottel Erhard Druck ausüben können, das Waffenabkommen zu widerrufen.«
»Jawohl. Ich verstehe, Gruppenführer.«
»Gut. Bis jetzt hat Erhard die Waffenlieferungen noch nicht eingestellt, aber er hat schon mehrmals geschwankt, ob er es nicht doch tun sollte. Kennedy wollte dieses deutsch-israelische Waffenabkommen, das war das Hauptargument der Kräfte, die ein Interesse daran hatten, es in Kraft zu setzen. Denn was Kennedy gewollt hat, hat er immer von Erhard bekommen.«
»Ja, das stimmt.«
»Aber Kennedy ist tot.«
Der jüngere Mann aus Deutschland lehnte sich im Sessel zurück. Glücks klopfte die Asche seiner Zigarre auf die Untertasse und skandierte seine weiteren Ausführungen mit der Corona zwischen Daumen und Zeigefinger; das glühende Ende war auf seinen Untergebenen gerichtet.
»Für den Rest dieses Jahres werden sich die politischen Anstrengungen un-

serer Freunde und Gönner in Deutschland darauf zu konzentrieren haben, die öffentliche Meinung in größtmöglichem Umfang gegen dieses Abkommen zu mobilisieren und für unsere wahren und traditionellen Freunde, die Araber.«
»Jawohl, das kann und muß geschehen.« Der jüngere Mann lächelte breit. »Bestimmte Kontaktleute, die wir in der Kairoer Regierung sitzen haben, werden dafür Sorge tragen, daß eine ganze Serie diplomatischer Proteste sowohl über ihre eigenen Botschaften als auch über die diplomatischen Vertretungen anderer Staaten erfolgt«, fuhr Glücks fort. »Andere arabische Freunde werden veranlassen, daß Demonstrationen arabischer Studenten und ihrer deutschen Freunde stattfinden. Ihre Aufgabe wird es sein, die Pressekampagne durch die Blätter und Zeitschriften, die wir heimlich finanzieren, sowie durch geeignete ›Betreuung‹ solcher Staatsbeamten zu koordinieren, die ihrerseits Regierungsmitgliedern und Politikern nahestehen. Sie müssen wir unbedingt dazu bewegen, sich dem wachsenden Trend der öffentlichen Meinung anzuschließen. Sie müssen gegen das Waffenabkommen votieren.«
Der jüngere Mann runzelte die Brauen.
»Es ist heutzutage außerordentlich schwer, in Westdeutschland gegen Israel Stimmung zu machen«, bemerkte er.
»Das ist auch gar nicht erforderlich.« Glücks schnitt ihm das Wort ab. »Der Aufhänger ist ganz einfach: Aus praktischen Erwägungen darf Westdeutschland nicht achtzig Millionen Araber durch diese vermeintlich geheimen und törichten Waffenlieferungen verstimmen. Diesem Argument werden sich viele Leute – und besonders Diplomaten – nicht verschließen können. Auf unsere Freunde im Auswärtigen Amt können wir uns verlassen. Ein solcher pragmatischer Gesichtspunkt ist durchaus erlaubt. Selbstverständlich werden die nötigen Mittel bereitgestellt werden. Die Hauptsache ist jetzt, wo Kennedy tot ist und Johnson nicht der Mann zu sein scheint, der Kennedys projüdischen Standpunkt zu übernehmen gedenkt, daß auf Erhard bei jeder Gelegenheit und auf allen Ebenen – auch und gerade auf Kabinettsebene – Druck ausgeübt wird, von dem Abkommen zurückzutreten. Wenn wir den Ägyptern beweisen können, daß wir in der Lage sind, eine Kursänderung in der Bonner Außenpolitik herbeizuführen, werden unsere Aktien in Kairo beträchtlich steigen.«
Der Mann aus Deutschland, der seinen Schlachtplan bereits in großen Zügen vor sich sah, nickte mehrmals.
»Das schaffen wir schon«, sagte er.
»Ausgezeichnet«, bemerkte Glücks. Sein Besucher blickte auf.
»Gruppenführer, Sie erwähnten vorhin die deutschen Wissenschaftler, die in Kairo arbeiten...«
»Ach ja, ich sagte, daß ich auf dieses Thema noch zurückkommen wollte.

Sie leisten die Gewähr für das Gelingen unseres Plans, die Juden endgültig zu vernichten. Ich nehme an, Sie sind über die Raketen von Helwan informiert?«

»Jawohl, Gruppenführer. Zumindest in groben Zügen.«

»Aber Sie wissen nicht, zu welchem Zweck sie in Wirklichkeit bestimmt sind?«

»Nun, ich nehme natürlich an...«

»... daß sie dazu verwendet werden sollen, ein paar tausend Tonnen hochbrisanten Sprengstoffs über Israel abzuladen?« Glücks lächelte breit. »Weit gefehlt. Aber ich glaube, es ist an der Zeit, Sie wissen zu lassen, warum diese Raketen und die Männer, die sie bauen, in Wahrheit von so entscheidender Bedeutung sind.«

Glücks lehnte sich zurück, blickte zur Zimmerdecke und berichtete seinem Untergebenen die *wahre* Geschichte der ägyptischen Raketen.

In den ersten Nachkriegsjahren, als König Faruk noch in Ägypten herrschte, waren Tausende von Nazis und ehemaligen SS-Angehörigen aus Europa geflohen; an den Ufern des Nil hatten sie ein sicheres Refugium gefunden.

Lange bevor der Staatsstreich Faruk vom Thron jagte, hatte er zwei deutsche Wissenschaftler beauftragt, für eine Fabrik zur Herstellung von Raketen Pläne zu entwerfen. Das war im Jahre 1952; die beiden deutschen Spezialisten hießen Paul Goerke und Rolf Engel. Das Projekt war zunächst auf Klein- und Feststoffraketen begrenzt.

In den ersten Jahren nach Gamal Abdel Nassers Machtergreifung war das Projekt in Vergessenheit geraten, aber nach der militärischen Niederlage der ägyptischen Truppen im Sinai-Feldzug von 1956 legte der neue Diktator einen Eid ab. Er schwor, daß Israel eines Tages dem Erdboden gleichgemacht werden würde.

Als Moskau 1961 Nassers Forderungen nach schweren Raketen endgültig ablehnte, wurde das Projekt einer ägyptischen Raketenfabrik wiederaufgenommen und mit größter Energie vorangetrieben. Noch im gleichen Jahr bauten und eröffneten die Ägypter, die unter der Leitung der beiden deutschen Professoren Tag und Nacht gearbeitet und von der Regierung unbegrenzte finanzielle Unterstützung erhalten hatten, die Fabrik 333 in Heliopolis.

Eine Fabrik zu bauen und in Betrieb zu nehmen, ist eines; Raketen zu entwerfen und zu bauen etwas anderes. Seit langem hatten die frühesten Nasser-Parteigänger, zumeist Leute mit profaschistischer Vergangenheit, die bis in die Tage des Zweiten Weltkriegs zurückreichte, enge Kontakte mit den ODESSA-Vertretern in Ägypten unterhalten. Sie waren es, die Ägypten die Lösung seines größten Problems offerierten – nämlich Wissenschaftler zu gewinnen für die Herstellung von Raketen.

Weder Rußland noch Amerika, England oder Frankreich waren bereit, auch nur einen einzigen qualifizierten Mann zu stellen. Die ODESSA wies jedoch darauf hin, daß Nasser Raketen von der Größe und Reichweite der V-2-Raketen brauchte, die Wernher von Braun während des Krieges mit seinem Team in Peenemünde gebaut hatte. Und eine ganze Anzahl seiner ehemaligen Mitarbeiter war noch immer verfügbar.

Gegen Ende 1961 begann die Anwerbung deutscher Wissenschaftler. Viele von ihnen waren im Forschungsinstitut für Physik der Strahlantriebe in Stuttgart tätig. Da die Pariser Verträge von 1954 den Deutschen Forschungs- und Produktionsvorhaben auf Gebieten der Kernphysik und des Raketenwesens untersagten, fühlten sich viele Wissenschaftler ohne befriedigende Aufgabe. Außerdem litt die Forschungsarbeit des Institutes unter ständigem Geldmangel. Für viele Wissenschaftler war daher die Aussicht auf einen Platz an der Sonne allzu bestechend, zumal das auch reichliche Forschungsmöglichkeiten bedeutete.

Die ODESSA beauftragte einen Mann ihres Vertrauens mit der Rekrutierung von Wissenschaftlern in Deutschland, und dieser seinerseits ernannte einen Mann namens Heinz Krug zu seinem Gehilfen. Gemeinsam durchkämmten sie Westdeutschland auf der Suche nach Männern, die bereit waren, nach Ägypten zu gehen, um für Nasser Raketen zu bauen.

Dank ihrer großzügigen Gehaltsangebote brauchten sie sich über Mangel an Zulauf von hochqualifizierten Spezialisten nicht zu beklagen. Unter den Angeworbenen war unter anderen Professor Wolfgang Pilz, der nach dem Krieg bereits von den Franzosen angeworben worden war und später der Vater der französischen Veronique-Rakete wurde, der Grundlage des Weltraumprogramms de Gaulles. Professor Pilz ging Anfang 1962 nach Ägypten. Zu den angeworbenen Wissenschaftlern gehörten auch der Spezialist für Steuerungssysteme Dr. Heinz Kleinwächter, Dr. Endle und Dr. Kernberger, ebenfalls Spezialisten auf dem Gebiet der Schubkraft- und Treibstofforschung und -technik.

Die ersten Ergebnisse ihres Wirkens bekam die Welt am achten Jahrestag von Faruks Sturz am 23. Juli 1962 während der Militärparade auf den Straßen Kairos zu sehen. Die *El Kahira* und die *El Zafira*, zwei Raketen mit Reichweiten von 500 beziehungsweise 300 Kilometer, wurden von Zugmaschinen an der jubelnden Menge vorbeigeschleppt. Obwohl es sich bei diesen beiden Raketen lediglich um Raketenmäntel ohne Sprengköpfe und Treibstoff handelte, waren sie als die ersten der insgesamt vierhundert Raketen dazu ausersehen, eines Tages gegen Israel abgeschossen zu werden.

Glücks schwieg einen Augenblick lang, zog an seiner Zigarre und kam dann auf die Gegenwart zu sprechen.

»Das Problem besteht darin, daß wir zwar die Frage der Raketenmäntel, der Sprengköpfe und des Treibstoffs gelöst haben, daß aber der Schlüssel zur Herstellung von ferngelenkten Raketen im elektronischen Fernsteuersystem liegt.«

Er drückte seine Zigarre im Aschenbecher aus. »Und das haben wir den Ägytern nicht beschaffen können«, fuhr er fort. »Obwohl in Stuttgart und andernorts hochqualifizierte Spezialisten für Fernsteuerungssysteme arbeiten, ist es uns bedauerlicherweise nicht gelungen, auch nur einen einzigen von ihnen zur Auswanderung nach Ägypten zu bewegen. Die von uns vermittelten Experten sind allesamt Spezialisten für Aerodynamik, Schubkraft und Sprengkopfsysteme.

Aber wir haben den Ägyptern zugesagt, daß sie ihre Raketen bekommen, und sie werden sie bekommen. Präsident Nasser ist überzeugt, daß es eines Tages zum Krieg gegen Israel kommen wird, und es wird zum Krieg kommen. Er glaubt, er könnte ihn nur mit seinen Panzern und Soldaten gewinnen. Unsere Informationen lauten nicht so optimistisch. Ihnen zufolge ist es ungeachtet der zahlenmäßigen Überlegenheit der Ägypter keineswegs so sicher, daß sie es schaffen werden. Aber stellen Sie sich vor, wie wir daständen, wenn die russischen Waffen, deren Anschaffung Milliarden von Dollar verschlungen hat, sich als nutzlos erweisen würden; stellen Sie sich vor, wie wir dastünden, wenn sich herausstellte, daß unsere Raketen, die von den durch uns vermittelten Spezialisten gebaut wurden, den Krieg entschieden haben. Unsere Position wäre unanfechtbar. Wir hätten zwei Fliegen mit einer Klappe geschlagen. Der Mittlere Osten verdankte uns dauernden Frieden und böte uns eine sichere Heimat. Und wir hätten im Sinne des Führers gehandelt, der die endgültige und vollständige Vernichtung der Juden wünschte. Es ist eine gewaltige Aufgabe; eine Aufgabe, die wir erfolgreich meistern müssen und meistern werden.«

Glücks ging im Zimmer auf und ab, und der Untergebene sah ihn mit Ehrerbietung und einer gewissen Verwunderung an.

»Verzeihen Sie, Gruppenführer, aber reichen vierhundert Sprengköpfe tatsächlich aus, um die Juden ein für allemal zu vernichten? Das würde schwere Verwüstungen zur Folge haben, aber die restliche Vernichtung?«

Glücks drehte sich um und blickte den jüngeren Mann mit triumphierendem Lächeln an.

»Aber was für Sprengköpfe!« rief er. »Sie glauben doch nicht, daß wir für die Juden bloß hochexplosiven Sprengstoff nehmen? Wir haben Präsident Nasser vorgeschlagen – und er hat die Anregung spontan aufgegriffen –, daß die Sprengköpfe der Nabiras und Zafiras von der traditionellen Art abweichen. Einige Sprengköpfe werden konzentrierte Kulturen von Beulenpest-Erregern enthalten; andere werden so hoch über dem Erdboden explodieren, daß sie das gesamte israelische Territorium mit Strontium-Strahlen verseuchen. Innerhalb von Stunden werden sie ausnahmslos alle entweder an der Beulenpest oder der Gamma-Strahlung verenden. *Das* ist es, was wir auf Lager haben. Aber das ist streng geheim. Das wissen nicht einmal die Wissenschaftler, die an den Raketen arbeiten.«

Sein Besucher starrte ihn mit offenem Mund an.

»Das ist ja unglaublich«, flüsterte er. »Jetzt fällt mir wieder ein, daß ich irgendwann etwas über einen Prozeß gelesen habe, der im letzten Sommer in der Schweiz stattgefunden hat. Nur stichwortartige Zusammenfassungen, das Beweismaterial war größtenteils geheim. Dann ist es also wahr, Gruppenführer?«

»Jawohl, und unausweichlich – vorausgesetzt, wir von der ODESSA schaffen es, die Raketen mit einem Steuerungssystem auszustatten, das sie nicht nur in die beabsichtigte Richtung, sondern genau an den Ort lenken, an dem sie detonieren sollen. Der Mann, der die gesamten Forschungsarbeiten leitet, die gegenwärtig mit dem Ziel der Entwicklung eines solchen Fernsteuerungssystems für die Raketen betrieben werden, befindet sich zur Zeit in Westdeutschland. Sein Deckname ist Vulkan. Sie erinnern sich: der Waffenschmied, der die Blitze der Götter schmiedete – in der antiken Mythologie heißt er Vulkan.«

»Ist er Wissenschaftler?« fragte der Westdeutsche verblüfft.

»Nein, natürlich nicht. Als er sich 1955 zum Untertauchen gezwungen sah, wäre er normalerweise nach Argentinien zurückgekehrt. Aber Ihr Vorgänger wurde von uns angewiesen, ihn sofort mit einem falschen Paß zu versehen, damit er weiterhin in Westdeutschland bleiben konnte. Er wurde mit einer Million US-Dollar aus unseren Züricher Beständen ausgestattet; das war das Gründungskapital für eine Fabrik in Deutschland. Ursprünglich war vorgesehen, die Fabrik als Fassade für Forschungsarbeiten anderer Art zu benutzen, an denen wir seinerzeit interessiert waren, aber inzwischen wurde sie zugunsten des Fernlenksystems für die Raketen von Helwan eingestellt.

Die Fabrik, die Vulkan jetzt leitet, stellt Transistorradios her, aber das ist natürlich nur eine Tarnung. In der Forschungsabteilung ist eine Gruppe von Wissenschaftlern bereits mit der Entwicklung des Fernsteuerungssystems befaßt, die eines Tages in die Raketen von Helwan eingebaut werden.«

»Und warum gehen sie nicht einfach nach Ägypten?«

Glücks lächelte wieder und setzte seine ruhelose Wanderung durch das Zimmer fort.

»Das ist ja das Geniale an der ganzen Operation! Ich sagte Ihnen schon, daß es in Deutschland genügend Männer gibt, die fähig sind, Raketensteuerungssysteme zu entwickeln, daß aber keiner von ihnen zur Auswanderung bereit war. Die Gruppe von Experten, die jetzt in Vulkans Forschungsabteilung arbeitet, ist überzeugt, dies im Auftrag und auf Weisung des Bonner

Verteidigungsministeriums zu tun – unter striktester Geheimhaltung, versteht sich.«

Der Untergebene sprang erregt auf und verschüttete dabei Kaffee auf den Teppich.

»Mein Gott, wie in aller Welt hat man das denn nur fertigbekommen?«

»Im Prinzip war es ganz einfach. Die Pariser Verträge verbieten Deutschland, Raketenforschung zu betreiben. Die Männer, die unter Vulkan arbeiten, wurden durch einen waschechten Beamten des Bonner Verteidigungsministeriums, der zufällig einer der Unseren ist, zu absoluter Geheimhaltung verpflichtet. Der Mann aus Bonn erschien in Begleitung eines Generals, der den Wissenschaftlern noch aus dem letzten Weltkrieg ein Begriff war. Alle diese Männer sind bereit und willens, für Deutschland zu arbeiten, auch wenn dies gegen die Bestimmungen der Pariser Verträge verstößt. Deswegen sind sie aber nicht notwendigerweise auch bereit, für Ägypten zu arbeiten.

Natürlich sind die Kosten enorm. Normalerweise können Forschungsprojekte von diesem Ausmaß nur von Großmächten realisiert werden. Dieses ganze Entwicklungsprogramm hat bereits einen erheblichen Teil unserer geheimen Reserven geschluckt. Begreifen Sie jetzt, wie wichtig Vulkan für uns ist und welch entscheidende Bedeutung sein Beitrag für uns hat?«

»Selbstverständlich«, entgegnete der ODESSA-Chef aus Deutschland. »Läuft das Programm weiter, wenn ihm etwas zustoßen sollte?«

»Nein. Er ist Alleininhaber des Unternehmens, technischer und kaufmännischer Leiter in einer Person. Er allein kann die Gehälter der von ihm beschäftigten Wissenschaftler auszahlen und für die enormen laufenden Kosten der Entwicklung aufkommen. Keiner der Wissenschaftler hat innerhalb der Firma jemals mit irgend jemand anderem als ihm zu tun gehabt; und niemand sonst innerhalb der Firma ist über den wahren Zweck der überdimensionalen Forschungsabteilung orientiert. Die Angestellten in den anderen Abteilungen glauben, daß die Leute in der hermetisch abgeschlossenen Forschungsabteilung an der Entwicklung von Mikrowellenkreisen arbeiten, die den Transistormarkt revolutionieren werden. Die Geheimhaltung wird als Vorsorgemaßnahme gegen die Industriespionage hingestellt. Vulkan ist das einzige Verbindungsglied, das zwischen den beiden Abteilungen des Werks existiert. Wenn er ausfällt, bricht das gesamte Projekt zusammen.«

»Können Sie mir den Namen der Fabrik verraten?«

Glücks zögerte einen Augenblick lang und nannte dann den Namen. Der Besucher aus Westdeutschland starrte ihn ungläubig an.

»Aber ich kenne doch deren Rundfunkgeräte«, protestierte er.

»Natürlich. Es ist ein unverdächtiges Unternehmen, und es produziert unverdächtige Geräte.«

»Und der Generaldirektor ist...«
«Ja. Der Generaldirektor ist Vulkan. Jetzt verstehen Sie, wie wichtig dieser Mann und seine Tätigkeit für uns ist. Aus eben diesem Grund habe ich noch eine weitere Instruktion für Sie. Hier...«
Glücks zog eine Photographie aus seiner Brusttasche und gab sie dem Mann aus Westdeutschland. Der betrachtete sie lange und mit wachsendem Erstaunen, als könne er seinen Augen nicht trauen. Schließlich drehte er das Photo um und las den Namen auf der Rückseite.
»Donnerwetter, und ich hatte gedacht, er sei in Südamerika.«
»Keineswegs. Das ist Vulkan. Seine Arbeit hat gegenwärtig ein entscheidendes Stadium erreicht. Falls Ihnen daher zu Ohren kommen sollte, daß irgend jemand unliebsame Fragen nach diesem Mann stellt oder sonstwie eine ungebührliche Neugier an den Tag legt, muß der Betreffende – nachhaltig – entmutigt werden. Eine Warnung, und wenn die nichts fruchtet, kurzen Prozeß. Haben Sie verstanden, Kamerad? Niemand, ich wiederhole, absolut niemand darf auch nur im entferntesten die Möglichkeit haben, Vulkans wahre Identität aufzudecken.«
Der Gruppenführer erhob sich. Sein Besucher beeilte sich, ebenfalls aufzustehen.
»Das wäre alles«, sagte Glücks. »Sie haben Ihre Weisungen.«

4

»Aber du weißt ja nicht mal, ob er überhaupt noch lebt.«
Peter Miller und Karl Brandt saßen in Millers Jaguar vor dem Haus des Kriminalinspektors. Miller hatte seinen Freund an dessen dienstfreiem Sonntag beim Mittagessen zu Hause angetroffen.
»Nein, das weiß ich nicht. Das ist logischerweise das erste, was ich herausfinden muß. Kannst du mir dabei helfen?«
Brandt überlegte einen Augenblick und schüttelte dann den Kopf.
»Nein. Tut mir leid, das kann ich nicht.«
»Und warum nicht?«
»Hör mal, ich habe dir das Tagebuch gegeben, um dir einen Gefallen zu tun. Ganz unter uns, sozusagen. Weil es mir einen Schock versetzt hat und weil ich dachte, da könnte eine Story für dich drin sein. Aber ich wäre nie auf die Idee gekommen, daß du versuchen könntest, Roschmann aufzuspüren. Warum kannst du nicht einfach eine Story daraus machen, wie du auf das Tagebuch gestoßen bist?«
»Weil sich daraus keine machen läßt«, sagte Miller. »Da fehlt ganz einfach der Aufhänger. ›Seht doch, was ich da gefunden habe – ein Tagebuch, das aus losen Blättern besteht, auf denen ein alter Mann, der unlängst den Gas-

hahn aufgedreht hat, um mit seinem Leben Schluß zu machen, ausführlich beschreibt, was ihm im letzten Krieg an Schrecklichem widerfahren ist.‹ Glaubst du vielleicht, das kauft mir irgendeine Illustrierte ab? Ich halte es für ein grauenerregendes, ein erschütterndes Dokument, aber das ist bloß meine persönliche Meinung. Es sind Hunderte von Tagebüchern aus der Kriegszeit erschienen. Die Leute wollen so etwas nicht mehr lesen. Mit dem Tagebuch allein ist bei keiner Illustrierten was zu machen.«

»Was willst du also damit anfangen?« fragte Brandt.

»Ganz einfach. Dafür sorgen, daß auf Grund der in dem Tagebuch erhobenen Anklagen eine großangelegte Fahndung nach Roschmann in Gang kommt. Dann habe ich meine Geschichte.«

Brandt klopfte seine Zigarettenasche im Aschenbecher am Armaturenbrett ab.

»Es wird keine großangelegte Fahndung geben«, sagte er dann. »Hör mal, Peter, vom Journalismus magst du einiges verstehen, aber was bei der Hamburger Polizei läuft und was nicht, das weiß ich doch wohl besser. Unser Job ist es, Verbrechen zu bekämpfen, die jetzt, im Jahre 1963, in Hamburg begangen werden. Kein vernünftiger Mensch wird ohnehin schon überforderte Kriminalbeamte von dieser Arbeit abziehen, damit sie nach einem Mann fahnden, dessen Verbrechen zwanzig Jahre zurückliegen und in Riga verübt worden sind. Das ist einfach nicht drin.«

»Aber könntest du die Sache nicht wenigstens zur Sprache bringen?« fragte Miller.

Brandt schüttelte den Kopf. »Nein. Ich nicht.«

»Warum denn nicht? Was ist denn los?«

»Weil ich mich auf so etwas nicht einlassen will. Bei dir ist das etwas anderes. Du bist alleinstehend und unabhängig. Du kannst irgendwelchen Schimären nachjagen, wenn du unbedingt willst, aber ich nicht. Ich habe Frau und Kinder, und ich denke gar nicht daran, womöglich meine Laufbahn aufs Spiel zu setzen.«

»Warum sollte deine Polizistenlaufbahn dadurch gefährdet werden? Roschmann ist doch ein Verbrecher, oder etwa nicht? Die Kriminalpolizei ist dazu da, Verbrecher zu jagen. Wo ist also das Problem?«

Brandt drückte seine Zigarette aus.

»Das kann ich dir nicht in drei Worten erklären. Es gibt bei der Polizei eine Art stillschweigender – na ja, Übereinkunft wäre zuviel gesagt. Es ist eher so eine generelle Einstellung, nichts Konkretes, eigentlich nur so ein Gefühl. Und dieses Gefühl besagt eben, daß es der Karriere eines jungen Polizeibeamten nicht förderlich sein kann, wenn er für die Kriegsverbrechen der SS ein allzu eifriges kriminalistisches Interesse an den Tag legt. Ganz abgesehen von der Tatsache, daß sowieso nichts dabei herauskommt. Der Antrag würde in jedem Fall abschlägig beschieden werden. Aber die Tatsache, daß er gestellt wurde, wird aktenkundig gemacht. Und damit hast du jede Aussicht auf Beförderung verloren. Niemand spricht davon, aber jeder weiß es. Wenn du also eine große Sache daraus machen willst, zähle bitte nicht auf mich.«

Miller saß reglos da und starrte durch die Windschutzscheibe.

»Also gut«, sagte er schließlich. »Wenn das so ist... Aber irgendwo muß ich schließlich anfangen. Hat Tauber sonst noch etwas hinterlassen, als er starb?«

»Nur ein paar kurze Zeilen. Ich mußte sie sicherstellen und meinem Bericht über den Selbstmordfall beilegen. Inzwischen werden sie bei den Akten liegen, und der Fall ist abgeschlossen.«

»Was hat er denn geschrieben?« fragte Miller.

»Nicht viel«, sagte Brandt. »Er schrieb nur, daß er Selbstmord begehen wolle. Und – ja, da war noch etwas. Er schrieb, daß er seine persönlichen Wertsachen einem Freund vermachen wollte, einem gewissen Herrn Marx.«

»Na, das ist doch wenigstens etwas. Wo erreiche ich diesen Marx?«

»Woher, zum Teufel, soll ich das wissen?« rief Brandt aus.

»Soll das heißen, daß das alles war, was er aufgeschrieben hat? Nur den Namen, keine Adresse?«

»Nichts«, sagte Brandt. »Nur den Namen. Keinerlei Hinweis, wo er wohnt.«

»Na, irgendwo dort in der Gegend muß er ja wohl aufzufinden sein. Hast du nicht nach ihm suchen lassen?«

Brandt seufzte.

»Wenn das doch nur endlich einmal in deinen Kopf hineinginge! Wir von der Hamburger Polizei haben wirklich alle Hände voll zu tun. Weißt du, wieviel Leute es in Hamburg gibt, die Marx heißen? Allein im Telefonbuch sind es eine Menge. Wir können nicht unsere Zeit damit verbringen, nach diesem einen Marx zu suchen. Was der alte Mann hinterlassen hat, war ohnehin keinen Pfennig wert.«

»Das war also wirklich alles?« fragte Miller. »Sonst gar nichts?«

»Kein Stück. Wenn du Marx suchen willst – viel Glück!«

»Danke. Das werde ich tun«, erklärte Miller. Die beiden Männer trennten sich, und Miller fuhr in seine Wohnung zurück, wo Sigi mit dem Sonntagsessen auf ihn wartete.

Am folgenden Morgen fuhr Miller zu dem Haus, in dem Tauber gewohnt hatte. Die Tür wurde von einem Mann geöffnet. Er trug eine fleckige Hose mit Bindfaden als Gürtel, ein kragenloses, offenes Hemd, und am Kinn stand ihm ein Dreitagebart.

»Morgen. Sind Sie der Hausmeister?«
Der Mann blickte Miller von oben bis unten an und nickte. Er roch nach Kohl.
»Vor ein paar Tagen hat sich hier ein alter Mann mit Gas umgebracht«, sagte Miller.
»Sind Sie von der Polizei?«
»Nein. Von der Presse.« Miller wies seinen Presseausweis vor.
»Ich habe nichts dazu zu sagen.«
Miller drückte ihm ohne allzu große Schwierigkeiten einen Zehnmarkschein in die Hand.
»Ich will nur einen Blick in sein Zimmer werfen.«
»Es ist schon wieder vermietet.«
»Was haben Sie mit seinen Sachen gemacht?«
»Die liegen hinten im Hof. Wo hätte ich sie sonst hinschaffen sollen?«
In einer Ecke war Taubers Hinterlassenschaft achtlos auf einandergeschichtet worden; dünner Nieselregen fiel darauf. Eine uralte Schreibmaschine, zwei abgetretene Paar Schuhe, diverse Kleidungsstücke, ein Stapel Bücher und ein zerschlissenes weißseidenes Halstuch, von dem Miller vermutete, daß es irgend etwas mit Taubers jüdischer Religion zu tun haben müsse. Er sah sich die Siebensachen genau an; ein Notizbuch mit Adressen oder sonst irgend etwas, woraus man die Anschrift eines Herrn Marx hätte entnehmen können, war nicht dabei.
»Ist das alles?« fragte Miller.
»Das ist alles«, entgegnete der Mann. Er hatte ihn von der Hinterhoftür her mißtrauisch im Auge behalten.
»Haben Sie einen Mieter, der Marx heißt?«
»Nein.«
»Kennen Sie jemanden namens Marx?«
»Nein.«
»Hatte der alte Tauber irgendwelche Freunde?«
»Nicht, daß ich wüßte. Hat ziemlich zurückgezogen gelebt. War eigentlich immer so mit sich allein, will ich mal sagen. Kam und ging, wie es ihm paßte, rumorte da oben so für sich rum. Hatte nicht alle Tassen im Schrank, wenn Sie mich fragen. Aber die Miete hat er immer pünktlich gezahlt. Gab nie irgendwelchen Ärger deswegen.«
»Haben Sie ihn mal mit irgend jemand anderem zusammen gesehen? Auf der Straße, meine ich?«
»Nein, nie. Hatte wohl keine Freunde. Kein Wunder, wo er doch dauernd so vor sich hinmurmelte. Wie gesagt, hat 'ne Meise gehabt, der.«
Miller ging, um sich in der Nachbarschaft umzuhören. Wie sich herausstellte, erinnerten sich die meisten Leute an den alten Mann. Sie hatten ihn tagtäglich auf der Straße gesehen, mit gesenktem Kopf, darauf eine Woll-

mütze, die Hände in Wollhandschuhen, aus denen die Fingerspitzen hervorschauten.

Drei Tage lang durchforschte Miller die Gegend, in der Tauber gelebt hatte; er fragte im Milchladen, im Gemüsegeschäft, im Fleischerladen, in der Bierkneipe und im Tabakgeschäft nach und fing den Briefträger und den Milchmann ab. Es war Mittwochnachmittag, als er mit den Straßenjungen ins Gespräch kam, die vor der Mauer des Lagerhauses Fußball spielten.

»Was, den Mann, den mein Alter den bekloppten Itzig nennt?« entgegnete der Anführer der Gruppe auf Millers Frage. Die anderen Jungen scharten sich um ihn.

»Ja, der«, sagte Miller. »Der verrückte Itzig.«

»Der hatte sie nicht alle«, erklärte einer der Jungen. »Wie der immer so komisch durch die Gegend latschte.« Der Junge zog den Kopf zwischen die Schultern, schlug den Jackenkragen hoch und machte ein paar schlurfende Schritte, wobei er halblaut vor sich hinmurmelte und verstohlene Blicke in die Runde warf. Die anderen Jungen lachten wie verrückt, und einer schubste den Jungen, der Tauber nachahmte, im Spaß zu Boden.

»Hat einer von euch ihn mal mit irgend jemand anderem zusammen gesehen? Mit einem Mann?«

»Warum wollen Sie denn das wissen?« fragte der Anführer argwöhnisch. »Wir haben ihm doch nichts getan.«

Miller zog ein Fünfmarkstück aus der Hosentasche, warf es spielerisch in die Luft und fing es wieder auf. Acht Augenpaare richteten sich auf die blinkende Münze in seiner flachen Hand. Acht Jungen schüttelten zögernd die Köpfe. Miller drehte sich um und ging.

»Hallo!«

Er blieb stehen und sah sich um.

Der kleinste Junge der Gruppe hatte ihn eingeholt. »Ich habe ihn einmal mit einem Mann gesehen. Sie haben geredet. Sie haben dagesessen und geredet.«

»Wo war das?«

»Unten an der Elbe. In den Grünanlagen. Da sind Bänke. Sie haben auf einer Bank gesessen und sich unterhalten.«

»Wie alt war er, ich meine, der andere?«

»Sehr alt. So mit ganz viel weißem Haar.«

Miller warf ihm die Münze zu; er war überzeugt, daß er sie verschwendet hatte. Aber er ging dennoch zur Elbe hinunter und blickte aufmerksam flußauf- und flußabwärts über die Grünanlagen in beiden Richtungen. Er sah ungefähr ein Dutzend Bänke, auf denen im Sommer meistens Rentner und alte Frauen saßen und den ein- und auslaufenden Schiffen zusahen; aber jetzt, Ende November, waren die Bänke leer.

Am diesseitigen Elbufer im Fischereihafen hatte ein halbes Dutzend Nordseekutter festgemacht und löschte die Fracht, frische Heringe und Makrelen.

Miller kannte die Gegend hier gut. Während der Bombenangriffe auf Hamburg war er, noch ein Junge, auf einen Bauernhof evakuiert worden. Zurück in der zerstörten Stadt, wuchs er zwischen den Trümmern und Ruinen auf. Sein liebster Spielplatz war das Gelände dieses Fischereihafens am Altonaer Ufer gewesen.

Er hatte die Fischer, rauhe, freundliche Männer, die nach Teer und Salz und Pfeifentabak rochen, sehr geschätzt. Er fragte sich bestürzt, wie es möglich war, daß ein und dasselbe Land Männer vom Schlag Eduard Roschmanns und Männer wie diese Fischer hervorbringen konnte.

Dann konzentrierte er seine Gedanken wieder auf Tauber. Wie und wo konnte der alte Mann seinen Freund Marx kennengelernt haben? Erst als er wieder in seinem Wagen saß und an einer Tankstelle in der Nähe des Altonaer Bahnhofs hielt, kam er auf die Lösung. Es war eine zufällige Bemerkung, die ihn auf die richtige Fährte brachte, wie so oft. Der Tankwart wies ihn darauf hin, daß der Preis für Superkraftstoff schon wieder erhöht worden war, und er fügte leutselig hinzu, daß das Geld von Tag zu Tag weniger wert sei. Damit ging er in sein Büro, um Millers Schein zu wechseln. Und Miller starrte auf die geöffnete Brieftasche in seiner Hand, als sähe er sie zum erstenmal. Miller dachte nach.

Geld. Woher hatte Tauber sein Geld bezogen? Gearbeitet hatte er nicht. Die Wiedergutmachungszahlungen der Bundesrepublik, die ihm zustand, wollte er nicht annehmen. Trotzdem hatte er immer seine Miete pünktlich bezahlt. Und Geld zum Leben mußte er auch gehabt haben. Er war nur sechsundfünfzig Jahre alt geworden, also konnte er keine Altersrente bezogen haben – vermutlich aber wohl eine Invalidenrente.

Miller steckte das Wechselgeld ein, ließ den Jaguar aufheulen und fuhr zum Altonaer Hauptpostamt. Er trat an den Schalter mit dem Schild »Rentenauszahlung«.

»Können Sie mir bitte sagen, wann die Rentner ihr Geld abholen?« fragte er die Dame hinter dem Schalter.

»Am Monatsletzten natürlich«, sagte sie.»Das wäre also Sonnabend?«

»Wenn der Monatsletzte auf das Wochenende fällt, erfolgt die Auszahlung einen Tag früher. In diesem Monat also am Freitag – übermorgen.«

»Betrifft das auch die Invalidenrenten?« fragte er.

»Alle Rentenempfänger holen ihr Geld am Monatsende ab.«

»Hier an diesem Schalter?«

»Ja, wenn sie in diesem Viertel wohnen«, entgegnete die Postangestellte.

»Um welche Zeit?«

»Ab neun Uhr früh, wenn wir aufmachen.«

»Vielen Dank«, sagte Miller.

Zwei Tage später, am Freitag, war Miller gegen neun Uhr vor der Post. Er sah den alten Männern und Frauen zu, die auf der Straße Schlange standen und sich durch die engen Türen des Postamts drängten, als es geöffnet wurde. Miller stand auf der gegenüberliegenden Straßenseite und beobachtete die alten Leute, die wieder aus dem Postamt herauskamen. Viele waren weißhaarig, aber weil es kalt war, trugen die meisten Hüte. Das Wetter war nicht mehr regnerisch; es war sonnig und kalt. Kurz vor 11 Uhr verließ ein alter Mann mit dichter weißer Haarmähne das Postamt; er zählte sein Geld nach und steckte es in die linke Brusttasche. Er sah sich um, als halte er Ausschau nach jemandem. Nach ein paar Minuten wandte er sich zögernd zum Gehen. An der Ecke blickte er noch einmal die Straße hinauf und hinunter und bog dann in die Museumstraße zur Elbe ein. Miller verließ seinen Beobachtungsposten und folgte ihm.
Der alte Mann brauchte zwanzig Minuten für die achthundert Meter bis zur Elbchaussee, dann ging er zu den Uferanlagen, überquerte einen Rasenstreifen und setzte sich auf eine Parkbank. Miller trat zögernd näher.
»Herr Marx?«
Der alte Mann wandte Miller, der um die Bank herum auf ihn zuging, den Kopf zu. Er wirkte keineswegs überrascht. Miller hatte den Eindruck, er sei es gewohnt, von fremden Passanten erkannt und angesprochen zu werden.
»Ja«, sagte er. »Ich bin Marx.«
»Mein Name ist Miller.«
Marx nickte ernst; er verzog keine Miene.
»Warten Sie – warten Sie vielleicht auf Herrn Tauber?«
»Ja, das tue ich«, sagte der alte Mann.
»Darf ich mich setzen?«
»Bitte.«
Miller setzte sich neben ihn, und beide blickten sie auf den Fluß, auf dem jetzt ein riesiger Frachter, die *Kota Maru* aus Yokohama, in Richtung Elbemündung an ihnen vorüberglitt.
»Herr Tauber lebt nicht mehr.«
Der alte Mann starrte auf das vorbeifahrende Schiff. Er ließ sich weder Betroffenheit noch Trauer anmerken, als sei er derlei Mitteilungen gewöhnt.
»Ich verstehe«, sagte er nur.
Miller berichtete ihm kurz, was am Freitagabend letzter Woche geschehen war.
»Es scheint Sie nicht zu überraschen, daß er sich umgebracht hat.«
»Nein«, sagte Marx. »Er war ein sehr unglücklicher Mann.«
»Er hat ein Tagebuch hinterlassen. Wußten Sie von seinen Aufzeichnungen?«
»Ja, er hat mir einmal davon erzählt.«
»Haben Sie sie jemals gelesen?« fragte Miller.

»Nein. Er hat das Tagebuch niemandem gezeigt. Aber erzählt hat er mir davon.«
»Es handelt von der Zeit, die er während des Krieges in Riga verbracht hat.«
»Ja, er hat mir gesagt, daß er in Riga war.«
»Waren Sie auch in Riga?«
Der Mann wandte sich ihm zu und blickte ihn aus traurigen alten Augen an.
»Nein. Ich war in Dachau.«
»Hören Sie, Herr Marx. Ich brauche Ihre Hilfe. In seinem Tagebuch erwähnt Ihr Freund einen Mann, einen SS-Führer namens Roschmann. Hauptsturmführer Eduard Roschmann. Hat er den Namen Ihnen gegenüber je erwähnt?«
»O ja. Er hat mir von Roschmann erzählt. Das war es, was ihn überhaupt am Leben gehalten hat – die Hoffnung, eines Tages gegen Roschmann aussagen zu können.«
»Das hat er auch in dem Tagebuch geschrieben. Ich habe es nach seinem Tod gelesen. Ich bin Reporter. Ich will versuchen, Roschmann ausfindig zu machen. Ich will ihn vor Gericht bringen, verstehen Sie?«
»Ja.«
»Aber wenn Roschmann tot ist, erübrigt sich die ganze Sache. Können Sie sich erinnern, ob Herr Tauber jemals erfahren hat, daß Roschmann lebt oder tot ist?«
Marx starrte minutenlang dem Heck der *Kota Maru* nach.
»Hauptsturmführer Roschmann lebt«, sagte er schließlich. »Und er ist ein freier Mann.«
Miller beugte sich vor.
»Woher wissen Sie das?«
»Von Tauber. Er hat ihn gesehen.«
»Ja, ich habe es gelesen. Das war Anfang April 1945.«
Marx schüttelte den Kopf.
»Nein, es war vor einem Monat.«
Minutenlang herrschte Schweigen, während Miller den alten Mann anstarrte. Marx blickte scheinbar unbewegt weiter auf den Fluß.
»Vor einem Monat?« wiederholte Miller schließlich ungläubig. »Hat er gesagt, wo er ihn gesehen hat?«
Marx seufzte und wandte sich Miller zu.
»Ja. Es war spät abends, und er ging spazieren. Er machte das oft, wenn er nicht schlafen konnte. Auf dem Heimweg kam er an der Staatsoper vorbei, als die Vorstellung gerade zu Ende war und eine Menge Leute auf die Straße hinausströmten. Er sagte, es waren lauter reiche Leute, die Männer im Smoking und Abendmantel und die Frauen in Pelzen und mit Schmuck behängt. Einige Taxis waren vorgefahren, und mehrere Passanten schauten

zu, wie die Herrschaften einstiegen. In diesem Augenblick sah er Roschmann.«
»Unter den Opernbesuchern?«
»Ja. Er stieg mit zwei anderen Leuten in eine der wartenden Taxen und fuhr weg.«
»Hören Sie, Herr Marx, das ist sehr wichtig. War er auch ganz sicher, daß er sich nicht getäuscht hatte?«
»Ja, er sagte, er sei ganz sicher. Es war Roschmann.«
»Aber er hatte ihn vor neunzehn Jahren zuletzt gesehen. Roschmann muß sich doch verändert haben. Wie konnte er sich seiner Sache so sicher sein?«
»Er sagte, er habe gelächelt.«
»Er habe *was* getan?«
»Gelächelt. Roschmann habe gelächelt.«
»Ist denn das so bezeichnend?«
Marx nickte mehrmals.
»Er sagt, wer Roschmann einmal so lächeln gesehen hat, vergißt dieses Lächeln nie mehr. Beschreiben konnte er es nicht, aber er hat gesagt, daß er dieses Lächeln unter Millionen überall auf der ganzen Welt wiedererkennen würde.«
»Ich verstehe. Halten Sie das für möglich?«
»O ja. Ja, ich bin überzeugt, daß er Roschmann gesehen hat.«
»Gut. Gehen wir einmal davon aus, daß auch ich davon überzeugt bin. Hat er sich das polizeiliche Kennzeichen des Taxis gemerkt?«
»Nein. Er sagte, er sei so durcheinander gewesen, daß er nur zugeschaut hat, wie es davonfuhr.«
»Verdammt«, sagte Miller. »Es wird wahrscheinlich zu einem Hotel gefahren sein. Wenn ich die Nummer hätte, könnte ich den Taxifahrer fragen, wohin er seine Fahrgäste gebracht hat. Wann hat Herr Tauber Ihnen das erzählt?«
»Das war vor einem Monat, als wir unsere Rente abholten. Hier auf dieser Bank.«
Miller seufzte und stand auf.
»Sind Sie sich darüber im klaren, daß niemand diese Geschichte glauben würde?«
Marx löste den Blick vom Fluß und richtete ihn auf den jungen Reporter.
»O ja«, sagte er leise. »Das wußte er. Deswegen hat er sich ja umgebracht.«

An jenem Abend stattete Miller seiner Mutter den allwöchentlichen Besuch ab, und wie jede Woche klagte sie, daß er nicht genügend esse, zuviel rauche, seine Hemden zu lange trage und überhaupt seine Garderobe verwahrlosen lasse.

Sie war eine kleine, dickliche, matronenhafte Frau von Anfang Fünfzig. Sie hatte sich nie damit abgefunden, daß ihrem einzigen Sohn nichts Besseres eingefallen war, als Illustriertenreporter zu werden.
Im Verlauf des Abends erkundigte sie sich danach, welcher Räuberpistole er denn im Augenblick gerade nachjage.
Miller berichtete ihr kurz von den Ereignissen der letzten Tage und erwähnte seine Absicht, den untergetauchten Eduard Roschmann aufzuspüren. Seine Mutter war entsetzt.
Peter aß mit unvermindertem Appetit weiter und ließ die Flut ihrer Vorwürfe und Ermahnungen ungerührt über sich ergehen.
»Es ist schon schlimm genug, daß du ständig über diese abscheulichen Dinge berichten mußt, die all diese kriminellen Leute immerfort anstellen«, sagte sie. »Aber was dein armer Vater gesagt hätte, wenn er wüßte, daß du dich jetzt auch noch auf diese alten Nazigeschichten einlassen willst – das weiß ich nicht. Ich weiß es wirklich nicht...«
Miller kam ein Gedanke.
»Mutter.«
»Ja, mein Junge?«
»Krieg... Die Dinge, die den Menschen von der SS angetan wurden – in den Lagern, meine ich... Hast du jemals geahnt... Ich meine, hast du vermutet, daß diese Dinge geschahen?«
Sie begann mit geschäftigem Eifer den Tisch abzuräumen. Nach ein paar Sekunden sagte sie:
»Schreckliche Dinge. Ganz schreckliche Dinge. Die Engländer zwangen uns nach dem Krieg, die Filme anzusehen. Ich will davon nichts mehr hören.«
Sie verließ das Zimmer. Peter stand auf und folgte ihr in die Küche.
»Weißt du noch, wie ich 1952 mit der Schulklasse nach Paris fuhr? Da war ich achtzehn.«
Sie stand am Spülbecken und ließ das Wasser zum Geschirrwaschen einlaufen.
»Ja, ich erinnere mich.«
»Wir wurden damals zu einer Kirche geführt, die Sacre Cœur heißt. Als wir ankamen, war gerade ein Gottesdienst zu Ende gegangen, ein Gedenkgottesdienst für einen Mann namens Jean Moulin. Eine Gruppe von Leuten kam aus der Kirche heraus, und als sie hörten, daß ich mich mit einem Schulkameraden auf deutsch unterhielt, trat ein Franzose auf mich zu und spuckte mich an. Ich weiß noch, daß ich dir die Geschichte bei meiner Rückkehr erzählt habe. Weißt du noch, was du damals gesagt hast?«
Frau Miller spülte mit wütender Entschlossenheit das Abendbrotgeschirr ab.
»Du hast gesagt, das sei typisch für die Franzosen. Üble Eigenschaften haben die, hast du gesagt.«

»Stimmt. Die haben sie auch. Ich habe sie nie gemocht.«
»Hör mal, Mutter. Weißt du, was wir mit Jean Moulin gemacht haben? Du nicht, Vater nicht, ich nicht. Aber wir, die Deutschen – oder vielmehr die Gestapo, die Millionen Ausländer mit uns in einen Topf werfen?«
»Ich will nichts mehr davon hören. Das genügt jetzt aber wirklich.«
»Also, ich kann es dir nicht sagen, was die alles mit dem gemacht haben, bevor er starb, weil ich es nicht weiß. Das ist sicher irgendwo aufgeschrieben worden. Aber das Entscheidende ist, daß ich nicht angespuckt worden bin, weil man mich Schuljungen zur Gestapo rechnete, sondern weil ich ein Deutscher war.«
»Und darauf solltest du stolz sein.«
»Vielleicht bin ich das auch. Aber in diesem Fall muß ich dann auch auf die Nazis, auf die SS und die Gestapo stolz sein.«
»Das ist wohl niemand. Aber dadurch, daß man dauernd davon redet, wird auch nichts besser.«
Sie war erregt und verwirrt wie immer, wenn er mit ihr diskutierte. Sie trocknete sich die Hände mit dem Geschirrtuch ab, bevor sie wieder ins Wohnzimmer ging. Er folgte ihr.
»Hör doch mal zu, Mutter. Versuch das bitte zu begreifen. Bevor ich das Tagebuch gelesen hatte, habe ich auch nicht danach gefragt, was genau es nun eigentlich gewesen ist, was wir angeblich alle getan haben. Jetzt endlich fange ich doch wenigstens an zu begreifen. Deswegen will ich diesen Mann ausfindig machen, wenn es ihn noch gibt und er immer noch frei herumläuft. Dieses Ungeheuer muß vor Gericht gebracht werden.«
Den Tränen nahe setzte sie sich auf das kleine Sofa und sah ihn flehentlich an.
»Bitte, Peterchen, laß die Finger davon. Wühle nicht in der Vergangenheit herum. Es kommt doch nichts Gutes dabei heraus. Das alles ist jetzt lange vorbei, und man sollte es endlich ruhen lassen.«
Peter Millers Blick fiel auf den Kaminsims, auf dem die Uhr unter dem Glassturz und die Photographie seines toten Vaters standen. Der Vater trug die Uniform eines Hauptmanns der Wehrmacht und sah ihn aus dem Rahmen heraus mit jenem gütigen und ein wenig traurigen Lächeln an, das Miller so vertraut war. Das Photo war während des letzten Heimaturlaubs kurz vor der Rückkehr an die Front aufgenommen worden.
Die Erinnerung an seinen Vater war in Peter auch nach neunzehn Jahren erstaunlich lebendig geblieben. Er hatte nicht vergessen, daß sein Vater vor dem Krieg mit ihm zu Hagenbecks Tierpark hinausgefahren war, ihm alle Tiere gezeigt und laut vorgelesen hatte, was auf den kleinen Schildern an jedem Käfig stand, um die unermüdliche Wißbegier seines damals fünfjährigen Sohnes zu stillen.
Er konnte sich noch erinnern, wie sein Vater 1940 heimkam, nachdem er

sich zum Kriegsdienst gemeldet hatte. Seine Mutter weinte, und er hatte sich als Junge darüber gewundert, wieso erwachsene Frauen so töricht sein konnten, Tränen zu vergießen wegen etwas so Fabelhaftem wie der Tatsache, daß der Vater Uniform trug. Und er entsann sich jenes Tages – das war 1944 und er war damals elf Jahre alt gewesen –, als ein Offizier der Wehrmacht seine Mutter aufsuchte, um ihr mitzuteilen, daß ihr heldenhafter Mann an der Ostfront gefallen sei.

»Abgesehen davon will niemand mehr von diesen schrecklichen Enthüllungen etwas wissen, und von den ewigen Prozessen auch nicht, bei denen alles wieder ausgegraben wird. Niemand wird dir dafür danken, selbst wenn du ihn finden solltest. Sie werden auf der Straße mit dem Finger auf dich zeigen. Ich meine, die Menschen haben die ewigen Prozesse einfach satt. Niemand will sie mehr, dazu ist es jetzt einfach zu spät. Laß die Finger davon, Peter. Bitte, gib diese unsinnige Idee auf – um meinetwillen.«

Er erinnerte sich an die schwarzumrandete Zeitungsspalte voller Namen, die an jenem Tag Ende Oktober 1944 nicht länger war als sonst und doch so völlig anders, denn in der unteren Hälfte der Spalte fand sich der Eintrag:

Gefallen für Führer und Vaterland:

Miller, Erwin, Hauptmann, am 11. Oktober in Kurland.

Das war alles. Kein weiteres Wort. Kein Hinweis, wo und wie und warum. Nur einer von Zehntausenden von Namen im Osten Gefallener, die die immer länger werdenden schwarzumrandeten Spalten füllten, bis die Regierung beschloß, ihre Veröffentlichung zu untersagen, weil sie der Durchhaltemoral abträglich waren.

»Ich finde«, sagte seine Mutter hinter ihm, »du solltest wenigstens Rücksicht auf das Andenken deines toten Vaters nehmen. Meinst du, er hätte gewollt, daß sein eigener Sohn in der Vergangenheit herumwühlt und womöglich einen weiteren Prozeß ins Rollen bringt? Glaubst du wirklich, daß das in seinem Sinn ist?«

Miller drehte sich um, ging quer durch das Wohnzimmer zu seiner Mutter hinüber, die noch immer auf dem kleinen Sofa saß, legte ihr seine Hände auf die Schultern und schaute ihr in die verängstigten veilchenblauen Augen. Er beugte sich zu ihr hinunter und gab ihr einen flüchtigen Kuß auf die Stirn.

»Ja, Mutter«, sagte er, »genau das glaube ich. Mein Vater ist als Soldat gefallen, aber der Mann, den ich suche, hatte es nicht mit bewaffneten Männern zu tun, sondern mit wehrlosen Menschen. Vater, ein Soldat, der für seine Tapferkeit ausgezeichnet wurde, hätte nie zugelassen, daß jemand wie dieser Mann ...«

»Ich weiß, was du meinst, Peter, dein Vater hat ...«

»Was hat mein Vater?«

»Ach, nichts, mein Junge! Laß die Dinge ruhen.«

Miller schloß leise die Haustür hinter sich, kletterte in seinen Wagen und fuhr in die Hamburger Innenstadt zurück. Er kochte vor Erregung und Wut.

Alle, die ihn gut kannten, aber auch viele, die ihn weniger gut kannten, stimmten darin überein, daß er genauso aussah, wie phantasiebegabte Laien sich einen erfolgreichen Illustrierten-Boß vorstellen. Er war Mitte Vierzig, wirkte jungenhaft unbekümmert, hatte dichtes, bereits ergrauendes Haar, das sorgfältig gepflegt und modisch geschnitten war, und manikürte Fingernägel. Sein mittelgrauer Anzug stammte aus der Savile Row, seine schwere Seidenkrawatte von Cardin. Ein Air ausgesprochen teuren guten Geschmacks umgab ihn, wie man ihn sich nur für sehr viel Geld leisten kann.

Hätte er außer seiner glänzenden äußeren Erscheinung keine weiteren Vorzüge gehabt, wäre er kaum einer der erfolgreichsten – und vermögendsten – Illustrierten-Herausgeber Westdeutschlands geworden. Kurz nach dem Kriegsende hatte er mit einer Handpresse angefangen, Flugblätter mit Verlautbarungen der Militärregierung für die britische Besatzungsmacht gedruckt und 1949 eine der ersten Illustrierten Westdeutschlands gegründet. Sein Erfolgsrezept war simpel: »Sag's den Leuten in Worten und sorge dafür, daß es so schockierend wie nur irgend möglich wirkt. Heize das Ganze mit Bildern an, gegen die jedes von der Konkurrenz veröffentlichte Photo aussieht, als sei es von einem Anfänger mit einer Box aufgenommen worden.« Das Rezept erwies sich als wirksam. Seine acht Magazine, die von Heften mit Liebesgeschichten für Teenager bis zu den geleckten Chroniken der Skandale und Affären des Jet-Set reichten, hatten ihn zum Multimillionär gemacht. Aber der *Komet*, die aktuelle Illustrierte, war noch immer sein liebstes Kind.

Mit seinem Geld hatte er sich ein Haus im Ranch-Stil im Hamburger Elbvorort Othmarschen, ein Chalet in den Bergen, ein Haus an der Nordsee, einen Rolls-Royce und einen Ferrari gekauft. Irgendwann hatte er eine sehr schöne Frau geehelicht, die ihm zwei Kinder schenkte, für die er nur selten Zeit hatte. Der einzige westdeutsche Millionär, von dessen diskret ausgehaltenen und häufig ausgewechselten jungen Freundinnen in seinem Klatschmagazin niemals Photos erschienen, war Hans Hoffmann selbst. Er war nämlich auch noch ungemein gerissen.

An jenem Mittwoch klappte er Salomon Taubers Tagebuch zu, nachdem er das Vorwort gelesen hatte, lehnte sich in seinem Sessel zurück und sah den jungen Reporter an, der ihm gegenübersaß.

»Okay. Den Rest kann ich mir denken. Was wollen Sie?«

»Ich halte das für ein beispielloses Dokument«, sagte Miller. »Da gibt es einen Mann, der in dem Tagebuch immer wieder erwähnt wird. Einen SS-Hauptsturmführer Eduard Roschmann, der Kommandant des Ghettos von Riga war, und zwar von dessen Einrichtung bis zur Auflösung. Dieser Mann hat 80000 Männer, Frauen und Kinder umgebracht. Ich glaube, er lebt und hält sich hier irgendwo in Westdeutschland auf. Ich will ihn ausfindig machen.«

»Woher wissen Sie, daß er lebt?«

Miller berichtete ihm kurz, was er in Erfahrung gebracht hatte. Hoffmann verzog den Mund.

»Ziemlich mager, Ihre Anhaltspunkte.«

»Stimmt. Aber es lohnt sich, nachzufassen. Ich habe schon manche Story an Land gezogen, bei der ich mit weit weniger konkreten Informationen anfangen mußte.«

Hoffmann grinste anerkennend. Er kannte und schätzte Millers Talent, Geschichten aufzuspüren, die dem Establishment nicht zur Ehre gereichten. Er hatte nie gezögert, Millers Stories zu veröffentlichen, sobald sie sich als hieb- und stichfest recherchiert erwiesen. Sie erzielten nachweislich beträchtliche Auflagensteigerungen.

»Dann dürfte dieser Mann – wie hieß er doch? Roschmann? –, also dieser Roschmann dürfte vermutlich längst auf der Fahndungsliste stehen. Und wenn die Polizei ihn nicht finden kann – was veranlaßt Sie zu dem Glauben, daß Sie es könnten?«

»Ist die Polizei denn tatsächlich hinter ihm her?«

Hoffmann zuckte mit den Achseln.

»Das ist immerhin anzunehmen. Schließlich wird sie dafür bezahlt.«

»Es kann doch nicht schaden, ein bißchen nachzuhelfen, oder? Bloß nachzuprüfen, ob er wirklich noch lebt, ob er jemals festgenommen wurde, und wenn, was dann mit ihm geschehen ist.«

»Und was soll ich dabei tun?« fragte Hoffmann.

»Mir grünes Licht geben, mein Glück zu versuchen. Wenn nichts dabei herauskommt, gebe ich die Sache auf.«

Hoffmann wandte sich auf seinem Drehstuhl der Fensterfront zu, die den Blick vom zwölften Stockwerk freigab auf die ein Kilometer entfernten Hafenanlagen mit ihren Kränen, Kais und Werften, die sich kilometerweit hinzogen.

»Das liegt eigentlich gar nicht auf Ihrer Linie, Miller. Woher kommt dieses plötzliche Interesse?«

Miller überlegte scharf. Eine Idee zu verkaufen war immer das erste und schwierigste. Als freier Reporter mußte man seine Story oder Idee zuerst dem Herausgeber oder Redakteur verkaufen. Auf die Leser kam es erst in zweiter Linie an.

»Es ist eine gute Human-Interest-Story. Wenn *Komet* den Mann fände, den die Polizeibehörden in all den Jahren nicht gefaßt haben, dann wäre das ein Mordsknüller. So etwas wollen die Leute doch wissen.«

Hoffmann starrte zum Fenster hinaus in den Dezemberhimmel und schüttelte den Kopf.

»Sie irren sich. Ich würde vielmehr sagen, daß es das letzte ist, was die Leute wissen wollen. Und deswegen gebe ich Ihnen den Auftrag auch nicht.«

»Aber hören Sie, Herr Hoffmann, hier liegen die Dinge doch ganz anders. Die Menschen, die Roschmann umgebracht hat, das sind keine Polen oder Russen gewesen. Das waren Deutsche, meinetwegen deutsche Juden, aber sie waren doch *Deutsche*. Warum sollten die Leute nichts davon wissen wollen?«

Hoffmann wandte sich vom Fenster ab, stützte die Ellenbogen auf die Tischplatte und das Kinn auf die Handgelenke.

»Miller, Sie sind ein ausgezeichneter Reporter«, sagte er. »Ich schätze Ihre Art, Reportagen aufzuziehen. Sie haben Stil, und Sie haben auch eine gute Spürnase. Ich kann in dieser Stadt jederzeit zwanzig, fünfzig oder hundert Leute herbeizitieren. Ein Anruf genügt, und die tun genau das, was sie gesagt bekommen. Sie liefern die Stories ab, auf die sie angesetzt werden, aber sie kommen nicht selbst auf ein Thema. Sie dagegen tun das, und das ist der Grund, weswegen wir so gut miteinander ins Geschäft gekommen sind und in Zukunft zweifellos noch viel besser miteinander ins Geschäft kommen werden. Aber nicht mit dieser Sache.«

»Warum nicht? Es ist eine gute Story.«

»Hören Sie, Miller. Sie sind jung. Ich werde Ihnen mal etwas sagen, was Sie sich offenbar noch nicht klargemacht haben. Journalismus besteht zur einen Hälfte darin, gute Reportagen zu schreiben, und zur anderen darin, sie zu verkaufen. Sie können gut schreiben, und zwar ganz ausgezeichnet, und ich kann besser verkaufen. Deswegen sitze ich hier auf diesem Stuhl, und Sie sitzen auf Ihrem. Sie glauben, Sie haben da eine Geschichte, die bei uns alle Welt lesen will, weil die Opfer von Riga deutsche Juden waren. Und ich sage Ihnen, aus eben diesem Grund wird *niemand* diese Geschichte lesen wollen. Es ist genau die Geschichte, die die Leute am allerwenigsten haben wollen. Und solange es in diesem Land kein Gesetz gibt, das den Leuten vorschreibt, was sie zu lesen und welche Illustrierte sie zu kaufen haben, werden sie weiterhin die Illustrierten kaufen, die sie kaufen wollen, und das lesen, wozu sie Lust haben. Und das bekommen sie von mir: Genau das, was sie lesen wollen.«

»Und warum dann nichts über Roschmann?«

»Sie scheinen es noch immer nicht begriffen zu haben. Ich will es Ihnen sagen. Vor dem Krieg kannte nahezu jedermann in Deutschland einen Juden. Tatsache ist, daß in Deutschland kaum jemand etwas gegen die Juden hatte, bevor Hitler kam. Die jüdische Minderheit hatte bei uns in Deutsch-

land nachweislich einen weit besseren Stand als in jedem anderen europäischen Staat. Es ging ihr besser als in Frankreich, besser als in Spanien, unendlich viel besser als in Polen und Rußland, wo die schrecklichsten Pogrome stattgefunden hatten.
Dann fing Hitler an, den Leuten zu erzählen, daß die Juden am Ersten Weltkrieg, an der Arbeitslosigkeit und an allen Mißständen überhaupt schuld seien. Die Leute wußten bald nicht mehr, was sie glauben sollten. Nahezu jeder kannte einen Juden, der ein anständiger und netter Mensch war. Oder doch zumindest harmlos. Die Leute hatten jüdische Freunde, gute Freunde; jüdische Arbeitgeber, gute Arbeitgeber; jüdische Angestellte, fleißige Angestellte; die Juden hielten sich an die Gesetze und taten niemandem etwas Böses. Und da kam Hitler und behauptete, die Juden seien an allem schuld.
Als dann die Lastwagen kamen und die Juden abholten, taten die Leute nichts. Sie hielten sich aus allem heraus und schwiegen. Und sie fingen an, der Stimme, die am lautesten schrie, Glauben zu schenken. So sind die Menschen nun einmal, und insbesondere wir Deutschen. Wir sind ein sehr gehorsames Volk. Darin liegt unsere größte Stärke und zugleich unsere größte Schwäche. Das hat uns mit das Wirtschaftswunder ermöglicht, während die Engländer lieber streikten – und andererseits sind wir aus Gehorsamkeit einem Mann wie Hitler verzückt in ein einziges großes Massengrab gefolgt.
Jahrelang haben die Menschen nicht danach gefragt, was mit den Juden in Deutschland geschah. Sie verschwanden, punktum. Es ist schlimm genug, bei jedem Kriegsverbrecherprozeß in den Zeitungen lesen zu müssen, was mit den gesichts- und namenlosen Juden aus Warschau, Lublin, Bialystok, den unbekannten, anonymen Juden aus Polen und Rußland geschah. Und da wollen Sie den Leuten obendrein noch haarklein erzählen, was mit ihren eigenen Nachbarn geschah? Begreifen Sie jetzt? Diese Juden« – er wies auf das vor ihm liegende Tagebuch Salomon Taubers –, »diese Menschen hatten sie gekannt, sie hatten sie auf der Straße gegrüßt, sie hatten in ihren Läden gekauft, und sie hatten keinen Finger gerührt, als sie abgeholt und den Roschmanns ausgeliefert wurden. Glauben Sie wirklich, die Leute wollen das lesen? Sie hätten sich kein Thema aussuchen können, das ihnen weniger zusagte.«
Hoffmann lehnte sich zurück. Er wählte eine aromatische Panatella aus der Zigarrenschachtel auf seinem Schreibtisch und steckte sie sich mit seinem goldenen Dupont-Feuerzeug an. Miller saß reglos da und verdaute, was er sich selbst nicht hatte klarmachen können.
»Das muß es gewesen sein, was meine Mutter gemeint hat«, sagte er abschließend.
Hoffmann brummte.
»Vermutlich.«

»Ich will das Schwein aber trotzdem ausfindig machen.«
»Lassen Sie die Finger davon, Miller. Schlagen Sie sich das aus dem Kopf. Niemand würde Ihnen dafür danken.«
»Das ist doch nicht der einzige Grund – die Reaktion der Öffentlichkeit. Da steckt doch noch etwas dahinter, oder?«
»Ja«, sagte er nur.
»Haben Sie Angst vor denen – noch immer?« fragte Miller.
Hoffmann schüttelte den Kopf.
»Nein. Ich bin nur nicht darauf versessen, mir vermeidbaren Ärger einzuhandeln. Das ist alles.«
»Was für Ärger?«
»Haben Sie je von einem Mann namens Hans Habe gehört?« fragte Hoffmann.
»Von dem Romanautor? Ja. Was ist mit dem?«
»Er hat mal eine Wochenzeitung in München herausgegeben. Das war Anfang der fünfziger Jahre. Sie war übrigens ausgezeichnet gemacht. Habe war ein begabter Journalist. *Echo der Woche* hieß das Blatt. Habe haßte die Nazis und brachte eine Artikelserie, in der eine Anzahl ehemaliger SS-Führer bloßgestellt wurde, die unbehelligt und auf freiem Fuß in München lebten.«
»Und was passierte?«
»Habe selbst passierte nichts. Eines Tages bekam er etwas mehr Post als üblich. Fünfzig Prozent der Briefe stammten von seinen Anzeigenkunden, die ihre Aufträge zurückzogen. Ein weiteres Schreiben war von seiner Bank, die zwecks Rücksprache um seinen Besuch bat. Habe ging hin, und man eröffnete ihm, daß er seinen Kredit beträchtlich überzogen und sein Konto daher umgehend auszugleichen habe. Innerhalb einer Woche war dem Blatt die Luft ausgegangen. Seither schreibt Habe Bücher, und nicht die schlechtesten. Aber ein Blatt hat er seitdem nicht mehr gemacht.«
»Na und? Sollen wir deswegen heute noch die Hosen voll haben?«
Hoffmann riß sich die Zigarre aus dem Mund.
»So was brauche ich mir von Ihnen nicht sagen zu lassen, Miller.« Seine Augen blitzten. »Ich habe die Schweine damals gehaßt, und ich hasse sie auch heute. Aber ich kenne meine Leser. Und die wollen keine Eduard-Roschmann-Story.«
»Okay, schon gut. Aber ich werde sie trotzdem machen.«
»Wissen Sie, Miller, wenn ich Sie nicht kennen würde, wäre ich überzeugt, daß bei Ihnen irgendein persönliches Motiv dahintersteckt. Journalismus darf nie zu persönlich werden. Das ist nicht gut für die Reportagen, und es ist nicht gut für den Reporter. Übrigens, wie wollen Sie sich finanziell über Wasser halten?«
»Ich habe noch etwas auf dem Konto.« Miller stand auf.

»Viel Glück«, sagte Hoffmann, erhob sich und ging um den Arbeitstisch herum auf seinen Besucher zu. »Ich will Ihnen sagen, was ich tun werde. An dem Tag, an dem Roschmann von der bundesdeutschen Polizei gefaßt und in Haft genommen wird, gebe ich Ihnen den Auftrag, über den Fall Roschmann zu berichten. Das ist dann eine ganz reguläre Berichterstattung über ein Ereignis, von dem die Öffentlichkeit informiert werden muß. Falls ich mich entschließen sollte, nichts darüber zu veröffentlichen, zahle ich das Honorar aus meiner eigenen Tasche. Das ist das Äußerste, was ich in der Sache tun kann. Aber solange Sie in der Weltgeschichte umherreisen und ihn aufzuspüren versuchen, wünsche ich nicht, daß Sie den Briefkopf meiner Illustrierten irgendwo als Entrée vorweisen.«

Miller nickte.

»Sie hören wieder von mir«, sagte er.

5

Wie immer am Mittwochvormittag traten die Leiter der fünf Abteilungen des israelischen Geheimdienstes zu ihrer allwöchentlichen informellen Besprechung zusammen. In den meisten Ländern ist die Rivalität zwischen den einzelnen Sicherheitsdiensten sprichwörtlich. In Rußland ist der KGB auf die GRU schlecht zu sprechen; in den Vereinigten Staaten kann von einer Zusammenarbeit zwischen FBI und CIA keine Rede sein. In den Augen des britischen Sicherheitsdienstes sind die Beamten von Scotland Yard Special Branch eine Horde plattfüßiger Gendarmen, und im französischen SDECE gibt es so viele Gangster, daß sich die Experten ernsthaft fragen, ob der französische Geheimdienst den Regierungsorganen oder der Unterwelt zuzurechnen ist.

Israel dagegen kann sich in dieser Hinsicht glücklich schätzen. Jede Woche einmal treffen die Chefs der fünf Abteilungen zu einem zwanglosen Informationsaustausch ohne jede Rivalität zusammen. Das ist einer der Vorteile, die eine von Feinden umgebene Nation für sich hat. Bei diesem Zusammenkünften werden Kaffee und eisgekühlte alkoholfreie Getränke herumgereicht, die Teilnehmer reden sich beim Vornamen an, die Atmosphäre ist gelöst, und es wird auf diese Weise zweifellos weit mehr Arbeit erledigt als bei dem üblichen bürokratischen Austausch von Memoranden.

Zu der Besprechung am Morgen des 4. Dezember fuhr General Meir Amit; er war der Chef der Mossad und damit verantwortlich für die vereinigten fünf Abteilungen des israelischen Geheimdienstes. Die ersten Sonnenstrahlen trafen das blendend weiße Häusermeer von Tel Aviv, als die von einem uniformierten Chauffeur gelenkte langgestreckte schwarze Limousine des Generals die Außenbezirke der Stadt erreichte.

Aber der General hatte für seine Umgebung keinen Blick übrig; er machte sich Sorgen. Anlaß war eine Nachricht, die ihn in den frühen Morgenstunden erreicht hatte. Sie war nur ein winziges Fragment und würde dem immensen Aktenmaterial des Geheimdienstes ordnungsgemäß beigefügt werden; aber sie war von lebenswichtiger Bedeutung, denn die Information von einem seiner Agenten in Kairo war zum Abheften in einem Ordner mit der Aufschrift »Raketen von Fabrik 333« bestimmt.
Das unbewegte Pokergesicht des zweiundvierzigjährigen Generals verriet nicht die leiseste Gefühlsregung, als sein Wagen den Zina Circus umrundete und seinen Weg in Richtung auf die nördlichen Vororte der Stadt fortsetzte. Er lehnte sich in die Lederpolster zurück und ließ die lange Vorgeschichte dieser bei Kairo produzierten Raketen in Gedanken nochmals Revue passieren. Isser Harel, seinen Vorgänger, hatte sie den Posten gekostet – und einigen Männern das Leben.

Schon im Verlauf des Jahres 1961, lange bevor Nasser die beiden Raketen in den Straßen Kairos der staunenden Öffentlichkeit vorführen ließ, wußte die israelische Mossad von ihrer Existenz. Von dem Augenblick an, als die erste Meldung aus Kairo eintraf, war die Fabrik 333 ständig eingehend beobachtet worden.
Der israelische Geheimdienst wußte auch, daß die ODESSA deutsche Wissenschaftler in großem Umfang für die Arbeit an der Entwicklung der Raketen von Heliopolis angeworben hatte. Schon damals war diese Entwicklung besorgniserregend; im Frühjahr 1962 war sie bedrohlich.
Im Mai 1962 nahm Heinz Krug, der deutsche Anwerber der Wissenschaftler, mit Dr. Otto Joklik, einem österreichischem Physiker, in Wien Kontakt auf. Statt sich jedoch von Krug anwerben zu lassen, setzte sich der österreichische Professor mit dem israelischen Geheimdienst in Verbindung. Er berichtete dem Agenten der Mossad, der nach Wien entsandt worden war, daß die Ägypter beabsichtigten, ihre Raketen mit Sprengköpfen aus strahlenverseuchtem Atommüll und Beulenpest-Bazillen auszurüsten. Die Israelis maßen dieser Nachricht große Bedeutung bei. General Isser Harel, damaliger Chef der Mossad, der den entführten Adolf Eichmann persönlich von Buenos Aires nach Tel Aviv eskortiert hatte, flog selbst nach Wien, um mit Joklik zu sprechen. Er war überzeugt, daß die Information des Professors der Wahrheit entsprach. Verstärkt wurde diese Überzeugung noch durch die Nachricht, die Kairoer Regierung habe ein Quantum radioaktiven Kobalts bei einer Züricher Firma bestellt, das dem Fünfundzwanzigfachen der Menge entsprach, die Ägypten zu medizinischen Zwecken verwenden konnte.
Aus Wien zurückgekehrt, ließ sich Isser Harel bei Ministerpräsident Ben-

Gurion melden. Er bat den Ministerpräsidenten dringend um die Genehmigung, gegen die deutschen Wissenschaftler, die entweder bereits in Ägypten arbeiteten oder im Begriff waren, nach dort auszuwandern, mit geeigneten Repressalien vorgehen zu dürfen. Der alte Mann stand vor einer schwierigen Entscheidung. Einerseits war er sich der entsetzlichen Gefahr für Israel durch die neuen Raketen mit ihren völkervernichtenden Sprengköpfen durchaus bewußt; andererseits war ihm an den westdeutschen Panzern und Geschützen gelegen, deren Anlieferung in Kürze beginnen sollte. Israelische Vergeltungsaktionen auf deutschem Boden konnten womöglich zur Folge haben, daß Bundeskanzler Adenauer dem Drängen jener Kreise im Auswärtigen Amt schließlich doch nachgab, die das geheime Waffenlieferungsabkommen ablehnten, und die Vereinbarung widerrief.

Innerhalb der israelischen Regierung zeichnete sich eine Spaltung ab; sie entsprach in etwa der des Bonner Kabinetts in dieser Frage. Isser Harel und Frau Golda Meir, ihres Zeichens Außenminister, befürworteten eine harte Politik gegenüber den deutschen Wissenschaftlern. Shimon Peres und der Armee dagegen erschien das Risiko unvertretbar, die kostbaren deutschen Panzer nicht zu bekommen. Ben-Gurion wurde zwischen beiden Lagern hin und her gerissen.

Er entschied sich für eine Kompromißlösung: Harel wurde autorisiert, eine unauffällige Kampagne zu unternehmen. Das Ziel war, auf die deutschen Wissenschaftler diskret einzuwirken und sie von dem Vorsatz abzubringen, nach Kairo zu gehen und Nasser beim Bau seiner Raketen zu helfen. Aber Harel, der Deutschland und alle Deutschen haßte, hielt sich nicht an seine Weisungen.

Die Kampagne richtete sich in ihrem weiteren Verlauf vor allem gegen die deutschen Wissenschaftler, die bereits in Ägypten waren. Am 27. November traf ein in Hamburg aufgegebenes Paket in Kairo ein, adressiert an den Raketenspezialisten Professor Wolfgang Pilz. Es wurde von seiner Sekretärin, Fräulein Hannelore Wende, geöffnet. Die Explosion kostete sie das Augenlicht und verkrüppelte sie lebenslang.

Am 28. November kam noch ein Paket aus Hamburg in der Fabrik 333 an. Zu diesem Zeitpunkt hatten die Ägypter bereits Sicherheitsvorkehrungen zum Schutz der deutschen Wissenschaftler getroffen. Diesmal schnitt ein ägyptischer Beamter in der Poststelle die Paketschnur durch. Fünf Tote und zehn Verwundete. Ein drittes Paket wurde am 29. November ohne Zwischenfall entschärft. Am 20. Februar 1963 wurden Harels Agenten erneut in Westdeutschland tätig. Dr. Kleinwächter, der bereits eine Weile in Ägypten gearbeitet hatte, befand sich auf der Heimfahrt von seinem Laboratorium in Lörrach, und plötzlich blockierte, in der Nähe der schweizerischen Grenze, ein schwarzer Mercedes seinen Weg. Er warf sich auf den Boden seines Wagens, als ein Mann seine Automatic durch die Wind-

schutzscheibe von Kleinwächters Wagen leerschoß. Seine eigene Waffe hatte Ladehemmung. Die Polizei fand den schwarzen Mercedes kurz darauf verlassen vor – er war ein paar Stunden vorher gestohlen worden. Im Handschuhfach lag eine auf den Namen Oberst Ali Samir ausgestellte Identitätskarte. Nachforschungen ergaben, daß Samir Chef des ägyptischen Geheimdienstes war. Isser Harels Agenten hatten ihre Botschaft deutlich ausfallen lassen – mit einem Schuß schwarzen Humors sozusagen.
Die Vergeltungskampagne machte Schlagzeilen in Westdeutschland. Durch die Ben-Gal-Affäre weitete sie sich zum Skandal aus. Am 2. März erhielt Heidi Goerke, die junge Tochter von Professor Paul Goerke, in ihrer Wohnung in Freiburg im Breisgau einen anonymen Anruf. Eine Stimme forderte sie auf, den Anrufer im Hotel zu den Drei Königen in Basel zu treffen. Heidi informierte die Polizei, die ihrerseits die eidgenössischen Polizeibehörden ins Bild setzte. Die Schweizer installierten eine Abhöranlage in dem für das Treffen reservierten Hotelzimmer. Im Verlauf der Unterredung wurde Heidi und ihrem jüngeren Bruder von zwei Männern mit dunklen Sonnenbrillen nachdrücklich klargemacht, daß sie ihren Vater dazu bewegen sollten, Ägypten zu verlassen – sofern ihnen an seinem Leben gelegen sei. Das Verfahren gegen die beiden Männer, die noch am gleichen Abend von der schweizerischen Polizei bis nach Zürich verfolgt und festgenommen worden waren, wurde am 10. Juni 1963 eröffnet.
Es entwickelte sich zu einem internationalen Skandal. Der Auftraggeber der beiden Agenten war Yossef Ben Gal, ein israelischer Staatsbürger.
Der Prozeß verlief ohne Zwischenfälle. Professor Joklik bezeugte das Bestehen des ägyptischen Plans, die Sprengköpfe der Raketen mit Atommüll und Beulenpest-Erregern zu füllen, und die Richter waren entsetzt. Die israelische Regierung versuchte aus der fahrlässigen Arbeit ihrer Geheimagenten das Beste zu machen und benutzte den Prozeß zur Aufdeckung des von Ägypten beabsichtigten Völkermordes. Die schockierten Richter sprachen die beiden Angeklagten frei.
Aber in Israel gab es ein Nachspiel. Obwohl Bundeskanzler Adenauer Ben-Gurion die persönliche Zusage gegeben hatte, alles daranzusetzen, um die deutschen Wissenschaftler von jeglicher Beteiligung am Bau der Raketen in Heliopolis abzubringen, sah sich der israelische Premierminister durch den Skandal gedemütigt. Zornentbrannt machte er General Isser Harel schwerste Vorhaltungen wegen der Übergriffe, die er sich bei seiner Einschüchterungskampagne hatte zuschulden kommen lassen. Harel verwahrte sich seinerseits auf das entschiedenste gegen die Anwürfe und bat um seinen Abschied. Zu Harels Überraschung nahm Ben-Gurion das Entlassungsgesuch an und stellte damit unter Beweis, daß in Israel niemand unentbehrlich sei – nicht einmal der Chef des Geheimdienstes.
An jenem Abend des 20. Juni 1963 hatte Isser Harel eine lange Unterhal-

tung mit seinem engsten Freund, General Meir Amit, dem damaligen Chef des militärischen Abwehrdienstes. General Amit war die Unterredung noch lebhaft in Erinnerung.

»Du mußt wissen, mein lieber Meir, daß Israel mit sofortiger Wirkung aus dem Vergeltungsgeschäft ausgestiegen ist«, hatte ihm der in Rußland geborene kämpferische Harel, der »Isser der Schreckliche« genannt wurde, wütend mitgeteilt. »Die Politiker haben sich eingeschaltet. Ich sah mich veranlaßt, meinen Abschied zu nehmen, und habe darum gebeten, dich als meinen Nachfolger zu benennen. Ich glaube, daß meinem Wunsch entsprochen wird.«

Das aus Kabinettsmitgliedern zusammengesetzte Komitee, das in Israel für Abwehr- und Geheimdienstbelange zuständig ist, trug dem Wunsch des ausscheidenden Mossad-Chefs Rechnung. Ende Juni wurde General Meir Amit zum verantwortlichen Leiter des Geheimdienstes ernannt.

Aber auch für Ben-Gurion selbst war die Uhr abgelaufen. Die »Habichte« seines Kabinetts, angeführt von Levi Eshkol und Außenminister Golda Meir, erzwangen seinen Rücktritt, und am 26. Juni 1963 wurde Levi Eshkol Premierminister. Grollend zog sich Ben-Gurion auf seinen Kibbuz im Negev zurück; er blieb jedoch Mitglied der Knesset. Das neue Kabinett hatte zwar Ben-Gurion aus dem Amt gedrängt, aber es holte Isser Harel nicht auf seinen Posten zurück. Möglicherweise deswegen nicht, weil es Meir Amit für einen General hielt, der Weisungen eher zu befolgen geneigt war als der cholerische Harel, der schon zu Lebzeiten für das israelische Volk zu einer legendären Gestalt geworden war und diese Rolle uneingeschränkt genoß. Auch Ben-Gurions letzte Anordnungen wurden nicht widerrufen. General Amits Instruktion, weitere Skandale in Verbindung mit den Raketenspezialisten in Westdeutschland zu vermeiden, blieb bestehen.

In Ermangelung einer Alternative beschränkte er die Fortsetzung der Terrorkampagne auf die Wissenschaftler, die schon in Ägypten waren.

Diese Deutschen wohnten im Vorort Meadi, zehn Kilometer südlich von Kairo am Ostufer des Nils. Ein fraglos ungemein angenehmer Aufenthaltsort, nur daß er von Sicherheitstruppen abgeriegelt war und die Wissenschaftler in einem goldenen Käfig lebten. Um an sie heranzukommen, bediente sich Meir Amit seines Spitzenagenten in Ägypten, des Reitschulbesitzers Wolfgang Lutz, der ab September 1963 jene selbstmörderischen Risiken auf sich nahm, die sechzehn Monate später zu seiner Entlarvung führten.

Die deutschen Wissenschaftler waren schon von der Serie der in der Bundesrepublik aufgegebenen Bombenpakete entnervt. Der Herbst 1963 wurde für sie zu einem wahren Alptraum. Mitten in dem von ägyptischen Sicherheitsbeamten abgeriegelten Meadi erhielten sie Drohbriefe, die in Kairo aufgegeben waren und ihnen einen baldigen Tod prophezeiten.

Dr. Josef Endle empfing einen solchen Brief. Der anonyme Verfasser schildert darin Endles Frau, seine beiden Kinder und die Art der Arbeit, mit der Endle befaßt war, mit bemerkenswerter Präzision und riet ihm dringend Ägypten zu verlassen und nach Deutschland zurückzugehen. Alle anderen Wissenschaftler erhielten entsprechende Drohbriefe. Am 27. September explodierte ein solcher Brief in den Händen seines Adressaten, Dr. Kernberger.

Für einige Wissenschaftler gab das den Ausschlag. Ende September verließ Dr. Pilz Kairo mit seiner erblindeten Sekretärin, Fräulein Wende.

Andere folgten seinem Beispiel, und die wutschäumenden Ägypter konnten sie nicht zurückhalten. Sie waren nicht in der Lage, die Wissenschaftler vor den Drohungen zu beschützen.

Dem Mann, der an jenem strahlenden Wintermorgen in der schwarzen Limousine saß, war bekannt, daß der Schreiber und Absender der Drohbriefe und Bomben sein eigener Agent war, nämlich der vermeintliche pronazistische Deutsche Lutz. Aber er wußte auch, daß das Raketenprogramm weiterlief. Das bewies die Information, die er wenige Stunden vorher erhalten hatte. Noch einmal überflog er die entschlüsselte Meldung. Sie besagte, daß eine virulente Kultur von Beulenpest-Erregern im Kairoer Laboratorium für Infektionskrankheiten isoliert und das Budget der einschlägigen Forschungsabteilung um das Zehnfache erhöht worden war. Die Information war deutlich und unbezweifelbar. Ungeachtet der abträglichen weltweiten Publicity, die der Baseler Prozeß gegen Ben Gal im vorangegangenen Sommer gebracht hatte, setzte Ägypten die Entwicklung der Sprengköpfe mit unverminderter Entschlossenheit fort.

Wenn Hoffmann Millers nächsten Schritt verfolgt hätte, Miller hätte von ihm einen Pluspunkt bekommen wegen journalistischer Sorgfalt und besonderer Umsicht. Nachdem Miller das Penthouse-Büro verlassen hatte, fuhr er im Fahrstuhl in den fünften Stock hinunter und stattete Max Dorn, dem Justitiar der Illustrierten, einen Besuch ab.

»Ich komme gerade von Herrn Hoffmann«, sagte er und ließ sich in den Sessel vor Dorns Schreibtisch fallen. »Ich brauche jetzt noch ein paar Auskünfte. Haben Sie etwas dagegen, wenn ich Ihre einschlägigen Kenntnisse in dieser Hinsicht etwas anzapfe?«

»Aber bitte sehr«, sagte Dorn in der Annahme, Miller sei beauftragt, für *Komet* eine Reportage zu schreiben.

»Wer ermittelt Kriegsverbrechen in Westdeutschland?«

Die Frage befremdete Dorn.

»Kriegsverbrechen?«
»Ja, Kriegsverbrechen. Welche Behörde ist zuständig für die Ermittlung von Kriegsverbrechen in den Ländern, die wir im Krieg überrannt haben? Wer erhebt Anklage gegen diejenigen, die Massenmorde begangen haben?«
»Oh, jetzt verstehe ich, was Sie meinen. Nun ja, grundsätzlich sind es die Generalstaatsanwaltschaften der Länder.«
»Heißt das, daß sie alle damit befaßt sind?«
Dorn lehnte sich behaglich im Sessel zurück. Er dozierte gern über sein ureigenes Wissensgebiet.
»Wir haben bekanntlich – Berlin nicht mitgezählt – zehn Länder in der Bundesrepublik. Jedes dieser Länder hat seine Landeshauptstadt und seinen Generalstaatsanwalt. Jede Generalstaatsanwaltschaft verfügt über ein Dezernat, das für die Ermittlung von Verbrechen während der nationalsozialistischen Gewaltherrschaft zuständig ist. Jeder Landeshauptstadt ist in dieser Sache ein Teil des ehemaligen Reichsgebiets beziehungsweise der vormals besetzten Gebiete zugeordnet, für das die betreffende Generalstaatsanwaltschaft als Strafverfolgungsbehörde zuständig ist.«
»Zum Beispiel?« sagte Miller.
»Beispielsweise werden alle von den Nationalsozialisten und insbesondere der SS in Italien, Griechenland und Polnisch-Galizien verübten Verbrechen von Stuttgart ermittelt. Auschwitz, das größte aller Vernichtungslager, fällt in den Zuständigkeitsbereich der Frankfurter Generalstaatsanwaltschaft. Die Vorgänge in den Vernichtungslagern Treblinka, Chelmo oder Kulmhof, Sobibor und Maidanek werden in Düsseldorf und Köln ermittelt. Daß im Mai das Verfahren gegen zweiundzwanzig ehemalige SS-Angehörige des Lagerpersonals von Auschwitz in Frankfurt anhängig wird, werden Sie schon gehört haben. Anschließend wird den Lagerwachen von Treblinka, Chelmo, Sobibor und Maidanek in Köln beziehungsweise Düsseldorf der Prozeß gemacht. München ist für Belzec, Dachau, Buchenwald und Flossenbürg zuständig. Die meisten der in der Sowjetunion verübten Verbrechen fallen unter die Jurisdiktion von Hannover. Und so weiter.«
Miller, der sich die Auskünfte notiert hatte, nickte.
»Und wer ermittelt gegen die Schuldigen der in den drei baltischen Staaten begangenen Verbrechen?« fragte er.
»Hamburg«, sagte Dorn. »Die Hamburger Generalstaatsanwaltschaft ist darüber hinaus zuständig für alles, was im Bereich von Danzig und im ehemaligen Verwaltungsbezirk Warschau geschehen ist.«
»Hamburg«, rief Miller überrascht aus. »Das heißt also die hiesige Staatsanwaltschaft?«
»Ja. Warum?«
»Weil mich Riga interessiert.«
Dorn verzog den Mund.

»Ich verstehe. Die deutschen Juden. Ja, das ist allerdings Sache der hiesigen Staatsanwaltschaft.«
»Falls demnach jemals eine Verhandlung gegen jemanden stattgefunden hat, der der Teilnahme an den in Riga begangenen Verbrechen verdächtigt war, oder eine Festnahme erfolgt ist – dann muß das in Hamburg gewesen sein?«
»Die Verhandlung allerdings«, entgegnete Dorn. »Die Festnahme nicht notwendigerweise, sie kann auch andernorts erfolgt sein.«
»Wie wird denn bei den Festnahmen vorgegangen?«
»Also, da gibt es das Fahndungsbuch. Darin ist jeder wegen Kriegsverbrechen Gesuchte mit Namen, Vornamen und Geburtsdatum aufgeführt. Gewöhnlich hat die ermittelnde Behörde mit der Vorbereitung der Anklage gegen den Betreffenden Jahre verbracht, bevor sie seine Festnahme veranlaßt. Wenn ihre Arbeit weit genug gediehen ist, ersucht sie die Polizeibehörden des Bundeslandes, in dem der Mann lebt, ihn zu verhaften, und entsendet ein paar Kriminalbeamte, um ihn abzuholen. Ein dringend gesuchter Mann kann festgenommen werden, wo immer er angetroffen wird, und die zuständige Strafverfolgungsbehörde erhält umgehend Nachricht von seiner Festnahme. Sie schickt dann ihre Beamten dorthin, und die bringen ihn an Ort und Stelle, das heißt zum Sitz der anklagenden Behörde. Die Schwierigkeit liegt darin, daß die Mehrzahl der verantwortlichen ehemaligen SS-Führer unter falschem Namen lebt.«
»Offenbar«, sagte Miller. »Hat in Hamburg jemals eine Verhandlung gegen einen der Schuldigen an den Verbrechen von Riga stattgefunden?«
»Nicht, daß ich wüßte«, sagte Dorn.
»Im Archiv müßten doch einschlägige Zeitungsausschnitte zu finden sein, sofern es eine Gerichtsverhandlung gegeben hat.«
»Selbstverständlich sind sie da. Falls sie nicht schon vor 1950 stattgefunden hat. Das war das Jahr, in dem das Archiv eingerichtet wurde.«
»Vielleicht könnten wir mal nachschauen?«
»Kein Problem.«
Das Archiv war im Keller. Es wurde von fünf Angestellten in grauen Kitteln betreut. Es war nahezu einen halben Morgen groß und voller endloser Reihen grau angestrichener Stahlregale mit Nachschlagwerken in jeder Sparte und Sprache. Die Wände entlang standen stählerne Aktenschränke vom Fußboden bis zur Decke, und auf jeder Schublade klebte ein Schild, das den jeweiligen Inhalt angab.
»Welches Stichwort?« fragte Dorn, als der leitende Archivangestellte herbeikam.
»Roschmann, Eduard«, sagte Miller.
»Zur Personalkartei bitte hier entlang«, sagte der Archivangestellte und führte sie längs der Wand zu einem Stahlschrank mit vielen Schubfächern.

Er öffnete das Fach mit den Buchstabengruppen ROA–ROZ und blätterte die Karteikarten durch.
»Kein Eintrag unter Roschmann, Eduard«, sagte er. Miller dachte nach. »Haben Sie irgendwelches Pressematerial über Kriegsverbrechen archiviert?« fragte er.
»Ja«, sagte der Archivangestellte. »Kriegsverbrechen und Prozesse gegen Kriegsverbrecher – bitte hier entlang.«
Sie wanderten noch mal fünfzig Meter an Reihen von Aktenschränken entlang.
»Sehen Sie bitte unter Riga nach«, sagte Miller.
Der Archivangestellte bestieg eine Trittleiter und kam bald mit einem roten Aktenordner, Aufschrift: »Riga – Kriegsverbrecherprozeß«, wieder herunter. Miller nahm den Ordner in die Hand. Als er ihn öffnete, fielen zwei Zeitungsausschnitte heraus; sie hatten ungefähr die Größe von Sonderbriefmarken. Miller hob sie auf. Sie datierten beide vom Sommer 1950. Aus dem einen ging hervor, daß gegen drei SS-Männer wegen in den Jahren 1941 bis 1943 verübter Gewalttaten ein Verfahren eröffnet worden war. In dem anderen war nachzulesen, daß alle drei zu langjährigen Haftstrafen verurteilt wurden. So langjährig, daß sie sich jetzt, Ende 1963, nicht wieder auf freiem Fuß befanden, war der Freiheitsentzug allerdings auch wieder nicht gewesen.
»Ist das etwa alles?« fragte Miller.
»Ja, das wär's«, antwortete der Archivangestellte.
»Soll das heißen«, sagte Miller zu Dorn, »daß ein ganzes Dezernat der Staatsanwaltschaft fünfzehn Jahre lang für meine Steuergelder geschuftet und doch nichts weiter vorzuzeigen hat als diese beiden Briefmarken?«
Dorn fühlte sich aufgerufen, das Establishment in Schutz zu nehmen.
»Bestimmt tun sie ihr Bestes«, erklärte er.
»Das frag ich mich gerade«, sagte Miller.
Sie trennten sich in der Haupthalle im Erdgeschoß, und Miller trat in den Regen hinaus.

Das Haus in dem nördlichen Vorort von Tel Aviv ist so unauffällig, daß es keinerlei Aufmerksamkeit auf sich zieht. Es ist das Hauptquartier der Mossad. Die Einfahrt zur unterirdischen Garage des Büroblocks wird von zwei Ladengeschäften flankiert. Im Erdgeschoß ist eine Bankfiliale. In deren Eingangshalle, gegenüber den Glastüren, die zum Schalterraum der Bank führen, befindet sich die Pförtnerloge. Dann gibt es noch einen Aufzug und eine große Tafel mit den Namen der Firmen im oberen Stockwerk.
Der großen Tafel ist zu entnehmen, daß mehrere Handelsfirmen, zwei Versicherungsgesellschaften, ein Architekturbüro, eine Unternehmensbera-

tung und eine Import- und Exportfirma in diesem Gebäude ihren Sitz haben. Anfragen, die eine der Firmen in den darunterliegenden Stockwerken betreffen, werden höflich beantwortet, Auskünfte über die im oberen Stockwerk dagegen höflich verweigert. Denn die Import- und Exportfirma im obersten Stockwerk ist die Fassade für die Mossad.
Der Raum, in dem die Abteilungschefs des israelischen Geheimdienstes ihre Besprechungen abhalten, ist kahl und hat weißgetünchte Wände. In der Mitte steht ein langer Tisch mit Sesseln und einer Anzahl von Stühlen die Wände entlang. An dem Tisch sitzen fünf Männer, die fünf Leiter der einzelnen Abteilungen des Geheimdienstes. Hinter ihnen auf den Stühlen die Sachbearbeiter und Stenographen. Andere Nichtmitglieder können, sofern das erforderlich erscheint, zu Anhörungen herbeizitiert werden; aber das kommt nur selten vor. Die Besprechungen unterliegen der höchsten Geheimhaltungsstufe, denn hier dürfen alle Staatsgeheimnisse zur Sprache gebracht werden.
An der Stirnseite des Tisches sitzt der Chef der Mossad. Der volle Name dieser 1937 gegründeten Organisation, die bereits zu jener Zeit Sicherheits- und geheimdienstliche Funktionen erfüllte, lautet Mossad Aliyah Beth oder Organisation für die Zweite Einwanderung. Ihre erste Aufgabe war die Überführung europäischer Juden in das Gelobte Land Palästina gewesen. Nach der Gründung des Staates Israel im Jahre 1948 wurde die Organisation zum traditionsreichsten sämtlicher israelischer Sicherheitsorgane und ihr Leiter automatisch Chef aller fünf Abteilungen.
Zu seiner Rechten sitzt der Chef der Aman, des militärischen Geheimdienstes, dessen Aufgabe es ist, Israel über den jeweiligen Stand der Kriegsvorbereitungen seiner Gegner auf dem laufenden zu halten. Der Mann, der zu jenem Zeitpunkt diesen Posten innehatte, war General Aharon Yaariv.
Zur Linken des obersten Geheimdienstchefs sitzt der Chef der Shabak, die häufig unzutreffend als Shin Beth bezeichnet wird. Diese Initialen stehen für Sherut Bitachon, was Sicherheitsdienst bedeutet. Der volle Name der Organisation, die für Israels innere Sicherheit – und nur für sie – verantwortlich ist, lautet Sherut Bitachon Klali, und aus diesen drei Wörtern ist die Abkürzung Shabak gebildet worden. Neben diesen beiden Männern sitzen die letzten beiden der fünf. Einer ist der Leiter der Nachrichtenstelle des Außenministeriums, der insbesondere die Auswertung der politischen Lage in den arabischen Hauptstädten obliegt, eine Aufgabe, die für die Sicherheit Israels von entscheidender Bedeutung ist. Der andere ist Direktor einer Dienststelle, die sich ausschließlich mit dem Schicksal der Juden in solchen Ländern befaßt, in denen jüdische Minderheiten Verfolgungen ausgesetzt sind. Zu diesen Ländern zählen neben allen arabischen Ländern auch alle kommunistischen. Da die wöchentlichen Besprechungen es jedem der fünf Chefs ermöglichen, sich über die Tätigkeit der anderen Abteilun-

gen zu informieren, können Überschneidungen weitgehend vermieden werden.
Die beiden Männer, die der Sitzung als Beobachter beiwohnen, sind der Generalinspektor der Polizei und der Leiter des Spezialdienstes, der als Exekutivorgan der Shabak den Terrorismus innerhalb des Landes bekämpft.
Die Sitzung verlief zunächst wie üblich. Meir Amit nahm seinen Platz an der Stirnseite des Tisches ein, und die Diskussionen begannen. Er wartete mit der Bekanntgabe der brisanten Information, die er in den frühen Morgenstunden erhalten hatte, bis zu dem Augenblick; zu dem er sonst die Sitzung geschlossen hätte. Als er seine Erklärung abgegeben hatte, herrschte Schweigen. Es gab wohl niemanden in dem Raum, den in diesen Minuten nicht die Schreckensvision von einem sterbenden Israel heimgesucht hätte, das sich unter den Einschlägen von Raketen, die Radioaktivität und Pestilenz verbreiten, in Todeskrämpfen windet.
Der Chef der Shabak brach schließlich das Schweigen: »Worauf es ankommt ist, daß diese Raketen niemals abgeschossen werden. Wenn wir sie nicht daran hindern können, die Sprengköpfe zu produzieren, müssen wir eben verhindern, daß diese Sprengköpfe jemals auf ihre Flugbahn geschickt werden.«
»Stimmt«, sagte Amit, wortkarg wie immer. »Aber wie?«
»Draufschlagen«, knurrte Yaariv. »Draufschlagen mit allem, was wir haben. Ezer Weizmanns Düsenbomber können die Fabrik 333 in einem einzigen Angriff dem Erdboden gleichmachen.«
»Und einen Krieg vom Zaun brechen, für den wir nicht gerüstet sind«, entgegnete Amit. »Wir brauchen mehr Flugzeuge, mehr Panzer, mehr Geschütze, bevor wir es mit Ägypten aufnehmen können. Ich glaube, wir sind uns alle darüber im klaren, daß der Krieg unvermeidlich ist. Nasser ist entschlossen, ihn herbeizuführen. Aber er wird ihn erst beginnen, wenn er seine Vorbereitungen abgeschlossen hat. Zwingen wir ihm den Krieg jedoch jetzt auf, so ist er dank seiner russischen Waffen immer noch besser gerüstet als wir.«
Erneut herrschte Schweigen. Der Chef des arabischen Referats im Außenministerium meldete sich zu Wort.
»Unsere Informationen aus Kairo lauten dahingehend, daß die Ägypter glauben, Anfang 1967 soweit zu sein. Das bezieht sich auch und insbesondere auf die Raketen.«
»Zu dem Zeitpunkt werden wir unsere Panzer und Geschütze haben und auch unsere neuen französischen Düsenjäger«, bemerkte Yaariv.
»Ja, und die Ägypter werden über ihre Raketen verfügen – vierhundert Stück. Meine Herren, es gibt nur eine einzige Lösung. Bis wir genügend gerüstet sind, werden diese Raketen überall in Ägypten in unterirdischen Silos lagern und damit jeglichem Zugriff entzogen sein. Denn sobald sie ab-

schußbereit in ihren Silos lagern, genügt es nicht mehr, wenn wir 95 Prozent des Bestandes vernichten – wir müssen sie alle ohne Ausnahme vernichten. Und dazu sind nicht einmal Ezer Weizmanns Bomberpiloten imstande.«

»Dann müssen wir sie also schon in der Fabrik in Heliopolis unbrauchbar machen«, sagte Yaariv.

»Richtig«, pflichtete ihm Amit bei. »Aber ohne militärischen Angriff. Wir werden versuchen müssen, die deutschen Wissenschaftler zur Einstellung ihrer Tätigkeit zu zwingen, bevor sie ihren Auftrag ausgeführt haben. Bedenken Sie, daß die Planungs- und Forschungsphase nahezu abgeschlossen ist. Uns bleiben noch genau sechs Monate. Danach spielt die Mitwirkung der Deutschen keine Rolle mehr. Produzieren können die Ägypter ihre Raketen selbst, sobald einmal die Konstruktionszeichnungen fertig vorliegen, auf denen auch die letzte Niete und die kleinste Schraube eingetragen ist. Ich werde die Terrorkampagne gegen die Wissenschaftler in Ägypten daher verstärken und Sie über alles weitere auf dem laufenden halten.«

Wiederum herrschte einige Sekunden lang Schweigen, als die stumme Frage im Raum stand, die in diesem Augenblick alle Anwesenden beschäftigte. Es war einer der Beamten des Außenministeriums, der sie schließlich aussprach:

»Könnten wir sie nicht wieder in Westdeutschland selbst unter Druck setzen?«

General Amin schüttelte den Kopf.

»Nein. Das kommt angesichts des derzeitigen politischen Klimas nicht in Frage. Die Weisungen unserer Vorgesetzten bleiben unverändert bestehen: keine weiteren Gewaltakte auf westdeutschem Hoheitsgebiet. Für uns liegt der Schlüssel zu den Raketen von Heliopolis von jetzt ab in Ägypten.«

Es geschah nicht allzu oft, daß General Meir Amit, Chef der Mossad, sich täuschte. In diesem Fall allerdings täuschte er sich in der Tat. Der Schlüssel zu den Raketen von Heliopolis befand sich nämlich in einer Fabrik in Westdeutschland und nicht in Ägypten.

6

Es dauerte eine Woche, bis der Oberstaatsanwalt des für die Ermittlung von Kriegsverbrechen zuständigen Dezernats in der Dienststelle des Hamburger Generalstaatsanwalts für Miller zu sprechen war. Miller hegte den Verdacht, Dorn könne dahintergekommen sein, daß er gar nicht in Hoffmanns Auftrag recherchiere – vielleicht hatte Dorn entsprechend darauf reagiert. Der Mann ihm gegenüber war nervös und gereizt.

»Nehmen Sie bitte zur Kenntnis, daß ich mich lediglich auf Ihr hartnäckiges

Drängen hin bereit erklärt habe, Sie zu empfangen«, ließ er Miller wissen.
»Ich finde es trotzdem sehr nett von Ihnen«, sagte Miller liebenswürdig. »Ich möchte Näheres über einen Mann erfahren, nach dem Ihre Abteilung vermutlich schon seit langem fahndet. Der Name ist Eduard Roschmann.«
»Roschmann?« fragte der Justizbeamte.
»Roschmann«, wiederholte Miller. »SS-Hauptsturmführer, war von 1941 bis 1944 Kommandant des Rigaer Ghettos. Ich möchte wissen, ob er lebt; wenn nicht, wo er begraben ist. Ob Sie ihn gefunden haben, ob er jemals in Haft genommen und vor Gericht gestellt worden ist. Falls nicht, wo er sich heute aufhält.«
Der Justizbeamte war fassungslos.
»Das kann ich Ihnen beim besten Willen nicht sagen«, erklärte er.
»Und warum nicht? Immerhin geht es hier um eine Angelegenheit, die für die Öffentlichkeit von Interesse ist. Von enormem Interesse sogar.«
Der Justizbeamte hatte sich wieder gefaßt.
»Das glaube ich kaum«, sagte er. »Sonst müßten wir ständig Anfragen dieser Art erhalten. Das ist aber keineswegs der Fall. Soweit ich mich erinnere, ist Ihre Anfrage die erste, die wir jemals von seiten der Öffentlichkeit erhielten.«
»Ich bin von der Presse«, bemerkte Miller.
»Ja, das mag schon sein. Aber das berechtigt Sie leider auch nur dazu, über diese Dinge lediglich insoweit informiert zu werden, wie gegebenenfalls jeder andere Bürger auf Wunsch informiert werden würde.«
»Und wie weit würde er gegebenenfalls informiert werden?« fragte Miller mit Nachdruck.
»Ich bedaure, aber wir sind nicht ermächtigt, über den jeweiligen Stand unserer Ermittlungen Auskünfte zu geben.«
»Das scheint mir aber doch eine ziemlich merkwürdige Einstellung zu sein«, sagte Miller.
»Aber erlauben Sie mal, Herr Miller«, verwahrte sich der Justizbeamte, »Sie erwarten ja auch nicht von der Kripo, daß sie Ihnen über den Fortgang ihrer Ermittlungsarbeit bei einem Kriminalfall Auskunft gibt.«
»Und ob ich das erwarte. Die Polizei ist sogar meist außerordentlich entgegenkommend, wenn es darum geht zu erfahren, ob mit einer baldigen Festnahme gerechnet werden kann oder nicht. Und selbstverständlich würde sie der Presse auf Anfrage mitteilen, ob der Hauptverdächtige noch lebt oder nicht. Das kommt ihrem Verhältnis zur Öffentlichkeit zugute.«
Der Justizbeamte lächelte säuerlich.
»Ich bezweifle nicht, daß Sie in dieser Hinsicht eine wertvolle Funktion erfüllen«, sagte er. »Aber diese Abteilung darf keine Auskünfte über den Stand ihrer Ermittlungen erteilen.« Ihm schien ein einleuchtendes Argument eingefallen zu sein. »Machen wir uns doch nichts vor – wenn steck-

brieflich gesuchte Kriminelle davon erführen, daß wir vor dem Abschluß der Anklagevorbereitung stehen, dann würden sie doch das Weite suchen.«
»Da haben Sie allerdings recht«, entgegnete Miller. »Aber den Zeitungsberichten zufolge hat Ihre Abteilung bisher lediglich gegen drei einfache SS-Männer, die zum Lagerpersonal von Riga gehörten, Anklage erhoben. Und das war 1950, die Männer werden also vermutlich bereits in Untersuchungshaft gewesen sein, als die Engländer sie den deutschen Behörden übergaben. Ihre steckbrieflich gesuchten Kriminellen scheinen demnach schwerlich Gefahr zu laufen, in absehbarer Zeit das Weite suchen zu müssen.«
»Hören Sie, ich verbitte mir...«
»Schon gut. Ihre Ermittlungen sind also in vollem Gange. Es würde Ihrem Fall aber dennoch in keiner Weise abträglich sein, wenn Sie mir ganz einfach sagten, ob überhaupt gegen Eduard Roschmann ermittelt wird und wo er sich jetzt aufhält.«
»In den Sachen, die in den Zuständigkeitsbereich meiner Abteilung fallen, wird laufend ermittelt. Mehr kann ich Ihnen nicht sagen. Ich wiederhole: es wird laufend ermittelt. Und jetzt, Herr Miller, wüßte ich nicht, womit ich Ihnen noch dienen könnte.«
Er stand auf, und Miller blieb nichts andres übrig, als dasselbe zu tun.
»Übernehmen Sie sich nur nicht«, sagte er im Hinausgehen.

Es verging eine Woche, bis Miller reisefertig war. Die meiste Zeit verbrachte er zu Hause; er las mehrere Bücher, die ausschließlich oder teilweise vom Krieg im Osten und von den Dingen handelten, die sich in den Lagern der eroberten Gebiete im Osten abgespielt hatten. Der Bibliotheksangestellte in der öffentlichen Bibliothek seines Stadtviertels schließlich erwähnte die »Zentralstelle«. Miller hatte schon davon gehört, wußte aber nichts Genaues darüber.
»Sie ist in Ludwigsburg«, sagte der Bibliothekar. »Ich habe kürzlich in der Zeitung darüber gelesen. Die amtliche Bezeichnung lautet ›Zentrale Stelle der Landesjustizverwaltungen‹. Man nennt sie kurz die ›Zentralstelle‹. Es ist die einzige Behörde in der Bundesrepublik, die auf bundesweiter, ja sogar internationaler Ebene Jagd auf Nazis macht.«
»Danke«, sagte Miller, als er ging. »Mal sehen, ob die mir weiterhelfen können.«
Am anderen Morgen suchte er seine Bank auf, stellte seinem Vermieter einen Scheck über drei Monatsmieten aus – Januar bis März – und hob den Rest des Geldes vom Konto ab. Zehn Mark ließ er drauf, um das Konto aufrechtzuerhalten. Er küßte Sigi, als sie zur Arbeit in den Klub ging, und sagte ihr, er werde für acht, möglicherweise auch vierzehn Tage verreisen. Dann

holte er den Jaguar aus der Tiefgarage und fuhr nach Südwesten in Richtung Rheinland.
Die ersten Schneefälle hatten eingesetzt und trieben in dichtem Gestöber über die Autobahn.
Nach zwei Stunden legte er eine Pause ein, um Kaffee zu trinken. Dann fuhr er weiter in Richtung Nordrhein-Westfalen. Der Wind war stark, aber Miller genoß es, auch bei schlechtem Wetter auf der Autobahn zu fahren. Der gedämpfte Lichtschein der Armaturenbeleuchtung, ringsum die einbrechende Dunkelheit des Winterabends, das windgepeitschte Schneegestöber, die sekundenlang im grellen Scheinwerferlicht aufleuchtenden und wieder ins Nichts zurückfallenden Flocken, die diagonal an der Windschutzscheibe vorüberstrichen – alles das gab ihm das Gefühl, im Cockpit eines schnellen Flugzeugs zu sitzen statt in seinem XK 150 S.
Er blieb wie immer auf der Überholspur und fuhr fast 160 Stundenkilometer; die dröhnenden Lastwagenungetüme auf der rechten Fahrbahn behielt er wachsam im Auge, wenn er an ihnen vorbeizog.
Gegen 18 Uhr hatte er das Autobahnkreuz von Hamm bereits hinter sich gelassen. In der Ferne zu seiner Rechten flackerten schon die Hochofenfeuer des Ruhrgebiets. Er war jedesmal fasziniert, wenn er durch das Ruhrgebiet kam, wo sich Kilometer um Kilometer Fabrik an Fabrik, Schlot an Schlot, Ortschaft an Ortschaft reihte zu einer gigantischen Superstadt scheinbar ohne Ende. Die Autobahn führte jetzt über eine Anhöhe, und Miller sah, wie sich die Fabriken, Schlote und Orte zu seiner Rechten weit in die Dezembernacht erstreckten und im Feuerschein vieler Hundert Hochöfen aufglühten, die Tag und Nacht den Reichtum des Wirtschaftswunders mehrten. Vor zwölf Jahren war er einmal auf einer Klassenfahrt nach Paris mit der Eisenbahn hier durchgekommen, da hatte noch alles in Trümmern gelegen. Das industrielle Herz Westdeutschlands hatte erst ganz schwach wieder angefangen zu schlagen. Beim Anblick dessen, was seither hier geleistet worden war, konnte man nur stolz sein.
... solange ich da nicht leben muß, dachte Miller, als vor ihm die großen Tafeln der Kölner Autobahnausfahrten im Scheinwerferlicht auftauchten. Von Köln aus fuhr er in südlicher Richtung weiter, vorbei an Wiesbaden und Frankfurt, Mannheim und Pforzheim. Spätnachts schließlich hielt er vor einem Hotel in Stuttgart, wo er übernachtete.
Die friedliche kleine Marktstadt Ludwigsburg liegt etwa 15 Kilometer nördlich von Stuttgart inmitten der sanften Hügellandschaft Württembergs. Abseits der Hauptstraße hat hier die Zentralstelle zum Leidwesen der national gesinnten Einwohner Ludwigburgs ihren Dienstsitz aufgeschlagen. Die Zentralstelle ist eine personell unterbesetzte, überarbeitete Gruppe von Männern, die nach Nazis und SS-Angehörigen fahndet, welche sich während des Krieges an Massenmorden beteiligt haben. Bevor durch die

Verjährung alle SS-Verbrechen mit Ausnahme von Mord und Beihilfe zum Mord – deren Verjährung durch ein besonderes Gesetz aufgehoben wurde – außer Verfolgung gesetzt wurden, standen auch auf bundesdeutschen und internationalen Fahnungslisten die Namen derer, die lediglich des Totschlages, des Raubes, der schweren Körperverletzung einschließlich Folterung und einer Vielzahl sonstiger Formen menschlicher Verrohung verdächtig waren. Aber selbst nachdem Mord und Massenmord als einzige Tatbestände übriggeblieben waren, gegen die Anklage erhoben werden durfte, verblieben noch immer 170000 Namen in der Ludwigsburger Kartei. Es liegt nahe, daß sich die Zentralstelle unter diesen Umständen darauf beschränkte und heute noch beschränkt, ihre Anstrengungen vorwiegend auf die Ermittlung der schlimmsten Massenmörder zu konzentrieren.

Die Stelle ordnet selbst keine Festnahmen an. Das Material, das zu späteren Verhaftungen und Anklagen führt, leitet sie an die zuständigen Staatsanwaltschaften weiter. Die Männer in Ludwigsburg arbeiten mit begrenzten Mitteln, sie tun es, weil sie ihre Aufgabe ernst nehmen.

Der Stab umfaßte achtzig Kriminalbeamte und fünfzig ermittelnde Staatsanwälte. Die Kriminalbeamten waren zumeist junge Leute – kein einziger konnte in einen der untersuchten Fälle verwickelt gewesen sein. Die meisten Juristen waren älter, jedoch war jeder einzelne eingehend überprüft worden, damit gewährleistet wurde, daß nicht etwa einer von ihnen an den Ereignissen vor 1945 beteiligt gewesen war. Die Juristen kamen zumeist aus anderen Stellen der deutschen Justiz, und eines Tages kehrten sie auch sicher wieder dahin zurück. Die Kriminalbeamten wußten, daß ihre Laufbahn vorzeitig an einem Endpunkt angelangt war. So manche bundesdeutsche Polizeibehörde legte keinen Wert darauf, einen Kriminalbeamten von der Ludwigsburger Zentralstelle in ihren Reihen zu wissen. Die Aussichten auf Beförderung bei einer anderen Polizeidienststelle des Landes waren für Kriminalbeamte, die nach ehemaligen SS-Angehörigen in Westdeutschland gefahndet hatten, gering. Die Männer der Zentralstelle hatten nicht selten erleben müssen, daß ihre Ersuchen um Amtshilfe gelegentlich ignoriert wurden, ausgeliehene Akten auf unerklärliche Weise verschwanden und Verdächtige unmittelbar vor dem geplanten Zugriff auf eine anonyme Warnung hin untertauchten. Um diesem »Sand im Getriebe« zu begegnen, waren bei vielen Oberstaatsanwaltschaften Sonderkommissionen jüngerer Beamter gebildet worden, die für die Naziverbrechen zuständig waren.

Peter Miller fuhr zum Dienstsitz der Kommission in der Schorndorfer Straße 58. Es war eine große ehemalige Privatvilla, umgeben von einer zweieinhalb Meter hohen Mauer. Zwei massive Stahltore versperrten den Zugang zur Auffahrt. Rechter Hand befand sich ein Klingelzug. Miller betätigte ihn. Eine Stahlklappe wurde zurückgeschoben, und ein Gesicht erschien – der unvermeidliche Pförtner.

»Sie wünschen bitte?«
»Ich möchte einen der ermittelnden Staatsanwälte sprechen«, sagte Miller.
»Welchen?« fragte der Pförtner.
»Da mir keiner der Herren namentlich bekannt ist, soll mir jeder recht sein«, sagte Miller. »Hier ist meine Karte.« Er steckte seinen Presseausweis durch die Öffnung und zwang den Mann auf diese Weise förmlich, ihn entgegenzunehmen. So war er wenigstens sicher, daß der Ausweis auch ins Haus kam und begutachtet wurde. Der Pförtner schloß die Klappe und ging fort. Als er zurückkam, öffnete er das Tor und brachte Miller über die Auffahrt und fünf Stufen zum Haupteingang. Überhitzte Zentralheizungsluft schlug Miller entgegen, als er aus der winterlichen Kälte in die Halle trat. Ein zweiter Pförtner kam aus einer verglasten Portiersloge rechts neben dem Eingang und führte ihn in einen kleinen Warteraum.
»Es wird gleich jemand kommen, der sich um Sie kümmert«, sagte er und schloß die Tür.
Der Mann, der drei Minuten später erschien, war Anfang Fünfzig, korrekt und von verbindlicher Höflichkeit. Er gab Miller den Presseausweis zurück und fragte ihn: »Was kann ich für Sie tun?«
Miller berichtete rasch von Taubers Selbstmord, dem hinterlassenen Tagebuch und seinen Nachforschungen nach dem Verbleib von Eduard Roschmann. Der Jurist hörte ihm aufmerksam zu.
»Hochinteressant«, sagte er, als Miller fertig war.
»Was ich von Ihnen wissen möchte: Können Sie mir behilflich sein?«
»Ich wünschte, ich könnte es«, sagte der Mann, und zum erstenmal, seit er vor Wochen in Hamburg mit seinen Nachforschungen angefangen hatte, hatte Miller das Gefühl, es mit einem Beamten zu tun zu haben, der ihm wirklich gern geholfen hätte. »Ich halte Ihr Ersuchen für durchaus begründet und verständlich, aber mir sind Hände und Füße durch Weisungen gebunden, die den Fortbestand unserer Dienststelle regeln. Sie bedeuten praktisch, daß wir Auskünfte über eine gesuchte Person nur befugten amtlichen Stellen erteilen können. Es kommen nur ganz bestimmte Behörden in Frage.«
»Mit anderen Worten, Sie können mir nichts sagen«, bemerkte Miller.
»Bitte verstehen Sie doch«, sagte der Staatsanwalt. »Diese Dienststelle ist nicht sehr beliebt. Wenn es nach mir persönlich ginge, würde ich nur zu gern den Beistand der deutschen Presse in Anspruch nehmen.«
»Ich verstehe«, sagte Miller. »Haben Sie denn hier ein Archiv mit Zeitungsausschnitten, wo ich Einsicht nehmen könnte?«
»Nein, so etwas haben wir nicht.«
»Gibt es in Westdeutschland überhaupt eine Nachschlagebibliothek mit archivierten Zeitungsausschnitten, die interessierten Staatsbürgern zugänglich ist?«

»Nein. Die einzigen Archive dieser Art sind von diversen Presseorganen angelegt worden. Das umfangreichste soll das vom *Spiegel* sein. Aber auch *Komet* hat ein sehr gutes Archiv.«
»Ich finde das doch recht merkwürdig«, sagte Miller. »Wo in Westdeutschland kann man sich denn heute über den Fortgang der Ermittlungen gegen Kriegsverbrecher informieren? Wo kann man sich Informationen über polizeilich gesuchte SS-Angehörige besorgen?«
Der Staatsanwalt sah etwas verlegen aus. »Ich fürchte, für den Durchschnittsbürger besteht dazu keine Möglichkeit«, sagte er.
»Also gut«, sagte Miller. »Wo sind die Archive mit den Personalien oder zumindest den Namen der SS-Männer?«
»Wir haben ein solches Archiv hier bei uns im Keller«, sagte der Staatsanwalt. »Es besteht ausschließlich aus Photokopien. Die Originale der gesamten Personalkartei der SS wurden 1945 von einer amerikanischen Einheit erbeutet. In letzter Minute versuchte eine kleine Gruppe von SS-Angehörigen in einem Schloß in Bayern die ausgelagerte Kartei mit allen Unterlagen zu vernichten. Sie hatten bereits etwa zehn Prozent des gesamten Materials verbrannt, da stürmten amerikanische Soldaten das Schloß und hinderten sie an der Vernichtung weiterer Unterlagen. Das erhaltengebliebene Material war in einem chaotischen Zustand. Die Amerikaner brauchten zwei Jahre, um es mit deutscher Hilfe zu ordnen. In diesen zwei Jahren entkamen einige der schlimmsten SS-Gewalttäter, die zeitweilig in alliiertem Gewahrsam gewesen waren, und zwar unerkannt. Ihre Dossiers waren in dem Durcheinander nicht aufzufinden. Seit Abschluß der endgültigen Klassifizierung ist die gesamte SS-Kartei in Berlin verblieben, in amerikanischer Treuhänderschaft und Verwahrung. Wenn wir ergänzende Informationen brauchen, müssen auch wir uns an sie wenden. Das funktioniert übrigens ausgezeichnet. Wir können uns über mangelnde Zusammenarbeit mit den Amerikanern nicht beklagen.«
»Und das ist alles?« fragte Miller. »Nur zwei Archive in der ganzen Bundesrepublik?«
»Allerdings«, entgegnete der Staatsanwalt. »Ich sagte bereits, daß ich Ihnen gern geholfen hätte. Falls sich übrigens in der Sache Roschmann irgendwelche konkreten Anhaltspunkte für Sie ergeben sollten, würden wir es begrüßen, wenn Sie uns davon in Kenntnis setzen würden.«
Miller überlegte.
»Wenn ich etwas finden sollte«, sagte er, »kommen nur zwei Behörden in Betracht, die etwas damit anfangen können. Die Generalstaatsanwaltschaft in Hamburg und Sie. Ist das richtig?«
»Ja, das stimmt«, sagte der Staatsanwalt.
»Und Sie werden gegebenenfalls sicher eher geneigt sein, in dieser Sache tätig zu werden, als Hamburg.«

Miller hatte keine Frage gestellt; es war eine Feststellung. Der Staatsanwalt lächelte.
»Was sich als fundiert erweist, setzt bei uns keinen Staub an«, sagte er.
»Okay, verstanden«, sagte Miller und stand auf. »Sagen Sie mir nur noch eines, ganz unter uns, versteht sich: Fahnden Sie noch immer nach Eduard Roschmann?«
»Selbstverständlich.«
»Und wenn er gefaßt würde, stände seiner Aburteilung nichts entgegen?«
»Absolut nichts«, sagte der Staatsanwalt. »Das Beweismaterial gegen ihn ist lückenlos. Lebenslängliches Zuchthaus ist ihm sicher.«
»Kann ich Ihre Telefonnummer haben?« sagte Miller.
Der Staatsanwalt schrieb sie auf einen Zettel. Miller steckte ihn ein.
»Da haben Sie meinen Namen und zwei Telefonnummern – meinen Privatanschluß und die Nummer, unter der ich hier bei der Zentralstelle zu erreichen bin. Sie können mich jederzeit in den Diensstunden anrufen, aber auch abends. Wenn Sie irgend etwas Neues herausfinden, verständigen Sie mich telefonisch. Ich kenne in jeder Landespolizeibehörde Beamte, die ich anrufen kann, weil ich weiß, daß sie handeln, wenn es darauf ankommt. Ich kann Sie gegebenenfalls mit dem zuständigen Mann verbinden. Rufen Sie mich auf jeden Fall vorher an, abgemacht?«
»Ich werd dran denken«, sagte Miller.
»Viel Glück«, sagte der Staatsanwalt.

Es ist eine lange Fahrt von Stuttgart nach Berlin, und Miller brauchte fast den ganzen nächsten Tag dazu. Glücklicherweise war das Wetter trocken und klar, und auf der Fahrt nach Norden, an Frankfurt vorbei über Kassel und Göttingen nach Hannover, fraß der hochgetrimmte Jaguar unersättlich Kilometer um Kilometer. In Hannover verließ er die Autobahn E 4 und fuhr auf der rechter Hand abzweigenden E 8 bis zur DDR-Grenze weiter.
Am Kontrollpunkt Marienborn dauerte es eine gute Stunde, bis er den mitgeführten D-Mark-Betrag deklariert hatte, die anderen Formalitäten erledigt waren und die Vopos mit ihren Pelzmützen und langen Mänteln den Jaguar auch von unten eingehend untersucht hatten. Den jungen Beamten schien es nicht ganz leichtzufallen, die kühl-reservierte Höflichkeit zu wahren, die sie als Diener des Arbeiter- und Bauernstaates einem Staatsbürger der revanchistischen Bundesrepublik gegenüber an den Tag zu legen hatten; sie bemühten sich, ihr fachmännisches Interesse für Sportwagen, das sie mit Altersgenossen in allen Ländern teilen, nicht allzu deutlich werden zu lassen.
Vierzig Kilometer hinter der Grenze erreichte Miller die Auffahrt zur großen Brücke über die Elbe, an der die westalliierten Truppen 1945 in korrek-

ter Befolgung der in Jalta niedergelegten Beschlüsse ihren Vormarsch auf Berlin abgebrochen hatten. Zu seiner Rechten sah Miller die Silhouette von Magdeburg; er fragte sich, ob das alte Stadtgefängnis wohl noch stand. An der Grenze nach West-Berlin gab es noch mal einen Aufenthalt. Wieder wurde sein Wagen durchsucht, und Koffer und Brieftasche wurden in der Zollbaracke kontrolliert. Schließlich aber war auch das überstanden, und der Jaguar donnerte am Avuskreisel vorbei dem weihnachtlich illuminierten Kurfürstendamm entgegen. Es war der Abend des 17. Dezember.

Er beschloß, bei seinem Besuch des amerikanischen Document Center anders vorzugehen als bei der Hamburger Generalstaatsanwaltschaft und der Ludwigsburger Zentralstelle. Ohne amtliche Fürsprache, das war ihm klargeworden, kam er nicht an die Nazikarteien.
Am anderen Morgen rief er Karl Brandt vom Hauptpostamt aus an. Brandt war entsetzt von seinem Ansinnen.
»Ausgeschlossen«, erklärte er. »Ich kenne niemanden in Berlin.«
»Na, überleg doch mal. Bei deinen Kripo-Lehrgängen muß dir doch irgendwann mal ein Kollege von der Berliner Polizei über den Weg gelaufen sein. Auf den könnte ich mich doch berufen, wenn ich zum Document Center gehe.«
»Aber ich habe dir doch gesagt, daß du mich bei dieser ganzen Sache aus dem Spiel lassen sollst.«
»Also mit drin bist du in jedem Fall«, sagte Miller. Er wartete ein paar Sekunden, bevor er den entscheidenden Schlag landete. »Entweder bekomme ich die offizielle Genehmigung, Einblick in das Archiv zu nehmen, oder ich gehe einfach hin und behaupte, daß du mich geschickt hast.«
»Das kriegst du doch wohl nicht fertig«, sagte Brandt.
»Und ob! Mir hängt es langsam zum Hals heraus, kreuz und quer durch unsere schöne Republik geschickt zu werden. Also finde jemanden, der mir offiziellen Zugang zum Document Center verschafft. Du kannst es ruhig zugeben – spätestens eine Stunde, nachdem ich mir die Unterlagen angesehen habe, kräht doch kein Hahn mehr danach, von wem der Antrag gestellt wurde.«
»Ich muß nachdenken«, sagte Brandt ausweichend. Er versuchte, Zeit zu gewinnen.
»Tu das«, sagte Miller. »Ich geb dir eine Stunde dafür. Dann rufe ich zurück.« Er schmetterte den Hörer auf die Gabel.
Eine Stunde später war Brandt genauso wütend wie vorher. Er wünschte von Herzen, er hätte dieses verdammte Tagebuch behalten oder einfach weggeworfen.
»Da gibt es in der Tat einen Mann, mit dem ich auf der Kripo-Schule war«,

sagte er. »Nicht daß ich ihn besonders gut gekannt habe, aber der sitzt jetzt im Dezernat I der Berliner Polizeibehörde. Das ist übrigens mit diesen Dingen befaßt.«
»Wie heißt er?«
»Schiller. Volkmar Schiller, Kriminalinspektor.«
»Ich werde mich mit ihm in Verbindung setzen«, sagte Miller.
»Nein, überlaß das mir. Ich rufe ihn noch heute an und erkläre ihm, wer du bist. Danach kannst du dich mit ihm verabreden. Wenn er nicht bereit ist, dir das gewünschte Entree zu verschaffen, gib also bitte nicht mir die Schuld. Er ist der einzige, den ich in Berlin kenne.«
Zwei Stunden später rief Miller Brandt noch mal an. Brandts Stimme klang merklich erleichtert.
»Er ist in Urlaub«, berichtete er. »Die Kollegen in Berlin haben mir aber gesagt, er muß über Weihnachten Dienst machen. Dann ist er also am Montag wieder da.«
»Aber heute ist doch erst Mittwoch«, sagte Miller. »Das heißt also, daß ich vier Tage hier herumhängen muß.«
»Tut mir leid, ich kann's nicht ändern. Montag morgen wird er zurückerwartet. Dann rufe ich ihn gleich an.«
Miller verbrachte vier langweilige Tage in West-Berlin und wartete auf Schillers Rückkehr aus dem Urlaub. In den vorweihnachtlichen Tagen des Jahres 1963 schien Berlin nur von einem einzigen Thema beherrscht zu sein. Erstmals seit Errichtung der Mauer im August 1961 gaben die DDR-Behörden Tagesaufenthaltsgenehmigungen für Verwandtenbesuche in Ost-Berlin an West-Berliner Bürger aus. Der Fortgang der Verhandlungen zwischen den beiden Seiten beherrschte seit Tagen die Schlagzeilen. Am Wochenende fuhr Miller, der als Westdeutscher nur seinen Reisepaß vorweisen mußte, zum Grenzübergang an der Heinrich-Heine-Straße. Er besuchte einen flüchtigen Bekannten in Ost-Berlin, der dort als Reuter-Korrespondent arbeitete. Aber der Mann steckte bis über beide Ohren in einer Mauer-Story, und nach einer Tasse Kaffee verabschiedete sich Miller und fuhr zurück nach West-Berlin.
Am Montagmorgen suchte er Kriminalinspektor Schiller auf. Zu seiner Erleichterung war das ein Mann etwa seines Alters. Außerdem schien er einer eher flexiblen Auslegung bürokratischer Vorschriften nicht abgeneigt zu sein. Zweifellos würde er es mit dieser Einstellung nicht weit bringen, aber das war nicht Millers Problem. Er erklärte ihm rasch, was er wollte.
»Ich sehe keinen Grund, warum das nicht möglich sein sollte«, sagte Schiller. »Uns Beamten vom Dezernat I gegenüber sind die Amerikaner sehr hilfsbereit. Weil Willy Brandt uns mit der Aufklärung von Naziverbrechen beauftragt hat, haben wir fast jeden Tag im Document Center zu tun.«
In Millers Jaguar fuhren sie zum Wasserkäfersteig 1 nach Zehlendorf. Sie

hielten vor einem baumbestandenen Grundstück mit einem einstöckigen, langgestreckten niedrigen Gebäude.
»Das ist alles?« fragte Miller ungläubig.
»Nicht sehr eindrucksvoll, was?« sagte Schiller. »Aber es ist mehrere Stockwerke tief unterkellert. Da ist das Archiv. Das Material der Personalkartei wird in feuersicheren Gewölben verwahrt.«
Sie betraten das Gebäude durch den Haupteingang. In dem kleinen Vorraum trat Schiller an die Pförtnerloge und wies seinen Polizeiausweis vor. Daraufhin wurde ihm ein Formular ausgehändigt. Sie setzten sich beide an einen Tisch und füllten es aus. Der Kriminalinspektor trug seinen Namen und Dienstrang ein. Er fragte Miller:
»Wie hieß der Mann noch?«
»Roschmann«, sagte Miller. »Eduard Roschmann.«
»Geburtsdatum und Geburtsort?«
Miller machte die gewünschten Angaben. Der Inspektor setzte Namen und Daten ein und gab das ausgefüllte Formular einem Archivangestellten.
»Jetzt dauert's ungefähr zehn Minuten«, sagte Schiller. Sie gingen in einen größeren Raum mit mehreren Reihen von Tischen und Stühlen. Nach einer Viertelstunde erschien ein anderer Archivangestellter und legte schweigend einen Aktenordner auf den Tisch. Der Ordner war etwa zweieinhalb Zentimeter dick. Auf dem Deckel stand die Aufschrift »Roschmann, Eduard«.
Es waren noch drei oder vier andere Besucher über Akten gebeugt an Tischen. Miller stützte den Kopf in die Hände und vertiefte sich in die SS-Personalakte Eduard Roschmann.
Es war alles lückenlos vorhanden – Parteimitgliedsnummer, SS-Mitgliedsnummer, Antragsformulare zur Aufnahme in beide Organisationen, ausgefüllt und unterschrieben von Roschmann selbst, Ergebnis der ärztlichen Untersuchung, Beurteilung seiner Eignung nach Abschluß der Ausbildungszeit, handschriftlicher Lebenslauf, Überstellungspapiere, Beförderungsurkunden – bis zum April 1945. Außerdem zwei Photos für die SS-Personalakte; eins im Profil, das andere en face. Sie zeigten einen Mann mit kurzem, linksgescheiteltem Haar und einem lippenlosen Schlitz von einem Mund; auf einer Aufnahme starrte er mit grimmigem Gesichtsausdruck in die Kamera, das andre war die Seitenansicht mit seiner scharfen Habichtsnase. Miller fing an zu lesen...
Eduard Roschmann war am 25. August 1908 in Graz als Sohn eines achtbaren Brauereimeisters geboren. Er besuchte Kindergarten, Volksschule und Höhere Schule in Graz und begann Jura zu studieren, um Rechtsanwalt zu werden. Nachdem er 1931 durch das Referendarexamen gefallen war, gab er das Studium im Alter von fünfundzwanzig Jahren auf. Er arbeitete in der Brauerei, in der sein Vater beschäftigt war. 1937 wurde er aus dem eigentlichen Braubetrieb in die Brauereiverwaltung versetzt. Im selben Jahr

trat er der NSDAP und der SS bei – zu der Zeit in Österreich illegale Organisationen. Ein Jahr darauf annektierte Hitler Österreich und belohnte die österreichischen Parteimitglieder mit rascher Beförderung. 1939, bei Kriegsausbruch, meldete er sich freiwillig zur Waffen-SS, wurde nach Deutschland versetzt, im Winter 1939/40 ausgebildet und nahm als Angehöriger einer Einheit der Waffen-SS am Feldzug gegen Frankreich teil. Im Dezember 1940 wurde er von Frankreich aus nach Berlin versetzt – hier hatte jemand handschriftlich an den Rand der Akte »Feigheit?« vermerkt – und im Januar 1941 dem SD, Amt III des Reichssicherheits-Hauptamts, überstellt.

Im Juli 1941 richtete er die erste SD-Dienststelle in Riga ein. Einen Monat später wurde er zum Kommandanten des dortigen Ghettos ernannt. Er setzte sich im Oktober 1944 per Schiff nach Deutschland ab und meldete sich, nachdem er die überlebenden Juden aus Riga dem SD in Danzig »übergeben« hatte, beim Reichssicherheits-Hauptamt der SS in Berlin zurück. Dort wollte er wohl seine weitere Verwendung abwarten. Das letzte SS-Dokument der Personalakte war anscheinend nicht mehr ausgefertigt worden. Vermutlich hatte sich im April 1945 der gewissenhafte kleine SS-Schreiber im Berliner Hauptquartier lieber um sich selbst gekümmert und davongemacht. Angeheftet an das Konvolut von Dokumenten war ein offenbar von einem Amerikaner stammender Aktenvermerk. Es war ein einzelner Bogen weißes Papier, auf dem in Schreibmaschinenschrift stand: »Kopie dieser Personalakte wurde der britischen Besatzungsbehörde im Dezember 1947 übersandt.«

Darunter die unleserliche Unterschrift irgendeines Schreibstuben-GI. Als Datum war der 21. Dezember 1947 angegeben.

Miller blätterte die gesamte Akte noch mal durch, nahm den handschriftlichen Lebenslauf, die beiden Photos und das letzte Blatt heraus und ging zu dem Archivangestellten am anderen Ende des Lesesaals.

»Könnten Sie mir von diesen Dokumenten Photokopien anfertigen?«

»Gewiß.« Der Mann holte die Akte herbei und legte sie auf seinen Tisch, um die Originale sofort nach der Photokopie wieder in die Akte einzuheften. Ein anderer Besucher wollte zwei Dokumente aus einer Akte photokopieren lassen. Der Archivangestellte nahm sie entgegen, trat an einen Mauerdurchlaß in der Wand und legte sie zu den anderen auf ein Tablett. Eine Hand, die unsichtbar blieb, beförderte sie weiter zum Photokopieren.

»Es dauert etwa zehn Minuten«, sagte der Archivangestellte zu Miller und dem anderen Mann. Die beiden setzten sich, und Miller spürte unvermittelt heftiges Verlangen nach einer Zigarette. Aber hier war rauchen verboten. Der andere Besucher machte einen ungemein korrekten und peniblen Eindruck in seinem dunkelgrauen Wintermantel. Er hatte die Hände im Schoß gefaltet und saß reglos und mit undurchdringlicher Miene da.

Zehn Minuten später wurde ein Rascheln hörbar, und zwei Umschläge erschienen in der Wandöffnung. Der Archivangestellte nahm sie entgegen und hielt sie hoch. Miller und der korrekt gekleidete andere Besucher standen auf, um die Photokopien in Empfang zu nehmen. Der Archivangestellte warf einen raschen Blick in einen der beiden Umschläge.
»Personalakte Eduard Roschmann?« fragte er.
»Für mich«, sagte Miller und streckte die Hand aus.
»Dann ist dies für Sie«, sagte der Angestellte zu dem andern Mann, der Miller von der Seite her ansah. Der Mann im grauen Wintermantel nahm seinen Umschlag und ging mit Miller zum Ausgang. Miller eilte die Stufen hinunter, kletterte in seinen Jaguar, wendete und fuhr ins Stadtzentrum zurück. Eine Stunde später rief er Sigi an.
»Ich bin Weihnachten zu Hause«, sagte er ihr.
Zwei Stunden später war er schon auf der Rückfahrt. Als sich der Jaguar dem Kontrollpunkt näherte, saß der korrekt gekleidete Herr aus dem Document Center in seiner aufgeräumten hübschen Wohnung in der Nähe des Savignyplatzes und rief eine Nummer in Westdeutschland an. Er gab sich dem Mann am anderen Ende der Leitung zu erkennen und berichtete:
»Ich war heute wieder im Document Center. Die übliche Routinearbeit. Da war noch ein anderer Mann. Er las die Personalakte eines Eduard Roschmann und ließ drei Photokopien anfertigen. In Anbetracht der Weisung über Aktenanforderungen, die mir kürzlich erteilt wurde, setze ich Sie davon in Kenntnis.
Ein ganzer Schwall von Fragen brach über den Anrufer herein.
»Nein«, sagte er, »den Namen habe ich nicht feststellen können. Er fuhr in einem langgestreckten schwarzen Sportwagen weg. Ja, habe ich. Es war eine Hamburger Nummer.«
Er nannte sie. Der Mann am anderen Ende der Leitung notierte.
»Na ja, ich dachte, ich melde es lieber. Ich meine, bei diesen Schnüfflern weiß man nie... Besser ist besser. Ja, danke, sehr freundlich von Ihnen. Sehr freundlich von Ihnen. Sehr gut, ich überlasse alles Weitere Ihnen. Fröhliche Weihnachten, Kamerad.«

7

Heiligabend fiel auf den Dienstag, und der Mann in Westdeutschland, der die telefonische Nachricht von Millers Besuch im Document Center aus West-Berlin erhalten hatte, gab sie erst nach den Weihnachtsfeiertagen weiter. Er rief seinen höchsten Vorgesetzten an.
Der Empfänger des Anrufs dankte seinem Informanten und legte dann den Hörer wieder auf. Er lehnte sich in seinem bequemen ledergepolsterten

Chefsessel zurück und starrte aus dem Fenster auf die schneebedeckten Dächer der Altstadt.

»Verdammt und nochmals verdammt!« zischte er. »Warum ausgerechnet jetzt? Warum jetzt?«

Für alle Bürger seiner Stadt, die ihn kannten, war er ein beispiellos gerissener und erfolgreicher Anwalt. Für seine über die ganze Bundesrepublik verteilten Statthalter war er der Chef der innerdeutschen ODESSA. Seine Fernsprechnummer hätte man vergeblich im Telefonbuch gesucht. Sein Deckname war »Werwolf«.

Bei Kriegsende leitete er eine Gruppe von SS-Führern, die überzeugt war, daß das Bündnis der Alliierten innerhalb weniger Monate zerbrechen würde. Diese SS-Leute bildeten eine Anzahl fanatisierter halbwüchsiger Jungen zum Widerstand gegen die verhaßten Besatzer aus. Diese seinerzeit in Bayern aufgestellte illegale Truppe, die kurz darauf von den Amerikanern überrannt wurde, war die ursprüngliche Werwolf-Organisation. Glücklicherweise bekamen die Jungen nie Gelegenheit, ihre in der Technik der Sabotage erworbenen Kenntnisse in die Praxis umzusetzen. Die Amerikaner standen damals noch ganz unter dem Eindruck der Greuel von Dachau, die sie auf ihrem Vormarsch gesehen hatten – sie waren mit Sicherheit weder milde noch nachsichtig gestimmt.

Der erste Chef der ODESSA, die bald nach dem Kriege anfing, Westdeutschland zu unterwandern, hatte zu denen gehört, die 1945 die halbwüchsigen Werwölfe in der Technik des Widerstands unterwiesen. Er übernahm den Titel als Decknamen. Die Bezeichnung war so melodramatisch, wie man es liebte, aber die Bedenkenlosigkeit, mit der die ODESSA gegen jeden vorging, der ihren Plänen im Weg stand, war alles andere als bloß theatralisch.

Ende 1963 amtierte der dritte Werwolf. Er war ein ungemein fanatischer und verschlagener Mann und stand in ständigem Kontakt mit seinen Vorgesetzten in Argentinien. Er kümmerte sich um ehemalige SS-Angehörige in der Bundesrepublik, besonders aber um Ranghöhere und die Männer auf den ersten Plätzen der Fahndungsliste.

Der Werwolf starrte aus dem Fenster seiner Anwaltskanzlei und dachte an seine fünfunddreißig Tage zurückliegende Begegnung mit Gruppenführer Glücks in Madrid. Der Gruppenführer hatte ihn eindringlich auf die überragende Bedeutung des Mannes unter dem Decknamen Vulkan hingewiesen. Seine Anonymität und Sicherheit als Besitzer einer Fabrik für Rundfunkgeräte mußte unter allen Umständen gewahrt bleiben, denn Vulkan bereitete die Entwicklung des Fernlenksystems für die ägyptischen Raketen vor. Außer ihm wußte niemand in Deutschland, daß Vulkan in einer früheren Phase seines Lebens unter seinem richtigen Namen Eduard Roschmann bekannt gewesen war.

Er warf einen Blick auf den Notizzettel mit Millers Autonummer und

drückte einen Klingelknopf auf seinem Tisch. Von nebenan meldete sich die Stimme seiner Sekretärin.
»Sagen Sie, Hilda, wie hieß der Privatdetektiv, den wir vor einem Monat in dem Scheidungsfall beschäftigt haben?«
»Einen Augenblick –« das Geräusch von raschelndem Papier kam durch den Sprechapparat, als sie im Verzeichnis nachschaute, »er hieß Memmers, Heinz Memmers.«
»Geben Sie mir doch bitte seine Telefonnummer, ja? Nein, rufen Sie ihn nicht an, sagen Sie mir nur seine Nummer durch.«
Er schrieb sie unter Millers Autonummer und nahm den Finger von der Taste der Sprechanlage.
Dann stand er auf und ging zu dem Safe, der in einen Betonblock in der Wand eingelassen war. Er nahm ein dickes, schweres Buch aus dem Tresor und setzte sich wieder an den Schreibtisch. Er brauchte nicht lange zu blättern, bis er den gesuchten Eintrag fand. Es waren nur zwei Memmers aufgeführt, Heinrich, genannt Heinz – und Walter. Er ließ seinen Finger auf der dem Eintrag »Memmers, Heinrich« gegenüberliegenden Seite hinunterwandern, fand das Geburtsdatum, rechnete aus, wie alt der Mann jetzt war, und rief sich das Gesicht des Privatdetektivs in Erinnerung. Sein Alter stimmte mit dem Geburtsdatum im Buch überein. Er notierte sich zwei Nummern, die unter dem Namen Heinz Memmers aufgeführt waren, nahm den Hörer auf und bat Hilda, ihm eine freie Leitung zu geben.
Als das Freizeichen hörbar wurde, wählte er die Nummer, die sie ihm genannt hatte. Nachdem das Rufzeichen ein dutzendmal ertönt war, wurde am anderen Ende der Leitung der Hörer abgenommen. Eine weibliche Stimme meldete sich.
»Privatauskunft Memmers.«
»Verbinden Sie mich mit Herrn Memmers persönlich.«
»Darf ich fragen, wer spricht?« fragte die Sekretärin.
»Nein. Verbinden Sie mich mit ihm. Und zwar schnell.«
Ein kurzes Schweigen folgte. Der barsche Tonfall wirkte.
»Ja, mein Herr, sofort.«
Eine Minute später sagte eine rauhe Stimme: »Memmers.«
»Bin ich mit Herrn Heinz Memmers verbunden?«
»Am Apparat. Wer spricht da?«
»Mein Name tut nichts zur Sache. Ist unwichtig. Ich möchte nur hören, ob Ihnen die Nummer 245.718 etwas sagt?«
In der Leitung herrschte tödliche Stille. Memmers unterbrach sie mit einem gepreßten Seufzer. Er hatte begriffen – das war seine SS-Nummer. Das Buch, das aufgeschlagen auf dem Tisch des Werwolfs lag, enthielt eine Liste aller ehemaligen SS-Angehörigen. Memmers hatte die Sprache wiedergefunden. Seine Stimme klang argwöhnisch.

»Sollte sie das?«
»Bedeutet es Ihnen etwas, wenn ich Ihnen sage, daß meine eigene Nummer nur fünfstellig ist, Kamerad?«
Das hatte seine Wirkung. Fünf Ziffern – das bedeutete einen hohen Dienstrang.
»Das allerdings, jawohl«, beeilte sich Memmers zu versichern.
»Gut«, sagte der Werwolf. »Ich habe da eine kleine Aufgabe für Sie. Irgend so ein Schnüffler hat seine Nase in die Personalakte eines unserer Kameraden gesteckt. Ich muß herausfinden, wer der Kerl ist.«
»Ich werde alles tun, Sturmbann...«
»Ausgezeichnet. Aber unter uns könnten wir es ruhig bei ›Kamerad‹ belassen. Schließlich sind wir ja inzwischen alle ein bißchen in die Jahre gekommen.«
»Jawohl, Kamerad«, sagte Memmers offensichtlich geschmeichelt.
»Alles, was ich von dem Burschen weiß, ist seine Autonummer. Eine Hamburger Nummer.« Der Werwolf las sie langsam zum Mitschreiben vor.
»Haben Sie das?«
»Jawohl, Kamerad.«
»Ich möchte, daß Sie selbst nach Hamburg fahren. Ich will den Namen und die Anschrift dieses Burschen erfahren. Ich will wissen, welchen Beruf er ausübt, ob er Familie hat und wenn, ob es außerdem noch weitere Personen gibt, die von ihm abhängen. Dann, was für einen Umgang, welche gesellschaftliche Stellung und so weiter... Sie wissen schon, das Übliche, Personalbeschreibung, Hintergrund, Motivation. Wie lange brauchen Sie dazu?«
»Etwa achtundvierzig Stunden«, sagte Memmers.
»Gut, dann rufe ich Sie in achtundvierzig Stunden wieder an. Noch etwas – unter gar keinen Umständen darf der Betreffende etwa direkt kontaktiert oder angesprochen werden. Wenn irgend möglich, sind die Nachforschungen so anzustellen, daß er davon nichts ahnt. Ist das klar?«
»Völlig klar, Kamerad. Kein Problem.«
»Sobald Sie die Aufgabe durchgeführt haben, machen Sie Ihre Aufstellung. Wenn ich Sie anrufe, können Sie mir gleich sagen, welche Kosten Sie gehabt haben.«
Memmers wies dies Ansinnen weit von sich.
»Daß ich eine Rechnung aufmache, kommt gar nicht in Frage. Nicht für eine Sache, die unsere Kameradschaft betrifft.«
»Verstehe. In zwei Tagen rufe ich Sie wieder an.« Der Werwolf legte auf.

Am gleichen Nachmittag fuhr Miller von Hamburg aus über die Autobahn wieder in Richtung Rheinland wie vierzehn Tage zuvor. Diesmal war Bonn sein Ziel, die langweilige kleine Stadt, die die unverhoffte Ehre, Bundes-

hauptstadt geworden zu sein, Konrad Adenauer zu verdanken hatte – oder vielmehr dem Umstand, daß sie von dessen Haus in Rhöndorf nicht allzu weit entfernt lag.
Auf der Gegenfahrbahn fuhr Memmers Opel kurz hinter Bremen an Millers Jaguar vorüber und in Richtung Hamburg. Keiner der beiden Männer wußte vom anderen.
Es war schon dunkel geworden, als Miller Bonn erreichte. An der ersten Kreuzung stoppte er bei dem weißbemützten Verkehrsschutzmann und fragte ihn nach dem Weg zur britischen Botschaft.
»Die machen schon in einer Stunde zu«, sagte der Polizist in rheinischem Tonfall.
»Dann muß ich mich wohl beeilen«, sagte Miller. »Wie komme ich also auf dem schnellsten Weg hin?«
Der Polizist deutete die Straße hinunter nach Süden.
»Fahren Sie immer geradeaus und folgen Sie den Straßenbahnschienen. Ein paar Kilometer weiter heißt diese Straße dann Friedrich-Ebert-Allee. Fahren Sie nur immer den Schienen nach. Wenn Sie praktisch aus Bonn heraus und fast schon in Bad Godesberg sind, sehen Sie das Botschaftsgebäude auf der linken Straßenseite. Es ist erleuchtet, und davor steht ein Flaggenmast mit der britischen Fahne.«
Miller dankte ihm und fuhr weiter. Die britische Botschaft lag zwischen einem Bauplatz auf der Bonner Seite und einem Fußballplatz auf der anderen. Dezembernebel stieg hinter der Botschaft vom Strom her auf. Die Umgebung der Botschaft war eine einzige Schlammwüste. Das Botschaftsgebäude war ein von der Straße zurückgesetzter langgestreckter, niedriger Betonbau, den die britischen Zeitungskorrespondenten in Bonn die »Hoover-(Staubsauger-)Fabrik« nannten. Miller bog von der Straße in die Auffahrt ein und stellte den Wagen auf dem Besucherparkplatz ab.
Er ging durch eine holzgerahmte Glastür in die kleine Halle. Zu seiner Linken saß eine Empfangsdame mittleren Alters an einem Tisch. Hinter ihr war ein kleiner Raum mit zwei Männern in blauen Sergeanzügen; Miller erkannte sie auf den ersten Blick als ehemalige Armeesergeants.
»Ich möchte den Presseattaché sprechen«, sagte Miller in stockendem Schulenglisch. Die Empfangsdame machte ein besorgtes Gesicht.
»Ich weiß nicht, ob er noch im Haus ist. Freitag nachmittag gehen die Herren meist etwas zeitiger.«
»Versuchen Sie doch bitte, ihn noch zu ereichen«, sagte Miller und zückte seinen Presseausweis.
Die Empfangsdame warf einen Blick darauf, griff nach dem Hörer ihres Hausapparats und wählte eine Nummer. Miller hatte Glück. Der Presseattaché war gerade im Begriff, das Haus zu verlassen. Anscheinend erbat er sich ein paar Minuten Zeit, um Hut und Mantel wieder abzulegen. Miller

wurde in ein Wartezimmer geführt, dessen Wände Rowland-Hilder-Drucke von herbstlichen Ansichten der Cotswold Hills schmückten. Auf einem Tisch lagen ein paar alte Nummern des *Tatler* sowie einige Prospekte, die den Aufschwung der britischen Industrie illustrierten. Schon nach wenigen Sekunden erschien einer der beiden Ex-Sergeants und führte ihn in ein kleines Bürozimmer am Ende eines langen Gangs im oberen Stockwerk. Der Presseattaché war ein Mann von Mitte Dreißig; zu Millers Erleichterung war er sehr entgegenkommend.

»Was kann ich für Sie tun?« fragte er.

»Ich recherchiere eine Story für eine Illustrierte«, schwindelte Miller. »Es geht um einen ehemaligen SS-Hauptsturmführer, einen von der allerübelsten Sorte. Ein Mann, nach dem unsere Behörden noch immer vergeblich fahnden. Ich glaube, er stand auch auf der britischen Fahndungsliste, als es noch eine britische Besatzungszone gab. Können Sie mir sagen, wie ich feststellen könnte, ob er jemals von den Engländern gefaßt wurde? Und wenn es der Fall gewesen sein sollte, was dann danach mit ihm geschah?«

Der junge Diplomat war eingermaßen ratlos.

»*Good Lord*«, sagte er. »Ich fürchte, da habe ich keine Ahnung. Wir haben Ihren Behörden schon 1949 sämtliche Unterlagen und Akten aus unserer Verwahrung übergeben. Die Deutschen haben die Ermittlungen dann dort fortgesetzt, wo unsere Leute sie seinerzeit eingestellt hatten. Ich nehme doch an, daß Sie alle diese Dinge haben müssen.«

Miller versuchte das Eingeständnis, daß die deutschen Behörden ihm jede Hilfe verweigert hatten, zu umgehen.

»Das stimmt«, sagte er. »Aber alle meine bisherigen Nachforschungen lassen vermuten, daß er in der Bundesrepublik nach 1949 nie vor Gericht gestanden hat. Das würde bedeuten, daß er seit 1949 nicht gefaßt worden ist. Im amerikanischen Document Center in Berlin bin ich jedoch auf eine Aktennotiz gestoßen, die besagt, daß die Engländer 1947 eine Kopie seiner Personalakte anforderten. Dafür werden sie sicher ihre Gründe gehabt haben.«

»Ja, das sollte man meinen«, sagte der Attaché. Auf seiner Stirn erschien eine nachdenkliche Falte. Offenbar hatte er aus dem Hinweis auf das Document Center in Berlin den Schluß gezogen, Miller habe sich der Kooperation amerikanischer Behörden versichern können.

»Welche Stelle wäre denn auf britischer Seite während der Besatzungszeit als Anklagebehörde aufgetreten?«

»Nun, das wäre damals die Dienststelle des Chefs der Militärpolizei gewesen. Unabhängig von den Nürnberger Prozessen, die ja die Hauptkriegsverbrecherprozesse waren, ermittelten die Alliierten jeder für sich auf eigene Faust – obwohl sie natürlich auch zusammenarbeiteten. Das heißt: mit Ausnahme der Russen. Diese Ermittlungen führten zu einer Reihe von

Kriegsverbrecherprozessen, die jeweils in einer der drei westlichen Besatzungszonen stattfanden. Können Sie mir folgen?«
»Ja.«
»Die Ermittlungen wurden englischerseits von der Dienststelle des Provost-Marschalls – des Chefs der Militärpolizei – durchgeführt und die Prozesse von der Gerichtsabteilung vorbereitet. Aber beide Instanzen haben ihre Akten 1949 den deutschen Behörden übergeben. Verstehen Sie?«
»Doch, durchaus«, sagte Miller. »Aber es muß doch sicher Kopien geben, die in englischer Verwahrung geblieben sind.«
»Das nehme ich an«, räumte der junge Diplomat ein. »Aber Sie werden längst in den Archiven der Armee liegen.«
»Wäre es möglich, sie einzusehen?«
Die Frage versetzte dem Attaché offensichtlich einen gelinden Schock.
»Oh, das möchte ich doch sehr bezweifeln. Anerkannte Wissenschaftler werden vielleicht die Möglichkeit haben, einen entsprechenden Antrag zu stellen, aber bestimmt ist das eine langwierige Angelegenheit. Ich glaube jedoch nicht, daß ein Journalist die Genehmigung erhalten würde, Einblick zu nehmen – womit natürlich nichts gegen Journalisten gesagt sein soll. Sie verstehen schon.«
»Ja, ich verstehe schon«, sagte Miller.
»Die Schwierigkeit liegt darin«, fuhr der Diplomat fort, »daß Sie – nun, daß Sie nicht in *amtlichem* Auftrag tätig sind, nicht wahr? Und wir wollen doch die deutschen Behörden nicht verstimmen. Das werden Sie begreifen?«
»Selbstverständlich.«
Der Attaché erhob sich.
»Ich glaube wirklich nicht, daß die Botschaft viel tun kann, um Ihnen zu helfen.«
»Offenbar nicht. Eine letzte Frage – ist heute noch jemand an der Botschaft, der schon damals hier tätig war?«
»Jemand vom Botschaftspersonal? Du meine Güte, nein, nein, die haben alle mehrfach gewechselt seit damals.« Er brachte Miller zur Tür. »Warten Sie mal, Cadbury natürlich. Ich glaube, der war damals schon hier. Jedenfalls ist er seit ewigen Zeiten in Bonn, das steht fest.«
»Cadbury?« fragte Miller.
»Anthony Cadbury. Der Auslandskorrespondent. Er ist etwas wie der dienstälteste hiesige britische Pressevertreter. Hat eine Deutsche geheiratet. Kam gleich nach dem Krieg hierher, soviel ich weiß. Den könnten Sie fragen.«
»Werde ich machen«, erklärte Miller. »Wo finde ich ihn?«
»Heute ist Freitag«, sagte der Attaché. »Da sitzt er am späten Abend bestimmt auf seinem Stammplatz im Cercle Français. Kennen Sie sich hier gut aus?«

»Nicht besonders gut.«
»Also, passen Sie auf, der Cercle Français ist ein Restaurant in Bad Godesberg. Man ißt dort sehr gut. Die Besitzer sind Franzosen, wissen Sie. Es ist nicht weit von hier, nur ein Stück die Straße hinunter.«

Miller fand das Restaurant hundert Meter vom Rheinufer entfernt in der Straße Am Schwimmbad. Der Barkeeper kannte Cadbury gut, hatte ihn an diesem Abend aber noch nicht gesehen. Wenn Cadbury an diesem Abend nicht mehr hereinschaue, käme er gewiß am Samstagvormittag, um vor dem Lunch einen Drink zu nehmen.
Miller stieg im Hotel Dreesen ab, einem Bau aus der Zeit der Jahrhundertwende, das sich Adolf Hitlers besonderer Wertschätzung erfreut hatte; er hatte es 1939 zum Schauplatz seiner ersten Begegnung mit dem britischen Premierminister Neville Chamberlain gemacht. Miller aß im Cercle Français zu Abend und saß dann in der Hoffnung auf Cadbury noch längere Zeit vor seinem Kaffee.
Aber als der Engländer um dreiundzwanzig Uhr noch nicht erschienen war, ging er ins Hotel zurück, um sich schlafen zu legen.
Am nächsten Vormittag war es dann soweit. Cadbury betrat wenige Minuten vor zwölf die Bar des Cercle Français, grüßte ein paar Bekannte und setzte sich auf seinen Stammhocker an der Barecke. Als er den ersten Schluck von seinem Ricardi getrunken hatte, stand Miller von seinem Fenstertisch auf und ging an die Bar.
»Mister Cadbury?«
Der Engländer wandte sich um und sah ihn prüfend an. Er hatte straff zurückgebürstetes weißes Haar und mußte einmal das gewesen sein, was man einen »schönen Mann« nennt. Seine Gesichtsfarbe war gesund und die Haut auf den Wangen von einem feinverästelten Geäder durchzogen. Das Blau der Augen unter den buschigen Brauen war sehr hell, der Blick, mit dem er Miller musterte, verriet Wachsamkeit.
»Ja.«
»Mein Name ist Miller, Peter Miller. Ich bin Reporter und komme aus Hamburg. Könnte ich Sie bitte einen Augenblick sprechen?«
Anthony Cadbury wies auf den Hocker neben sich.
»Ich glaube, wir reden besser deutsch, was meinen Sie?« sagte er.
Miller war erleichtert, und das mußte ihm anzumerken gewesen sein, denn Cadbury grinste.
»Was kann ich für Sie tun?«
Miller begegnete dem forschenden Blick der hellen Augen und folgte einer plötzlichen Eingebung, Cadbury die ganze Geschichte zu erzählen – angefangen mit Taubers Tod bis zu seinem Besuch in der britischen Botschaft.

Der Mann aus London war ein guter Zuhörer. Er unterbrach Miller kein einziges Mal. Als Miller fertig war, gab er dem Barkeeper einen Wink, seinen Ricardi nachzuschenken. Miller bekam noch ein Bier.
»Spatenbräu, oder?« fragte er.
Miller nickte und füllte sein Glas aus der vollen Flasche genau bis zu dem Punkt, wo die Schaumkrone überzulaufen droht.
»Prost«, sagte Cadbury. »Na, da haben Sie sich ja auf etwas eingelassen. Ich bewundere Ihren Mut, das muß ich schon sagen.«
»Mut?« fragte Miller.
»Nun ja, angesichts der derzeitigen Geistesverfassung Ihrer Landsleute. Eine undankbarere Geschichte hätten Sie sich schwerlich aussuchen können«, sagte Cadbury. »Aber das werden Sie schon noch selbst feststellen.«
»Hab ich schon«, sagte Miller.
»Hm. Das dachte ich mir«, sagte der Engländer und grinste plötzlich. »Wie ist es – essen wir hier einen Happen zum Lunch zusammen? Meine Frau ist heute nicht zu Hause.«
Beim Lunch fragte Miller, ob Cadbury bei Kriegsende in Deutschland gewesen sei.
»Ja, ich war Kriegsberichterstatter und natürlich noch sehr jung damals. Etwa in Ihrem Alter. Ich kam mit Montgomerys Armee nach Deutschland – aber nicht nach Bonn, versteht sich. Zu der Zeit hatte niemand je von dieser Stadt gehört. Montgomerys Hauptquartier war damals in Lüneburg. Na ja, irgendwie ergab es sich dann, daß ich blieb. Ich berichtete über das Ende des Krieges, die Kapitulationsverhandlungen und all diese Dinge, und so wurde ich Deutschlandkorrespondent für meine Zeitung.«
»Haben Sie damals auch über Kriegsverbrecherprozesse in den Besatzungszonen berichtet?«
Cadbury, der gerade ein Filetstück zum Mund geführt hatte, nickte kauend. »Ja. Über alle, die in der britischen Zone stattfanden. Zu den Nürnberger Prozessen entsandten wir allerdings einen speziellen Gerichtsberichterstatter. Nürnberg lag ja in der amerikanischen Zone. Die berüchtigten Verbrecher gegen die Menschlichkeit, denen wir damals den Prozeß machten, waren Josef Kramer und Irma Grese. Haben Sie je von denen gehört?«
»Nein, nie.«
»Man nannte sie die Bestien von Bergen-Belsen. Den Namen habe ich übrigens damals erfunden, und er wurde dann von allen Korrespondenten aufgegriffen. Haben Sie von Bergen-Belsen gehört?«
»Ja«, sagte Miller, und nach einer Weile: »Darf ich Sie etwas fragen? Hassen Sie die Deutschen?«
Cadbury schien ein wenig länger zu kauen, als es das zarte Filetfleisch erfordert hätte; er dachte ernsthaft über die Frage nach.
»Unmittelbar nach der Einnahme des Lagers Bergen-Belsen fuhr eine

Gruppe Journalisten dorthin, die der britischen Armee zugeteilt war. Sie wollten sich aus erster Hand ein Bild machen. In meinem ganzen Leben hat mich nichts so elend gemacht wie das, was ich in dem Lager zu sehen bekam – und im Krieg sieht man bekanntlich eine Menge scheußlicher Dinge. Aber nichts, was sich auch nur im entferntesten mit Bergen-Belsen vergleichen ließ. Ich glaube, in dem Augenblick – ja, in dem Augenblick habe ich die Deutschen gehaßt.«

»Und heute?«

»Nein. Schon lange nicht mehr. Ich bitte Sie – schließlich bin ich seit 1949 mit einer Deutschen verheiratet. Ich lebe noch immer hier. Ich täte das nicht, wenn ich noch immer genauso empfände wie 1945. Ich wäre längst nach England zurückgegangen.«

»Was hat den Wandel bewirkt?«

»Die Zeit. Die Zeit, die seither vergangen ist. Und die Einsicht, daß nicht alle Deutschen Josef Kramers waren. Oder – wie hieß er doch? – Roschmanns. Gegenüber den Deutschen meiner Generation habe ich ein gewisses Mißtrauen allerdings nie ganz überwinden können.«

»Und wie ist es mit den Deutschen meiner Generation?« Miller drehte sein Glas zwischen den Fingern und starrte auf die Lichtreflexe im Rotwein.

»Die sind zum Glück ganz anders«, sagte Cadbury. »Aber ich fänd's auch schlimm, wenn's nicht so wäre.«

»Werden Sie mir bei der Roschmann-Ermittlung behilflich sein? Niemand sonst ist dazu bereit.«

»Wenn ich das kann«, sagte Cadbury. »Was wollen Sie wissen?«

»Können Sie sich noch entsinnen, ob er in der britischen Zone jemals vor Gericht gestellt wurde?«

Cadbury schüttelte den Kopf.

»Nein. Im übrigen sagten Sie, er sei Österreicher von Geburt.

Österreich war damals auch unter Viermächteverwaltung. Aber ich bin ganz sicher, daß in der britischen Besatzungszone keine Verhandlung gegen Roschmann stattgefunden hat. Ich würde mich an den Namen erinnern, wenn das der Fall gewesen wäre.«

»Aber warum haben dann die britischen Behörden von den Amerikanern in Berlin eine Photokopie seiner Personalakte angefordert?«

Cadbury überlegte kurz.

»Die Engländer müssen auf irgendeine Weise auf Roschmann aufmerksam geworden sein. Von Riga wußte man damals noch nichts. Die feindselige Haltung der Russen hatte in den späten vierziger Jahren ihren Höhepunkt erreicht. Sie verweigerten uns jegliche Information aus dem Osten, obwohl gerade dort die Mehrzahl der Massenmorde verübt worden war. Etwa achtzig Prozent aller Verbrechen gegen die Menschlichkeit waren östlich des späteren Eisernen Vorhangs begangen worden, und die dafür Verantwortlichen hielten sich zu rund neunzig Prozent in den drei westlichen Besatzungszonen auf. Hunderte von Kriegsverbrechern sind uns unerkannt entkommen, weil wir von dem, was sie zweitausend Kilometer weiter östlich verbrochen hatten, nichts wußten. Das war die Situation. Aber wenn 1947 gegen Roschmann ermittelt wurde, dann müssen wir auf irgendeine Weise auf ihn aufmerksam geworden sein.«

»Das hatte ich vermutet«, sagte Miller. »In welchen britischen Archiven würde man denn zuerst nachschauen?«

»Nun, wir könnten mit meinem anfangen. Es ist bei mir zu Hause. Kommen Sie, es ist nicht weit.«

Zum Glück war Cadbury ein Mann von ungemein methodischer Arbeitsweise; er hatte alle seine Artikel aufbewahrt. Zwei Wände seines Arbeitszimmers waren voll mit Karteikästen in Regalen, und in einer Ecke standen zwei grau angestrichene Aktenschränke.

»Ich leite unser Bonner Büro von zu Hause aus«, bemerkte er lächelnd, als sie das Arbeitszimmer betraten. »... Das hier ist mein eigenes Archiv, und ich bin vermutlich der eizige, der sich darin zurechtfindet. Kommen Sie, ich zeige es Ihnen.«

Er wies auf die beiden Archivschränke.

»Der eine davon ist mit alphabetisch geordneten Karteikarten über Personen vollgestopft, der andere mit einer Kartei, in der alle relevanten Sachgebiete alphabetisch erfaßt sind. Wir fangen am besten mit der Personenkartei an. Sehen Sie unter Roschmann nach.«

Es war eine kurze Suche. Einen Ordner mit dem Namen Roschmann gab es nicht.

»Na schön«, meinte Cadbury. »Dann versuchen wir es eben mit der anderen Kartei. Da kämen vier Stichwörter in Frage. Eines heißt ›Nazis‹, ein anderes ›SS‹. Dann gibt es eine ziemlich umfangreiche Abteilung mit der Überschrift ›Justiz‹. Sie ist in Unterabteilungen gegliedert; eine enthält Zeitungsausschnitte mit Berichten über Kriegsverbrecherprozesse. Aber das sind zumeist Prozesse, die seit 1949 in Westdeutschland stattgefunden haben. Das vierte Stichwort, unter dem wir etwas finden können, ist ›Kriegsverbrechen‹. Fangen wir damit an.«

Cadbury las schneller als Miller, aber es wurde Abend, bevor sie sich durch die Hunderte und aber Hunderte von Zeitungsausschnitten, die unter den vier Stichwörtern erfaßt waren, durchgearbeitet hatten. Schließlich stand Cadbury mit einem Seufzer auf, schloß die Kriegsverbrecher-Kartei und stellte sie zurück in den Aktenschrank.

»Ich bin heute abend leider zu einem Essen eingeladen«, sagte er. »Was uns noch durchzusehen bleibt, ist das hier.« Er wies auf die Karteikästen in den Regalen.

Miller schloß den Aktenordner, den er gerade durchgesehen hatte.

»Was ist da drin?«
»Sämtliche Berichte, die ich meinem Blatt im Verlauf von neunzehn Jahren geschickt habe«, sagte Cadbury. »Das ist die oberste Reihe. Darunter kommen Zeitungsausschnitte mit Reportagen und Artikeln über Deutschland und Österreich, die in den neunzehn Jahren erschienen sind. Natürlich sind eine Menge davon auch in der obersten Reihe enthalten. Das sind meine eigenen Berichte. Aber es gibt ja auch viele Artikel in der zweiten Reihe, die nicht von mir stammen. Schließlich haben auch andere Korrespondenten mal was in dem Blatt untergebracht. Und nicht alles, was ich schrieb, ist auch erschienen. Es sind etwa sechs Kästen pro Jahr, wir haben also noch eine Menge Arbeit vor uns. Zum Glück ist morgen Sonntag, und wenn Sie wollen, können wir den ganzen Tag weitermachen.«
»Sehr freundlich von Ihnen, sich solche Umstände zu machen.«
Cadbury zuckte mit den Achseln.
»Ich hatte ohnehin nichts vor an diesem Wochenende. Außerdem sind die Bonner Wochenenden zwischen Weihnachten und Neujahr alles andere als lustig. Meine Frau kommt nicht vor morgen abend zurück. Treffen wir uns doch gegen halb zwölf zu einem Drink im Cercle Français.«
Am Sonntagnachmittag stießen sie dann auf die Meldung. Anthony Cadbury war fast fertig mit der Durchsicht des Kastens »November/Dezember 1947« und seinen eigenen Artikeln in der obersten Reihe. Plötzlich schrie er: »Ich hab's!«, löste eine Klemme und zog ein vergilbtes einzelnes Blatt heraus. Es war mit Schreibmaschine beschrieben und vom 23. Dezember 1947 datiert.
»Kein Wunder, daß die Zeitung es nicht gebracht hat«, sagte er. »So kurz vor Weihnachten hätte sich auch niemand für einen festgenommenen SS-Verbrecher interessiert. Bei der Papierknappheit, die damals herrschte, wird die Weihnachtsausgabe ohnehin recht dünn gewesen sein.«
Er legte das Blatt auf den Schreibtisch und richtete den Schein der Arbeitslampe darauf. Miller beugte sich über das Blatt und las:
»Britische Militärregierung, Hannover, 23. Dezember. – Ein ehemaliger SS-Hauptsturmführer wurde kürzlich von britischen Militärbehörden in Graz, Österreich, festgenommen und befindet sich bis zum Abschluß weiterer Ermittlungen in militärpolizeilichem Gewahrsam. Das gab heute ein Sprecher der britischen Militärregierung im hiesigen Hauptquartier bekannt.
Der Mann, Eduard Roschmann, war von einem ehemaligen Konzentrationslagerinsassen in Graz auf der Straße erkannt worden, der Roschmann beschuldigt, Kommandant eines Lagers in Lettland gewesen zu sein. Nach der Identifikation, die in dem Haus vorgenommen wurde, in das der vormalige Lagerinsasse ihn hatte hineingehen sehen, nahmen Mitglieder des britischen Feldsicherheitsdienstes in Graz Roschmann fest.

Die britischen Behörden beabsichtigen, an das Hauptquartier in der sowjetischen Besatzungszone in Potsdam einen Antrag um Übermittlung weiterer Informationen über das Konzentrationslager in Riga, Lettland, zu stellen. Die Suche nach weiteren Zeugen wurde in die Wege geleitet. Inzwischen konnte der Festgenommene an Hand seiner Personalakte, die von den amerikanischen Militärbehörden in Berlin verwahrt wird, zweifelsfrei als Eduard Roschmann identifiziert werden. Ende. Cadbury.«
Miller las den kurzen Bericht vier- oder fünfmal.
»Donnerwetter«, sagte er. »Wir haben ihn.«
»Darauf müssen wir einen trinken«, sagte Cadbury.

Als der Werwolf am Freitagmorgen mit Memmers telefonierte, hatte er nicht bedacht, daß achtundvierzig Stunden später Sonntag war. Trotzdem versuchte er es am Sonntagnachmittag, zu dem Zeitpunkt, als die beiden Männer in Bad Godesberg ihre Entdeckung machten. Er rief von zu Hause aus Memmers Büro an. Niemand nahm ab.
Aber am Montagmorgen war Memmers um Punkt 9 Uhr in seinem Büro. Eine halbe Stunde später stellte ihm seine Sekretärin ein Gespräch durch. Es war der Werwolf.
»Gut, daß Sie anrufen, Kamerad«, sagte Memmers. »Ich bin erst gestern nacht aus Hamburg zurückgekommen.«
»Haben Sie die Informationen?«
»Jawohl. Wollen Sie sich Notizen machen?«
»Schießen Sie los«, sagte die Stimme des Werwolfs.
Memmers räusperte sich und begann aus seinen Aufzeichnungen vorzulesen:
»Der Inhaber des Wagens ist ein gewisser Peter Miller, ein freiberuflich tätiger Reporter. Personenbeschreibung: Alter neunundzwanzig Jahre, Größe etwa einsneunzig, Haar braun, Augenfarbe braun. Seine Mutter ist verwitwet und wohnt in Osdorf bei Hamburg-Blankenese. Er selbst bewohnt ein Apartment nahe dem Steindamm in der Hamburger Innenstadt.«
Memmers nannte dem Werwolf Millers Anschrift und Telefonnummer.
»Er lebt da mit einem Mädchen zusammen, einer Striptease-Tänzerin, Fräulein Sigrid Rahn. Er arbeitet hauptsächlich für die großen Illustrierten und scheint recht erfolgreich zu sein. Ist spezialisiert auf Enthüllungsberichte. Wie Sie schon sagten, Kamerad – ein Schnüffler.«
»Haben Sie eine Ahnung, wer ihm den Auftrag zu seinen jüngsten Erkundungen erteilt hat?«
»Nein, das ist ja das Merkwürdige an der ganzen Sache. Niemand scheint zu wissen, was er im Augenblick tut und für wen er arbeitet. Ich habe das Mädchen kontaktiert – natürlich nur telefonisch – und mich als Redak-

tionsmitglied einer Illustrierten ausgegeben. Sie sagte, sie wisse nicht, wo er sei, erwarte aber am Nachmittag, bevor sie zur Arbeit gehe, einen Anruf von ihm.«

»Noch weitere Auskünfte?«

»Nur noch den Wagen betreffend. Er ist sehr auffällig. Ein schwarzer Jaguar, mit gelben Streifen an den Seiten. Ein Sportwagen, Zweisitzer, Hardtop-Coupé, Typenbezeichnung XK 150 S. Ich habe den Garagenaufseher ein bißchen ausgehorcht.«

Der Werwolf registrierte die Informationen und versuchte, sich ein Bild zu machen.

»Ich muß herausfinden, wo er sich jetzt aufhält«, sagte er schließlich.

»In Hamburg ist er nicht«, meldete Memmers beflissen. »Er ist am Freitag um die Mittagszeit weggefahren, als ich gerade in Hamburg ankam. Er hatte dort die Weihnachtstage verbracht. Vorher war er ebenfalls verreist.«

»Ich weiß«, sagte der Werwolf.

»Ich könnte ja herausfinden, was das für eine Reportage ist, an der er arbeitet«, erklärte Memmers. »Ich habe absichtlich nicht allzu eingehend nachgeforscht, weil Sie ausdrücklich sagten, Sie wollten nicht, daß er von unseren Erkundungen Wind bekommt.«

»Ich weiß, was für eine Story das ist, die er bringen will. Es ist eine Enthüllungsgeschichte über einen unserer Kameraden.«

Der Werwolf dachte einen Augenblick nach.

»Könnten Sie herausfinden, wo er sich jetzt aufhält?« fragte er.

»Ich glaube schon«, sagte Memmers. »Ich würde das Mädchen heute nachmittag noch mal anrufen und vorgeben, daß ich von einer großen Illustrierten sei und Miller dringend sprechen müsse. Ich hatte am Telefon den Eindruck, daß sie ein ziemlich unkompliziertes Mädchen ist.«

»Ja, tun Sie das«, sagte der Werwolf. »Ich rufe Sie dann heute nachmittag um 4 Uhr zurück.«

Cadbury war an diesem Montagvormittag nach Bonn zu einer Pressekonferenz gefahren. Um 10 Uhr 30 rief er Miller im Hotel Dreesen an.

»Gut, daß ich Sie noch vor Ihrer Abreise erwische«, sagte er. »Ich habe eine Idee, die Ihnen vielleicht weiterhilft. Treffen Sie mich heute nachmittag gegen 4 Uhr im Cercle Français.«

Kurz vor dem Mittagessen rief Miller Sigi an und sagte ihr, daß er im Dreesen abgestiegen sei.

Cadbury bestellte Tee, als Miller sich zu ihm gesetzt hatte.

»Mir ist da eine Idee gekommen, als ich heute vormittag auf dieser langweiligen Pressekonferenz zwischendurch abschaltete, weil ich einfach nicht mehr hinhören konnte«, erzählte er Miller. »Da Roschmann seinerzeit gefaßt und als gesuchter Kriegsverbrecher identifiziert wurde, muß sein Fall den Militärbehörden in der britischen Zone bekanntgeworden sein. Die drei westlichen Besatzungsmächte in Deutschland und in Österreich tauschten damals Kopien aller diesbezüglichen Akten aus. Haben Sie jemals von einem Mann namens Lord Russell of Liverpool gehört?«

»Nein, nie«, sagte Miller.

»Er war während der Besatzungszeit Rechtsberater des britischen Militärgouverneurs bei allen von uns durchgeführten Kriegsverbrecherprozessen. Später schrieb er ein Buch mit dem Titel *The Scourge of the Swastika.* Sie können sich denken, wovon es handelte. Hat in Deutschland nicht gerade zu seiner Beliebtheit beigetragen, denn was in dem Buch stand, stimmt nur zu genau.«

»Ist er Anwalt?« fragte Miller.

»Das war er«, sagte Cadbury. »Und zwar ein brillanter. Deswegen wurde er zum Rechtsberater des Militärgouverneurs ernannt. Er ist jetzt im Ruhestand und lebt in Wimbledon. Ich weiß nicht, ob er sich meiner noch entsinnt, aber ich kann Ihnen auf jeden Fall ein Einführungsschreiben mitgeben.«

»Würde er sich denn an so weit zurückliegende Dinge erinnern können?«

»Möglicherweise ja. Er ist kein junger Mann mehr, aber er stand damals in dem Ruf, ein wahres Archiv als Gedächtnis zu haben. Wenn ihm der Fall Roschmann jemals zur Anklagevorbereitung übertragen wurde, dann erinnert er sich noch bis in die letzte Einzelheit. Da bin ich ganz sicher.«

Miller nickte und schlürfte seinen Tee.

»Ich könnte nach London fliegen und ihn aufsuchen.«

Cadbury zog einen Umschlag aus der Tasche.

»Hier ist der Brief für ihn.« Er gab Miller das Schreiben und stand auf.

»Viel Glück.«

Memmers hatte schon die Informationen für den Werwolf, als dieser kurz nach 4 Uhr anrief.

»Er hat seine Freundin angerufen«, sagte Memmers. »Zur Zeit ist er in Bad Godesberg im Hotel Dreesen.«

Der Werwolf legte den Hörer auf und blätterte in einem Adressenbuch. Nach kurzer Suche entschied er sich für einen Namen, nahm den Telefonhörer wieder auf und wählte eine Nummer im Raum Bonn/Bad Godesberg.

Miller kehrte ins Hotel zurück, um den Flughafen Köln-Wahn anzurufen und für den nächsten Tag – Dienstag, den 31. Dezember – einen Flug nach London zu buchen. Als er an die Rezeption trat, lächelte ihm das Mädchen

hinter dem Tresen strahlend zu und deutete auf die Sitzecke vor dem Erkerfenster, das auf den Rhein hinausging.
»Da ist ein Herr, der Sie sprechen möchte, Herr Miller.«
Miller blickte zur Fensternische, wo ein paar Tische mit Gobelinsesseln standen. In einem Sessel saß ein Mann mittleren Alters. Er trug einen schwarzen Wintermantel; die Hände stützte er auf den Stoff seines zusammengerollten Regenschirms, sein schwarzer Homburg lag vor ihm auf dem Tisch.
Miller schlenderte zu dem Mann hinüber. Er fragte sich, wer von seiner Anwesenheit in Bad Godesberg erfahren haben konnte.
»Sie wollten mich sprechen?«
Der Mann sprang auf.
»Herr Miller?«
»Ja.«
»Herr Peter Miller?«
»Ja.«
Der Mann machte eine knappe Verbeugung.
»Mein Name ist Schmidt. Doktor Schmidt.«
»Was kann ich für Sie tun?«
Dr. Schmidt lächelte bescheiden und starrte durchs Fenster auf den Rhein hinaus. Die schwarzen Wassermassen trieben im Lichtschein der Terrassenbeleuchtung vorbei.
»Ich habe mir sagen lassen, daß Sie Journalist sind. Freiberuflicher Journalist, nicht wahr, und zwar ein sehr guter.« Er lächelte strahlend. »Sie haben den Ruf, sehr gründlich und ausdauernd zu sein.«
Miller schwieg und wartete darauf, daß der Mann zur Sache kam.
»Einigen Freunden von mir ist zu Ohren gekommen, daß Sie gegenwärtig Recherchen anstellen, die gewisse – nun, sagen wir – weit zurückliegende Ereignisse betreffen. Sehr weit zurückliegende Ereignisse.«
Miller erstarrte, während er sich vergeblich fragte, wer die »Freunde« sein konnten und woher sie das wußten. Dann wurde ihm klar, daß seine Versuche, Nachforschungen nach Roschmann anzustellen, offenbar nicht unbemerkt geblieben waren.
»Recherchen nach einem gewissen Eduard Roschmann«, sagte er rundheraus. »Und?«
»Ja, Hauptsturmführer Roschmann. Ich dachte, ich könnte Ihnen vielleicht behilflich sein.« Der Mann hatte unverwandt auf den Strom hinausgeschaut. Jetzt sah er Miller an. »Hauptsturmführer Roschmann ist tot.«
»Tatsächlich?« sagte Miller. »Das wußte ich nicht.«
Dr. Schmidt schien erfreut zu sein.
»Natürlich nicht – wie sollten Sie auch. Aber es ist dennoch die Wahrheit. Sie vergeuden wirklich Ihre Zeit.«

Miller sah enttäuscht aus.
»Können Sie mir sagen, wann er starb?« fragte er Herrn Dr. Schmidt.
»Sie haben die näheren Umstände seines Todes nicht in Erfahrung gebracht?« fragte der Mann.
»Nein. Nur daß er Ende April 1945 zuletzt lebend gesehen wurde.«
»Ah, ja, selbstverständlich«, sagte Dr. Schmidt, beglückt, das bestätigen zu können. »Kurz darauf ist er dann gefallen, wissen Sie. Er ist in seine österreichische Heimat zurückgekehrt und dort im Frühjahr 1945 bei den Kämpfen gegen die Amerikaner gefallen. Sein Leichnam wurde von Leuten, die ihn zu Lebzeiten gut gekannt haben, zweifelsfrei identifiziert.«
»Er muß ein bemerkenswerter Mann gewesen sein«, sagte Miller.
Dr. Schmidt nickte zustimmend. »Nun, ähm, ja, es gab eine ganze Reihe von Leuten, die davon überzeugt waren. Ja, in der Tat waren nicht wenige von uns davon überzeugt.«
»Ich meine«, fuhr Miller unbeirrt fort, als sei er gar nicht unterbrochen worden, »bemerkenswert muß er schon deswegen gewesen sein, weil er außer Christus wohl der einzige Mensch ist, der wiederauferstanden ist von den Toten. Roschmann wurde am 20. Dezember 1947 von den Engländern in Graz festgenommen. Lebend, versteht sich.«
In Dr. Schmidts Augen spiegelte sich der glitzernde Schnee von der Balustrade vor dem Fenster wider.
»Miller, Sie sind sehr töricht. Wirklich, sehr, sehr töricht. Erlauben Sie mir, Ihnen einen guten Rat zu geben – den Rat eines älteren Mannes an einen sehr viel jüngeren. Stellen Sie Ihre Nachforschungen ein!«
Miller sah ihn von der Seite her an.
»Ich glaube, ich sollte Ihnen eigentlich dankbar sein«, sagte er.
»Sie hätten allen Grund dazu – sofern Sie meinem Rat folgen«, entgegnete Dr. Schmidt.
»Sie haben mich schon wieder mißverstanden«, sagte Miller. »Roschmann ist noch Mitte Oktober dieses Jahres in Hamburg gesehen worden. Die letztgenannte Zeugenaussage wurde bisher allerdings noch nicht bestätigt. Jetzt ist sie bestätigt worden. Sie haben sie eben bestätigt.«
»Ich kann nur nochmals sagen, Sie handeln töricht, wenn Sie diese Nachforschungen nicht sofort einstellen.« Dr. Schmidts Blick war so kalt wie zuvor; aber jetzt war auch aufkeimende Angst dabei. Es hatte einmal Zeiten gegeben, in denen sich die Leute seinen Befehlen nicht zu widersetzen wagten – er hatte sich noch immer nicht damit abfinden können, daß dem nicht mehr so war.
Miller wurde langsam wütend. Sein Kragen wurde ihm plötzlich zu eng, und das Blut schoß ihm ins Gesicht.
»Sie verursachen mir Übelkeit, Herr Doktor Schmidt«, sagte er zu dem älteren Mann. »Sie und Ihresgleichen. Sie halten Ihre ehrbare Fassade auf-

recht, aber Sie sind nichts als dreckiger Abschaum. Ich werde nicht aufhören, Fragen zu stellen, bis ich ihn gefunden habe.«
Er wandte sich zum Gehen, aber der Mann packte ihn beim Arm. Aus einem Abstand von wenigen Zentimetern starrten sie sich wütend an.
»Sie sind kein Jude, Miller. Sie sind arisch. Sie gehören zu uns. Was haben wir Ihnen denn getan, Menschenskind, was haben wir Ihnen denn nur getan?«
Miller riß sich los.
»Wenn Sie das noch immer nicht wissen, Herr Doktor Schmidt, dann werden Sie es nie begreifen.«
»Ach, ihr jungen Leute seid doch alle gleich. Warum könnt Ihr nie tun, was man euch sagt?«
»Weil wir nun einmal so sind. Ich jedenfalls bin so.«
Der ältere Mann starrte ihn aus zusammengekniffenen Augen an. »Sie sind doch nicht dumm, Miller. Aber Sie betragen sich, als seien Sie es. Als gehörten Sie zu diesen lächerlichen Kreaturen, die dauernd von ihrem sogenannten Gewissen gesteuert werden. Aber ich fange an, das zu bezweifeln. Mir scheint fast, als stecke bei Ihnen ein persönliches Motiv dahinter.«
Miller wandte sich zum Gehen.
»Vielleicht habe ich ja eins«, sagte er und ließ den Mann stehen.

8

Miller fand das Haus ohne Schwierigkeiten. Es lag abseits der Hauptstraße in einer stillen Villengegend des Londoner Vororts Wimbledon. Lord Russell war ein Mann von Ende Sechzig, der zum wollenen Cardigan einen Querbinder trug; er öffnete auf Millers Läuten selbst.
»Ich komme aus Bonn«, erklärte Miller dem englischen Aristokraten, »wo ich gestern mit Mister Anthony Cadbury zu Mittag gegessen habe. Er riet mir, Sie aufzusuchen, und gab mir ein Empfehlungsschreiben an Sie mit. Ich wäre glücklich, Sir, wenn ich Sie sprechen könnte.«
Lord Russell sah ihn ein wenig ratlos an.
»Cadbury? Anthony Cadbury? Ich kann mich nicht entsinnen...«
»Ein britischer Zeitungskorrespondent«, sagte Miller. »Er war gleich nach dem Kriege in Deutschland und berichtete über die Kriegsverbrecherprozesse, bei denen Sie Stellvertretender Ankläger waren. Josef Kramer und die anderen SS-Dienstgrade aus Bergen-Belsen. Sie erinnern sich sicher an diese Prozesse...«
»Aber selbstverständlich. Ja, Cadbury, ja, Journalist. Jetzt entsinne ich mich. Habe ihn seit Jahren nicht gesehen. Stehen Sie doch nicht so in der Kälte herum. Kommen Sie herein, kommen Sie.«

Er drehte sich um, ohne eine Antwort abzuwarten, und ging in die Halle zurück. Miller folgte ihm und schloß die Tür. Es ging ein eisiger Wind an diesem ersten Tag des Jahres 1964. Auf Lord Russells Aufforderung hin hängte er seinen Mantel in der Halle an einen Garderobenhaken. Dann folgte er dem Lord in den hinteren Teil des Hauses ins Wohnzimmer, wo ein Kaminfeuer Wärme und Behaglichkeit verbreitete.
Miller überreichte dem Hausherrn das Einführungsschreiben von Cadbury. Lord Russell las es rasch und hob die Brauen.
»Hm. Ihnen helfen, einen Nazi aufzuspüren? Ist es das, was Sie von mir wollen?« Er schaute Miller unter seinen buschigen Augenbrauen hervor prüfend an. Bevor der Deutsche ihm antworten konnte, fuhr Lord Russell fort:
»Setzen Sie sich erst mal, setzen Sie sich.«
Sie setzten sich in die beiden Blümchensessel vorm Kamin.
»Wie kommt es, daß ein junger deutscher Reporter Nazis jagt?« fragte Lord Russell unumwunden. Miller war auf seine direkte Art nicht gefaßt gewesen.
»Das erzähle ich Ihnen am besten von Anfang an«, sagte Miller.
»Das sollten Sie wohl.« Lord Russell beugte sich vor und klopfte seine Pfeife am Kamingitter aus. Während Miller berichtete, stopfte er sie, steckte sie an, und als Miller fertig war, schmauchte er schon wieder behaglich.
»Ich hoffe, mein Englisch ist nicht allzu schlecht«, bemerkte er schließlich, weil der pensionierte Ankläger keine Reaktion zeigte.
Lord Russell schien aus seiner Grübelei aufzutauchen.
»Oh, ja, ja. Besser jedenfalls als mein Deutsch nach all diesen Jahren. Man vergißt, wissen Sie.«
»Diese Roschmann-Geschichte –« begann Miller.
»Ja, interessant, sehr interessant. Und Sie wollen also versuchen, den Mann aufzuspüren. Warum?«
Die Frage hatte er ganz unvermittelt abgeschossen, aber Miller erwiderte ungerührt seinen forschenden Blick.
»Ich habe meine Gründe«, sagte er sehr förmlich. »Ich bin der Meinung, daß der Mann ausfindig gemacht und vor Gericht gestellt werden muß.«
»Hm. Der Meinung sind wir wohl alle. Die Frage ist nur, ob es jemals dazu kommen wird.«
Miller bot ihm Paroli: »Wenn es mir gelingt, ihn ausfindig zu machen, ganz gewiß. Darauf gebe ich Ihnen mein Wort.«
Der britische Aristokrat schien unbeeindruckt. Kleine Rauchzeichen stiegen aus seiner Pfeife und schwebten in gleichmäßigem Abstand zur Decke. Die Gesprächspause hielt an.
»Erinnern Sie sich denn an ihn, Sir?«
Lord Russell fuhr zusammen.

»Ob ich mich an ihn erinnere? Oh, ja, ich entsinne mich. Zumindest ist mir der Name erinnerlich geblieben. Ich wünschte, mir fiele das dazugehörige Gesicht wieder ein. Mit den Jahren läßt das Gedächtnis eines alten Mannes nach, wissen Sie. Und es gab damals so viele von Roschmanns Sorte.«
»Die britische Militärpolizei nahm ihn am 20. Dezember 1947 in Graz fest«, sagte Miller.
Er zog die Photokopien der beiden Photos von Roschmann aus der Brusttasche und reichte sie Lord Russell. Der britische Aristokrat betrachtete die Aufnahmen, die Roschmann im Profil und en face zeigten. Dann stand er auf und ging nachdenklich im Wohnzimmer auf und ab.
»Ja«, sagte er schließlich. »Jetzt erkenne ich die Photos wieder. Ja, die Unterlagen sind mir wenige Tage später von der Grazer Feldpolizei nach Hannover übersandt worden. Das wird auch die Quelle gewesen sein, auf der Cadburys Bericht basiert. Unsere Dienststelle in Hannover.«
Er schwieg einen Augenblick lang, machte kehrt und sah Miller an.
»Sie sagen, Ihr Tagebuchschreiber Tauber hat ihn zuletzt am 3. April 1945 gesehen, als er zusammen mit anderen in einem Wagen in Richtung Magdeburg fuhr?«
»Ja, das steht in Taubers Tagebuch.«
»Hmmm. Zweieinhalb Jahre bevor wir ihn faßten. Und wissen Sie, wo er vorher gewesen ist?«
»Nein«, sagte Miller.
»In einem britischen Kriegsgefangenenlager. Unverfroren. Also gut, junger Mann, ich will ergänzen, was mir an Einzelheiten bekannt ist...«

Der Wagen, in dem Roschmann und seine SS-Kumpane flohen, passierte Magdeburg; dann ging die Flucht weiter nach Süden in Richtung Bayern und Österreich. Sie kamen noch vor Ende April bis nach München. Da trennten sie sich. Roschmann trug zu diesem Zeitpunkt die Uniform eines Unteroffiziers der Wehrmacht; sein Soldbuch war auf seinen Namen ausgestellt, wies ihn jedoch als Wehrmachtsangehörigen aus.
Südlich von München hatten die Amerikaner starke Truppenverbände massiert, und das nicht wegen möglicher Unruhen unter der Zivilbevölkerung – die war nur in verwaltungstechnischer Hinsicht ein Problem –, sondern wegen eines Gerüchts. Dieses Gerücht besagte, die Nazihierarchie beabsichtige, sich in Hitlers zur »Alpenfestung« ausgebauten Berghof zurückzuziehen, um dort bis zum letzten Mann Widerstand zu leisten. Die Hunderttausende unbewaffnet umherirrenden deutschen Soldaten wurden von Pattons in Bayern operierenden Kampfverbänden nur wenig beachtet. Roschmann, der nachts marschierte und sich bei Tage in Scheunen und Holzfällerhütten versteckte, überschritt die seit 1938 ohnehin nicht mehr

bestehende österreichische Grenze und schlug sich durch nach Graz, seiner Heimatstadt. In und um Graz kannte er Leute, die ihn verbergen würden. Er umging Wien, und am 6. Mai, schon fast am Ziel, stellte ihn eine britische Patrouille. Er schlug sich in die Büsche an der Straße, und in dem Kugelhagel, der das Unterholz durchsiebte, erhielt er einen Lungendurchschuß. Die Engländer suchten ihn vergeblich. Sie ließen ihn verwundet im Unterholz zurück. Als sie weg waren, schleppte er sich zu einem etwa einen Kilometer entfernten Bauernhof.

Er blieb bei Bewußtsein und nannte dem Bauern den Namen eines ihm bekannten Arztes in Graz. Trotz des Ausgehverbots radelte der Mann mitten in der Nacht los, um den Arzt zu holen. Drei Monate lang wurde Roschmann von seinen Freunden gepflegt – zunächst auf dem Bauernhof, später in einem Haus in Graz. Als er soweit wiederhergestellt war, daß er aufstehen und umhergehen konnte, war der Krieg seit drei Monaten beendet und Österreich von den vier Siegermächten besetzt. Graz lag im Zentrum der britischen Zone.

Alle deutschen Soldaten mußten zwei Jahre in Kriegsgefangenschaft. Roschmann, für den das Kriegsgefangenenlager noch der sicherste Aufenthaltsort war, stellte sich freiwillig. Zwei Jahre lang, vom August 1945 bis zum August 1947, während die Jagd nach den SS-Verbrechern in vollem Gange war, saß er unerkannt und unangefochten im Kriegsgefangenenlager. Er hatte sich nämlich nicht unter seinem eigenen Namen in Gefangenschaft begeben, sondern unter dem eines Freundes, der in Nordafrika gefallen war.

In jener Zeit gab es so viele deutsche Soldaten ohne Ausweispapiere, daß die Alliierten den von Roschmann angegebenen Namen als echt akzeptierten. Sie hatten weder die Zeit noch die technischen Möglichkeiten, ehemalige Unteroffiziere der Wehrmacht eingehender zu überprüfen. Im Sommer 1947 wurde Roschmann entlassen. Er glaubte, er käme ohne den Schutz des Gefangenenlagers aus. Er hatte sich getäuscht.

Ein aus Wien gebürtiger Überlebender des Rigaer Ghettos hatte sich geschworen, an Roschmann Rache zu nehmen. Dieser Mann patrouillierte in den Straßen von Graz, Roschmanns Vaterstadt. Er wußte, Roschmanns Frau Hella und seine Eltern lebten hier, und er wußte auch genau in welcher Straße. Der alte Mann streifte unablässig zwischen dem Haus der Eltern und Roschmanns eigenem hin und her, wo seine Frau wohnte. Er wollte Roschmann festnehmen lassen, sobald er auftauchte.

Nach seiner Entlassung aus dem Kriegsgefangenenlager hatte Roschmann es vorgezogen, auf dem Lande zu bleiben, wo er bei den Bauern auf dem Feld arbeitete. Am 17. Dezember ging er nach Graz, um mit seiner Familie Weihnachten zu feiern. Der alte Mann wartete immer noch auf ihn. Er erkannte die schlanke, hochaufgeschossene Gestalt mit dem blonden Haar

und den kalten blauen Augen, die auf das Haus seiner Frau zuging. Der alte Mann versteckte sich hinter einer Litfaßsäule und beobachtete. Roschmann sah sich ein paarmal prüfend um, dann klopfte er an die Tür und wurde hereingelassen.
Innerhalb einer Stunde erschienen zwei Sergeants der britischen Feldpolizei an Roschmanns Haustür. Begleitet wurden sie von dem ehemaligen Insassen des Rigaer Ghettos, der so lange auf Roschmann gewartet hatte. Nach kurzer Suche wurde er unter dem Ehebett entdeckt. Wäre er kaltblütig geblieben, hätte er sich auf eine Verwechslung hinausgeredet – vielleicht wäre er damit durchgekommen. Die beiden Sergeants waren dem Hinweis des alten Mannes nicht ohne skeptischen Vorbehalt nachgekommen; wahrscheinlich hätte es gar nicht viel bedurft, sie glauben zu machen, er habe sich geirrt. Aber Roschmanns Beine schauten unter dem Bett hervor, und das zerstreute ihre Zweifel. Er wurde abgeführt und vom Major der Feldpolizei Hardy verhört. Der ließ ihn in eine Zelle sperren und forderte umgehend über das britische Hauptquartier in Deutschland vom amerikanischen Document Center in Berlin Photokopien von Roschmanns Personalakte an. Die Bestätigung traf nach einigen Tagen ein, und die Ermittlungen liefen an. Das weckte das Interesse des amerikanischen Militärgerichts in Dachau, das um die zeitweilige Überführung Roschmanns nach München bat. Er sollte in Dachau als Zeuge vorgeführt werden. Dort hatte man bereits einige SS-Männer, die in Riga waren und die in den Konzentrationslagern eine kriminelle Rolle gespielt hatten, und man wollte ihnen den Prozeß machen. Die Engländer erklärten sich zur Überstellung Roschmanns bereit.
Am 8. Januar 1948 bestieg Roschmann unter Bewachung von je einem Sergeant der Militär- und der Feldpolizei in Graz den Zug nach München.

Lord Russell trat an den Kamin und klopfte seine Pfeife aus.
»Und was geschah dann?« fragte Miller.
»Er flüchtete.«
»Wie bitte?«
»Er flüchtete. Er behauptete, er habe Durchfall von der Gefängniskost und sprang aus dem Toilettenfenster des fahrenden Zuges. Als seine beiden Bewacher die Toilettentür endlich aufgebrochen hatten, war er längst im Schneetreiben entkommen. Selbstverständlich wurde sofort eine Großfahndung eingeleitet. Inzwischen aber war es ihm gelungen, mit einer der Organisationen Verbindung aufzunehmen, die den Ex-Nazis zur Flucht verhalfen. Sechzehn Monate später, im Mai 1949, wurde Ihre Bundesrepublik gegründet, und wir übergaben unsere sämtlichen Unterlagen den Bonner Behörden.«
Miller legte den Schreibblock mit seinen Notizen aus der Hand.

»An wen wende ich mich jetzt am besten?« fragte er.
»Nun, an Ihre eigenen Leute, würde ich meinen«, erklärte Lord Russel. »Roschmanns Lebenslauf ist Ihnen jetzt in allen Einzelheiten von seiner Geburt bis zum 8. Januar 1948 bekannt. Alles Weitere ist Sache der deutschen Behörden.«
»Welcher Behörden?« fragte Miller, in der vagen Hoffnung auf eine Auskunft, die anders lautete als erwartet.
»Am besten wenden Sie sich an die zuständige Generalstaatsanwaltschaft«, sagte Lord Russell.
»Da bin ich schon gewesen, nämlich in Hamburg.«
»Na, und was haben Sie erreicht?«
»Eigentlich nichts.«
Lord Russell grinste. »Das überrascht mich nicht. Haben Sie Ihr Heil mal in Ludwigsburg versucht?«
»Ja. Dort war man im Unterschied zu Hamburg zwar sehr freundlich, konnte mir ab aus bürokratischen Gründen auch nicht weiterhelfen«, sagte Miller.
»Nun, damit sind die Möglichkeiten zur Einschaltung offizieller Ermittlungsorgane erschöpft. Jetzt bleibt nur noch ein einziger Mann. Haben Sie jemals von Simon Wiesenthal gehört?«
»Wiesenthal? Ja, der Name kommt mir irgendwie bekannt vor, aber ich kann ihn nicht unterbringen.«
»Er lebt in Wien. Stammt ursprünglich aus Galizien. Verbrachte vier Jahre in zwölf verschiedenen Konzentrationslagern. Beschloß, den Rest seines Lebens der Jagd auf Nazis zu widmen. Natürlich nicht etwa in dem Sinn, daß er sich persönlich an ihrer Verfolgung beteiligt. Er wertet lediglich alle Informationen aus, die er über sie erhalten kann, und sobald er einen Naziverbrecher entdeckt zu haben glaubt – meist, aber durchaus nicht immer, leben die Betreffenden unter falschem Namen –, verständigt er die Polizei. Wenn sie nichts unternimmt, mobilisiert er die öffentliche Meinung, und das ist dann sehr peinlich für Justiz und Polizei. Es versteht sich, daß er weder bei den österreichischen noch bei den westdeutschen Behörden sonderlich beliebt ist. Er steht auf dem Standpunkt, daß sie nicht genug tun, um namentlich bekannte Verbrecher zur Strecke zu bringen, geschweige denn die Untergetauchten aufzuspüren. Den ehemaligen SS-Angehörigen ist er natürlich ein Dorn im Auge, und es sind schon wiederholt Mordanschläge auf ihn verübt worden. Die Bürokraten wünschten, er würde sie nicht ewig behelligen. Aber es gibt eine Menge Leute, die ihn für einen großartigen Kerl halten und ihm helfen, wann immer sie können.«
»Ja, jetzt fällt es mir wieder ein. Das war doch der Mann, der Eichmann aufgespürt hat«, sagte Miller.
Lord Russell nickte.

»Er identifizierte ihn als den in Buenos Aires lebenden Ricardo Klement. Das Weitere übernahmen dann die Israelis. Er hat noch ein paar hundert andere Naziverbrecher ausfindig gemacht. Falls über Ihren Eduard Roschmann sonst nirgends etwas bekanntgeworden sein sollte, wird nur er es Ihnen sagen können.«

»Kennen Sie ihn persönlich?« fragte Miller.

Lord Russell nickte.

»Ich gebe Ihnen am besten ein Schreiben mit. Es kommen dauernd Leute zu ihm, die Informationen von ihm haben wollen, da dürfte eine Referenz ganz nützlich sein.«

Er ging zum Schreibtisch, warf rasch ein paar Zeilen auf ein Blatt mit seinem Briefkopf, faltete es und steckte es in einen Umschlag. Er gab Miller den geschlossenen Umschlag.

»Viel Glück. Sie werden es brauchen können«, sagte er, als er Miller zur Tür begleitete.

Am nächsten Morgen flog Miller mit der BEA nach Köln zurück. Er setzte sich in seinen Wagen, den er am Flughafen abgestellt hatte, und startete zu einer zweitägigen Fahrt über Stuttgart, München, Salzburg, Linz nach Wien.

Er übernachtete in München. Auf der verschneiten Autobahn war er nur langsam vorangekommen. Sie war streckenweise nur auf einer Bahn befahrbar; Schneepflüge und Lastwagen mit Streusand versuchten, Schnee und Glätte zu beseitigen, während auf der anderen Fahrbahn der Verkehr dahinschlich.

Am nächsten Tag brach er zeitig auf und hätte mittags in Wien sein können, wäre nicht kurz hinter München bei der Ausfahrt Holzkirchen der Stau gewesen. Auf einem Streckenabschnitt, der durch dichte Kiefernwaldungen führte, kam der Verkehr zum Stillstand. Am Straßenrand parkte ein Polizeiwagen mit kreisendem Blaulicht, und zwei Polizeibeamte in weißen Übermänteln sperrten die Weiterfahrt. Auf der Gegenfahrbahn spielte sich das gleiche ab. In die Kiefernwaldungen neben der Autobahn führte ein Waldweg; an beiden Einmündungen standen zwei Soldaten in Winterkleidung mit batteriegespeisten erleuchteten Signalkellen. Offenbar wollten sie irgend etwas aus dem Wald über die Autobahn geleiten.

Miller kochte vor Ungeduld; er kurbelte die Wagenscheibe hinunter und rief einem der beiden Polizeibeamten zu: »Was ist denn los hier? Ist da irgendwas im Busch?«

Der Polizeibeamte grinste und kam langsam näher.

»Bundeswehrmanöver«, sagte er. »Hier kommt gleich eine Panzerkolonne durch.«

Wie ein Dickhäuter, der erst Witterung nimmt, erschien fünfzehn Minuten später der erste Panzer. Zunächst ragte nur ein langes Geschützrohr zwischen den Kiefernstämmen hervor, dann schob sich der gepanzerte Aufbau nach, und das ganze Ungetüm kreuzte mit rasselnden Ketten die Fahrbahn. Stabsfeldwebel Ulrich Frank war ein zufriedener Mann. Er war dreißig Jahre alt und hatte sein Lebensziel, selbst einen Panzer zu befehligen, bereits erreicht. Er konnte sich noch genau an den Tag erinnern, an dem er sich dieses Ziel gesteckt hatte. Es war der 10. Januar 1945 gewesen. Er war damals noch ein kleiner Junge gewesen und lebte mit seiner Mutter in Mannheim; sie hatte ihn ins Kino mitgenommen. Die Wochenschau zeigte General von Manteuffels Tiger-Panzer, die an die Front rollten, um amerikanische und britische Streitkräfte zu binden.
Er hatte ehrfürchtig zu den vermummten Gestalten der Kommandanten auf die Kinoleinwand hinaufgestarrt, die mit Helmen und Schutzbrillen aus der Turmluke spähten. Für den zehnjährigen Ulrich Frank war dieser Eindruck ein Wendepunkt. Er schwor sich, eines Tages selbst einen Panzer zu befehligen. Es dauerte neunzehn Jahre, aber er schaffte es. In diesem Wintermanöver in den Wäldern südlich von München kommandierte er seinen ersten Panzer; es war ein amerikanischer M-48 Patton.
Es war zugleich sein letztes Manöver in einem Patton. In der Garnison war bereits eine Reihe fabrikneuer französischer AMX-138, auf die die Truppe umgerüstet werden sollte. Schon in einer Woche würde er einen AMX befehligen, und der war schneller und stärker bewaffnet als der Patton.
Sein Blick streifte das Eiserne Kreuz auf der Seitenwand des Geschützturms und den darunter gemalten Namen seines Panzers, und er empfand ein leises Bedauern. Er hatte ihn nur sechs Monate lang kommandiert, aber der Patton war und blieb sein erster Panzer, und das würde ihn für Frank immer über jeden anderen Panzer hinausheben. Er hatte ihn auf den Namen »Drachenfels« getauft. Frank nahm an, daß der Panzer nach der Umrüstung abgewrackt werden würde. Nach einem letzten kurzen Halt auf der Gegenfahrbahn erklomm der Patton den Straßenrand und verschwand im Wald.

An jenem Tag – dem 3. Januar 1964 – kam Miller gegen 4 Uhr nachmittags endlich in Wien an. Er suchte sich nicht erst ein Hotel – er fuhr sofort in die Innenstadt und fragte sich zum Rudolfsplatz durch.
Er fand das Haus Nummer 7 ohne Schwierigkeiten und warf einen Blick auf die Namensschilder der Hausbewohner. Eine Karte mit der Aufschrift »Dokumentationszentrum« besagte, daß sich Wiesenthals Büro im dritten Stockwerk befand. Miller ging die Treppen hoch und klopfte an die cremefarben gestrichene Tür. Jemand schaute durch das Guckloch und schob dann den Riegel zurück. Ein hübsches blondes Mädchen stand in der Tür.

»Bitte?«
»Mein Name ist Miller, Peter Miller. Ich möchte gern Herrn Wiesenthal sprechen. Hier ist ein Empfehlungsschreiben.«
Er zog seinen Brief aus der Brusttasche und gab ihn dem Mädchen. Sie betrachtete ihn unschlüssig, lächelte flüchtig und bat ihn, einen Augenblick zu warten.
Wenige Minuten später erschien sie wieder und bat ihn einzutreten.
»Wenn Sie bitte mitkommen wollen.«
Miller folgte ihr den Gang hinunter um die Ecke bis ans Ende des Büros. Rechts stand eine Tür offen. Als er zögerte, in das Zimmer einzutreten, stand ein Mann auf, um ihn zu begrüßen.
»Bitte, kommen Sie herein«, sagte Simon Wiesenthal.
Er war größer, als Miller erwartet hatte; ein stämmiger Mann von über einsachtzig, der eine dicke Tweedjacke trug und sich leicht gebeugt hielt, als suche er ständig nach irgendwelchen verlegten Papieren. Lord Russells Brief hielt er in der Hand.
Das Büro war sehr klein; seine Enge wirkte fast schon beklemmend. Eine Wand wurde vollkommen von einem übervollen Bücherregal eingenommen, an der gegenüberliegenden Wand hingen Zeugnisse diverser Vereinigungen ehemaliger Naziverfolgter. Auf dem langen Sofa vor der hinteren Wand stapelten sich auch Bücher und Manuskripte. Links neben der Tür blickte man durch ein kleines Fenster auf den Hinterhof. Der Tisch stand quer zum Fenster, und Miller setzte sich auf den Stuhl davor. Der Nazijäger von Wien setzte sich hinter den Tisch und überflog noch einmal Lord Russels Brief.
»Lord Russell schreibt mir, daß Sie sich vorgenommen haben, einen ehemaligen SS-Mörder dingfest zu machen«, sagte er ohne Umschweife.
»Ja, das stimmt.«
»Kann ich seinen Namen erfahren?«
»Roschmann, Hauptsturmführer Eduard Roschmann.«
Simon Wiesenthal zog die Brauen hoch und stieß einen leisen Pfiff aus.
»Ist er Ihnen ein Begriff?« fragte Miller.
»Der Schlächter von Riga? Einer der fünfzig Männer, deren Namen auf meiner Liste ganz obenan stehen. Darf ich fragen, weshalb Sie sich für ihn interessieren?«
Miller versuchte es rasch zu erklären.
»Am besten, Sie erzählen mir alles von Anfang an«, sagte Wiesenthal.
»Was ist das für ein Tagebuch, von dem Sie da reden?«
Nach dem Staatsanwalt in Ludwigsburg, nach Cadbury und Lord Russell war Wiesenthal der vierte, dem er die ganze Geschichte erzählen mußte. Sie wurde von Mal zu Mal länger, weil sich seine Kenntnis von Roschmanns Lebensgeschichte jedesmal um ein weiteres Kapitel vermehrt hatte. Miller

fing wieder von vorn an und endete mit der Schilderung seines Besuchs bei Lord Russell.

»Als nächstes«, sagte er, »muß ich herausbekommen, wohin er geflüchtet ist, nachdem er aus dem Zug sprang.«

Simon Wiesenthal sah durch das Fenster in den Hof den Schneeflocken zu, die in dem engen Schacht drei Stockwerke tief zu Boden schwebten.

»Haben Sie das Tagebuch?« fragte er schließlich.

Miller griff in seinen Aktenkoffer, holte es heraus und legte es auf den Tisch. Wiesenthal blätterte es sehr aufmerksam durch.

»Faszinierend«, sagte er. Er blickte auf und lächelte.

»In Ordnung. Ich akzeptiere Ihre Story.«

Miller zog die Brauen hoch.

»Hatten Sie irgendwelche Zweifel?«

Simon Wiesenthal sah ihn scharf an.

»Es bestehen immer gewisse Zweifel, Herr Miller. Ihre Geschichte ist sehr ungewöhnlich. Und ein Motiv, warum Sie Roschmann aufspüren wollen, sehe ich bei Ihnen noch immer nicht.«

Miller zuckte mit den Achseln.

»Ich bin Reporter. Es ist eine gute Story.«

»Aber keine, die Sie jemals in der Presse unterbringen werden. Sie können sie niemandem verkaufen, sie ist es nicht wert, daß Sie Zeit und Geld darauf verschwenden. Sind Sie sicher, daß nichts Persönliches dahintersteckt?«

Miller antwortete ausweichend. »Sie sind der zweite, der diese Vermutung ausspricht«, sagte er. »Hoffmann vom *Komet* hat das auch gedacht. Welche persönlichen Gründe sollte ich wohl haben? Ich bin neunundzwanzig Jahre alt. Das alles hat sich vor meiner Zeit abgespielt.«

»Natürlich.« Wiesenthal warf einen Blick auf seine Uhr und stand auf. »Es ist 5 Uhr, und ich gehe an diesen langen Winterabenden gern zeitig nach Hause zu meiner Frau. Lassen Sie mir das Tagebuch da, damit ich es heute abend lesen kann?«

»Ja. Selbstverständlich«, sagte Miller.

»Gut. Dann kommen Sie doch bitte am Montagvormittag vorbei, damit ich Ihnen die fehlenden Details der Roschmann-Story erzählen kann.«

Miller war am Montagvormittag um 10 Uhr in Wiesenthals Büro. Wiesenthal öffnete die eingegangene Post und bat ihn mit einer Handbewegung, Platz zu nehmen. Dann herrschte eine Weile Schweigen. Wiesenthal schnitt jedesmal sorgsam die seitlichen Falzkanten der Briefumschläge auf, bevor er den Inhalt herauszog.

»Ich sammle die Marken«, sagte er. »Deswegen beschädige ich ungern die Umschläge.«

Er setzte seine Tätigkeit ein paar Minuten lang schweigend fort.
»Ich habe das Tagebuch noch gestern nacht zu Hause durchgelesen. Ein bemerkenswertes Dokument.«
»Waren Sie überrascht?« fragte Miller.
»Überrascht? Nein. Nicht, was den Inhalt anbetrifft. Wir alle haben mehr oder weniger das gleiche durchgemacht. Mit Variationen natürlich. Aber diese Details! Tauber hätte einen hervorragenden Zeugen abgegeben. Er bemerkte und behielt alles, selbst die kleinsten Einzelheiten. Und notierte sie – damals. Er würde heute einen sehr wichtigen Zeugen abgeben. Aber leider lebt er nicht mehr.«
Miller überlegte. Dann blickte er auf.
»Herr Wiesenthal, soweit ich weiß, sind Sie der einzige Jude, mit dem ich gesprochen habe, der all das durchgemacht hat und der sagt, so etwas wie eine Kollektivschuld gebe es nicht. Aber uns Deutschen hat man zwanzig Jahre lang erzählt, wir seien ausnahmslos alle schuldig. Ist das auch Ihre Meinung?«
»Nein«, sagte der Nazijäger rundheraus. »Tauber hatte recht.«
»Wie können Sie das sagen, wo wir doch Millionen Ihres Volkes umgebracht haben?«
»Weil Sie persönlich nicht dabei waren. Sie haben niemanden umgebracht. Wie Tauber sagt, besteht die Tragödie darin, daß die wahren Mörder sich vor der Gerechtigkeit drücken konnten.«
»Aber wer ist denn dann für den Tod all dieser Menschen verantwortlich?« fragte Miller.
Simon Wiesenthal blickte ihn lange und eindringlich an.
»Sind Ihnen die verschiedenen Organe der SS ein Begriff? Wußten Sie etwas von den Ämtern der SS, die bei der Tötung dieser Millionen federführend waren?« fragte er.
»Nein«, sagte Miller.
»Dann will ich Sie rasch ins Bild setzen. Sie werden vom Reichswirtschaftsverwaltungs-Hauptamt gehört haben – das war zuständig für die wirtschaftliche Ausbeutung der Opfer, solange diese noch lebten.«
»Ja, darüber habe ich irgend etwas gelesen.«
»Die Funktion dieses Amtes stellte gewissermaßen den Mittelteil der Gesamtoperation dar«, sagte Wiesenthal. »Blieb noch die Aufgabe, die Opfer in der Masse der Bevölkerung auszumachen, abzutransportieren und zu liquidieren, sobald ihre wirtschaftliche Ausbeutung abgeschlossen war. Das war Sache des RSHA, des Reichssicherheits-Hauptamtes, das nun in der Tat die Ermordung der besagten Millionen veranlaßte und besorgte. Die in diesem Zusammenhang absurd anmutende Verwendung des Begriffs ›Sicherheit‹ erklärt sich aus der Tatsache, daß die Opfer aus der verzerrten Sicht der Nazi-Ideologie heraus eine Gefahr für das Reich darstellten – daraus

folgerten sie, das Reich müsse gegen die Juden gesichert werden. Zu den Aufgaben des RSHA gehörte es außerdem, vermeintliche andere Feinde des Reiches aufzuspüren und in Konzentrationslager zu sperren. Zu diesen ›Reichsfeinden‹ zählten neben Kommunisten, Sozialdemokraten und Liberalen auch Anhänger bestimmter christlicher Sekten, Journalisten und Geistliche, die sich nicht gescheut hatten, unerwünschte Wahrheiten auszusprechen; auch Widerstandskämpfer in den besetzten Gebieten. Später kamen kritische hohe Militärs, natürlich die Männer des 20. Juli und sogar der Chef des Geheimdienstes, Admiral Wilhelm Canaris, dran. Sie mußten wegen ihrer Gegnerschaft zum Regime sterben.
Das RSHA bestand aus sechs Abteilungen, und die wurden als ›Ämter‹ bezeichnet. Amt I war für die Verwaltung und Personal zuständig; Amt II für Ausrüstung und Finanzen. Amt III war die vorgesetzte Behörde des inländischen Sicherheitsdienstes und der Sicherheitspolizei. Das RSHA wurde zunächst von Reinhard Heydrich geleitet und nach dessen Ermordung 1942 in Prag von Ernst Kaltenbrunner, den die Alliierten nach dem Krieg hinrichten ließen. Dem Chef des RSHA waren die Spezialisten für Folterungstechniken unterstellt; Fachleute, die Verdächtige im Reichsgebiet und in den besetzten Ländern zum Reden bringen sollten.
Amt IV war die Gestapo, die Heinrich Müller (dessen Verbleib bis heute unaufgeklärt geblieben ist) leitete; dazu gehörte auch das als Abteilung b4 geführte ›Judenreferat‹, Chef Adolf Eichmann. Er wurde von den Israelis aus Argentinien entführt und in Jerusalem hingerichtet. Amt V war die Kriminalpolizei, Amt VI der Auslandsnachrichtendienst. Später kam ein Amt VII für ›Gegnerforschung‹ hinzu.
Während der Amtszeit von Kaltenbrunner und Heydrich fungierte der Leiter von Amt I in personellen Fragen als ihr Stellvertreter. Das war SS-General Bruno Streckenbach; er lebt heute in Hamburg und hat eine gutbezahlte Stellung bei einer großen Firma.
Wenn man nach Verantwortung fragt, so wird man sie überwiegend bei den Ämtern des RSHA zu suchen haben. Der Täterkreis umfaßt Tausende, aber nicht die Millionen und aber Millionen Bürger der heutigen Bundesrepublik. Die These von der Kollektivschuld der Deutschen, die sechzig Millionen Menschen betrifft und Millionen von Kindern, Müttern, Rentnern, Soldaten, Seeleuten und Fliegern nicht ausnimmt, die an den Greueln unbeteiligt waren – diese These ist ursprünglich von den Alliierten aufgestellt worden. Und sie paßte den ehemaligen SS-Angehörigen nur allzu gut ins Konzept. Diese Theorie hat sich als ihr bester Verbündeter erwiesen. Denn im Gegensatz zu den meisten Deutschen ist diesen Männern eines durchaus klar: Solange die These von der Kollektivschuld unangefochten bleibt, wird man nicht so gründlich nach den einzelnen Tätern suchen. Die SS-Mörder verstecken sich daher noch heute hinter der Kollektivschuld-Theorie.«

Miller dachte nach. Mit den Zahlen, um die es dabei ging, konnte er nichts anfangen; sie überstiegen sein Vorstellungsvermögen. Sich bei jedem dieser vielen Millionen Opfer einen einzelnen Menschen vorzustellen war unmöglich. Da konnte man schon eher an einen einzigen Toten denken, einen alten Mann, den man in Hamburg aus einem Haus in einer häßlichen Straße auf einer Bahre in den Regen hinausgetragen hatte.
»Der Grund, weswegen Tauber sich umgebracht hat – ich meine, glauben Sie daran?« fragte Miller.
Simon Wiesenthal betrachtete angelegentlich zwei wunderschöne afrikanische Briefmarken auf einem der Umschläge. Es war der Blick eines passionierten Sammlers.
»Ich glaube, er hat sich nicht getäuscht in der Annahme, niemand würde ihm glauben, daß er Roschmann aus der Hamburger Staatsoper hatte herauskommen sehen. Wenn er das glaubte, dann hat er damit allerdings recht gehabt.«
»Aber er ist ja doch nicht einmal zur Polizei gegangen«, warf Miller ein.
Simon Wiesenthal schnitt ein weiteres Kuvert entlang der Falzkante auf, zog das Papier heraus und überflog das Schreiben.
»Nein«, sagte er dann. »Technisch gesehen, hätte er das freilich tun sollen. Ich bin nicht sicher, daß daraufhin irgend etwas Konkretes erfolgt wäre. In Hamburg jedenfalls wäre keine Überraschung möglich.«
»Wieso? Was stimmt denn in Hamburg nicht?«
»Sie haben doch die dortige Staatsanwaltschaft aufgesucht, nicht wahr?« fragte Wiesenthal sanft.
»Ja, das habe ich. Daß man besonders entgegenkommend gewesen wäre, kann ich allerdings nicht behaupten.«
Wiesenthal blickte auf.
»Das betreffende Referat der Hamburger Justiz steht hier in diesem Büro in einem ganz speziellen Ruf«, sagte er. »Nehmen Sie zum Beispiel einen Mann, den Tauber in seinem Tagebuch erwähnt und dessen Name ich Ihnen gerade genannt habe, den Gestapo-Chef und SS-General Bruno Streckenbach.«
»Ja«, sagte Miller. »Was ist mit ihm?«
Statt zu antworten, drückte Wiesenthal auf die Taste seiner Sprechanlage und verlangte den Hamburg-Akt. Das hübsche Mädchen kam mit einem Ordner herein.
»Hier haben wir es«, sagte Wiesenthal. »Der westdeutschen Justiz als Dokument 141 JS 747/61 bekannt. Wollen Sie etwas über ihn wissen?«
»Bitte«, sagte Miller. »Ich habe Zeit.«
»Gut. Dann hören Sie sich das mal an: Vor dem Krieg Gestapo-Chef in Hamburg. Stieg dann sehr rasch in eine Spitzenposition im SD und in der SP auf, dem Sicherheitsdienst und der Sicherheitspolizei, die beide Organe

des RSHA waren. Stellte im Jahre 1939 sogenannte Einsatzgruppen für das besetzte Polen zusammen. Ende 1940 Leiter sämtlicher SD- und SP-Verbände im besetzten Polen, dem sogenannten Generalgouvernement, mit Sitz in Krakau. Diese Einheiten brachten in dem betreffenden Zeitraum Tausende von Menschen um, vor allem im Zug der Operation AB.
Anfang 1941 wurde er zum Chef des Personalwesens des SD ernannt und übernahm damit auch die Leitung von Amt III des RSHA. Sein unmittelbarer Vorgesetzter war Reinhard Heydrich, später dann Kaltenbrunner. Kurz vor dem Überfall auf Rußland war er an der Aufstellung der Vernichtungskommandos beteiligt, die der Armee auf dem Fuß folgten. Als Chef des SD-Personalwesens war er für deren personelle Zusammensetzung verantwortlich, da die »Einsatzgruppen« samt und sonders dem SD beziehungsweise der SP angehörten. Bald darauf wurde er noch mal befördert, diesmal zum Personalchef aller sechs Organe des RSHA, wobei er weiterhin stellvertretender Chef des Hauptamts blieb – zunächst unter Heydrich und nach dessen Ermordung durch tschechische Partisanen unter dessen Nachfolger Kaltenbrunner. Kaltenbrunner rächte Heydrichs Tod; das Dorf Lidice wurde dem Erdboden gleichgemacht und seine männlichen Bewohner ausnahmslos ermordet. Streckenbach war bis zum Ende des Krieges für die personelle Zusammensetzung der Einsatzgruppen und SD-Dienststellen verantwortlich.«
»Und wo ist dieser Mann jetzt?« fragte Miller.
»Er geht in Hamburg spazieren, frei wie ein Vogel in der Luft«, sagte Wiesenthal.
Miller war fassungslos.
»Hat man ihn denn nicht festgenommen?«
»Wer denn?«
»Die Hamburger Polizei natürlich.«
»Die müßte eine Weisung der Staatsanwaltschaft bekommen«, sagte Wiesenthal.
Er nahm ein einzelnes Papier heraus. Dann faltete er es säuberlich in der Mitte von oben bis unten und legte es vor Miller auf den Tisch, so daß nur die Namen auf der linken Hälfte des Blattes sichtbar waren.
»Sind Ihnen diese Herrschaften vielleicht bekannt?« fragte er.
Miller überflog die Liste mit gerunzelten Brauen.
»Natürlich, viele von ihnen. Ich war jahrelang Gerichtsreporter in Hamburg. Das hier sind alles Hamburger Polizeibeamte. Warum?«
»Falten Sie das Papier auseinander«, sagte Wiesenthal.
Miller tat es und las:

Name	*Partei-mitglied-Nr.*	*SS-Nr.*	*Dienstrang*	*Datum der Beför-derung*
A	–	455336	Hauptsturmführer	1. 3. 43
B	5451195	429339	Sturmführer	9. 11. 41
C	–	353004	Sturmführer	1. 11. 42
D	7039564	421176	Hauptsturmführer	21. 6. 44
E	–	421445	Sturmführer	9. 11. 42
F	7040308	174902	Sturmbannführer	21. 6. 44
G	–	426553	Hauptsturmführer	1. 9. 42
H	3138798	311870	Hauptsturmführer	30. 1. 42
I	1867976	424361	Sturmführer	20. 4. 44
J	5063331	309825	Sturmbannführer	9. 11. 43

Miller blickte auf.
»Donnerwetter!« sagte er.
»Na, jetzt werden Sie wohl begreifen, warum ein SS-Gruppenführer heute in Hamburg unbehelligt spazierengehen kann?«
Miller sah die Liste ungläubig an.
»Das muß Brandt gemeint haben, als er sagte, daß Recherchen nach ehemaligen SS-Mitgliedern von den Hamburger Justizbehörden nicht übermäßig geschätzt werden.«
»Wahrscheinlich«, sagte Wiesenthal. »Zwar wurde das Polizeikorps geschlossen von der SS übernommen, und mancher mag mit einem gewissen Widerwillen den neuen Rang übernommen haben – aber immerhin haben diese Herren manche Säuberung überlebt, vor und nach der Übernahme. Jedenfalls fällt auf, daß bei der Ermittlung von Naziverbrechen die Hamburger Justiz nicht zu den besonders aktiven in der Bundesrepublik zählt. Es gibt dort zwar einige Anwälte, die sehr ordentlich arbeiten, aber interessierte Kreise haben schon wiederholt versucht, ihnen Schwierigkeiten zu machen.«
Die hübsche Sekretärin steckte ihren Kopf zur Tür herein.
»Tee oder Kaffee?« fragte sie.

Nach der Mittagspause kehrte Miller ins Dokumentationszentrum zurück. Wiesenthal hatte eine Anzahl Papiere vor sich ausgebreitet, vorwiegend Auszüge aus seiner eigenen Roschmann-Akte. Miller setzte sich auf den Besucherstuhl vor dem Tisch, holte seinen Notizblock heraus und wartete. Simon Wiesenthal rekonstruierte den weiteren Verlauf der Roschmann-Story ab 8. Januar 1948.
Die britischen und amerikanischen Militärbehörden waren übereingekom-

men, Roschmann nach Beendigung seiner Zeugenaussagen in Dachau in die britische Besatzungszone Deutschlands – vermutlich nach Hannover – zu überbringen. Dort sollte er bis zu seinem eigenen Prozeß in Gewahrsam bleiben; man hätte mit der Todesstrafe rechnen können. Aber Roschmann hatte schon im Grazer Gefängnis Fluchtpläne geschmiedet.

Er hatte Verbindung mit einer in Österreich tätigen Nazi-Fluchthilfe-Organisation aufnehmen können, die sich »Sechsgestirn« nannte. Der Name hatte mit dem Davidstern nichts zu tun; er bezog sich nur auf die Tatsache, daß diese Naziorganisation Anlaufstellen in sechs größeren österreichischen Bundesländern unterhielt.

Am 8. Januar wurde Roschmann um 6 Uhr morgens geweckt und zum Grazer Bahnhof gebracht, wo der Zug bereits wartete. Im Abteil entwickelte sich zwischen den beiden Sergeants – einer Militärpolizei, der andere Feldsicherheitspolizei – eine Diskussion darüber, ob sie ihrem Gefangenen die Handschellen für die Dauer der Eisenbahnfahrt abnehmen sollten oder nicht. Roschmanns Behauptung, daß er von der Gefängniskost Durchfall bekommen habe und dringend die Toilette aufsuchen müsse, entschied den Ausgang der Diskussion. Einer der beiden Sergeants eskortierte ihn zum Klosett, löste seine Handschellen und bezog vor der Klosettür Posten. Während der Zug durch die verschneite Landschaft keuchte, verlangte Roschmann noch dreimal, zur Toilette gebracht zu werden. Wahrscheinlich benutzte er die dort verbrachte Zeit, um das Toilettenfenster aufzustemmen, damit es sich leicht hinauf- und hinunterschieben ließ.

Roschmann war sich darüber im klaren, daß er vor Salzburg aus dem Zug springen mußte, denn da übernahmen ihn die Amerikaner und transportierten ihn mit dem Wagen nach Dachau ins Gefängnis. Aber der Zug durchfuhr einen Bahnhof nach dem anderen, und seine Geschwindigkeit war noch immer zu hoch. Er hielt in Hallein, und einer der Sergeants stieg aus, um auf dem Bahnsteig etwas Trinkbares zu kaufen. Roschmann wollte wieder zur Toilette. Der gemütlichere der beiden Sergeants eskortierte ihn; er ermahnte ihn noch, die Spülung erst zu betätigen, wenn der Zug weiterfuhr. Bevor er jedoch volles Tempo gewonnen hatte, zwängte sich Roschmann durch das Toilettenfenster und sprang ab. Es dauerte zehn Minuten, bis der Sergeant die Toilettentür aufgebrochen hatte, und da war der Zug schon auf der abschüssigen Strecke vor Salzburg.

Nachforschungen der Polizei ergaben, daß Roschmann im Schneetreiben bis zu einem Bauernhof kam, wo er Unterschlupf fand. Am nächsten Tag überschritt er die Grenze zwischen Oberösterreich und dem Land Salzburg und nahm dort Verbindung mit Angehörigen des »Sechsgestirns« auf. Sie brachten ihn als einfachen Arbeiter in einer Ziegelei unter und kontaktierten die ODESSA. Die wiederum sollte Roschmann zur Flucht über die italienische Grenze verhelfen. Zu jenem Zeitpunkt bestanden enge Kontakte zwischen der ODESSA und den Rekrutierungsorganen der französischen Fremdenlegion, bei der viele ehemalige SS-Angehörige Zuflucht fanden. Vier Tage nachdem die Verbindung aufgenommen worden war, wartete ein Wagen mit französischem Nummernschild am Ortsausgang des Fleckens Ostermiething, um Roschmann und fünf andere flüchtige Nazis abzuholen. Der Fahrer, ein Fremdenlegionär, hatte hervorragend gefälschte Papiere, mit denen er die sechs SS-Männer unkontrolliert und unbehelligt über die italienische Grenze nach Meran brachte. Dort bekam er von dem dortigen ODESSA-Beauftragten das vereinbarte Honorar für die Fluchthilfe in bar – eine schöne Summe.

Von Meran aus brachte man Roschmann in ein Internierungslager nach Rimini, wo man ihm am rechten Fuß alle fünf Zehen amputierte. Sie waren ihm nach dem Sprung aus dem Zug auf seiner Flucht im Schneesturm erfroren und drohten schon in Verwesung überzugehen. Seit damals mußte er einen orthopädischen Schuh tragen.

Im Oktober 1948 erhielt seine Frau in Graz aus dem Internierungslager Rimini einen Brief von ihm. Bei dieser Gelegenheit benutzte er zum erstenmal seinen neuen Namen: Fritz Bernd Wegener.

Kurze Zeit später wurde er in das Franziskanerkloster in Rom überführt, und als seine Papiere fertiggestellt waren, schiffte er sich in Neapel nach Buenos Aires ein. Während seines Aufenthalts im Mönchskloster in der Via Sicilia war er unter der persönlichen Obhut von Bischof Alois Hudal und in Gesellschaft zahlreicher SS-Kameraden und Parteigenossen. Bischof Alois Hudal sorgte dafür, daß seine Schützlinge keinen Mangel litten. In der argentinischen Hauptstadt wurde er von der ODESSA empfangen und bei einer deutschen Familie namens Vidmar in der Calle Hippolito Irigoyen untergebracht. Dort lebte er monatelang in einem möblierten Zimmer. Anfang 1949 erhielt er aus dem Bormann-Fonds eine Subvention in Höhe von 50000 US-Dollar. Damit machte er sich als Exporteur von südamerikanischem Hartholz nach Westeuropa selbständig. Die von ihm gegründete Firma hieß Stemmler und Wegener. Seine falschen Papiere, die man ihm in Rom beschafft hatte, wiesen ihn glaubhaft als den in der italienischen Provinz Südtirol geborenen Fritz Bernd Wegener aus. Als seine Sekretärin engagierte er eine junge Deutsche namens Irmtraut Sigrid Müller. Anfang 1955 heiratete er sie; seine Frau lebte noch in Graz und war nicht von ihm geschieden. Im Frühjahr 1955 starb Evita Peron, die Frau des argentinischen Diktators und treibende Kraft des Regimes, an Krebs. Das war das Menetekel, das den Anfang vom Ende der peronistischen Herrschaft signalisierte, und Roschmann wußte die Zeichen richtig zu deuten. Wenn Peron gestürzt wurde, dann war es möglicherweise auch mit der Protektion vorbei, die der Diktator den Ex-Nazis gewährt hatte. Mit seiner neuen Frau reiste er per Schiff nach Ägypten.

Im Sommer 1955 verbrachte er drei Monate dort, und im Herbst ging er nach Westdeutschland. Niemand hätte je etwas davon erfahren, wenn nicht seine betrogene Frau gewesen wäre. Sie machte ihm einen Strich durch die Rechnung. Hella Roschmann hatte ihm im Sommer jenes Jahres von Graz aus an seine Adresse bei der Familie Vidmar geschrieben. Da den Vidmars die neue Anschrift ihres ehemaligen Untermieters nicht bekannt war, öffneten sie den Brief und antworteten seiner Frau nach Graz, daß Roschmann in Begleitung seiner inzwischen mit ihm verehelichten Sekretärin nach Deutschland abgereist sei.

Daraufhin setzte Hella Roschmann, die mit den Verbrechen ihres Mannes nichts gemein hatte, die Polizei von seiner neuen Identität in Kenntnis, und die Fahndung nach Roschmann wurde in Gang gesetzt – diesmal wegen Bigamie. In Westdeutschland erging eine Suchmeldung nach einem Mann namens Fritz Bernd Wegener an alle Polizeidienststellen.«

»Haben sie ihn gefaßt?« fragte Miller.

Wiesenthal blickte auf und schüttelte den Kopf.

»Nein, er tauchte erneut unter, sehr wahrscheinlich mit Hilfe falscher Papiere und sehr wahrscheinlich in Westdeutschland. Sehen Sie, deswegen glaube ich auch, daß Tauber ihn durchaus gesehen haben kann. Das stünde keineswegs im Widerspruch zu den bekannten Fakten.«

»Wo ist seine erste Frau, Hella Roschmann?« fragte Miller.

»Sie lebt möglicherweise noch in Graz.«

»Hat es Sinn, sie aufzusuchen?«

Wiesenthal schüttelte den Kopf.

»Das möchte ich bezweifeln. Nachdem sie seine Identität preisgegeben hat, wird er ihr seinen neuen Namen und Aufenthaltsort kaum wieder verraten. Für ihn dürfte die Situation ziemlich brenzlig gewesen sein, als seine Identität als Wegener aufgedeckt war. Er muß seine neuen Papiere innerhalb allerkürzester Zeit bekommen haben.«

»Wer wird sie ihm beschafft haben?« fragte Miller.

»Die ODESSA natürlich.«

»Wer oder was ist denn eigentlich – die ODESSA? Sie haben dieses Wort bei der Roschmann-Story mehrfach erwähnt.«

»Haben Sie wirklich nie davon gehört?« fragte Wiesenthal.

»Nein. Bis jetzt nicht.«

Simon Wiesenthal warf einen Blick auf die Uhr.

»Kommen Sie lieber morgen früh wieder. Ich erzähle Ihnen dann alles, was Sie darüber wissen müssen.«

9

Am nächsten Morgen war Peter Miller wieder in Wiesenthals Büro.
»Sie wollten mich noch über die ODESSA aufklären«, sagte er. »Übrigens ist mir über Nacht etwas eingefallen, was ich Ihnen gestern zu erzählen vergaß.«
Er schilderte den Vorfall mit Dr. Schmidt, der ihn im Hotel Dreesen angesprochen und davor gewarnt hatte, seine Roschmann-Nachforschungen fortzusetzen.
Wiesenthal schob die Unterlippe vor und nickte.
»Sie können sich auf einiges gefaßt machen«, sagte er. »Es ist höchst ungewöhnlich, daß die ODESSA-Leute sich zu einem solchen Schritt entschließen, um einen Reporter zu warnen, und noch dazu zu einem so frühen Zeitpunkt. Ich frage mich, was für eine Aufgabe Roschmann übernommen hat, die ihn so wichtig macht.«
Dann erzählte Wiesenthal Miller zwei Stunden von der ODESSA, von ihren Anfängen als Organisation, die gesuchten SS-Verbrechern zur Flucht ins Ausland verhalf, bis zu ihrer Entwicklung zu einer allumfassenden Bruderschaft all derer, die einst die schwarzsilbernen Kragenspiegel getragen hatten. Und über deren Freunde und Helfershelfer.

1945 stießen die Alliierten auf ihrem stürmischen Vormarsch in das Reichsgebiet auf die Konzentrationslager und wollten begreiflicherweise von den Deutschen wissen, wer diese Greueltaten verübt hatte. Die Antwort lautete stets: »Die SS«, aber von der SS war nicht viel zu entdecken. Wo war sie geblieben? Ihre Führer waren entweder in Deutschland oder in Österreich in den Untergrund gegangen, oder sie waren nach Südamerika entkommen. Weder in dem einen noch in dem anderen Fall handelte es sich um eine improvisierte Flucht. Erst zu einem sehr viel späteren Zeitpunkt begriffen die Alliierten, daß jeder dieser Männer sein Verschwinden sorgfältig vorbereitet hatte.
Es wirft ein bezeichnendes Licht auf den sogenannten Patriotismus der SS-Führer, daß sie ausnahmslos alle ihre eigene Haut retten wollten, von Heinrich Himmler angefangen – auf Kosten des deutschen Volkes, das ihretwegen einen hohen Blutzoll entrichten mußte. Bereits im November 1944 versuchte Heinrich Himmler über die Dienststelle Graf Bernadottes vom Schwedischen Roten Kreuz für sich selbst freies Geleit auszuhandeln, aber die Alliierten weigerten sich, auf ein derartiges Ansinnen einzugehen. Während die Nazis und die SS-Führung das deutsche Volk mit allen Mitteln zum Durchhalten zwangen – unter ständigem Hinweis auf die neuen »Wunderwaffen«, deren unmittelbar bevorstehender Einsatz die große

Wende herbeiführen sollte –, bereiteten sie selbst längst ihre Abreise in ein komfortables Exil auf einem anderen Kontinent vor. Sie wußten nur allzu gut, daß die Wunderwaffen ein Mythos waren und die totale Verwüstung des Reichs unausweichlich. Und für Hitler war die Vernichtung der ganzen deutschen Nation beschlossene Sache.

An der Ostfront wurde die Wehrmacht zur Fortsetzung des Kampfes gegen die Russen gezwungen; dieser Kampf brachte nur noch unerhörte Verluste und keine Siege mehr. Er zögerte das Ende nur noch hinaus. Während dieser Zeit schloß die SS-Führung ihre Fluchtvorbereitungen ab. Hinter der Armee stand die SS und erschoß oder erhängte viele Soldaten, die es gewagt hatten, einen Schritt zurückzuweichen. Vorher hatten die Soldaten dem übermächtigen Druck des Gegners länger standgehalten, als unter dem gegebenen Kräfteverhältnis von irgendeiner Armee der Welt hätte erwartet werden können. Viele Offiziere und Soldaten der Wehrmacht endeten am Strick der SS-Henker an den Chausseebäumen.

Unmittelbar vor dem endgültigen Zusammenbruch, den sie auf diese Weise um einige Monate hinausgeschoben hatten, verschwanden die SS-Führer von der Bildfläche. Überall in dem noch nicht vom Feind besetzten restlichen Reichsgebiet verließen sie ihren Posten, zogen sich Zivilkleider an, steckten ihre hervorragend gefälschten Papiere ein und tauchten in den endlosen Flüchtlingskolonnen unter, die im Mai 1945 in ganz Deutschland umherirrten. Sie überließen es den Greisen des Volkssturms, die Engländer und Amerikaner an den Toren der Konzentrationslager zu empfangen. Die ausgepumpten Soldaten der Wehrmacht ließen sie in die Kriegsgefangenenlager marschieren, und den Frauen und Kindern blieb es selbst überlassen, unter alliierter Herrschaft den strengen Winter 1945/46 zu überleben oder zu sterben.

Die SS-Führer, die allzu bekannt waren, um längere Zeit unerkannt zu bleiben, flohen nach Südamerika. Hier trat die ODESSA in Aktion. Sie war unmittelbar vor Kriegsende gegründet worden und hatte die Aufgabe, SS-Angehörige aus Deutschland herauszuschmuggeln und in Sicherheit zu bringen. Mit Juan Perons Argentinien bestanden bereits engste freundschaftliche Bande; der Diktator hatte siebentausend argentinische Identitätsausweise blanko für sie ausstellen lassen. Die Flüchtlinge brauchten sie nur noch um einen falschen Namen mit eigenem Photo zu ergänzen. Den Rest besorgte der Mann der ODESSA. Die Flüchtlinge blieben in Argentinien oder reisten in andere südamerikanische Länder oder auch in den Mittleren Osten.

Zu Tausenden wurden SS-Leute durch Österreich und die italienische Provinz Südtirol geschleust. Von dort aus ließen sie sich auf ihrem Weg nach Genua, Rimini oder Rom von Unterschlupf zu Unterschlupf weiterreichen. Eine Anzahl privater Organisationen, von denen einige vorgaben, sich karitativer Arbeit zu widmen, kam aus Gründen, die nur ihnen selbst bekannt sein dürften, zu der Überzeugung, daß die Alliierten mit den SS-Flüchtlingen allzu unnachsichtig ins Gericht gingen.

Zu den prominentesten Fluchthelfern von Rom, die Tausende von flüchtigen SS-Führern in Sicherheit schmuggelten, zählte Alois Hudal, der deutsche Bischof in Rom. Das Hauptversteck war das riesige Franziskanerkloster in Rom; dort wurden sie beherbergt und verpflegt, bis falsche Papiere und eine Schiffspassage nach Südamerika besorgt waren. In einigen Fällen reisten die SS-Angehörigen mit Rot-Kreuz-Reisepapieren, die durch die Vermittlung kirchlicher Stellen ausgestellt worden waren; oft bezahlten Wohlfahrtsorganisationen, wie zum Beispiel die Caritas, die entsprechend getäuscht wurden, die Kosten der Überfahrt.

Dies war die erste Aufgabe der ODESSA, und sie löste sie weitgehend erfolgreich. Wie viele tausend SS-Männer auf diese Weise den Alliierten und dem Henker entkommen sind, wird nie zu erfahren sein. Jedenfalls waren es mehr als 80 Prozent derjenigen, die die Todesstrafe verdient hatten.

Nachdem sich die ODESSA mit den Reinerträgen aus den Massenmorden von ihren Safes in Schweizer Banken finanziell konsolidiert hatte, wartete sie erst mal ab und beobachtete ab 1947 wohlwollend die Verschlechterung der Beziehungen zwischen den Alliierten. Die rasch aufgelebten Hoffnungen auf die Errichtung eines Vierten Reiches wurden von den Führern der ODESSA in Südamerika im Lauf der Zeit als unrealistisch ad acta gelegt. Im Mai 1949 wurde die Bundesrepublik Deutschland gegründet, und die ODESSA steckte sich neue Ziele.

Das erste war die Unterwanderung jeder Stelle des öffentlichen Lebens der jungen Republik. In den späten vierziger und den fünfziger Jahren infiltrierten ehemalige Parteimitglieder den Behördenapparat auf vielen Ebenen. Sie saßen wieder auf Richterstühlen, in Polizeipräsidien und in den Rathäusern. Diese Amtsstellungen, wie subaltern sie in manchen Fällen auch sein mochten, ermöglichten es ihnen, einander gegenseitig vor Ermittlungen und Verhaftungen zu schützen. Wechselseitig nahmen sie ihre Interessen wahr und sorgten dafür, daß die Ermittlung und Strafverfolgung von Verbrechen ehemaliger Kameraden so schleppend wie nur möglich betrieben wurde.

Die zweite Aufgabe der ODESSA bestand in der Infiltration des politischen Machtapparats. Unter Aussparung der höheren Parteiämter sickerten ehemalige Mitglieder der NSDAP auf Wahlkreis- und Unterbezirksebene in die Basisorganisationen der herrschenden Parteien ein. Ein Gesetz, das ehemaligen Nazis verbot, einer politischen Partei beizutreten, gab es nicht. In der Wahlarithmetik wurden die Nazis für die Parteimanager zu einem wichtigen Faktor. Wie ein Politiker mit schöner Offenheit darlegte, liegt dem eine verblüffend einfache Rechnung zugrunde:

»Die toten Opfer des Nationalsozialismus wählen nicht. Fünf Millionen ehemalige Nazis sind wahlberechtigt und machen von diesem Recht Gebrauch.«

Das Hauptziel der beiden ODESSA-Programme war ebenso simpel wie einleuchtend: Es bestand und besteht darin, die Ermittlung und Strafverfolgung von Naziverbrechern zu stören oder wenigstens zu verschleppen. Dabei hatte die ODESSA einen mächtigen Verbündeten – die geheime Mitwisserschaft Hunderttausender Deutscher. Sie hatten dem, was geschehen war, entweder – und sei es auch nur in geringfügiger Weise – Vorschub geleistet, oder sie hatten geschwiegen, obwohl ihnen die Vorgänge bekannt gewesen waren. Nach nahezu zwanzig Jahren konnte ihnen als angesehenen Bürgern an einer mit größerer Energie betriebenen Durchleuchtung längst vergangener Ereignisse, geschweige denn an der Nennung des eigenen Namens in irgendeinem Gerichtssaal, in dem gegen einen ehemaligen Nazi verhandelt wurde, schwerlich gelegen sein.

Die dritte Aufgabe, die sich die ODESSA im Nachkriegsdeutschland stellte, war die Unterwanderung von Industrie und Handel. Zu diesem Zweck wurden in den fünfziger Jahren ehemalige Nazis mit den Fluchtgeldern aus ausländischen Depots versehen. Mit diesem Geld gründeten viele von ihnen eigene Firmen. Nahezu jedes einigermaßen sachgerecht verwaltete Unternehmen, das Anfang der fünfziger Jahre mit reichlich Betriebskapital gegründet worden war, profitierte ungeschmälert von dem Wirtschaftswunder der fünfziger und sechziger Jahre und entwickelte sich dabei selbst zu einem ertragreichen Geschäft. Die Zwecke dieser kommerziellen Aktivität waren vielfältig. Ein gewisser Teil der von manchen Firmen erzielten Gewinne wurde zur Beeinflussung der Berichterstattung über Naziverbrechen auf dem Weg der Anzeigenvergabe verwandt. Neonazistische Propagandablätter, die in bunter Folge im Nachkriegsdeutschland herausgekommen und wieder eingegangen sind, wurden finanziell unterstützt; einige ultrarechte Verlagshäuser wurden über Wasser gehalten, und ehemaligen Kameraden, die in wirtschaftlicher Not waren, verschaffte man Stellungen.

Die vierte Aufgabe war und ist es, jedem Nazi, gegen den ein Verfahren eröffnet wurde, den denkbar besten Rechtsbeistand zu sichern. In späteren Jahren entwickelten die Angeklagten eine besondere Taktik. Sie engagierten einen brillanten und teuren Strafverteidiger und erklärten sich nach wenigen Konsultationen außerstande, die hohen Honorarkosten bezahlen zu können. Der bereits engagierte Anwalt konnte in solchen Fällen auf Grund der Bestimmung des Armenrechts vom Gericht zum Pflichtverteidiger bestellt werden. Als Anfang und Mitte der fünfziger Jahre Hunderttausende deutscher Kriegsgefangener aus Rußland heimkehrten, kamen mit ihnen die in der Sowjetunion verurteilten und nichtamnestierten SS-Leute zurück. Die Bundesregierung hatte sich verpflichtet, sie vor Gericht zu stellen. Im Durchgangslager Friedland gaben junge Mädchen jedem eine Karte mit dem Namen des Strafverteidigers.

Die fünfte Aufgabe ist die Propaganda. Ihre Erscheinungsformen sind mannigfaltig und reichen von der Anregung zur Verbreitung rechtsradikaler Pamphlete bis hin zur lobbyistischen Einflußnahme zugunsten einer baldigen endgültigen Verabschiedung des Verjährungsgesetzes, das der Strafbarkeit und Strafverfolgung jeglicher Naziverbrechen ein Ende setzen würde. Nach wie vor sind ferner Bestrebungen im Gange, die Deutschen von heute glauben zu machen, daß die von den Alliierten genannte Zahl ermordeter Juden, Russen, Polen und anderer ein Vielfaches der tatsächlichen Anzahl darstellt. Sie wird gewöhnlich mit wenigen Hunderttausend beziffert. Ferner darauf hinzuweisen, daß der Kalte Krieg zwischen dem Westen und der Sowjetunion Hitlers Auffassungen in mancher Hinsicht bestätigt habe.

Die Hauptaufgabe der ODESSA-Propaganda besteht jedoch darin, den Westdeutschen von heute einzureden, die SS-Angehörigen seien Soldaten gewesen, die genauso für ihr Vaterland gekämpft hätten wie die Wehrmacht auch – und deswegen gelte es, die Solidarität ehemaliger Kameraden zu bewahren. Dies ist das wichtigste – und zugleich wohl infamste – ihrer Ziele. Während des Krieges hielt die Wehrmacht Abstand von der SS, vor der sie Abscheu empfand und die sie weitgehend mit Verachtung strafte. Gegen Ende des Krieges wurden Millionen junge deutsche Soldaten ins Feuer getrieben oder in russische Kriegsgefangenschaft – aus der viele nicht zurückkehrten. Die SS-Führer bereiteten derweil ihre Flucht ins Exil und in die Sicherheit gründlich vor. Darüber hinaus wurden zahllose Wehrmachtsangehörige von der SS exekutiert, darunter allein Tausende im Zusammenhang mit dem Offiziersaufstand vom 20. Juli 1944, an dem weniger als fünfzig Männer unmittelbar beteiligt waren.

Es ist ein Rätsel, wieso ehemalige Angehörige der Marine und Luftwaffe für frühere SS-Mitglieder die Anrede »Kamerad« gelten lassen; ein Rätsel, warum Wehrmachtsangehörige für ehemalige SS-Mitglieder Solidarität empfinden und ihnen Protektion in Sachen Strafverfolgung zukommen lassen. Und doch hat die ODESSA gerade in dieser Hinsicht ihre größten Erfolge zu verbuchen.

Im großen und ganzen ist es ihr gelungen, westdeutsche Bestrebungen, Nazimörder aufzuspüren und vor Gericht zu stellen, zu durchkreuzen oder doch zu behindern. Erreichen konnte sie das nur dank ihrer beispiellosen Unbarmherzigkeit, mit der sie gegebenenfalls auch gegen Leute aus den eigenen Reihen vorgeht, falls jemand Neigung verrät, den Behörden ein umfassendes Geständnis abzulegen; dank der Fehler, die den Alliierten zwischen 1945 und 1949 unterliefen; dank des Kalten Krieges und dank der Feigheit, die so vielen Deutschen eigen ist, sobald sie sich einem moralischen Problem gegenübersehen – und die in so krassem Gegensatz zu der Tapferkeit steht, mit der sie militärische Probleme oder technische Fragen wie den Wiederaufbau Deutschlands nach dem Kriege angepackt haben.

Als Simon Wiesenthal fertig war, legte Miller den Drehbleistift aus der Hand und lehnte sich im Sessel zurück. Er hatte sich Notizen gemacht.
»Davon hatte ich nicht die blasseste Ahnung«, sagte er.
»Die haben die wenigsten Deutschen«, sagte Wiesenthal. »Tatsächlich weiß kaum jemand in Deutschland Genaueres über die ODESSA. Die Bezeichnung wird in Deutschland so gut wie gar nicht benutzt, und so wie gewisse Figuren der amerikanischen Unterwelt die Existenz der Mafia rundweg leugnen, wird jeder ehemalige SS-Angehörige die Existenz der ODESSA hartnäckig abstreiten. Heutzutage wird die Bezeichnung ODESSA auch viel seltener gebraucht als früher. Heute heißt sie ganz allgemein ›Kameradenwerk‹ – so wie die Mafia in Amerika ›Cosa Nostra‹ genannt wird. Aber was ist schon ein Name? Die ODESSA existiert noch immer, und sie wird so lange existieren, wie es Verbrecher gibt, die sie schützen kann.«
»Und Sie glauben, das sind die Männer, mit denen ich es zu tun kriege?« fragte Miller.
»Da bin ich ganz sicher. Die Warnung, die man Ihnen in Bad Godesberg zukommen ließ, kann nur aus dieser Ecke stammen. Seien Sie vorsichtig, diese Männer sind gefährlich.«
Miller war mit den Gedanken ganz woanders.
»Sie sagten, daß Roschmann einen neuen Paß brauchte, als er 1955 untertauchte?«
»Allerdings.«
»Warum gerade einen Paß?«
Simon Wiesenthal setzte sich in seinem Sessel zurecht und nickte.
»Ich verstehe, daß Sie das erstaunt. Lassen Sie mich Ihnen das kurz erklären. Nach dem Krieg gab es in Deutschland und auch hier in Österreich Zehntausende von Menschen, die keine Papiere mehr besaßen. Manchen waren sie tatsächlich abhanden gekommen, andere wieder hatten sie aus guten Gründen weggeworfen.
Um neue Papiere zu erhalten, mußte man in normalen Zeiten eine Geburtsurkunde vorweisen. Aber Millionen hatten die von den Russen besetzten, vormals deutschen Gebiete fluchtartig verlassen müssen. Wer sollte nachprüfen, ob ein Mann tatsächlich in einem kleinen Dorf in Ostpreußen, das jetzt Hunderte von Kilometern hinter dem Eisernen Vorhang lag, geboren war oder nicht? Bei Einheimischen in den alliierten Zonen waren die Häuser und Wohnungen, in denen die Leute ihre Papiere verwahrt hatten, ausgebombt oder zusammengeschossen worden.

Der Vorgang wurde daher weitgehend vereinfacht. Alles, was man brauchte, um einen neuen Personalausweis zu erhalten, waren zwei Zeugen, die bestätigten, daß man tatsächlich derjenige war, der man zu sein behauptete. Auch die Kriegsgefangenen hatten häufig keine Personalpapiere. Bei ihrer Entlassung aus dem Lager unterzeichneten die Beauftragten der amerikanischen und englischen Militärbehörden einen Entlassungsschein, der etwa besagte, daß dem Unteroffizier Soundso hierdurch die Entlassung aus dem alliierten Kriegsgefangenenlager bescheinigt werde. Diesen Zettel legte der Heimkehrer dann den zivilen Behörden vor, die ihm einen Personalausweis auf den gleichen Namen ausstellten. Aber häufig hatte der Mann den Alliierten gegenüber einen falschen Namen angegeben. Niemand prüfte das nach. So kam man zu einer neuen Identität.
Das war also in der ersten Nachkriegszeit kein Problem, und damals besorgte sich die Mehrzahl der SS-Verbrecher eine neue Identität. Aber was macht ein Mann, der im Jahre 1955 hochgeht, wie das Roschmann passierte? Zur Behörde gehen und sagen, er habe seine Papiere im Krieg verloren, kann er nicht. Man würde ihn fragen, wie er in den letzten zehn Jahren ohne Ausweis zurechtgekommen sei. Er braucht also einen Paß.«
»Das leuchtet mir soweit ein«, sagte Miller. »Aber warum einen Paß? Warum nicht einen Führerschein oder einen Personalausweis?«
»Weil sich die deutschen Behörden schon sehr bald nach der Gründung der Bundesrepublik darüber im klaren waren, daß die Dunkelzahl derjenigen, die unter falschem Namen lebten, sehr hoch sein mußte. Es bestand dringender Bedarf an einem Dokument, das so gründlich überprüfbar war, daß es als maßgebliche Grundlage für alle anderen Dokumente dienen konnte. Sie entschieden sich für den Paß. Um in Westdeutschland einen Paß zu bekommen, müssen Sie Ihre Geburtsurkunde, polizeiliche Führungszeugnisse und eine Menge anderer Papiere vorweisen. Alles wird sorgfältig überprüft, bevor man Ihnen einen Paß ausstellt.
Wenn Sie ihn aber erst mal haben, dann können Sie damit jedes beliebige andere Dokument bekommen. So ist die Bürokratie nun mal. Das Vorweisen des Passes überzeugt den Beamten, daß der Antragsteller, da er als Paßinhaber bereits von anderen Beamten gründlich überprüft worden sein muß, keiner weiteren Überprüfung mehr bedarf. Wenn er erstmal einen Paß hatte, konnte sich Roschmann die restlichen Papiere zur Etablierung seiner neuen Identität schnell und ohne große Schwierigkeiten beschaffen – Führerschein, Scheckbuch, Kreditkarten und so weiter.«
»Und von wem bekam er seinen Paß?«
»Wenn er unter dem Schutz der ODESSA blieb, dann von der ODESSA. Sie muß einen hervorragenden Paßfälscher an der Hand haben«, sagte Wiesenthal.
Miller überlegte.

»Wenn man den Paßfälscher ausfindig machte – dann hätte man doch möglicherweise auch den Mann, der Roschmann heute noch identifizieren kann?« meinte er fragend.
Wiesenthal zuckte mit den Achseln.
»Schon möglich. Aber wie sollte man das anfangen? Dazu müßte man in die ODESSA aufgenommen werden. Und das gelingt nur einem ehemaligen SS-Mann.«
»Zu welchem Schritt würden Sie mir also jetzt raten?« fragte Miller.
»Ich würde sagen, daß Sie als nächstes versuchen sollten, sich mit einigen der Überlebenden von Riga in Verbindung zu setzen, denn Sie müssen doch mehr erfahren als das, was im Tagebuch steht. Tauber ist ja nun tot. Ob die Ihnen tatsächlich weiterhelfen können, weiß ich zwar nicht, aber an ihrer Bereitschaft dazu wird es jedenfalls nicht mangeln. Wir alle versuchen ja, Roschmann zu finden.«
»Wie komme ich an Überlebende?« fragte Miller.
»In meinem Akt habe ich Zeugenaussagen aus Israel und Amerika. Aber bleiben wir doch beim Tauber-Tagebuch. Sehen Sie.« Er schlug das Tagebuch auf, das vor ihm auf dem Tisch lag. »Hier ist von einer gewisen Olli Adler aus München die Rede, die während des Krieges Roschmann aus nächster Nähe kennengelernt hat. Vielleicht zählt sie zu den Überlebenden und ist nach München zurückgekehrt.«
Miller nickte.
»Wo wäre sie in diesem Falle registriert?«
»Im jüdischen Gemeindehaus. Das steht noch. Da sind die Archive der Jüdischen Gemeinde Münchens – das heißt natürlich nur Dokumente aus der Nachkriegszeit. Alles andere wurde zerstört. Dahin würde ich mich wenden an Ihrer Stelle.«
»Haben Sie die Adresse?«
Simon Wiesenthal blätterte in einem Adreßbuch.
»Reichenbachstraße 27, München«, sagte er. »Ich nehme an, Sie wollen Salomon Taubers Tagebuch zurückhaben?«
»Ja.«
»Schade. Ich hätte es gern behalten. Ein bemerkenswertes Dokument.«
Er stand auf und brachte Miller zur Tür.
»Viel Glück«, sagte er. »Und lassen Sie mich wissen, wie Sie vorankommen.«
In der »Bierklinik« im Haus des Güldenen Drachen, einem vierhundert Jahre alten Bierhaus und Restaurant in der Steindlgasse, aß Miller zu Abend und erwog Wiesenthals Ratschlag. Er hatte wenig Hoffnung, in Deutschland oder Österreich mehr als eine Handvoll Überlebender von Riga zu finden. Und die Chance, daß sie ihm bei seinen Nachforschungen nach Roschmann über den November 1955 hinaus behilflich sein könnten, war noch

kleiner. Aber dieses bißchen Hoffnung und die kleine Chance waren alles, was er in der Hand hatte.
Am nächsten Morgen fuhr er nach München.

Miller war gegen 11 Uhr in München. Die von Wiesenthal angegebene Adresse – Reichenbachstraße 27 – fand er auf einem Stadtplan, den er an einem Zeitungskiosk in einem Außenbezirk der Stadt gekauft hatte. Er parkte seinen Wagen fünfzig Meter von dem Gemeindehaus entfernt auf der gegenüberliegenden Straßenseite. Er betrachtete das Gebäude, bevor er eintrat. Es war ein fünfstöckiges Haus mit schmuckloser Fassade. Im Erdgeschoß bestand die Vorderfront aus ungetünchten Steinquadern; darüber Ziegelsteine mit grauem Zement verputzt. Das fünfte und oberste Stockwerk hatte eine Reihe von Mansardenfenstern im ziegelgedeckten Dach. Der Eingang – eine schmucklose Glastür – war zu ebener Erde ganz links am Ende des Gebäudes.
Das Gemeindehaus beherbergte ein koscheres Restaurant (das einzige in München) im Erdgeschoß und im ersten Stock die Aufenthaltsräume des Altersheims. Im dritten Stockwerk waren die Verwaltung und die Archivabteilung untergebracht und in den beiden oberen Etagen Gästeräume und die Schlafzimmer der Bewohner des Altersheims. Die Synagoge befand sich hinter dem Gemeindehaus.
Miller ging in das dritte Stockwerk hinauf, und da niemand am Empfangstisch saß, hatte er Zeit, sich in dem Raum umzusehen. Die Bücher in den Regalen waren allesamt neu, denn die Nazis hatten die Bibliothek der Gemeinde verbrannt. Zwischen den Regalen der Leihbücherei hingen die Bildnisse führender Männer aus der Geschichte der jüdischen Gemeinde – Lehrer und Rabbis, die aus den Bilderrahmen heraus sehr ernst in die Welt blickten. Sie erinnerten Miller mit ihren üppigen Vollbärten an die Gestalten der Propheten aus den Religionsbüchern seiner Schulzeit.
Auf einem Regal lagen Zeitungen, deutsche und auch Blätter in hebräischer Schrift. Ein kleiner Mann studierte die erste Seite eines hebräischen Blattes.
»Kann ich Ihnen behilflich sein?«
Miller drehte sich um. Eine dunkeläugige Frau von Mitte Vierzig saß inzwischen auf dem Stuhl hinter dem Empfangstisch. Eine Haarsträhne, die sie mit nervöser Geste zurückstrich, fiel ihr immer wieder ins Gesicht.
Miller trug sein Anliegen vor: Würde sich an Hand der Unterlagen des Archivs der Jüdischen Gemeinde feststellen lassen, ob Olli Adler nach Kriegsende nach München zurückgekehrt sei?
»Und von wo sollte sie zurückgekehrt sein?« fragte die Frau.
»Aus Magdeburg. Davor war sie im Konzentrationslager Stutthof. Und davor in Riga.«

»Großer Gott, Riga«, sagte die Frau. »Ich glaube nicht, daß es in unseren Listen jemanden gibt, der aus Riga zurückgekommen ist. Die sind alle spurlos verschwunden, wissen Sie. Aber ich schau mal nach.«
Sie ging in einen angrenzenden Raum, und Miller sah, daß sie eine Kartei durchblätterte. Das Verzeichnis war nicht sehr umfangreich. Nach wenigen Minuten kam sie zurück.
»Tut mir leid. Eine Person dieses Namens ist hier bei uns nach dem Krieg nicht registriert worden.«
Miller nickte.
»Ich verstehe. Da kann man nichts ändern. Entschuldigen Sie, daß ich Ihnen die Mühe gemacht habe.«
»Sie könnten sich an den Internationalen Suchdienst vom Roten Kreuz wenden«, sagte die Frau. »Es ist ja dessen Aufgabe, vermißte Personen ausfindig zu machen. Der Suchdienst führt Listen mit Namen aus ganz Deutschland, während in unseren Verzeichnissen nur Personen aufgeführt sind, die aus München stammen und hierher zurückgekehrt sind.«
»Wo ist der Suchdienst?« fragte Miller.
»In Arolsen. Das liegt in Nordhessen, in der Nähe von Kassel.«
Miller überlegte kurz.
»Könnte es in München sonst noch jemanden geben, der in Riga gewesen ist? Die Sache ist mir sehr wichtig, denn ich bin auf der Spur des Ghettokommandanten!«
In dem Raum herrschte Schweigen. Miller spürte, daß der Mann, der eben ans Zeitungsregal getreten war, sich umwandte und zu ihm herübersah. Die Frau schien betroffen zu sein.
»Es könnte sein, daß noch ein paar Menschen am Leben sind, die in Riga waren und jetzt in München wohnen. Vor dem Krieg gab es 25000 Juden in München. Nur jeder zehnte ist zurückgekehrt. Heute sind wir wieder 4000 – ein Teil davon sind Kinder, die nach 1945 geboren wurden. Vielleicht finde ich jemanden, der in Riga war. Aber dazu müßte ich die gesamte Liste der Überlebenden durchgehen. Neben den Namen sind die Lager verzeichnet, in denen die Betreffenden waren. Können Sie morgen wiederkommen?«
»Ja«, sagte er schließlich. »Ich komme morgen wieder. Vielen Dank.«

Schritte hörte, die ihm folgten.
»Entschuldigen Sie«, sagte hinter ihm eine Stimme. Miller drehte sich um. Es war der Mann, der die hebräische Zeitung gelesen hatte.
»Sie stellen Nachforschungen nach Personen an, die in Riga waren?« fragte der Mann. »Sie haben eine Spur des Kommandanten von Riga? Des Hauptsturmführers Roschmann?«
»Ja, die habe ich«, sagte Miller. »Warum?«

»Ich war in Riga«, sagte der Mann. »Ich kenne Roschmann. Vielleicht kann ich Ihnen behilflich sein.«
Der Mann war klein und drahtig und etwa Mitte Vierzig. Er hatte glänzend braune Knopfaugen und sah zerzaust aus wie ein nasser Spatz.
»Ich heiße Mordechai«, sagte er. »Aber man nennt mich Motti. Wollen wir zusammen einen Kaffee trinken und uns unterhalten?«
»Sie gingen in ein Café in der Nähe, und Miller, dem die unbekümmerte Direktheit seines Begleiters gefiel, berichtete von dem bisherigen Verlauf seiner Suche, die in einer düsteren Straße in Hamburg-Altona begonnen und ihn über eine Reihe von Umwegen bis ins jüdische Gemeindehaus nach München geführt hatte. Der Mann hörte ihm wortlos zu und nickte nur gelegentlich.
»Hmm. Ganz beachtliche Irrfahrt. Warum wollen Sie, als Deutscher, Roschmann unbedingt aufspüren?«
»Spielt das eine Rolle? Das bin ich schon so oft gefragt worden, daß es mir allmählich zum Hals heraushängt. Was ist denn so seltsam daran, wenn ein Deutscher sich aufregt über das, was damals geschehen ist?«
Motti zuckte mit den Achseln. »Es ist ungewöhnlich für einen Mann wie Sie, so eine Sache mit solcher Hartnäckigkeit zu verfolgen – das ist alles. Roschmanns Untertauchen im Jahre 1955 übrigens – meinen Sie wirklich, daß ihm die ODESSA den neuen Paß besorgt hat?«
»Das habe ich mir jedenfalls erzählen lassen«, entgegnete Miller. »Und die einzige Chance, den Mann zu finden, der ihn gefälscht hat, besteht offenbar darin, in den Kreis der ODESSA-Leute einzudringen.«
Motti sah den jungen Deutschen eine Weile lang nachdenklich an.
»In welchem Hotel sind Sie abgestiegen?« fragte er schließlich.
Miller hatte noch kein Hotelzimmer; es war ja auch erst früher Nachmittag. Aber Miller kannte ein Hotel von einem früheren Aufenthalt in München; da wollte er auch diesmal wieder übernachten. Auf Mottis Drängen rief er es von dem Apparat des Cafés aus an und bestellte sich ein Zimmer. Als er an den Tisch zurückkehrte, war Motti schon gegangen. Er hatte einen Zettel unter der Kaffeetasse zurückgelassen. Miller las:
»Ob Sie dort ein Zimmer bekommen oder nicht – seien Sie in jedem Fall heute abend um 8 Uhr in der Hotelhalle.«
Miller zahlte für die beiden Tassen Kaffee und ging.

Am gleichen Nachmittag las der Werwolf in seiner Anwaltskanzlei noch einmal den schriftlichen Bericht von seinem Bonner Kollegen, dem Mann, der sich Miller vor einer Woche als Dr. Schmidt vorgestellt hatte.
Der Bericht war bereits vor fünf Tagen eingetroffen, aber der Werwolf hatte mit der ihm eigenen Vorsicht gezögert. Er wollte sich die Sache noch einmal

durch den Kopf gehen lassen, bevor er die erforderlichen Maßnahmen traf. Die Instruktionen, die ihm sein Vorgesetzter, SS-Gruppenführer Glücks, in Madrid persönlich erteilt hatte, beraubten ihn praktisch jeder Handlungsfreiheit, aber wie so viele Schreibtischarbeiter neigte er dazu, das Unausweichliche aufzuschieben. »Kurzen Prozeß machen« – so hatte die Order gelautet, und was das hieß, wußte er. Auch Dr. Schmidts Bericht erweiterte seinen Handlungsspielraum nicht – ganz im Gegenteil:

»Ein halsstarriger junger Mann, hochfahrend und eigensinnig. Offenbar von unterschwelligem Haß auf den betreffenden Kameraden erfüllt. Obwohl sich dafür keine Erklärung finden läßt, scheint er persönliche Motive zu haben. Dürfte sich allen noch so eindringlichen Aufforderungen, Vernunft anzunehmen, verschließen und auch angesichts persönlicher Drohungen jegliche Einsicht vermissen lassen...«

Der Werwolf las die Zusammenfassung am Schluß des Berichts noch einmal und seufzte. Er griff nach dem Telefonhörer, bat seine Sekretärin, ihm eine Amtsleitung zu geben, und wählte eine Düsseldorfer Nummer.

Nach mehrfachem Läuten wurde abgenommen, und eine Stimme sagte: »Ja«.

»Anruf für Herrn Mackensen«, sagte der Werwolf.

»Die Stimme am anderen Ende der Leitung fragte:

»Wer will ihn sprechen?«

Statt einer Antwort nannte der Werwolf den ersten Teil der Erkennungsparole:

»Wer war größer als Friedrich der Große?«

Die Stimme am anderen Ende der Leitung antwortete:

»Barbarossa.« Einen Augenblick herrschte Stille, dann die Stimme:

»Hier Mackensen.«

»Werwolf«, antwortete der Chef der ODESSA. »Die Feiertage sind leider vorüber. Es gibt Arbeit. Kommen Sie morgen vormittag herüber.«

»Um wieviel Uhr?« fragte Mackensen.

»Seien Sie um zehn hier«, befahl der Werwolf. »Sagen Sie meiner Sekretärin, Ihr Name sei Keller. Ich werde dafür sorgen, daß Sie unter diesem Namen für eine Besprechung mit mir vorgemerkt werden.«

Er legte auf. In Düsseldorf stand Mackensen auf und ging ins Badezimmer, um sich zu duschen und zu rasieren. Er war ein großer, muskulöser Mann, der sein Mörderhandwerk als Unterscharführer in der SS-Division »Das Reich« von der Pike auf erlernt hatte, als er 1944 in Tulle und Limoges französische Geiseln henkte.

Nach dem Krieg war er Lastwagenfahrer für die ODESSA gewesen und hatte menschliche Konterbande durch Deutschland und Österreich in die italienische Provinz Südtirol befördert. Als er 1946 von einer amerikanischen Patrouille gestoppt wurde, hatte er alle vier Insassen des Jeeps umgebracht

– zwei davon mit seinen bloßen Händen. Seither war auch er untergetaucht und auf der Flucht.
Später diente er unter dem Spitznamen »Mack the Knife« als Leibwächter höherer ODESSA-Chargen, obwohl er nie ein Messer benutzte. Er verließ sich auf die Kraft seiner Schlächterhände und erwürgte seine Opfer lieber oder brach ihnen das Genick.
Von seinen Vorgesetzten wurde er hochgeschätzt. Er war Mitte der fünfziger Jahre zum Henker der ODESSA avanciert und hatte sich bewährt. Bei ihm konnte man sich hundertprozentig darauf verlassen, daß er Außenstehende, die den Männern der Führungsspitze gefährlich wurden, oder auch Verräter aus den eigenen Reihen, die ihre Kameraden verpfiffen hatten, ebenso diskret wie gründlich erledigte. Bis Januar 1964 hatte er schon zwölf Aufträge dieser Art ausgeführt – allesamt zur vollsten Zufriedenheit seiner Vorgesetzten.

Der Anruf kam Punkt 8 Uhr. Er wurde von dem Angestellten in der Rezeption entgegengenommen. Er holte Miller aus dem kleinen Fernsehsalon ans Telefon.
»Herr Miller? Ich bin es, Motti. Ich glaube, ich kann Ihnen weiterhelfen. Oder vielmehr, ein paar Freunde von mir können es vielleicht. Hätten Sie Lust, sich mit ihnen zu treffen?«
»Ich treffe mich mit jedem, der mir irgendwie weiterhelfen kann«, sagte Miller.
»Gut«, sagte Motti. »Wenn Sie aus Ihrem Hotel kommen, wenden Sie sich nach links und gehen die Schillerstraße hinunter. Zwei Ecken weiter auf der gleichen Straßenseite finden Sie die Konditorei Lindemann. Da treffen Sie mich.«
»Wann, jetzt?« fragte Miller.
»Ja, jetzt gleich. Ich wäre zu Ihnen ins Hotel gekommen, aber ich habe meine Freunde hier.«
Er legte auf. Miller nahm seinen Mantel und verließ das Hotel. Er wandte sich nach links und machte sich auf den Weg zum Café Lindemann. Er hatte einen halben Block vom Hotel zurückgelegt, als ihm etwas von hinten gegen die Rippen gedrückt wurde. Ein Wagen hielt neben ihm am Bordstein.
»Setzen Sie sich auf den Rücksitz«, sagte eine Stimme nahe an seinem Ohr. Die Autotür sprang auf. Der Druck des Gegenstandes in seinem Rücken verstärkte sich. Miller zog den Kopf ein und stieg in den Wagen. Außer dem Fahrer war noch ein Mann darin; er saß im Fond und rückte zur Seite, um Miller Platz zu machen. Der Mann hinter Miller stieg ebenfalls ein. Dann wurde die Tür zugeschlagen, und der Wagen fuhr an.
Miller spürte ein heftiges Herzklopfen. Er hatte die drei Männer, die mit

ihm im Wagen saßen, nie gesehen. Der Mann, der ihm die Tür aufgehalten hatte, redete als erster.

»Ich verbinde Ihnen jetzt die Augen«, sagte er. »Sie brauchen nicht unbedingt zu wissen, wohin wir fahren.«

Miller fühlte, wie ihm eine Art Socke über den Kopf gezogen wurde, bis sie seine Nase bedeckte. Rechts und links packten ihn Arme mit hartem Griff und drückten ihn tief hinunter in den Sitz, offenbar damit kein Passant Verdacht schöpfen sollte. Er mußte an die eiskalten blauen Augen von Dr. Schmidt denken, der ihn im Hotel Dreesen angesprochen hatte. Ihm fiel wieder ein, was ihm Wiesenthal in Wien gesagt hatte: »Seien Sie vorsichtig, die Männer von der ODESSA sind gefährlich.« Dann dachte er wieder an Motti und fragte sich, wie ein Mann von der ODESSA wohl dazu kam, in einem jüdischen Gemeindehaus hebräische Zeitungen zu lesen.

Nach fünfundzwanzig Minuten fuhr der Wagen langsamer, und kurz darauf hielt er mit laufendem Motor. Miller hörte, wie ein Tor geöffnet wurde. Der Wagen fuhr wieder an und hielt dann. Gleich darauf wurde der Motor ausgeschaltet. Man half ihm aus dem Wagen und begleitete ihn über einen Hof. Ein paar Augenblicke lang spürte er die kalte Nachtluft an der unbedeckten Gesichtshälfte, dann war er in einem Haus. Eine Tür schlug hinter ihm zu, und er wurde eine Treppe hinuntergeleitet – offenbar in einen Kellerraum. Es war warm. Er wurde zu einem bequemen Sessel geführt.

Er hörte jemanden sagen: »Nehmen Sie ihm die Binde ab«, und die Socke wurde ihm vom Kopf gestreift. Er blinzelte, bis sich seine Augen an das Licht gewöhnt hatten.

Der Raum lag unter der Erdoberfläche, denn er hatte kein Fenster. Hoch oben an einer der Wände summte ein Ventilator. Der Raum war sorgfältig eingerichtet. Offenbar eine Art Beratungszimmer, denn es befand sich auf der einen Seite ein langer Tisch mit acht Stühlen. In dem freien Raum davor standen noch acht zu einem Kreis gruppierte bequeme Sessel. In der Mitte lag ein dicker runder Teppich, und darauf stand ein niedriger Kaffeetisch.

Motti stand neben dem Konferenztisch und lächelte ein wenig verlegen. Die beiden Männer, die Miller hierher verschleppt hatten, waren vielleicht Mitte Vierzig und von kräftigem Körperbau. Sie hockten auf Millers Sessellehnen. Ihm gegenüber, auf der anderen Seite des niedrigen Tisches, saß ein vierter Mann. Miller nahm an, daß der Fahrer oben geblieben war, um das Haus abzuschließen.

Der vierte Mann war anscheinend der Boß. Er saß bequem in seinem Sessel. Einer seiner drei Untergebenen stand, die anderen beiden saßen rechts und links neben Miller.

Der Boß war etwa sechzig Jahre alt. Er war mager und knochig; eine mächtige Hakennase beherrschte sein hohlwangiges Gesicht. Seine Augen beunruhigten Miller. Sie waren glänzend braun und tiefliegend mit einem stechenden Blick. Die Augen eines Fanatikers.

»Willkommen, Herr Miller. Ich muß mich bei Ihnen für die etwas ungewöhnlichen Umstände entschuldigen, unter denen Sie zu mir gefunden haben. Aber auf diese Weise können Sie jederzeit in Ihr Hotel zurückgebracht werden, falls Sie mein Angebot ablehnen sollten, und brauchen keinem von uns je wieder zu begegnen.

Mein Freund hier«, er wies auf Motti, »teilte mir mir, daß Sie aus Gründen, die wir nicht zu erörtern brauchen, nach einem gewissen Eduard Roschmann suchen. Und daß Sie, um an diesen Mann heranzukommen, gegebenenfalls bereit wären, zum Schein in die ODESSA einzutreten. Wie die Dinge nun aber liegen, würde es mit unseren Interessen übereinstimmen, Sie in der ODESSA zu haben. Wir wären daher unter Umständen bereit, Ihnen zu helfen. Können Sie mir folgen?«

Miller starrte ihn verblüfft an.

»Wollen Sie damit sagen, daß Sie *nicht* von der ODESSA sind?«

Der Mann zog die Brauen hoch.

»Großer Gott, da liegen Sie aber wirklich falsch.«

Er beugte sich vor und krempelte seinen linken Hemdsärmel bis zum Ellenbogen auf. In die Haut des Unterarms war mit blauer Tinte eine Nummer tätowiert.

»Auschwitz«, sagte der Mann. Er deutete auf die beiden Männer neben Miller. »Buchenwald und Dachau.« Er wies auf Motti: »Riga und Treblinka.« Er krempelte seinen Hemdsärmel wieder herunter.

»Herr Miller, es gibt Leute, die meinen, die Mörder unseres Volkes sollten vor Gericht gestellt werden. Wir sind nicht dieser Auffassung. Unmittelbar nach Kriegsende kam ich mit einem englischen Offizier ins Gespräch, und er sagte mir etwas, was seither für mein Leben bestimmend geworden ist. Er sagte: ›Wenn die sechs Millionen meiner Landsleute umgebracht hätten, würde auch ich ein Monument aus Totenschädeln errichten. Nicht aus den Totenschädeln derer, die in den Konzentrationslagern sterben mußten – ich würde die nehmen, die sie dorthin verschleppt haben.‹ Simple Logik, Herr Miller, aber einleuchtend. Ich und meine Gruppe von Männern hier, wir beschlossen 1945, in Deutschland zu bleiben, mit einem einzigen Ziel vor Augen: Rache zu üben. Sonst nichts. Wir lassen sie nicht festnehmen, Herr Miller, wir stechen sie ab, wo wir sie kriegen können. Mein Name ist Leon.«

Leon verhörte Miller vier Stunden lang, dann erst war er von der Integrität des Reporters hinreichend überzeugt. Wie anderen vor ihm blieb auch Leon Millers Motivation verborgen. Aber er mußte einräumen, daß der Grund, den Miller nannte – Empörung über die von der SS im Krieg begangenen

Verbrechen –, möglicherweise der Wahrheit entsprach. Als er das Verhör beendet hatte, lehnte sich Leon im Sessel zurück und sah den jungen Reporter lange Zeit nachdenklich an.
»Sind Sie sich darüber im klaren, Herr Miller, wie riskant der Versuch für Sie ist, sich in die ODESSA einzuschmuggeln?« fragte er schließlich.
»Ich kann es mir denken«, sagte Miller. »Außerdem bin ich zu jung.«
Leon schüttelte den Kopf.
»Es wäre völlig sinnlos, wenn Sie ehemalige SS-Angehörige unter ihrem eigenen Namen davon zu überzeugen versuchten, daß Sie zu den Kameraden zählen. Erstens haben sie Listen mit den Namen aller ehemaligen SS-Männer, und auf keiner davon ist Peter Miller verzeichnet. Zweitens müßten Sie mindestens um zehn Jahre älter erscheinen. Das ist zu machen, aber dazu müßten wir Ihnen zu einer völlig neuen Identität verhelfen – einer echten Identität versteht sich. Es muß die Identität eines Mannes sein, den es wirklich gegeben hat und der Mitglied der SS gewesen ist. Das allein würde unsererseits umfangreiche Nachforschungen voraussetzen und viel, viel Zeit und Mühe kosten.«
»Glauben Sie, daß Sie einen solchen Mann finden können?« fragte Miller.
Leon zuckte mit den Achseln.
»Es müßte ein Mann sein, dessen Tod nicht aktenkundig geworden sein darf«, sagte er. »Bevor die ODESSA einen Mann aufnimmt, wird er auf Herz und Nieren überprüft. Sie müßten alle Proben bestehen. Das wiederum setzt voraus, daß Sie fünf bis sechs Wochen lang bei einem ehemaligen SS-Mitglied in die Schule gehen, der Sie in den Bräuchen, der Weltanschauung, der Ausdrucksweise und der Umgangsformen der SS unterweist. Glücklicherweise kennen wir einen solchen Mann.«
Miller traute seinen Ohren nicht.
»Warum sollte ein ehemaliger SS-Mann dazu bereit sein?« fragte er ungläubig.
»Der Mann, von dem ich spreche, ist ein ungewöhnlicher Mensch. Er war SS-Hauptsturmführer und bereut aufrichtig, was geschehen ist. Er ist später in die ODESSA eingetreten, um den Justizbehörden Informationen über gesuchte Kriegsverbrecher zu vermitteln. Das würde er noch heute tun, wenn er nicht aufgeflogen wäre. Er kann von Glück sagen, daß er mit dem Leben davongekommen ist. Heute lebt er unter falschem Namen in der Nähe von Bayreuth.«
»Was müßte ich sonst noch lernen?«
»Alles, was Ihre neue Identität betrifft. Wann und wo der Mann geboren ist, wie er zur SS kam, wo er ausgebildet wurde, in welcher Einheit er diente und welche Einsätze er mitgemacht hat. Wer seine Vorgesetzten waren – und seine vollständige Lebensgeschichte vom Ende des Krieges bis zum heutigen Tag. Sie werden außerdem jemanden benennen müssen, der für

sie bürgt. Das dürfte uns noch einiges Kopfzerbrechen verursachen. Wir werden eine Menge Zeit und Mühe für Sie aufwenden müssen, Herr Miller. Wenn Sie sich einmal auf die Sache eingelassen haben, dann gibt es kein Zurück mehr.«
»Was springt für Sie dabei heraus?« fragte Miller mißtrauisch.
Leon stand auf und ging langsam im Raum auf und ab.
»Rache«, sagte er unumwunden. »Wir sind genauso hinter Roschmann her. Aber wir wollen mehr. Die schlimmsten SS-Mörder leben unter falschem Namen. Wir wollen diese Namen wissen. Das ist es, was für uns bei der Sache herausspringt. Und noch etwas. Wir müssen herausbekommen, wer der neue Mann ist, der im Auftrag der ODESSA die deutschen Wissenschaftler anwirbt, die jetzt nach Ägypten gehen, um dort Nassers Raketen zu entwickeln. Sein Vorgänger hat den Posten aufgegeben und ist verschwunden, nachdem wir Heinz Krug, seine rechte Hand, im letzten Jahr ausgeschaltet haben. Jetzt macht das ein neuer Mann.«
»Diese Information müßte doch eher für den israelischen Geheimdienst von Interesse sein«, sagte Miller.
Leon sah ihn scharf an.
»Stimmt«, sagte er. »Wir arbeiten gelegentlich mit ihm zusammen, aber wir lassen uns nicht von ihm vereinnahmen.«
»Haben Sie jemals versucht, einen von Ihren eigenen Männern in die ODESSA einzuschmuggeln?« fragte Miller.
Leon nickte.
»Zweimal«, sagte er.
»Und?«
»Den ersten hat man als Leiche ohne Fingernägel aus einem Kanal gezogen. Der zweite ist spurlos verschwunden. Wollen wir fortfahren?«
Miller überhörte die Frage.
»Wenn Ihre Methoden so umsichtig sind, wie konnten die beiden dann gefaßt werden?«
»Sie waren beide Juden«, sagte Leon. »Wir versuchten, die eintätowierten Häftlingsnummern an ihren Unterarmen zu entfernen, aber es blieben Narben zurück. Außerdem waren beide beschnitten. Das ist auch der Grund, warum ich sofort interessiert war, als Motti mir von einem waschechten Nichtjuden berichtete, der nicht gut auf die SS zu sprechen sei. Übrigens, sind Sie beschnitten?«
»Nein«, sagte Miller.
Leon atmete hörbar erleichtert auf.
»Diesmal könnten wir es schaffen«, sagte er. Er sah auf seine Uhr.
Es war lange nach Mitternacht.
»Haben Sie schon gegessen?« fragte er Miller. Der Reporter schüttelte den Kopf.

»Motti, etwas Eßbares für unseren Gast.«
Motti nickte grinsend. Er verschwand durch die Kellertür und ging in die Küche hinauf.
»Sie werden hier unten übernachten müssen«, sagte Leon zu Miller. »Ich lasse Ihnen Bettzeug herunterbringen. Versuchen Sie nicht, sich davonzumachen. Die Tür hat drei Schlösser, und alle drei sind verschlossen. Geben Sie mir Ihre Autoschlüssel, damit ich Ihnen Ihren Wagen herbringen lassen kann. Es ist besser, wenn er für ein paar Wochen aus dem Verkehr gezogen wird. Ihre Hotelrechnung wird bezahlt, und Ihr Gepäck wird auch hierher gebracht. Morgen vormittag werden Sie Ihrer Mutter und Ihrer Freundin schreiben, daß Sie in den nächsten Wochen – vielleicht auch Monaten – nicht erreichbar sein werden. Klar?«
Miller nickte und gab Leon die Wagenschlüssel. Leon reichte sie an einen der beiden anderen Männer weiter, und der steckte sie ein und verließ wortlos den Kellerraum.
»Morgen vormittag fahren wir Sie nach Bayreuth, wo Sie den SS-Führer treffen werden. Sein Name ist Alfred Oster. Sie werden eine Zeitlang bei ihm wohnen, das läßt sich einrichten. Jetzt müssen Sie mich entschuldigen. Es wird Zeit, daß ich mir Gedanken darüber mache, wo wir eine neue Identität für Sie hernehmen.«
Er stand auf und ging. Bald darauf kehrte Motti mit einem halben Dutzend warmer Decken und einem voll beladenen Teller zurück. Miller aß kaltes Huhn und Kartoffelsalat und fragte sich, worauf er sich da eingelassen hatte.

Weit weg im Norden, im Bremer Zentralkrankenhaus, machte ein Krankenpfleger in den frühen Morgenstunden den üblichen Kontrollgang durch seine Station. Das letzte Bett am äußersten Ende des Krankensaals war durch einen Wandschirm von den übrigen Betten abgeschirmt.
Der Krankenpfleger, ein Mann mittleren Alters namens Hartstein, trat hinter den Wandschirm und schaute nach dem Patienten. Er lag ganz ruhig da, über seinem Kopf brannte das schwache Nachtlicht, das bei allen Schwerkranken bis zum Anbruch des Tages eingeschaltet blieb. Der Krankenpfleger tastete nach dem Puls des Patienten. Es war kein Puls mehr da. Er blickte auf das ausgezehrte Gesicht des an Krebs verstorbenen Patienten hinunter, und etwas, was der vor drei Tagen im Delirium gesagt hatte, veranlaßte ihn, den Arm des Toten unter der Decke hervorzuziehen. In der Achselhöhle war eine Nummer in die Haut tätowiert. Es war die Blutgruppenbezeichnung des Toten – ein sicherer Beweis dafür, daß er der SS angehört hatte.
Krankenpfleger Hartstein zog dem Toten die Decke über das Gesicht und

warf einen Blick in die Nachttischschublade. Dort lagen seit seiner Einlieferung die persönlichen Habseligkeiten des Patienten, der auf der Straße zusammengebrochen war. Hartstein nahm den Führerschein heraus. Innen war das Photo eines fast 39jährigen Mannes, der am 18. Juni 1925 geboren war. Er hieß Rolf Günther Kolb.
Der Krankenpfleger steckte den Führerschein in seine Kitteltasche und ging zum diensttuenden Arzt, um den Tod seines Patienten zu melden.

10

Peter Miller schrieb die Briefe an seine Mutter und an Sigi unter Mottis wachsamen Augen. Gegen halb elf hatte er auch den zweiten beendet. Sein Gepäck war aus dem Hotel abgeholt worden, die Rechnung hatte man beglichen, und kurz vor zwölf starteten Motti und er mit dem gleichen Fahrer, der am Abend zuvor am Steuer gesessen hatte, in Richtung Bayreuth.
Der Instinkt des Reporters ließ ihn einen Blick auf das Nummernschild des blauen Opels werfen. Am vorangegangenen Abend war es ein Mercedes gewesen. Motti hatte seinen Blick bemerkt und gelächelt.
»Keine Sorge«, sagte er. »Es ist ein Leihwagen, und wir haben ihn unter falschem Namen gemietet.«
»Immerhin ganz tröstlich zu wissen, daß man unter Fachleuten ist«, bemerkte Miller.
Motti zuckte mit den Achseln.
»Das müssen wir schon sein. Es ist die einzige Möglichkeit, am Leben zu bleiben, wenn man es gegen die ODESSA aufnimmt.«
In der Garage war Platz für zwei Wagen; Millers Jaguar stand auf dem zweiten Platz. Der Schnee der vorangegangenen Nacht war unter den Rädern zu Pfützen geschmolzen, und die schlanke schwarze Karosserie glänzte im elektrischen Licht.
Miller setzte sich hinten in den Opel und bekam sofort wieder die Socke über den Kopf gestreift. Als der Wagen die Garage verließ, drückte man ihn auf den Boden. Er blieb unten, bis sie eine Reihe von Straßenzügen hinter sich gebracht hatten. Motti befreite ihn erst auf der Autobahn nach Nürnberg von der Socke.
Miller registrierte jetzt, daß über Nacht noch mehr Schnee gefallen war; er überzog die bayerisch-fränkische Hügellandschaft mit einer dicken, makellos weißen Decke, und üppige Schneepolster beschwerten die blattlosen Äste der Birken am Straßenrand. Der Fahrer schien ein vernünftiger Mann zu sein. Er fuhr sehr vorsichtig und hielt ein gemäßigtes, gleichbleibendes Tempo durch. Die Scheibenwischer fegten unermüdlich die wirbelnden Flocken und den Schneematsch von der Windschutzscheibe.

Sie aßen in einer Raststätte bei Ingolstadt zu Mittag, fuhren an Nürnberg vorbei und waren eine Stunde später in Bayreuth.
Alfred Osters Haus lag einen Kilometer außerhalb der Stadt in einer stillen Nebenstraße. Weit und breit war kein anderes Auto zu sehen, als die drei Männer aus dem Wagen stiegen und auf das Haus zugingen.
Der ehemalige SS-Offizier erwartete sie bereits. Er war ein großer, breitschultriger, blauäugiger Mann mit einem Büschel struppigen rötlichen Haars auf dem Schädel. Trotz der Jahreszeit hatte er die gesunde, rötlichbraune Hautfarbe eines Mannes, der sein Leben in den Bergen, in Wind, Sonne und reiner Luft verbringt.
Motti stellte Miller vor und übergab Oster ein Schreiben von Leon. Der Bayer las es, sah Miller scharf an und nickte.
»Versuchen können wir es ja«, sagte er. »Wie lange kann ich ihn haben?«
»Das wissen wir noch nicht«, sagte Motti. »Aber bis er fit ist auf jeden Fall. Außerdem müssen wir ihm eine neue Identität besorgen. Sie hören von uns.«
Wenige Minuten später war er gegangen.
Oster führte Miller ins Wohnzimmer und zog in der sinkenden Dämmerung die Vorhänge zu, bevor er das Licht einschaltete.
»So, Sie wollen also als ehemaliger SS-Mann durchgehen, wie?«
Miller nickte.
»Stimmt«, sagte er.
Oster verlor keine Zeit.
»Also, damit Sie klarsehen, wollen wir hier gleich zu Anfang ein paar Dinge festhalten. Ich weiß nicht, wo Sie Ihren Militärdienst abgeleistet haben – wenn überhaupt. Aber vermutlich in dem undisziplinierten, demokratischen Sauhaufen von Hosenscheißern, der sich Bundeswehr nennt. Als erstes schreiben Sie sich mal hinter die Ohren, daß Ihre Bundeswehr einem britischen, amerikanischen oder russischen Eliteregiment genau zehn Sekunden standgehalten hätte. Die SS dagegen hat dem Feind, auch wenn der in fünffacher Überzahl war, im letzten Krieg den Arsch noch allemal zum Blumenstrauß gedreht. Weiter: Die SS war die härteste, bestausgebildete, disziplinierteste, treueste und tapferste Truppe, die jemals im Lauf der Geschichte dieses Planeten in die Schlacht zog. Was immer sie sich hat zuschulden kommen lassen – es ändert nichts daran. Also reißen Sie sich am Riemen, Miller. Solange Sie sich unter meinem Dach befinden, gilt folgende Regelung:
Wenn ich das Zimmer betrete, springen Sie auf und nehmen Haltung an. Wenn ich an Ihnen vorbeigehe, reißen Sie die Knochen zusammen und rühren erst wieder, wenn ich fünf Schritte weitergegangen bin, verstanden? Wenn ich das Wort an Sie richte, antworten Sie:
›Jawoll, Hauptsturmführer.‹

Und wenn ich Ihnen einen Befehl gebe, sagen Sie:
›Zu Befehl, Hauptsturmführer.‹
Ist das klar?«
Miller nickte.
»Reißen Sie die Knochen zusammen, Mann!« brüllte Oster. »Ich will hören, wie die Hacken aneinanderschlagen! In Ordnung, gut so. Da wir wenig Zeit haben, fangen wir am besten gleich heute abend an. Vor dem Essen werden wir die Dienstgrade und -ränge vom einfachen SS-Schützen bis hinauf zum SS-Gruppenführer durchnehmen. Sie werden sie auswendig lernen, sich sowohl die verschiedenen Rangabzeichen auf Kragenspiegeln und Schulterstücken einprägen als auch die Titel und die korrekten Anredeformen genau merken. Alsdann werden Sie die Uniformen kennenlernen, die von der SS getragen wurden, und lernen, bei welchen Gelegenheiten Gala- und Ausgehuniform, Dienst- oder Kampfanzug, feldmarschmäßige Ausrüstung oder Drillichzeug vorgeschrieben waren.
Anschließend werde ich Ihnen eine politisch-ideologische Schulung verpassen, wie Sie sie in einem entsprechenden Lehrgang im Ausbildungslager Dachau durchlaufen hätten, wenn Sie in der SS gewesen wären. Ferner werden Sie die Marschlieder, die Sauflieder und alle Lieder auswendig lernen, die speziell von bestimmten Einheiten bevorzugt wurden.
Ich kann Sie auf den Ausbildungsstand bringen, den Sie erreicht hätten, wenn Sie nach Abschluß Ihrer Grundausbildung zum Einsatz gekommen wären. Alles weitere hängt von Leon ab. Er muß mir sagen, in welcher Einheit und an welchen Orten Sie gewesen sein sollen, wer Ihre kommandierenden Offiziere waren, wie es Ihnen bei Kriegsende ergangen ist und was Sie seit 1945 gemacht haben. Aber schon der erste Teil der Ausbildung wird gute zwei bis drei Wochen dauern – und trotzdem ist das noch immer ein Schnellkurs.
Glauben Sie nur ja nicht, daß das ein Scherz ist. Wenn Sie erst einmal in der ODESSA sind und über die Männer an der Spitze Bescheid wissen, braucht Ihnen nur der geringste Fehler zu unterlaufen – und Sie sind dran. Ich weiß, wovon ich rede, denn vor denen geht selbst mir der Arsch ganz schön auf Grundeis, seit ich sie hereingelegt habe. Deswegen lebe ich hier unter einem anderen Namen.«
Zum erstenmal, seit Miller zu seiner privaten Jagd auf Eduard Roschmann aufgebrochen war, fragte er sich, ob er sich nicht zu weit vorgewagt hatte.

Punkt 10 Uhr meldete sich Mackensen beim Werwolf. Als die Tür zum Vorzimmer, in dem Hilda arbeitete, geschlossen war, forderte ihn der Werwolf auf, sich in den Klientensessel gegenüber dem Schreibtisch zu setzen, und steckte sich eine Zigarre an.

»Es gibt da jemanden, so einen Illustrierten-Reporter, wissen Sie, der für den Verbleib und die neue Identität eines unserer Kameraden ein nachgerade ärgerliches Interesse an den Tag legt«, begann er. Der Killer nickte verständnisvoll. Einleitende Sätze dieser Art hatte er schon wiederholt bei seinen Einweisungen in frühere Aufträge gehört.

»Normalerweise«, fuhr der Werwolf fort, »würden wir eine solche Angelegenheit auf sich beruhen lassen können. Entweder müßte der Reporter sein Vorhaben früher oder später ohnehin aufgeben, weil er nicht weiterkommt, oder der gesuchte Mann wäre uns nicht wichtig genug, um kostspielige und riskante Anstrengungen zu seinem Schutz zu rechtfertigen.«

»Aber diesmal liegen die Dinge wohl anders?« erkundigte sich Mackensen. Der Werwolf nickte.

»Allerdings. Durch eine Verkettung unglücklicher Umstände – unglücklich für uns wegen der Mühen, die uns diese Geschichte bereitet, unglücklich für ihn, weil sie sein Leben verwirkten – hat der Reporter unwissentlich unseren Lebensnerv getroffen. Denn zum einen ist der Mann, dem er nachjagt, für uns im Hinblick auf unsere langfristigen Projekte von entscheidender Bedeutung. Zum anderen scheint der Reporter ein recht ungewöhnlicher Bursche zu sein – intelligent, hartnäckig, einfallsreich und zu meinem ehrlichen Bedauern offenbar halsstarrig entschlossen, an einem unserer Kameraden persönliche Rache zu nehmen.«

»Irgendein Motiv?« fragte Mackensen. Der Werwolf runzelte die Stirn. Er streifte die Aschenkrone von der Zigarre, bevor er antwortete.

»Wir begreifen nicht, wie er dazu kommt, aber offenbar hat er eines«, murmelte er. »Der Mann, nach dem er sucht, mag Juden und deren Freunden noch heute ein Dorn im Auge sein wegen seiner in früheren Dienststellungen bewiesenen Pflichterfüllung. Er war Kommandant eines Ghettos in Ostland. Gewisse Leute und vor allem Ausländer weigern sich ja bekanntlich noch immer, die Rechtmäßigkeit unserer damaligen Maßnahmen anzuerkennen. Das Merkwürdige bei diesem Reporter ist nun aber, daß er weder Ausländer noch Jude ist. Angeblich gehört er auch nicht zu den Linken oder den sattsam bekannten Typen, die ständig auf ihrem sogenannten ›Gewissen‹ herumreiten. Die machen eine Menge Wind, sonst nichts.

Dieser Bursche ist aus anderem Holz geschnitzt. Er ist arisch und Sohn eines hochdekorierten Frontoffiziers. Weder aus seiner Vergangenheit noch aus seinem persönlichen und sozialen Hintergrund läßt sich ein solcher Haß auf uns erklären. Dieser Mann ist besessen von der fixen Idee, er müsse einen unserer Kameraden aufspüren. Ich gestehe, daß ich seine Exekution mit einem gewissen Bedauern verfüge. Aber er läßt mir keine Wahl.«

»Derzeitiger Aufenthaltsort?«

»Nicht bekannt.« Der Werwolf schob Mackensen zwei mit Schreibmaschine beschriebene Bogen Kanzleipapier über den Schreibtisch zu.

»Das ist der Mann. Peter Miller, Reporter und Enthüllungsjournalist. Er wurde zuletzt im Hotel Dreesen in Bad Godesberg gesehen. Inzwischen ist er bestimmt abgereist, aber es ist trotzdem kein schlechter Ausgangspunkt. Als weitere Anlaufadresse kommt seine Wohnung in Frage. Er lebt dort mit einem Mädchen zusammen. Sie müßten vorgeben, von einer der großen Illustrierten geschickt zu sein, für die er arbeitet. Auf diese Weise werden Sie vermutlich von dem Mädchen erfahren, wo er steckt – sofern sie es weiß. Er fährt einen auffälligen Wagen. Aber das steht alles in dem Bericht.«
»Ich brauche Geld«, sagte Mackensen. Der Werwolf hatte mit diesem Hinweis gerechnet. Er schob ein Bündel Banknoten über den Schreibtisch.
»Zehntausend werden wohl reichen.«
»Und die Weisung?«
»Aufspüren und liquidieren«, sagte der Werwolf.

Am Freitag, dem 13. Januar, erhielt Leon in München die Nachricht vom Tod Rolf Günther Kolbs fünf Tage vorher in Bremen. Der Brief von Leons norddeutschem Beauftragten enthielt den Führerschein des Toten.
Leon überprüfte an Hand seiner Liste ehemaliger SS-Angehöriger Dienstgrad und -nummer des Mannes, ging die bundesdeutsche Fahndungsliste durch und stellte fest, daß Kolbs Name darauf nicht verzeichnet war. Er starrte einige Zeit das Photo auf dem Führerschein an. Dann traf er seine Entscheidung.
Er rief Motti an, der an seinem Arbeitsplatz Telefondienst hatte, und sein Assistent meldete sich bei ihm, als seine Schicht beendet war. Leon legte ihm den Führerschein des Toten vor.
»Das ist genau der Mann, den wir brauchen«, sagte er. »Er ist mit neunzehn unmittelbar vor Kriegsende noch zum SS-Unterscharführer befördert worden. Die müssen kaum noch Leute gehabt haben. Kolbs und Millers Gesicht sind zu verschieden, als daß sich da was machen ließe – selbst wenn wir Miller kosmetisch entsprechend hinzukriegen versuchten, was ich als Methode sowieso nicht schätze. Aus der Nähe bleibt das immer erkennbar.
Aber Körperbau und Größe stimmen mit Miller überein. Wir müssen also ein neues Photo anfertigen. Aber das hat noch Zeit. Was wir zuerst brauchen, ist ein Stempel der Bremer Verkehrspolizeibehörde. Bitte, kümmern Sie sich darum.«
Als Motti gegangen war, rief Leon eine Nummer in Bremen an und erteilte weitere Anweisungen.

»In Ordnung.« Alfred Oster lobte seinen Schüler. »Jetzt fangen wir mit den Liedern an. Das Horst-Wessel-Lied kennen Sie doch wohl?«

Oster brummte ein paar Takte.
»Ja, natürlich«, sagte Miller. »Aber ich kenne den Text nicht.«
»Den bringe ich Ihnen bei. Sie müssen noch ein halbes Dutzend anderer Lieder können. Aber das Horst-Wessel-Lied ist das wichtigste. Vielleicht werden Sie das Lied mit anstimmen müssen, wenn Sie unter den Kameraden sind. Es nicht zu kennen, wäre Ihr Todesurteil. Also los, zwei, drei –:

Die Fahne hoch,
Die Reihen fest geschlossen...«

Das war der 18. Januar.

Mackensen saß in der Bar des Hotels Schweizerhof in München, trank einen Cocktail und dachte über den Urheber seiner Verwirrung nach: über Miller, den Reporter, dessen Gesichtszüge, persönliche Eigenschaften und Angewohnheiten er sich eingeprägt hatte. Er war gründlich. Bei diversen Jaguar-Vertretungen in Westdeutschland hatte er sich Werbephotos vom Modell XK 150 SPORT beschafft. Er wollte genau wissen, wie der Wagen aussah, nach dem er suchte. Aber er konnte ihn nirgendwo finden.
Die in Bad Godesberg aufgenommene Spur hatte ihn rasch zum Flughafen Köln-Wahn geführt. Dort bekam er die Auskunft, daß Miller nach London geflogen und innerhalb von sechsunddreißig Stunden zurückgekehrt sei. Seither waren er und sein Wagen verschwunden.
Nachfragen bei seiner Hamburger Adresse hatten nur zu einer Unterhaltung mit seiner hübschen und hilfsbereiten Freundin geführt. Sie konnte auch nur einen in München abgestempelten Brief vorweisen und meinte, Miller würde wohl eine Weile dort bleiben.
Eine Woche lang hatte Mackensen in München jedes Hotel, jeden öffentlichen und privaten Parkplatz, jede Garage, Werkstatt und Tankstelle abgeklappert. Vergeblich. Der Mann, den er suchte, war spurlos verschwunden. Er war wie vom Erdboden verschluckt.
Mackensen trank seinen Cocktail aus, kletterte vom Barhocker und ging zum Telefon, um dem Werwolf Bericht zu erstatten.
Genau zwölfhundert Meter von ihm entfernt stand der Jaguar mit den gelben Streifen an den Flanken auf dem ummauerten Hof der Villa, in der sich nicht nur Leons elegantes Antiquitätengeschäft befand, sondern auch das Hauptquartier seiner Geheimorganisation fanatischer Männer.

Im Bremer Zentralkrankenhaus betrat ein Mann im weißen Ärztekittel das Geschäftszimmer der Aufnahme. Er hatte ein Stethoskop umhängen – unverkennbares Berufszeichen eines neuen Internisten.

»Ich muß rasch einen Blick in die Krankengeschichte eines unserer Patienten werfen«, erklärte er. »Der Mann heißt Rolf Günther Kolb.«
Die Registraturangestellte kannte den Internisten zwar nicht, aber das hatte nichts zu bedeuten. Jüngere Internisten gab es dutzendweise in jedem Krankenhaus. Sie sah rasch in der Kartei nach, entdeckte den Namen Kolb an Hand eines Heftordners und gab ihn dem Internisten. Das Telefon klingelte, und sie eilte an den Apparat.
Der Internist setzte sich und blätterte in dem Krankendossier. Es besagte, daß Kolb auf der Straße kollabiert war und im Krankenwagen eingeliefert wurde. Schon die erste Untersuchung hatte einen eindeutigen Befund ergeben – Magenkarzinom in weit fortgeschrittenem Stadium mit mutmaßlicher Metastasenbildung. Man war übereingekommen, von einer Operation abzusehen. Der Patient wurde zunächst noch mit Medikamenten behandelt, die man aber bald durch schmerzlindernde Mittel ersetzte. Das letzte Blatt der Krankengeschichte vermerkte lediglich:
»Patient in der Nacht vom 8. auf den 9. Januar verstorben. Todesursache: Magenkarzinom. Keine Angehörigen. Überführung des Toten in die Städtische Leichenhalle erfolgte am 10. Januar.«
Unterzeichnet vom zuständigen Stationsarzt.
Der neue Internist löste das letzte Blatt aus dem Heftordner und fügte an seiner Stelle ein neues ein, und zwar mit neuem Text. Es lautete:
»Trotz des bedenklichen Zustandes, in dem Patient eingeliefert wurde, sprach das Karzinom auf die verabfolgten Medikamente überraschend gut an. Da hinsichtlich der Transportfähigkeit des Patienten keine gravierenden Bedenken bestanden, wurde er am 16. Januar auf eigenen Wunsch zu weiterer Genesung in die Arcadia-Klinik Delmenhorst verlegt.«
Die Unterschrift: ein unleserlicher Schnörkel.
Der Internist gab der Registraturangestellten den Heftordner zurück, dankte ihr mit einem freundlichen Lächeln und ging. Es war der 22. Januar.

Drei Tage später erhielt Leon eine Information. Es war das letzte noch fehlende Mosaiksteinchen in seinem privaten Geduldsspiel. Ein Angestellter eines Reisebüros in Norddeutschland benachrichtigte ihn, daß ein gewisser Bäckereibesitzer in Bremerhaven soeben Tickets für sich und seine Frau gebucht habe für eine Winterkreuzfahrt im Karibischen Meer. Am 16. Februar wollte das Ehepaar in Bremerhaven an Bord gehen und vier Wochen lang in westindischen Gewässern umherkreuzen. Leon wußte, daß der Mann im Krieg SS-Standartenführer gewesen war. In der Nachkriegszeit wurde er Mitglied der ODESSA. Er befahl Motti, die Buchhandlungen abzuklappern. Er mußte ein Standardwerk über die Kunst der Brotbäckerei auftreiben.

Der Werwolf war ratlos. Seit nahezu drei Wochen hielten seine Beauftragten in allen größeren Städten Westdeutschlands Ausschau nach einem Mann namens Miller und dessen schwarzem Jaguar-Sportwagen. In Hamburg wurden Millers Wohnung und seine Garage ständig beobachtet. Der in Osdorf wohnhaften Frau mittleren Alters hatte man einen Besuch abgestattet. Aber sie hatte erklärt, daß sie nicht wisse, wo ihr Sohn sei. Wiederholt war – angeblich im Auftrag des Chefredakteurs einer großen Illustrierten, der Miller einen einträglichen Auftrag zu erteilen wünschte – bei einem Mädchen namens Sigi angerufen worden. Aber auch sie hatte gesagt, sie wisse nicht, wo ihr Freund sei.
Miller blieb unauffindbar. Es war schon der 28. Januar. Der Werwolf sah sich widerstrebend zu einem Anruf genötigt. Schweren Herzens nahm er den Hörer zur Hand, um das Gespräch zu führen.

Weit weg in den Bergen des Taunus legte eine halbe Stunde später ein Mann den Hörer auf die Gabel und fluchte minutenlang vor sich hin. Es war Freitagabend, und er war gerade eben erst zu einem zweitägigen Wochenendbesuch auf seinem Landsitz angekommen.
Er ging an das Fenster seines elegant eingerichteten Arbeitszimmers und blickte hinaus. Der Lichtschein des Fensters fiel auf das dicke Schneepolster auf dem Rasen und reichte bis an die Kiefern heran. Es standen fast ausschließlich Kiefern auf seinem Grundstück.
Er hatte sich schon immer gewünscht, so zu leben. In einem schönen Haus auf einem Privatgrundstück in den Bergen. Er hatte diesen Wunsch, seit er als Knabe in den Weihnachtsferien die Häuser der Reichen in den Bergen um Graz gesehen hatte. Jetzt gehörte ihm selbst ein solches Haus, und das gefiel ihm.
Es war besser als das Reihenhaus eines Brauereimeisters, in dem er aufgewachsen war; besser als das Haus in Riga, in dem er fast vier Jahre lang gewohnt hatte; besser auch als ein möbliertes Zimmer in Buenos Aires oder ein stickiges Hotelzimmer in Kairo. Es war genau das, was er sich immer gewünscht hatte.
Das Telefongespräch hatte ihn beunruhigt. Er hatte dem Anrufer erklärt, in der Nähe seines Hauses sei niemand gesehen worden, niemand schleiche um die Fabrik herum, und niemand habe Fragen nach ihm gestellt. Aber er war beunruhigt. Miller? Wer, zum Teufel, war Miller? Die telefonisch abgegebenen Versicherungen, man werde mit dem Reporter schon fertig werden, räumten seine Befürchtungen nur teilweise aus. Der Anrufer und seine Hintermänner nahmen die Bedrohung, die von Miller ausging, ernst. Der Mann bekam sofort am nächsten Tag einen Leibwächter, der bis auf weiteres als sein Fahrer fungieren sollte.

Die winterlich verschneite Landschaft hatte sich nicht im geringsten verändert, aber plötzlich mochte er nicht mehr hinausblicken. Mit einem Ruck zog er die Vorhänge zu. Die dick gepolsterte Tür ließ nicht den geringsten Laut aus den anderen Räumen in das Arbeitszimmer dringen. Er hörte nur das Knistern der frischen Kiefernholzscheite im Kamin, dessen anheimelnder Feuerschein von dem gußeisernen Rankenwerk des Kamingitters eingefaßt wurde. Das zählte zu den wenigen Dingen, die er unverändert gelassen hatte, als er das Haus kaufte und renovieren ließ.
Die Tür öffnete sich einen Spalt breit, und eine Frau steckte den Kopf herein.
»Das Essen ist fertig«, rief sie.
»Ich komme, Liebes«, sagte Eduard Roschmann.

Am darauffolgenden Morgen erhielten Oster und Miller Besuch aus München. Leon, Motti und noch ein Mann mit einer schwarzen Reisetasche stiegen aus dem Wagen.
Als sie ins Wohnzimmer traten, sagte Leon zu dem Mann mit der Tasche: »Sie gehen am besten schon einmal ins Badezimmer und legen Ihr Handwerkszeug zurecht.«
Der Mann nickte und ging nach oben. Der Fahrer war im Wagen geblieben. Leon setzte sich an den Tisch und bat Oster und Miller, sich dazuzusetzen. Motti, der eine Kamera mit aufgeschraubtem Blitzlicht in der Hand hielt, blieb an der Tür stehen.
Leon gab Miller einen Führerschein. Wo das Photo des Inhabers gewesen war, war ein freier Raum.
»Da kommen Sie hinein«, sagte Leon. »Rolf Günther Kolb, geboren am 18. Januar 1925. Demnach wären Sie bei Kriegsende neunzehn Jahre alt gewesen, genaugenommen fast zwanzig. Und sind jetzt achtunddreißig. Sie sind in Bremen geboren und aufgewachsen. 1935, im Alter von zehn Jahren, traten Sie der Hitlerjugend bei. Der SS im Januar 1944 mit achtzehn. Ihre Eltern sind beide tot, sie kamen 1944 bei einem Luftangriff auf Bremerhaven ums Leben.«
Miller starrte auf den Führerschein in seiner Hand.
»Was ist mit seiner Laufbahn bei der SS?« fragte Oster. »Im Augenblick sind wir an einem toten Punkt angekommen.«
»Wie macht er sich denn eigentlich bisher?« fragte Leon, als wäre Miller gar nicht da.
»Recht gut«, sagte Oster. »Ich habe ihn gestern einer zweistündigen Prüfung unterzogen, und er hat sie bestanden. Er kann als SS-Mann durchgehen, solange er nicht nach Einzelheiten seiner Laufbahn gefragt wird. Da weiß er nichts.«

Leon nickte ein paarmal, während er einige Papiere aus seinem Attachékoffer überflog.
»Wir kennen Kolbs SS-Laufbahn nicht«, sagte er. »Sehr bedeutend kann sie nicht gewesen sein, denn er steht auf keiner Fahndungsliste. Anscheinend hat niemand je von ihm gehört. In gewisser Weise kann uns das nur recht sein, denn das spricht dafür, daß auch die ODESSA nichts von ihm weiß. Aber der Nachteil ist, daß er keinen Grund hat, bei der ODESSA Zuflucht und Hilfe zu suchen, solange er nicht verfolgt wird. Wir müssen also eine Laufbahn für ihn erfinden. Hier ist sie.«
Er gab Oster die Blätter, der gleich anfing zu lesen. Als er fertig war, nickte er.
»Das ist gut«, sagte er. »Alles stimmt mit den bekannten Tatsachen überein. Und es würde ausreichen, ihn verhaften zu lassen, wenn man ihn entdeckte.«
Leon lächelte zufrieden.
»Das wär's also, was Sie ihm noch beibringen müßten. Übrigens haben wir einen Bürgen für ihn gefunden. Einen Mann in Bremerhaven, einen ehemaligen SS-Standartenführer, der am 16. Februar auf eine Kreuzfahrt geht. Der Mann hat heute eine Bäckerei. Wenn Miller sich präsentiert, was nicht vor dem 16. Februar geschehen darf, wird er einen Brief vorlegen können, in dem dieser Mann der ODESSA bestätigt, daß sein Angestellter, Rolf Günther Kolb, tatsächlich ein ehemaliger SS-Angehöriger ist und sich gegenwärtig in Schwierigkeiten befindet. Zu diesem Zeitpunkt wird der Bäckereibesitzer auf hoher See und daher unerreichbar sein. Was ich noch sagen wollte« – er wandte sich an Miller und gab ihm noch ein Buch –, »Sie können auch gleich das Bäckerhandwerk erlernen. Das ist nämlich seit 1945 Ihr Beruf – Angestellter in einer Bäckerei.«
Er erwähnte nicht, daß der Bäckereibesitzer nur vier Wochen abwesend war – danach hing Millers Leben an einem seidenen Faden.
»Und jetzt, mein Freund«, sagte er zu Miller, »wird der Friseur Ihr Äußeres ein wenig verändern, und danach machen wir ein Photo von Ihnen für den Führerschein.«
Im Badezimmer wurde Miller der kürzeste Haarschnitt seines Lebens verpaßt. Als der Friseur sein Werk vollendet hatte, schimmerte die weiße Kopfhaut durch die millimeterkurzen Borsten. Das leicht zerzauste Aussehen, das ihm seine Haartracht verliehen hatte, war verschwunden; dafür sah er jetzt viel älter aus. Ein messerscharfer Scheitel teilte das kurze Haar links. Seine Augenbrauen wurden gezupft, bis sie kaum noch vorhanden waren.
»Nackte Augenbrauen machen zwar nicht älter«, sagte der Friseur, »aber sie erschweren es, das Alter eines Mannes genauer zu schätzen. Und noch etwas. Sie lassen sich ein Bärtchen wachsen. Ein dünnes Bärtchen auf der

Oberlippe, scharf ausrasiert. Das gibt Ihnen noch ein paar Jahre dazu, wissen Sie. Können Sie sich das Bärtchen in drei Wochen wachsen lassen?«
»Kann ich«, sagte Miller. Er starrte in den Spiegel. Ein Mann von Mitte Dreißig sah ihn an. Das Bärtchen auf der Oberlippe würde ihn um weitere vier Jahre älter aussehen lassen.
Als sie nach unten kamen, mußte sich Miller vor einen großen weißen Bogen Papier stellen, den Oster und Leon an die Wand hielten, während Motti mehrere En-face-Aufnahmen von ihm machte.
»Das genügt«, sagte er. »In drei Tagen ist der Führerschein fertig.«
Die Gesellschaft brach auf, und Oster wandte sich wieder seinem Schüler zu.
»Kolb«, sagte er – bei seinem richtigen Namen nannte er Miller schon lange nicht mehr –, »Sie haben Ihre Grundausbildung im SS-Ausbildungslager Dachau erhalten, wurden im Juli 1944 zum Konzentrationslager Flossenbürg überstellt und befehligten im April 1945 das Exekutionskommando, das Admiral Canaris henkte. Darüber hinaus waren Sie an der Hinrichtung einer Anzahl weiterer Wehrmachtsoffiziere beteiligt, die von der SS wegen der Verschwörung vom 20. Juli 1944 der Mittäterschaft am Anschlag auf das Leben des Führers verdächtigt wurden. Kein Wunder, daß die Justiz es auf Sie abgesehen hat. Admiral Canaris und seine Männer waren schließlich keine Juden, das sollte man nicht vergessen. Wo waren wir stehengeblieben, Unterscharführer?«

Die wöchentliche Zusammenkunft der Mossad-Chefs war praktisch bereits beendet, als General Amit noch mal die Hand hob. »Eines sollte ich hier vielleicht doch erwähnen, obwohl ich der Angelegenheit keine allzu große Bedeutung beimesse. Leon berichtet aus München, daß er seit einiger Zeit einen jungen Deutschen schulen läßt, der aus persönlichen Gründen einen Groll gegen die SS hegt und bereit ist, sich in die ODESSA einschmuggeln zu lassen.«
»Sein Motiv?« fragte einer der Männer mißtrauisch.
General Amit zuckte mit den Achseln.
»Aus persönlichen Gründen ist er entschlossen, einen ehemaligen SS-Hauptsturmführer namens Roschmann aufzuspüren.«
Der Leiter des Referats, das für diejenigen Länder zuständig war, in denen Judenverfolgungen stattfanden, riß den Kopf herum.
»Eduard Roschmann? Den Schlächter von Riga?«
»Ja. Das ist der Mann.«
»Wenn es gelänge, den zu fassen, könnten wir eine alte Rechnung begleichen.«
General Amit schüttelte den Kopf.

»Ich habe bereits erklärt, daß wir aus dem Vergeltungsgeschäft ausgestiegen sind. Meine Instruktionen lassen keinerlei Ausnahmen zu. Selbst wenn Roschmann gefaßt wird, darf es keinen Racheakt geben. Nach der Ben-Gal-Affäre würde ein weiterer Zwischenfall dieser Art für Adenauer verhängnisvolle Folgen haben und ihn möglicherweise zur Kündigung des Waffenlieferungsabkommens veranlassen. Das eigentlich Fatale an der Situation ist, daß es unweigerlich israelischen Agenten in die Schuhe geschoben werden wird, wenn in Deutschland jetzt irgendein x-beliebiger Exnazi stirbt.«

»Wie soll also im Fall des jungen Deutschen verfahren werden?« fragte der Shabak-Chef.

»Ich will versuchen, ihn auf die Identifizierung weiterer Naziwissenschaftler anzusetzen, die im Lauf dieses Jahres vorhaben, nach Kairo zu gehen. Für uns hat das absolute Priorität. Ich schlage vor, wir schicken einen Agenten nach Westdeutschland, der den jungen Mann im Auge behält – und nur im Auge behält.«

»Haben Sie sich schon für einen bestimmten Mann entschieden?«

»Ja«, sagte General Amit. »Ich habe einen ausgezeichneten Mann für diese Aufgabe vorgesehen. Einen, der absolut verläßlich ist. Er wird den jungen Deutschen lediglich beschatten und mir laufend persönlich Bericht erstatten. Er stammt aus Karlsruhe und kann ohne weiteres als Deutscher gehen.«

»Und was ist mit Leon?« fragte jemand. »Wird er es sich nehmen lassen, auf seine Art für Gerechtigkeit zu sorgen?«

»Leon wird tun, was man ihm sagt«, erklärte General Amit gereizt. »Seine Extratouren werden nicht mehr geduldet.«

In Bayreuth wurde Miller an jenem Morgen von Oster noch mal auf Herz und Nieren geprüft.

»In Ordnung«, sagte Oster. »Welcher Sinnspruch ist auf dem Griff des SS-Dolchs eingraviert?«

»Blut und Ehre«, antwortete Miller.

»Richtig. Wann erhält der SS-Mann seinen Dolch?«

»Am Ende seiner Grundausbildung«, antwortete Miller.

»Richtig. Nennen Sie mir den Wortlaut des Treue-Eids auf die Person des Führers.«

Miller zitierte ihn Wort für Wort.

»Wiederholen Sie den Blutschwur der SS.«

Miller wiederholte ihn.

»Was bedeutet der Totenkopf mit den gekreuzten Gebeinen?«

Miller schloß die Augen und wiederholte, was man ihn gelehrt hatte.

»Das Symbol des Totenkopfs stammt aus der germanischen Sage. Es ist das Wahrzeichen der germanischen Krieger, die ihrem Führer und einander wechselseitig unverbrüchliche Treue bis in den Tod und über den Tod hinaus geschworen haben. Daher der Totenkopf und die gekreuzten Gebeine. Sie versinnbildlichen die Welt jenseits des Grabes.«
»Richtig. Waren alle SS-Männer automatisch Mitglieder der Totenkopfverbände?«
»Nein. Das waren die Bewachungsmannschaften der Konzentrationslager. Aber der Eid war der gleiche.«
Oster stand auf und reckte sich.
»Nicht schlecht«, sagte er. »Ich wüßte nicht, welche allgemeinen Fragen sonst noch an Sie gestellt werden könnten. Nehmen wir uns also jetzt die Einzelheiten vor. Was Sie über das Konzentrationslager Flossenbürg, den Ort ihrer ersten und einzigen dienstlichen Abkommandierung, wissen müssen, ist vor allem folgendes...«

Der Mann auf dem Fensterplatz der Olympic-Airways-Maschine von Athen nach München wirkte still und in sich gekehrt.
Nach mehrfachen Versuchen, mit ihm ins Gespräch zu kommen, schien der deutsche Geschäftsmann die Vergeblichkeit dieses Bemühens endlich eingesehen zu haben. Er wandte sich wieder seinem *Playboy*-Magazin zu. Sein Nachbar starrte unverwandt aus dem Fenster, während unten das Ägäische Meer zurückblieb und die Maschine den sonnigen Frühling des südöstlichen Mittelmeerraums hinter sich ließ, um Kurs auf die schneebedeckten Dolomiten und die Bayerischen Alpen zu nehmen.
Daß der Mann auf dem Fensterplatz Deutscher war, hatte sich der Geschäftsmann immerhin zusammenreimen können. Seine Aussprache war akzentfrei, seine Kenntnis des Landes offenbar umfassend. Der Kaufmann, der sich auf dem Heimflug von einer Geschäftsreise in die israelische Hauptstadt befand, hatte nicht den leisesten Zweifel, neben einem Landsmann zu sitzen.
Gröber hätte er sich schwerlich verschätzen können. Sein Nachbar auf dem Fensterplatz war vor neununddreißig Jahren unter dem Namen Josef Kaplan als Sohn eines jüdischen Schneiders in Karlsruhe geboren. Er war drei Jahre alt gewesen, als Hitler an die Macht kam, und sieben, als seine Eltern in einem schwarzen Lastwagen abgeholt wurden. Drei Jahre lang war er auf einem Dachboden versteckt worden, bis er 1940, im Alter von zehn Jahren, entdeckt und ebenfalls in einem Lastwagen abgeholt wurde. Seine Pubertätsjahre verbrachte er bis 1945 in einer Reihe von Konzentrationslagern, die er dank der geistigen und körperlichen Beweglichkeit seiner Jugend überlebte. 1945 hatte er, aus dessen Augen die mißtrauische Scheu eines

ungezähmten Tieres flackerte, der ausgestreckten Hand eines Mannes, der in einer fremden, nasalen Sprache auf ihn einredete, etwas entrissen, was »Hershey bar« hieß, und war damit weggerannt, um es in einer entlegenen Ecke des Lagers zu verzehren.

Zwei Jahre später verfrachtete man ihn auf ein Schiff namens *President Warfield* alias *Exodus*. Er hatte jetzt ein paar Pfund zugenommen, war siebzehn Jahre alt und immer noch hungrig wie eine Ratte. Das Schiff war an einer Küste gelandet, die Tausende von Kilometern von Karlsruhe und Dachau entfernt war. Die folgenden Jahre machten ihn reifer und ruhiger; er hatte nun eine Frau und zwei Kinder und war zum Offizier der Armee befördert worden. Aber den Haß gegen das Land, in das er jetzt reiste, hatten die Jahre nicht gemildert. Er hatte sich bereit erklärt, nach Deutschland zu fliegen, seine Gefühle hinunterzuschlucken und, wie er das in den vergangenen zehn Jahren bereits zweimal hatte tun müssen, die Maske argloser Liebenswürdigkeit und Harmlosigkeit aufzusetzen – die war nun einmal nötig für seine Rückverwandlung in einen Deutschen.

Was sonst noch erforderlich war, hatte die Armee gestellt: den Paß in seiner Brusttasche, die Briefe, Visitenkarten und alle anderen Dokumente, die ihren Inhaber als Staatsbürger eines westeuropäischen Landes auswiesen. Auch die Unterwäsche gehörte dazu und Schuhe, Anzüge und Gepäckstücke eines deutschen Handelsreisenden in Textilien.

Die Maschine tauchte in dichter werdende Wolkendecken über Zentraleuropa ein. Er ließ sein Programm noch einmal vor sich ablaufen; noch einmal hörte er die ruhige, leise Stimme des Obersten in dem Kibbuz-Camp, wo so wenige Früchte und so viele Agenten produziert wurden. Er sollte einen Mann beschatten, einen Deutschen, der vier Jahre jünger war als er. Er sollte ihn im Auge behalten bei seinen Versuchen, in die ODESSA zu kommen. Er sollte den Mann beobachten und seinen Erfolg abschätzen. Er sollte sich die Personen notieren, mit denen er Verbindung aufnahm oder an die er verwiesen wurde. Er sollte die Beobachtungen des jungen Deutschen überprüfen und feststellen, ob es ihm gelang, den Anwerber der deutschen Wissenschaftler aufzuspüren, die zur Mitarbeit an der Entwicklung von Nassers Raketen vorgesehen waren. Unter keinen Umständen sollte er sich exponieren und die Dinge in die eigene Hand nehmen. Bevor der junge Deutsche auffliegen oder durch Verrat hochgehen würde – daß eines von beiden geschah, war unausweichlich –, sollte er Tel Aviv alles berichten, was er herausgefunden hatte. Und genau das würde er tun. Es war nicht erforderlich, daß er seiner Aufgabe mit besonderer Freude nachging. Niemand erwartete von ihm, an seiner zeitweiligen Rückverwandlung in einen Deutschen sonderliches Vergnügen zu empfinden. Niemand verlangte von ihm, sich mit Begeisterung unter seine vormaligen Landsleute zu mischen, ihre Sprache zu sprechen und mit ihnen zu lachen und zu scherzen. Wäre er gefragt worden, er hätte den Auftrag abgelehnt. Denn er haßte sie. Auch den jungen Reporter. Er haßte sie alle und ausnahmslos. Und nichts, dessen war er ganz sicher, würde jemals daran etwas ändern.

Am nächsten Tag kam Leon zum letztenmal zu Oster und Miller. Außer Motti war noch ein Mann dabei. Er war gebräunt und fit und offenbar weit jünger als die anderen beiden Männer. Er wurde Oster und Miller schlicht als »Josef« vorgestellt und verhielt sich während der ganzen Dauer der Zusammenkunft stumm.

»Übrigens habe ich Ihnen heute Ihren Wagen heraufgebracht«, sagte Motti zu Miller. »Er steht auf einem öffentlichen Parkplatz am Markt.«

Er warf Miller den Autoschlüssel zu und bemerkte: »Benutzen Sie ihn aber nicht, wenn Sie zu einem Treffen mit ODESSA-Leuten fahren. Zum einen ist der Wagen viel zu auffällig, und zum anderen gelten Sie als flüchtiger Bäckereiangestellter, der als ehemaliger KZ-Bewacher erkannt wurde. Ein solcher Mann fährt keinen Jaguar. Wenn Sie also fahren, fahren Sie mit der Bahn.«

Miller nickte, bedauerte jedoch insgeheim, auf seinen geliebten Jaguar verzichten zu müssen. Schließlich – so sagte er sich – gibt es Situationen, in denen ein schneller Wagen nützlich sein kann – zum Beispiel, um sich rasch aus dem Staub zu machen.

»Gut. Hier ist Ihr Führerschein. Machen Sie eins von den neuen Photos rein. Wenn Sie jemand danach fragt, können Sie seelenruhig sagen, Sie hätten Ihren Volkswagen in Bremen gelassen, weil die Polizei Sie an Hand der Nummer identifizieren könnte.«

Miller sah sich den Führerschein eingehend an. Auf dem Photo hatte er kurzes Haar, aber kein Bärtchen. Daß er jetzt eines trug, ließ sich schon als Tarnung erklären; das hätte er sich wachsen lassen, seit er identifiziert worden war.

»Der Mann, der, ohne selbst etwas davon zu ahnen, als Ihr Bürge fungiert, hat Bremerhaven heute morgen auf einem Luxusdampfer zu einer Kreuzfahrt verlassen. Dieser Mann ist der ehemalige SS-Standartenführer Joachim Eberhardt, jetzt Bäckereibesitzer und Ihr Arbeitgeber. Hier ist sein Brief an den Mann, den Sie aufsuchen werden. Der Briefbogen ist echt und stammt aus seinem Büro. Die Unterschrift ist perfekt gefälscht. In dem Brief wird versichert, daß Sie ein ehemaliger SS-Angehöriger sind, ein tüchtiger und verläßlicher Mann, der das Pech hatte, erkannt zu werden, und daher jetzt in Schwierigkeiten ist. Der Adressat wird gebeten, Ihnen zu neuen Papieren und zu einer neuen Identität zu verhelfen.«

Leon gab Miller den Brief. Der las ihn und steckte ihn wieder in den Umschlag.

»Kleben Sie ihn jetzt zu«, sagte Leon, und Miller klebte den Brief zu.
»Wer ist der Mann, den ich aufsuche?« fragte er.
Leon suchte ein Blatt Papier mit einem Namen und einer Anschrift heraus.
»Das ist der Mann«, sagte er. »Er wohnt in Nürnberg. Wir sind uns darüber nicht im klaren, was er im Krieg war, denn er lebt mit ziemlicher Sicherheit unter falschem Namen. Eines allerdings wissen wir mit Sicherheit. Er gehört zur Führungsspitze der ODESSA. Möglicherweise ist er Eberhardt, der in der ODESSA in Norddeutschland eine wichtige Rolle spielt, persönlich begegnet. Hier ist ein Photo von Eberhardt, dem Bäcker. Schauen Sie es sich also genau an für den Fall, daß der Mann von Ihnen eine Personenbeschreibung Eberhardts verlangt. Klar?«
Miller betrachtete Eberhardts Photo und nickte.
»Wenn Sie bereit sind, warten Sie am besten noch ein paar Tage ab, bis Eberhardts Schiff auf hoher See ist, damit er nicht mehr mit der Küste telefonieren kann. Wir müssen vermeiden, daß es dem Mann, den Sie aufsuchen, gelingt, Eberhardt telefonisch zu erreichen, wenn das Schiff noch in küstennahen deutschen Gewässern ist. Warten Sie, bis es mitten im Atlantik ist. Ich würde sagen, Sie sollten sich am kommenden Donnerstagvormittag präsentieren.«
Miller nickte.
»Gut. Donnerstag also.«
»Nur noch zwei Dinge«, sagte Leon. »Wir möchten, daß Sie uns über Ihr eigentliches Anliegen hinaus – die Suche nach Roschmann – Informationen beschaffen. Wir wollen wissen, wer jetzt die Wissenschaftler anwirbt, die nach Kairo gehen und für Ägypten Raketen entwickeln sollen. Die Anwerbung wird von der ODESSA betrieben, und zwar hier in Deutschland. Wir müssen besonders dringend erfahren, wer der verantwortliche Leiter der Rekrutierungsaktion ist. Und zweitens – bleiben Sie mit uns in Verbindung. Benutzen Sie öffentliche Fernsprecher und rufen Sie diese Nummer an.«
Er reichte Miller einen Zettel.
»Der Apparat wird Tag und Nacht bedient werden, selbst wenn ich nicht da bin. Wann immer Sie etwas erfahren – melden Sie es uns.«
Zwanzig Minuten später fuhr Leon mit seinen Leuten nach München zurück.
Auf der Rückfahrt nach München saßen Leon und Josef nebeneinander auf dem Rücksitz. Der israelische Agent hatte sich in seine Ecke verkrochen und schwieg beharrlich. Als die blinkenden Lichter von Bayreuth hinter ihnen in der Dunkelheit verschwanden, stieß Leon ihn mit dem Ellenbogen an.
»Warum so bedrückt?« fragte er. »Es läuft doch alles ausgezeichnet.«
Josef sah ihn an.
»Für wie verläßlich halten Sie diesen Miller?« fragte er.
»Verläßlich? Eine bessere Chance, die ODESSA zu infiltrieren, haben wir nie

gehabt. Sie haben gehört, was Oster sagte. Er kann in jeder Gesellschaft als ehemaliger SS-Angehöriger bestehen, wenn er nicht den Kopf verliert.«
Josef behielt seine Zweifel.
»Mein Auftrag war, ihn ständig zu beschatten«, sagte er. »Ich sollte ihm auf den Fersen bleiben, wenn er den Ort wechselt. Ich sollte ihn im Auge behalten und Tel Aviv über die Männer und ihre Funktionen unterrichten, mit denen er zusammentrifft. Ich wünschte, ich hätte nicht meine Zustimmung dazu gegeben, daß er auf eigene Faust loszieht und sich nur telefonisch meldet, wenn er es für angebracht hält. Angenommen, er meldet sich nicht – was machen wir dann?«
Leon unterdrückte seinen Unwillen nur mühsam. Sie diskutierten nicht zum erstenmal über diesen Punkt.
»Jetzt hören Sie mir ein letztes Mal zu. Dieser Mann ist meine Entdeckung. Daß er sich in die ODESSA einschmuggeln soll, ist meine Idee. Er ist mein Agent. Ich habe Jahre darauf gewartet, jemanden so weit zu bekommen, wie er jetzt ist – einen Nichtjuden. Ich dulde nicht, daß er hochgeht, bloß weil jemand ständig hinter ihm her latscht.«
»Er ist ein Amateur«, knurrte der Agent. »Ich bin Fachmann.«
»Außerdem ist er kein Jude«, erwiderte Leon. »Bevor er dran ist, wird er uns hoffentlich die zehn ranghöchsten ODESSA-Führer in Deutschland namhaft gemacht haben. Dann können wir sie uns Mann für Mann einzeln vornehmen. Unter ihnen muß sich auch der Anwerber der Raketenspezialisten befinden. Seien Sie unbesorgt, den kriegen wir schon – und die Namen der Wissenschaftler, die er nach Kairo schicken will, auch.«
In Bayreuth starrte Miller aus dem Fenster in das Schneetreiben. Er hatte nicht vor, sich telefonisch zu melden, denn er fühlte sich nicht getrieben, nach angeworbenen Raketenspezialisten zu fahnden. Er hatte nur ein Ziel – er wollte Eduard Roschmann jagen und zur Strecke bringen.

11

Am Mittwoch, dem 19. Februar, verabschiedete sich Peter Miller abends von Alfred Oster in dessen Haus in Bayreuth und machte sich auf den Weg nach Nürnberg. Der ehemalige SS-Führer schüttelte ihm lange die Hand.
»Viel Glück, Kolb«, sagte er. »Ich habe Ihnen alles beigebracht, was ich konnte. Lassen Sie mich Ihnen jetzt noch einen allerletzten Ratschlag mit auf den Weg geben. Ich weiß nicht, wie lange Ihre Tarnung vorhalten wird. Vermutlich nicht sehr lange. Wenn Sie an irgend jemanden geraten, von dem Sie sich durchschaut fühlen, lassen Sie sich auf keine Diskussionen ein. Machen Sie sich so schnell Sie können aus dem Staub, und schalten Sie sofort wieder auf Ihren echten Namen um.«

Als der junge Reporter die stille Straße hinunterging, murmelte Oster kopfschüttelnd: »Verrückteste Idee, die mir je im Leben begegnet ist.« Dann schloß er die Haustür ab und ging wieder ins Wohnzimmer.
Miller ging die anderthalb Kilometer bis zum Bahnhof zu Fuß. Der Weg war abschüssig und führte an dem öffentlichen Parkplatz vorüber. In dem kleinen Bahnhofsgebäude kaufte er sich eine Fahrkarte nach Nürnberg. Als er durch die Sperre gehen wollte, bemerkte der Beamte am Schalter:
»Nürnberg? Da werden Sie sich aber noch einige Zeit gedulden müssen. Der Zug verspätet sich heute abend.«
»Was ist denn los?« Der Schalterbeamte deutete mit einer Kopfbewegung zu den Bahnsteigen hinaus. Am Ende der Bahnsteige verloren sich die Gleise im dichten Schneetreiben.
»Schneeverwehungen. Gerade eben kam die Meldung durch, daß der eingesetzte Schneepflug ausgefallen ist.«
Miller hatte eine tiefsitzende Abneigung gegen Wartesäle. Allzuoft hatte er sich, als junger Reporter, müde, fröstelnd und unbehaglich, darin aufhalten müssen. An dem kleinen Büfett schlürfte er einen heißen Kaffee und sah unschlüssig auf seine Fahrkarte. Sie war schon geknipst. Er dachte an seinen Wagen, der ein Stück weiter den Hügel hinauf auf dem Parkplatz stand.
Wenn er ihn nun am anderen Ende von Nürnberg parkte, etliche Kilometer von der Adresse entfernt, die man ihm genannt hatte? Wenn man ihn nach beendeter Unterredung mit irgendeinem anderen Beförderungsmittel woandershin schickte, konnte er den Jaguar in München abstellen. Er konnte ihn sogar in einer Parkgarage lassen, außer Sicht. Kein Mensch würde ihn dort entdecken. Jedenfalls nicht, bevor alles erledigt und überstanden war. Abgesehen davon, wäre es vielleicht gar nicht schlecht, einen schnellen Wagen für eine eventuelle Flucht zu haben. Zu der Annahme, irgend jemand in Bayern könne jemals von ihm oder seinem Wagen gehört haben, lag seiner Meinung nach kein Grund vor.
Er dachte an Motti, der ihn ausdrücklich davor gewarnt hatte, den Wagen zu benutzen, weil er zu auffällig sei; aber dann fiel ihm wieder Osters Ratschlag ein. Er mußte in der Lage sein, sich so schnell wie möglich davonzumachen, wenn es brenzlig wurde. Den Wagen zu benutzen war natürlich riskant; aber ohne ihn dazustehen, konnte genauso gefährlich werden. Fünf Minuten lang erwog er das Für und Wider, dann zahlte er seinen Kaffee, verließ den Bahnhof und machte sich auf den Weg. Innerhalb von zehn Minuten saß er hinter dem Steuerrad des Jaguar und lenkte ihn aus der Stadt hinaus.
Die Fahrt nach Nürnberg war kurz. Miller nahm sich in einem kleinen Hotel in unmittelbarer Nähe des Bahnhofs ein Zimmer, stellte den Wagen zwei Ecken weiter in einer Seitenstraße ab und schlenderte durch das Königstor

in die Altstadt. Die Dunkelheit war schon lange hereingebrochen, aber der Lichtschein aus den Läden und Fenstern erleuchtete die schmalen Fronten der Häuser bis hinauf zu den hohen, spitzen Giebeln.
Miller fand das Haus, das er suchte, zwei Straßen vom Hauptmarkt entfernt in der Nachbarschaft der Doppeltürme der St.-Sebalds-Kirche. Der Name auf dem Türschild war derselbe wie in der Anschrift auf dem Brief. Der Brief war das gefälschte Empfehlungsschreiben des ehemaligen SS-Standartenführers Eberhardt, der selbst nichts davon ahnte. Da Miller Eberhardt nie begegnet war, konnte er nur hoffen, daß der Mann in dem Haus in Nürnberg ihn ebensowenig kannte.
Er schlenderte zum Marktplatz zurück und sah sich nach einem Restaurant um, wo er zu Abend essen konnte. Nachdem er an zwei oder drei traditionellen fränkischen Gasthäusern vorübergekommen war, sah er aus dem Schornstein auf dem roten Ziegeldach des kleinen Würstchenhauses Rauchwolken in die frostklare Nacht aufsteigen. Es lag gegenüber dem Portal der St.-Sebalds-Kirche in einer Ecke des Marktplatzes. Ein hübsches kleines Lokal, mit einer Terrasse davor. Um die Blumenkästen war purpurnes Heidekraut gepflanzt; den Schnee hatte der Wirt sorgfältig entfernt. Wärme und Fröhlichkeit herrschten in der Gaststube. Die blankgescheuerten Holztische waren fast alle besetzt, aber ein Paar in einer Ecke war gerade beim Aufbruch. Miller trat an den Tisch und nickte den beiden lächelnd zu. Sie wünschten ihm guten Appetit beim Weggehen. Er entschied sich für die Spezialität des Hauses, die kleinen gewürzten Nürnberger Bratwürstchen, und dazu bestellte er sich eine Flasche Frankenwein.
Nach dem Essen blieb er noch eine Weile beim Kaffee sitzen und schickte zwei Asbach-Uralt hinterher. Er hatte noch keine Lust, sich schlafen zu legen. Es war angenehm, nur so dazusitzen und in das offene Kaminfeuer mit den dicken flimmernden Holzscheiten zu starren. Eine Gruppe von Gästen hatte sich zum Schunkeln untergehakt. Sie sangen ein fränkisches Trinklied, und am Ende jeder Strophe hoben sich ihre Stimmen und Gläser gleichzeitig.
Lange Zeit fragte sich Miller, warum er sein Leben aufs Spiel setzte bei der Suche nach einem Mann, dessen Verbrechen zwanzig Jahre zurücklagen. Es fehlte nicht viel und er hätte sich entschlossen, seinen Vorsatz aufzugeben. Auf seinen Wink trat der Kellner an seinen Tisch und überreichte ihm mit einer kleinen Verbeugung und einem freundlichen »Bitteschön« die Rechnung.
Als Miller nach seiner Brieftasche griff, berührte er ein Photo in seiner Brusttasche. Er zog es hervor und starrte eine Weile auf das frontal aufgenommene Bild; blutunterlaufene helle Augen blickten ihn stechend an. Darunter der Rattenmund und am Hals der Kragen mit der zweifachen silbernen Siegrune auf schwarzem Grund. Lange betrachtete er das Bild, dann

hielt er eine Ecke des Photos über die brennende Kerze auf seinem Tisch. Als das Bild zu Asche verbrannt war, zerkrümelte er sie auf der Kupferschale. Er brauchte es nicht mehr. Dieses Gesicht würde er jederzeit wiedererkennen.
Peter Miller zahlte seine Rechnung, knöpfte sich den Mantel zu und ging in sein Hotel zurück.

Um die gleiche Zeit saß Mackensen dem Werwolf gegenüber.
»Wie, zum Teufel, kann er denn verschwunden sein?« erregte sich der ODESSA-Chef. »In Luft aufgelöst! Vom Erdboden verschluckt! So was gibt's doch nicht. In ganz Deutschland gibt es keinen auffälligeren Wagen als seinen – den sieht man doch schon aus einem Kilometer Entfernung! Sechs Wochen suchen Sie nun schon nach ihm! Und niemand soll ihn gesehen haben!«
Mackensen wartete ab, bis sich der Wutausbruch des Werwolfs gelegt hatte. »Trotzdem stimmt es«, sagte er schließlich. »Ich habe in seiner Hamburger Wohnung nachgefragt; ich habe seine Freundin, seine Mutter und seine Kollegen durch angebliche Freunde Millers aushorchen lassen. Keiner weiß etwas, keiner hat auch nur das geringste von ihm gehört. Sein Wagen muß die ganze Zeit über in irgendeiner Garage gestanden haben. Er muß untergetaucht sein. Seit er nach seiner Rückkehr aus London den Flughafen Köln-Wahn verließ, ist er wie vom Erdboden verschluckt.«
»Wir müssen ihn finden«, wiederholte der Werwolf. »Er darf unter gar keinen Umständen in die Nähe dieses Kameraden vordringen. Das wäre eine Katastrophe.«
»Er wird schon auftauchen«, erklärte Mackensen zuversichtlich. »Früher oder später muß er raus aus seinem Mauseloch. Und dann kriegen wir ihn.«
Der Werwolf ließ sich von der Geduld und der Logik des professionellen Mörders überzeugen. Er nickte nachdenklich. »Also gut. Unter diesen Umständen bleiben Sie am besten in meiner Nähe. Nehmen Sie sich inzwischen ein Zimmer in irgendeinem Hotel hier in der Stadt, und dann warten wir erst mal ab. Wenn Sie in meiner Nähe sind, kann ich Sie rascher benachrichtigen.«
»Jawohl, Chef. Ich suche mir ein Hotel in der Innenstadt und rufe Sie dann gleich an, damit Sie Bescheid wissen. Dort können Sie mich jederzeit erreichen.«
Er verabschiedete sich von seinem Vorgesetzten und ging.

Am anderen Morgen stand Miller kurz vor neun Uhr vor dem Haus und drückte auf die blankgeputzte Klingel. Er wollte den Mann erreichen, bevor

er zur Arbeit in sein Büro fortging. Die Tür wurde von einem Hausmädchen geöffnet. Sie führte ihn in ein Wohnzimmer und entfernte sich dann, um den Hausherrn zu holen.
Der Mann, der zehn Minuten später in das Wohnzimmer trat, war Mitte Fünfzig, hatte krauses Haar mit silbernen Schläfen und wirkte selbstbewußt und elegant. Auf ein nicht unbeträchtliches Einkommen ließen auch das Mobiliar und die Ausstattung des Wohnzimmers schließen.
Er betrachtete seinen unangemeldeten Besucher ohne Neugier, hatte aber auf den ersten Blick die billige Kleidung eines Angehörigen der werktätigen Klasse wahrgenommen.
»Und was kann ich für Sie tun?« fragte er.
Der Besucher war verlegen: die luxuriöse Einrichtung des Wohnzimmers machte ihn offenkundig befangen.
»Tja, Herr Doktor, ich dachte, Sie könnten mir vielleicht helfen.«
»Hören Sie mal«, sagte der ODESSA-Mann, »Sie werden doch sicher wissen, daß ich hier gleich um die Ecke mein Büro habe. Vielleicht sollten Sie dorthin gehen und sich von meiner Sekretärin einen Termin geben lassen.«
»Ja, also um eine Rechtsauskunft wollte ich Sie eigentlich nicht direkt gebeten haben«, sagte Miller. Er sprach bewußt mit norddeutschem Akzent. Offensichtlich war er verlegen und wußte nicht, wie er sich ausdrücken sollte. Kurzentschlossen zog er einen Brief aus der Brusttasche und hielt ihn seinem Gegenüber hin.
»Ich habe einen Empfehlungsbrief von dem Herrn mitbekommen, der mir sagte, daß ich mich an Sie wenden soll.«
Der ODESSA-Mann nahm den Brief wortlos entgegen, öffnete und las ihn. Er zuckte leicht zusammen und sah Miller über den Briefbogen hinweg prüfend an.
»Ich verstehe, Herr Kolb. Vielleicht setzen wir uns einen Augenblick.«
Er forderte Miller auf, sich auf einen Stuhl ohne Armlehne zu setzen, und nahm selbst in einem Sessel Platz. Minutenlang sah er seinen Gast mit nachdenklich gerunzelten Brauen unverwandt an. Plötzlich fragte er:
»Wie war doch gleich Ihr Name?«
»Kolb, Herr Doktor.«
»Vorname?«
»Rolf Günther.«
»Haben Sie irgendwelche Ausweise bei sich?«
Miller sah verdutzt drein.
»Nur meinen Führerschein, Herr Doktor.«
»Zeigen Sie mal her.«
Der Anwalt streckte die Hand aus und überließ es Miller, aufzustehen und ihm den Führerschein zu reichen. Der Mann nahm ihn an sich, schlug ihn auf und las die dort vermerkten Angaben. Zwischendurch schaute er prü-

fend zu Miller hinüber und verglich sein Gesicht mit der Photographie. Sie stimmten miteinander überein.

»Wann geboren?« fragte er plötzlich.

»Geboren? ...am 18. Juni, Herr Doktor.«

»In welchem Jahr, Kolb?«

»1925, Herr Doktor.«

Der Anwalt befaßte sich noch ein paar weitere Minuten lang mit dem Führerschein.

»Warten Sie hier«, sagte er dann unvermittelt, stand auf und verließ das Zimmer. Er ging quer durch das Haus in den hinteren Trakt, wo seine Anwaltskanzlei war. Sie grenzte an eine zweite Straße, von der aus die Klienten die Praxis betraten. Er nahm ein dickes Buch heraus und schlug es auf. Zufällig kannte er den Namen Joachim Eberhardt; aber er war mit dem Mann nie zusammengetroffen, und er war sich auch nicht absolut sicher, welchen Rang er zuletzt innegehabt hatte. Das Buch bestätigte, daß er am 10. Januar 1945 zum Standartenführer der Waffen-SS befördert worden war. Er blätterte weiter und schlug unter »Kolb« nach. Es gab sieben Leute dieses Namens, aber nur einen Rolf Günther Kolb. Im April 1945 zum Unterscharführer befördert. Geburtsdatum: 18. 6. 25. Er klappte das Buch zu, stellte es an seinen Platz zurück und verschloß den Safe. Dann kehrte er auf demselben Weg in das Wohnzimmer zurück. Sein Gast hatte sich nicht vom Fleck gerührt. Er saß noch in der gleichen steifen Haltung auf seinem Stuhl.

Der Anwalt setzte sich wieder in den Sessel.

»Es ist Ihnen doch wohl klar, daß ich Ihnen möglicherweise nicht helfen kann, oder?«

Miller biß sich auf die Lippen und nickte.

»Ich weiß nicht, wohin ich gehen soll, Herr Doktor. Ich habe Herrn Eberhardt um Hilfe gebeten, als die anfingen, nach mir zu suchen, und er gab mir den Brief und sagte, ich soll mich an Sie wenden. Er sagte, wenn Sie mir nicht helfen können, kann es niemand.«

Der Anwalt lehnte sich in seinem Sessel zurück und starrte zur Decke hinauf.

»Ich frage mich, warum er mich nicht angerufen hat, wenn er etwas von mir wollte«, sagte er wie zu sich selbst. Aber offensichtlich wartete er auf eine Antwort.

»Vielleicht wollte er nicht das Telefon benutzen – bei einer solchen Sache«, gab Miller zu bedenken.

Der Anwalt warf ihm einen ärgerlichen Blick zu.

»Möglich«, sagte er kurz. »Jetzt erzählen Sie mir mal von Anfang an, wie Sie überhaupt in diese Schweinerei hineingeraten sind.«

»O ja, Herr Doktor. Das war nämlich so – dieser Mann hat mich erkannt, wissen Sie, und dann hieß es, sie werden kommen und mich abholen. Und da bin ich dann raus, nicht? Ich meine, was hätte ich sonst machen sollen?«

Der Anwalt seufzte.

»Also nun. Erzählen Sie mal hübsch der Reihe nach«, sagte er gereizt. »Wer hat Sie erkannt – und als was?«

Miller holte tief Atem.

»Also, Herr Doktor, das war in Bremen. Da wohne ich nämlich und da arbeite ich – das heißt arbeitete ich, bis diese Sache eben passierte – bei Herrn Eberhardt. In der Bäckerei. Also, ich ging auf der Straße, das war vor vier Monaten, und da wurde mir auf einmal ganz komisch. Ich fühlte mich furchtbar schlecht, mit schlimmen Magenschmerzen und so. Also, ich muß wohl umgekippt sein, und die haben mich dann von der Straße weg ins Krankenhaus geschafft.«

»In welches Krankenhaus?«

»Ins Bremer Zentralkrankenhaus, Herr Doktor. Sie haben ein paar Tests gemacht, und dann hieß es, ich habe Krebs. Im Magen. Ich dachte, ich bin dran, verstehen Sie?«

»Mit Magenkrebs ist man meistens dran«, bemerkte der Anwalt trocken.

»Ja, das habe ich ja auch gedacht, Herr Doktor. Aber er ist wohl frühzeitig entdeckt worden. Jedenfalls haben sie mich auf Medikamente gesetzt und nicht operiert. Und nach einer Weile ging der Krebs zurück.«

»Da haben Sie aber wirklich Glück gehabt, Mann. Aber was war denn das nun mit dem Mann, der Sie erkannt hat?«

»Ja, also, das war dieser Krankenpfleger, wissen Sie. Der war Jude, und er starrte mich dauernd so an. Jedesmal wenn er Dienst hatte, starrte der mich so an. Mit diesem komischen Blick, wissen Sie. Und das hat mich langsam nervös gemacht. Die Art, wie der mich ansah – als wollte er sagen: ›Ich kenne dich.‹ Ich habe ihn nicht gekannt, aber den Eindruck gehabt, daß er mich kennt.«

»Und was passierte dann?« Der Anwalt zeigte wachsendes Interesse.

»Vor so ungefähr einem Monat sagten sie, ich sei transportfähig, und verlegten mich in eine andere Klinik. Die Krankenkasse hat alles bezahlt. Also, bevor sie mich da wegbrachten, aus dem Zentralkrankenhaus, meine ich, fiel es mir wieder ein. Wer er war, der Judenjunge, meine ich. Ich brauchte Wochen dazu, aber dann wußte ich es wieder. Er war Häftling in Flossenbürg.«

Der Anwalt richtete sich kerzengerade auf.

»Was, Sie waren in Flossenbürg?«

»Jawohl, ich bin dahin abkommandiert worden. Und diesen Krankenpfleger im Bremer Zentralkrankenhaus, also den kannte ich von daher. In Flossenbürg war er in der Gruppe Juden gewesen, die wir zum Verbrennen der Leichen von Admiral Canaris und den anderen Offizieren abgestellt hatten, die

wir liquidiert haben, weil sie am Anschlag auf das Leben des Führers beteiligt gewesen waren.«
Der Anwalt starrte ihn an.
»Sie waren einer von denen, die Canaris und Konsorten aufgehängt haben?«
Miller hob die Schultern.
»Ich habe das Hinrichtungskommando befehligt«, sagte er. »Das waren doch Verräter, oder? Sie haben den Führer umbringen wollen.«
Der Anwalt lächelte.
»Ich mache Ihnen gar keine Vorwürfe, mein Guter. Selbstverständlich waren das Verräter. Canaris hat den Alliierten sogar geheime Informationen geliefert. Das waren alles Verräter, diese feinen Herren von der Wehrmachtsführung. Ich hätte es nur nie gedacht, dem Mann zu begegnen, der sie aufgehängt hat.«
Miller grinste schwach.
»Aber dafür wollen die mich jetzt drankriegen«, sagte er. »Ich meine, das mit Canaris ist noch was anderes als Juden totschlagen, nicht wahr? Denn heute sagen viele, Canaris und die ganze Bande, also daß das Helden gewesen sind.«
Der Rechtsanwalt nickte.
»Ja, das kann Sie natürlich in ernste Schwierigkeiten bringen. Erzählen Sie weiter.«
»Ich wurde in diese Klinik da verlegt und sah den Krankenpfleger nicht wieder. Aber letzten Freitag kam auf einmal ein Anruf für mich in die Klinik. Ich dachte, es wäre die Bäckerei, aber der Mann wollte seinen Namen nicht nennen. Er sagte nur, daß er in seiner Stellung über alles Bescheid weiß, was im Gang ist, und daß jemand diesen Schweinen in Ludwigsburg gesteckt hat, wer ich bin, und daß ein Haftbefehl auf meinen Namen ausgestellt worden ist. Ich wußte nicht, wer der Mann war, aber seine Stimme klang so, als ob er wußte, wovon er redete. So eine Art amtliche Stimme, wenn Sie wissen, was ich meine.«
Der Anwalt nickte.
»Wahrscheinlich einer unserer Freunde in der Bremer Polizeibehörde. Und was haben Sie daraufhin getan?«
Miller sah überrascht aus.
»Na, ich habe gemacht, daß ich wegkam. Ich habe mich selber entlassen. Nach Hause bin ich nicht gegangen, weil die ja dort womöglich schon auf mich warteten. Ich bin nicht mal hin, um mir meinen Volkswagen zu holen, der noch immer vor meiner Tür geparkt war. Freitag nachts habe ich schlecht geschlafen, aber am Sonnabend kam mir dann eine Idee. Ich bin zum Chef gegangen, zum Herrn Eberhardt in die Wohnung. Er war wirklich sehr nett zu mir und hat gesagt, daß er zwar mit seiner Frau am anderen

Morgen in aller Frühe aufs Schiff geht und diese Kreuzfahrt da macht, mich aber trotzdem vorher sehen wollte. Er hat mir dann diesen Brief mitgegeben und gesagt, daß ich zu Ihnen gehen soll.«

»Wie kamen Sie darauf, daß Herr Eberhardt Ihnen helfen würde?«

»Ah, ja, nun, sehen Sie, ich wußte nicht, was er im Krieg gewesen war. Aber er war immer sehr anständig mir gegenüber in der Bäckerei. Dann hatten wir vor vielleicht zwei Jahren das Betriebsfest. Wir haben uns alle mächtig betrunken, wissen Sie. Und ich bin mal auf die Herrentoilette gegangen, und da stand Herr Eberhardt und wusch sich die Hände und sang. Das Horst-Wessel-Lied. Da habe ich dann kräftig mitgesungen. Dann hat er mir auf die Schulter geklopft und gesagt: ›Kein Wort zu den anderen, Kolb‹, und ist wieder rausgegangen. Ich habe nicht weiter darüber nachgedacht, bis ich dann diese Schwierigkeiten kriegte. Da dachte ich, vielleicht ist er ja auch in der SS gewesen, und bin zu ihm hingegangen.«

»Und er hat Sie zu mir geschickt?«

Miller nickte.

»Wie hieß der jüdische Krankenpfleger?«

»Hartstein, Herr Doktor.«

»Und das Sanatorium, in das Sie verlegt wurden?«

»Arcadia, Sanatorium und Klinik, in Delmenhorst bei Bremen.«

Der Anwalt notierte sich etwas auf ein Blatt Papier. Dann stand er auf.

»Warten Sie«, sagte er und verließ das Wohnzimmer. Er ging über den Korridor in sein Arbeitszimmer und ließ sich von der Auskunft die Telefonnummer der Bäckerei Eberhardt und des Zentralkrankenhauses in Bremen sowie der Arcadia-Klinik in Delmenhorst geben. Er rief die Bäckerei zuerst an.

Eberhardts Sekretärin war sehr entgegenkommend.

»Herr Eberhardt ist leider im Urlaub. Nein, erreichen kann man ihn nicht, er ist mit Frau Eberhardt wie jeden Winter auf der Kreuzfahrt im Karibischen Meer. In vier Wochen wird er zurück sein.«

Der Anwalt dankte ihr und legte auf.

Als nächstes rief er das Zentralkrankenhaus an und ließ sich mit der Personalabteilung verbinden.

»Hier ist das Arbeitsamt, Abteilung Sozialversicherungen«, sagte er geschäftsmäßig. »Ich wollte nur die Bestätigung einholen, daß Sie einen Krankenpfleger namens Hartstein in Ihrem Personal haben.«

Einen Augenblick lang herrschte Stille, während das Mädchen am anderen Ende der Leitung in der Personalkartei nachsah.

»Ja, haben wir«, sagte sie dann. »David Hartstein.«

»Danke«, sagte der Anwalt in Nürnberg und legte den Hörer auf. Er wählte noch mal dieselbe Nummer und verlangte diesmal, mit dem Geschäftszimmer der Registratur verbunden zu werden.

»Hier spricht die Bäckerei Eberhardt«, sagte er. »Ich möchte mich nach dem Befinden eines unserer Angestellten erkundigen, der in Ihrem Krankenhaus mit Magentumor gelegen hat. Können Sie mir wohl sagen, wie es ihm geht? Der Name ist Kolb, Rolf Günther. Danke.«
Wieder herrschte Stille. Das Mädchen suchte die Krankenblätter von Rolf Günther Kolb hervor und warf einen Blick auf die letzte Seite.
»Er ist entlassen«, erklärte sie dem Anrufer. »Seine Verfassung hat sich so weit gebessert, daß er in ein Sanatorium verlegt werden konnte.«
»Ausgezeichnet«, sagte der Anwalt. »Ich bin gerade aus dem Schiurlaub zurück und muß mich erst mal wieder zurechtfinden und die Personalsachen aufarbeiten. Können Sie mir sagen, in welche Klinik er überwiesen wurde?«
»In die Arcadia-Klinik in Delmenhorst«, sagte das Mädchen.
Der Anwalt legte auf und rief die Arcadia-Klinik an. Ein Mädchen meldete sich. Als es hörte, was der Anrufer zu erfahren wünschte, wandte es sich leise an den Arzt, der neben ihr stand.
»Da ist eine Anfrage wegen des Mannes, den Sie erwähnten – Kolb«, sagte sie. Der Arzt nahm den Hörer zur Hand.
»Ja«, sagte er. »Chefarzt Doktor Braun – kann ich Ihnen behilflich sein?«
Als ihr Arbeitgeber sich mit »Braun« meldete, warf ihm das Mädchen einen überraschten Blick zu. Ohne mit der Wimper zu zucken, hörte er der Stimme aus Nürnberg zu und gab ihr geläufig Auskunft.
»Herr Kolb hat unser Sanatorium am Freitagnachmittag leider eigenmächtig verlassen. Höchst ungewöhnlich, sein Verhalten, aber ich konnte ihn nicht daran hindern. Ja, das stimmt, er ist uns vom Zentralkrankenhaus in Bremen überwiesen worden. Mit einem Magentumor, der bereits in Zurückbildung begriffen war.«
Er hörte wieder einen Augenblick lang zu und sagte dann: »Aber keineswegs. Freue mich, daß ich Ihnen behilflich sein konnte.«

Der Arzt, dessen richtiger Name Rosemeyer war, legte auf und wählte gleich darauf eine Münchner Nummer. Ohne sich erst mit einer langatmigen Einleitung aufzuhalten, sagte er:
»Jemand hat wegen Kolb angerufen. Die Nachforschungen haben eingesetzt.«

In Nürnberg legte der Anwalt den Hörer auf die Gabel und kehrte ins Wohnzimmer zurück.
»In Ordnung, Kolb. Offenbar sind Sie wirklich der Mann, der Sie zu sein behaupten.«

Miller sah ihn verwundert an.
»Trotzdem möchte ich Ihnen noch ein paar weitere Fragen stellen. Dagegen haben Sie doch sicher nichts?«
Noch immer verwundert, schüttelte Miller den Kopf.
»Nein, Herr Doktor.«
»Gut. Sind Sie beschnitten?«
»Nein, bin ich nicht«, sagte Miller.
»Vorzeigen«, sagte der Anwalt gleichmütig. Miller blieb auf seinem Stuhl sitzen und starrte ihn an.
»Los, zeigen Sie her«, kommandierte der Anwalt.
»Jawohl«, antwortete Miller und sprang auf.
Drei Sekunden lang blieb er mit den Händen an der Hosennaht wie angewurzelt in militärischer Haltung stehen. Dann öffnete er seinen Hosenschlitz. Der Anwalt blickte kurz hin und war zufrieden. Miller richtete wieder seine Kleidung.
»Na, wenigstens sind Sie kein Jude«, polterte er.
Miller, der sich wieder hingesetzt hatte, starrte ihn ungläubig an.
»Natürlich bin ich kein Jude«, protestierte er.
Der Anwalt lächelte.
»Trotzdem sind Fälle vorgekommen, in denen Juden sich als ehemalige Kameraden getarnt hatten. Die bleiben nicht lange unentdeckt. Jetzt beantworten Sie mir erst noch rasch folgende Fragen:
»Wo sind Sie geboren?«
»Bremen, Herr Doktor.«
»Stimmt. Ist als Geburtsort in Ihrer SS-Akte angeführt. Habe das gerade nachgeprüft. Waren Sie in der Hitlerjugend?«
»Jawohl, Herr Doktor. Bin 1935 mit zehn Jahren eingetreten.«
»Ihre Eltern waren gute Nationalsozialisten?«
»Jawohl, Herr Doktor. Beide.«
»Leben sie noch?«
»Nein, Herr Doktor. Beide sind bei den Terrorangriffen auf Bremen umgekommen.«
»Wann wurden Sie in die SS aufgenommen?«
»Im Frühjahr vierundvierzig, Herr Doktor. Im Alter von Achtzehn.«
»Wo sind Sie ausgebildet worden?«
»Im Ausbildungslager Dachau.«
»Sie haben Ihre tätowierte Blutgruppenbezeichnung unter der rechten Achsel?«
»Nein, Herr Doktor. Und wenn, wäre es unter der linken Achsel.«
»Warum wurden Sie nicht tätowiert?«
»Nun, Herr Doktor, wir sollten im August vierundvierzig mit der Grundausbildung fertig sein und zum Einsatz zu einer Waffen-SS-Einheit kom-

men. Dann wurde im Juli eine große Gruppe von Wehrmachtsoffizieren nach Flossenbürg eingeliefert, weil sie an der Verschwörung gegen den Führer beteiligt gewesen war. Flossenbürg forderte zusätzliches Personal beim Ausbildungslager Dachau an. Ich und zwölf andere wurden als besonders geeignete ausgesucht und sofort nach dort in Marsch gesetzt. Wir sind nicht mehr tätowiert worden. Der Kommandant hat gesagt, daß die Blutgruppentätowierung nicht erforderlich ist, weil wir nicht an die Front kämen.«

Der Anwalt nickte. Zweifellos war sich der Kommandant im Juli 1944, als die Alliierten bereits tief nach Frankreich eingedrungen waren, auch bewußt gewesen, daß der Krieg nicht mehr allzu lange dauern konnte.

»Haben Sie Ihren Dolch erhalten?«

»Jawohl, Herr Doktor. Aus der Hand des Kommandanten.«

»Wie lauten die eingravierten Worte?«

»Blut und Ehre, Herr Doktor.«

»Was für eine Ausbildung erhielten Sie in Dachau?«

»Infanteristische Grundausbildung und außerdem die politisch-weltanschauliche Schulung.«

»Haben Sie die alten Lieder gelernt?«

»Jawohl, habe ich.«

»Wie heißt das Marschlieder-Buch, aus dem das Horst-Wessel-Lied stammt?«

»Schicksalszeit der Nation, Herr Doktor.«

»Wo lag das Ausbildungslager Dachau?«

»Fünfzehn Kilometer nordwestlich von München. Drei Kilometer von dem Konzentrationslager entfernt.«

»Wie sah Ihre Uniform aus?«

»Graugrüne Jacke und Hose, Knobelbecher, Kragen mit schwarzen Spiegeln, Rangabzeichen auf dem linken, Siegrunen auf dem rechten Kragenspiegel, schwarzes Lederkoppel mit Koppelschloß aus Metall.«

»Was stand auf dem Koppelschloß?«

»In der Mitte ein Hakenkreuz und rundherum die Worte: ›Meine Ehre heißt Treue‹.«

Der Anwalt stand auf und streckte sich. Er zündete sich eine Zigarre an und trat ans Fenster.

»Jetzt erzählen Sie mir mal vom Konzentrationslager Flossenbürg, Kolb. Wo lag das?«

»Nahe der bayerisch-böhmischen Grenze, Herr Doktor.«

»Wann wurde es eingerichtet?«

»Anno vierunddreißig. Es war eines der ersten Lager, in das die Schweine gesteckt wurden, die gegen den Führer waren.«

»Wie groß war es?«

»Zu meiner Zeit 300 mal 300 Meter. Es hatte 19 Wachtürme mit leichten und schweren Maschinengewehren und einen Appellplatz von 120 zu 140 Meter. Gott, da haben wir die vielleicht gescheucht, die Judenbrut...«
»Bleiben Sie bei der Sache«, ermahnte ihn der Anwalt scharf. »Wie stand es mit der Unterbringung?«
»Vierundzwanzig Baracken, eine Küche für die Häftlinge, eine Waschbaracke, ein Krankenrevier und verschiedene Werkstätten.«
»Und für die Lagerwache?«
»Zwei Baracken, eine Kantine und ein Bordell.«
»Was geschah mit den Leichen der Häftlinge, die im Lager starben?«
»Es gab ein kleines Krematorium, das außerhalb des Lagerzauns lag. Ein unterirdischer Gang führte vom Lager aus dorthin.«
»Welche Art von Arbeit wurde in der Hauptsache verrichtet?«
»Die Häftlinge arbeiteten hauptsächlich im Steinbruch, Herr Doktor. Der Steinbruch lag außerhalb des Lagers, war aber auch von einem Stacheldrahtzaun und eigenen Wachtürmen umgeben.«
»Wie war das Lager Ende 1944 belegt?«
»Nun, etwa 16000 Häftlinge werden es wohl gewesen sein, Herr Doktor.«
»Wo befand sich die Unterkunft des Kommandanten?«
»Außerhalb des Lagers, auf einem Abhang, von dem aus das Lager zu übersehen war.«
»Wie hießen die Kommandanten?«
»Zwei waren vor meiner Zeit dort. Der erste war SS-Sturmbannführer Karl Kunstler. Sein Nachfolger war SS-Hauptsturmführer Karl Fritsch. Der letzte war SS-Obersturmbannführer Max Koegel.«
»Wie lautete die Nummer der politischen Abteilung?«
»Abteilung Zwo, Herr Doktor.«
»Wo lag sie?«
»In der Kommandantur.«
»Welche Aufgabe hatte sie?«
»Sie hatte zu gewährleisten, daß die Anweisungen aus Berlin wegen der Sonderbehandlung bestimmter Häftlinge durchgeführt wurden.«
»Waren Canaris und die anderen Verschwörer für die Sonderbehandlung vorgesehen?«
»Jawohl, Herr Doktor. Sie waren alle dafür vorgesehen.«
»Und wann wurden die Anweisungen ausgeführt?«
»Im April fünfundvierzig. Die Amis rückten von Bayern her vor, und da kam der Befehl, sie zu erledigen. Eine Gruppe von uns wurde bestimmt, das zu übernehmen. Ich war damals gerade zum Unterscharführer befördert worden, obwohl ich als einfacher SS-Schütze nach Flossenbürg gekommen war. Ich habe das Exekutionskommando für Canaris und noch fünf andere kommandiert. Anschließend haben wir ein Kommando aus Juden zusam-

mengestellt, das die Leichen verscharrte. Hartstein war auch dabei. Dann haben wir alle Akten verbrannt. Zwei Tage später kam der Befehl, daß wir uns in Fußmärschen mit den Häftlingen nach Norden absetzen sollten. Unterwegs erfuhren wir, daß der Führer gefallen war. Na ja, Herr Doktor, und dann sind die Offiziere auf einmal weggewesen. Die Häftlinge fingen an zu türmen. Sie haben sich in die Wälder verdrückt. Ein paar von ihnen haben wir noch erwischen können, aber es hatte nicht mehr viel Zweck weiterzumarschieren, wo doch die Amis schon überall waren.«

»Noch eine letzte Frage, die das Lager betrifft. Unterscharführer. Wenn Sie nach oben blickten, was sahen Sie da?«

Miller schien den Sinn der Frage nicht zu begreifen.

»Den Himmel«, sagte er.

»Idiot, ich meine, was beherrschte die Landschaft?«

»Ach, Sie meinen den Berg mit der Burgruine darauf?«

Der Anwalt nickte lächelnd.

»Ganz recht. Vierzehntes Jahrhundert übrigens«, sagte er. »In Ordnung, Kolb. Sie waren in Flossenbürg. Und jetzt erzählen Sie mir, wie Sie sich dann durchgeschlagen haben.«

»Ja, also, das war auf dem Marsch, als wir uns auflösten. Ich traf einen versprengten Landser, dem hab ich eins über den Kopf gegeben und mir dann seine Uniform angezogen. Zwei Tage später haben mich die Amis geschnappt. Ich war zwei Jahre in einem Kriegsgefangenenlager und habe denen einfach gesagt, ich bin Soldat der Wehrmacht. Na ja, Herr Doktor, Sie wissen ja, wie das damals war, mit den Gerüchten, daß die Amis SS-Leute abknallten und so. Ich habe immer wieder gesagt, ich bin Wehrmachtsangehöriger.«

Der Anwalt stieß Zigarrenrauch aus.

»Da waren Sie nicht der einzige, der das getan hat. Haben Sie Ihren Namen gewechselt?«

»Nein, Herr Doktor. Ich habe mein Soldbuch weggeworfen, weil es mich als SS-Angehörigen auswies. Aber ich habe mir gedacht, nach einem Wehrmachtfeldwebel werden sie nicht suchen. Von der Sache mit Canaris war damals kaum die Rede. Die wurde erst viel später hochgespielt, als sie anfingen, aus der Verschwörung eine große Sache zu machen und den Raum da in Berlin, wo die Drahtzieher aufgehängt wurden, zu einer Gedenkstätte herzurichten. Aber da hatte ich schon richtige Papiere auf den Namen Kolb und alles. Und es wäre ja auch nie was nachgekommen, wenn der Krankenpfleger mich nicht erkannt hätte. Und danach wäre es egal gewesen, wie ich mich genannt hätte.«

»Stimmt. Gut, dann lassen Sie jetzt mal hören, ob Sie von dem, was Ihnen einmal beigebracht wurde, noch etwas im Kopf behalten haben. Fangen wir mit dem Treue-Eid auf den Führer an. Wie lautete der?« fragte der Anwalt.

So ging es noch zwei Stunden lang weiter. Miller schwitzte, konnte aber darauf hinweisen, daß er das Krankenhaus vorzeitig verlassen und den ganzen Tag noch nichts gegessen hatte. Die Mittagszeit war vorüber, als der Anwalt sich endlich zufriedengab.
»Und die Hilfe, die Sie sich nun von mir erhoffen – wie hatten Sie sich die vorgestellt?« fragte er Miller.
»Tja, Herr Doktor, die Sache ist die, daß ich jetzt, wo die alle hinter mir her sind, dringend andere Papiere brauche. Ich kann mein Aussehen verändern, ich meine, ich könnte mir zum Beispiel die Haare und den Bart länger wachsen lassen und in Bayern oder woanders Arbeit finden. Ich bin Bäcker, und Brot brauchen die Menschen nun mal, stimmt's?«
Zum erstenmal seit Beginn des Verhörs warf der Anwalt den Kopf zurück und lachte.
»Ja, mein lieber Kolb, da haben Sie allerdings recht. Brot brauchen die Menschen immer. Also nun hören Sie mir mal gut zu. Normalerweise stellen die Leute, die es wert sind, daß eine Menge kostbarer Zeit und Mühe auf sie verwendet wird, im Leben etwas mehr dar als Sie. Da Sie aber offenkundig ohne eigenes Verschulden in Schwierigkeiten geraten und zweifellos ein guter und aufrechter Deutscher sind, werde ich für Sie tun, was ich kann. Es hat keinen Zweck, Ihnen lediglich einen neuen Führerschein zu beschaffen. Damit würden Sie nicht die anderen nötigen Papiere bekommen, wenn Sie nicht auch eine Geburtsurkunde vorlegen, die Sie nicht besitzen. Aber ein neuer Paß kann Ihnen alles das beschaffen. Haben Sie ein bißchen Geld?«
»Nein, Herr Doktor. Ich bin restlos blank. Seit drei Tagen bin ich per Anhalter unterwegs.«
Der Anwalt gab ihm einen Hundertmarkschein.
»Hier können Sie nicht bleiben, und es wird mindestens eine Woche dauern, bis Ihr neuer Paß ausgestellt ist. Ich schicke Sie zu einem Freund von mir, der Ihnen den Paß besorgen wird. Er lebt in Stuttgart. Sie nehmen sich dort am besten ein Hotelzimmer und suchen ihn auf. Ich werde ihn benachrichtigen, daß Sie kommen, damit er sich darauf einrichten kann.«
Der Anwalt schrieb etwas auf einen Zettel.
»Er heißt Franz Bayer, und hier ist seine Adresse. Sie nehmen den Zug nach Stuttgart, suchen sich ein Hotel und gehen gleich zu ihm. Wenn Sie etwas Geld brauchen, wird er Ihnen aushelfen. Aber geben Sie es nicht gleich aus wie verrückt. Verhalten Sie sich unauffällig, bis Bayer Ihnen einen neuen Paß besorgen kann. Dann werden wir eine Stellung für Sie in Süddeutschland finden, und niemand wird Ihnen je auf die Spur kommen.«
Miller nahm den Hundertmarkschein und die Anschrift Franz Bayers unter verlegenen Beteuerungen der Dankbarkeit entgegen.
»Oh, vielen Dank, Herr Doktor. Sie sind wirklich anständig.«

Das Hausmädchen brachte ihn zur Tür, und Miller ging in Richtung Bahnhof, in dessen Nähe er sich ein Hotelzimmer genommen und seinen Wagen geparkt hatte. Eine Stunde später war er bereits unterwegs nach Stuttgart. Zu der Zeit rief der Anwalt Bayer an und unterrichtete ihn von dem flüchtigen Besucher Rolf Günther Kolb, der am frühen Abend ankommen würde. Bei strahlender Sonne wäre die Burgenstraße, die aus der fruchtbaren Ebene des Frankenlandes zu den baumbestandenen Hügeln und den Tälern Württembergs führte, malerisch zu nennen gewesen. An einem bitter kalten Februarnachmittag, an dem Glatteis die Mulden der Straßenoberfläche bedeckte und Nebel sich in den Tälern bildete, war die kurvenreiche Strecke zwischen Ansbach und Crailsheim mörderisch. Zweimal wäre der schwere Jaguar um ein Haar in den Chausseegraben gerutscht, und zweimal mußte Miller sich zur Ordnung rufen. Es bestand kein Grund zur Eile; Franz Bayer würde ihm nicht weglaufen.

Er traf nach Dunkelwerden in Stuttgart ein und fand in einem Außenbezirk der Stadt ein kleines Hotel. Es hatte sogar eine Garage und einen Nachtportier. Miller kaufte an der Rezeption einen Stadtplan. Die Straße, in der Bayer wohnte, befand sich im Stadtteil Ostheim, einer gepflegten Wohngegend. Ganz in der Nähe stand die Villa Berg, in deren Park sich einst die württembergischen Prinzen in lauen Sommernächten mit ihren Damen vergnügt hatten.

Miller sah gründlich auf der Karte nach und fuhr in den Talkessel, wo der Stadtkern von Stuttgart liegt. Er parkte den Wagen einen halben Kilometer von Bayers Haus entfernt. Von der Dame, die sich auf dem Heimweg von einem Krankenbesuch befand und den Jaguar sowie den gutaussehenden jungen Mann mit einem anerkennenden Blick streifte, nahm Miller, der in diesem Augenblick den Wagen abschloß, keine Notiz.

Kurz vor acht griff der Anwalt in Nürnberg zum Telefon, um von Bayer zu hören, daß der Flüchtling Kolb sicher eingetroffen war. Bayers Frau meldete sich am Apparat.

»Oh, ja, der junge Mann«, sprudelte sie hervor. »Er ist hier, eben angekommen. Ich hatte ihn schon vorher gesehen; bin an ihm vorbeigekommen, als er seinen Wagen parkte. Ich war gerade auf dem Heimweg von einem Besuch im Krankenhaus. Aber er hat ihn kilometerweit vom Haus entfernt abgestellt. Er muß sich verfahren haben. Das kann einem leicht passieren hier in Stuttgart, mit den vielen Einbahnstraßen...«

»Entschuldigen Sie, Frau Bayer«, unterbrach sie der Anwalt. »Der Mann hat seinen Volkswagen in Bremerhaven stehengelassen. Er ist mit der Bahn gekommen.«

»Nein, nein«, widersprach Frau Bayer, glücklich, besser informiert zu sein.

»Er ist mit dem Wagen gekommen. Ein so netter junger Mann und so ein schöner Wagen. Ich bin sicher, daß ihm alle Mädchen nachlaufen, mit so einem fabelhaften...«
»Frau Bayer, das ist wichtig! Was für ein Wagen war das?«
»Nun ja, die Marke kenne ich natürlich nicht. Aber es war ein Sportwagen. Ein langer schwarzer Sportwagen mit einem gelben Streifen an den Seiten...«
Der Anwalt schmetterte den Hörer auf die Gabel, nahm ihn gleich wieder auf und wählte eine Nummer in Nürnberg. Schweißperlen standen ihm auf der Stirn. Als sich das Hotel meldete, verlangte er einen Zimmeranschluß. Der Hörer wurde abgenommen, und eine vertraute Stimme sagte: »Hallo.«
»Mackensen«, bellte der Werwolf, »kommen Sie schnell rüber. Wir haben Miller gefunden.«

12

Franz Bayer war genauso fett und kugelrund und munter wie seine Frau. Er war vom Werwolf auf die Ankunft des Flüchtigen vorbereitet worden und hatte Miller an der Tür begrüßt. Es war kurz vor 8 Uhr gewesen. Miller war Bayers Frau vorgestellt worden, die ihn mit einem erstaunten und wohl auch ein wenig bewundernden Blick ansah, bevor sie sich geschäftig in die Küche zurückzog.
»Wie ist es«, fragte Bayer, »sind Sie schon mal in Württemberg gewesen, mein lieber Kolb?«
»Nein, ehrlich gesagt, noch nie.«
»Ha, nun, wir sind ein sehr gastfreundliches Völkchen. Sicher möchten Sie sich erst mal stärken. Haben Sie heute schon etwas gegessen?«
Miller sagte ihm, daß er weder gefrühstückt noch zu Mittag gegessen und den ganzen Nachmittag im Zug verbracht habe. Bayer war außerordentlich besorgt.
»Sie Ärmster, wie schrecklich. Sie müssen etwas essen. Wissen Sie was, wir fahren rasch in die Stadt und essen erst mal was Gutes. Keine Widerrede, mein Bester!«
Er watschelte in die Küche, um seiner Frau zu sagen, daß er mit dem Gast zum Essen in die Stadt fahre, und zehn Minuten später waren sie in Bayers Wagen auf dem Weg zur Innenstadt.

Auf der E 12 braucht man mindestens zwei Stunden von Nürnberg nach Stuttgart, selbst wenn man den Fuß nicht vom Gaspedal nimmt. Und Mackensen legte an diesem Abend ein halsbrecherisches Tempo vor. Eine halbe

Stunde nachdem ihn der Anruf des Werwolfs erreicht hatte, jagte er, umfassend instruiert und mit Bayers Adresse versehen, seinen Mercedes über die Strecke. Er kam um 22 Uhr 30 in Stuttgart an und fuhr ohne Aufenthalt zu Bayers Haus.

Der zweite Anruf des Werwolfs, der Frau Bayer davon unterrichtet hatte, daß es sich bei dem jungen Mann, der sich Kolb nannte, möglicherweise um einen Polizeispitzel handelte, hatte sie gänzlich verstört. Mackensen traf eine zitternde, verängstigte Frau an. Seine kurzangebundene Art war nicht geeignet, sie zu beruhigen.

»Wann sind sie weggefahren?«

»Ungefähr um Viertel nach acht«, stammelte sie.

»Haben sie gesagt, wohin sie gehen wollten?«

»Nein. Franz sagte nur, daß der junge Mann den ganzen Tag noch nichts gegessen habe. Er wollte mit ihm in die Stadt fahren und in einem Restaurant essen. Ich sagte, daß ich doch hier zu Hause etwas zu essen machen könne, aber Franz geht nun mal gern auswärts essen. Da ist ihm jeder Vorwand willkommen...«

»Dieser Kolb. Sie sagten, Sie hätten ihn gesehen, als er seinen Wagen parkte. Wo war das?«

Sie beschrieb ihm die Straße, in der der Jaguar stand, und den kürzesten Weg dorthin. Mackensen überlegte einen Augenblick lang.

»Haben Sie eine Idee, in welche Gaststätte Ihr Mann mit ihm gegangen sein könnte?«

Sie dachte eine Weile nach.

»Nun, am liebsten geht er in die ›Drei Mohren‹ in der Friedrichstraße«, sagte sie. »Gewöhnlich probiert er es da immer zuerst.«

Mackensen verließ das Haus und fuhr zum knapp einen Kilometer entfernt geparkten Jaguar. Er betrachtete ihn eingehend und war ganz sicher, ihn wiederzuerkennen, wann immer er ihn sah. Er schwankte, ob er bei dem Wagen bleiben und auf Millers Rückkehr warten sollte. Aber der Befehl des Werwolfs lautete, Miller und Bayer aufzuspüren, den ODESSA-Mann zu warnen und heimzuschicken und Miller dann zu liquidieren. Deswegen hatte er auch nicht im Gasthaus »Drei Mohren« angerufen. Bayer jetzt zu warnen hieße Miller auf die Tatsache aufmerksam machen, daß er entlarvt war. Das gab ihm die Chance, ein zweites Mal zu entkommen.

Mackensen warf einen Blick auf seine Uhr. Es war zehn vor elf. Er stieg wieder in seinen Mercedes und fuhr ins Stadtzentrum.

In einem obskuren kleinen Hotel in einer schmalen Straße in München lag Josef wach und angekleidet auf dem Bett, als er einen Anruf von der Rezeption bekam. Ein Telegramm war für ihn eingetroffen. Er ging hinunter, um

es selbst in Empfang zu nehmen, und kehrte wieder in sein Zimmer zurück. Er setzte sich an den wackeligen Tisch, schnitt den Umschlag auf und studierte den umfangreichen Inhalt. Es lautete:
Nachfolgend die uns annehmbar erscheinenden Preise für Artikel, an denen der Kunde Interesse zeigte:

Sellerie	481	DM	53	Pf.
Melonen	362	DM	17	Pf.
Apfelsinen	627	DM	24	Pf.
Pampelmusen	313	DM	88	Pf.

Die Liste der aufgeführten Früchte und Gemüse war lang, enthielt jedoch ausschließlich Artikel, die von Israel ausgeführt wurden. Das Telegramm las sich wie die Preisauskunft der deutschen Niederlassung einer israelischen Exportfirma. Es war gewiß nicht risikolos, das öffentliche internationale Telegraphennetz zu benutzen, aber an einem einzigen Tag gehen in Westeuropa so viele Telegramme, die das Wirtschaftsleben und die Marktlage betreffen, über den Draht, daß man ein Heer von Hilfskräften brauchte, wenn man sie alle kontrollieren wollte.
Josef kümmerte sich nicht um den Wortlaut und schrieb die Zahlen in einer einzigen langen Zeile nieder. Die fünfstelligen Zahlen, die durch die Mark- und Pfennigbezeichnungen getrennt waren, verschwanden. Als er sie alle in einer Linie aufgereiht hatte, gliederte er sie in sechsstellige Zahlengruppen. Dann zog er das Datum – den 20. Februar 1964 –, das bei ihm als 20264 erschien, von jeder dieser Zahlengruppen ab. In allen Fällen war das Ergebnis eine weitere sechsstellige Zahlengruppe.
Es handelte sich um einen einfachen Buchcode, aufgebaut auf der Taschenbuchausgabe von *Webster's New World Dictionary*, die von der Popular Library in New York veröffentlicht worden war. Die ersten drei Zahlen der Gruppe gaben die betreffende Seite im Wörterbuch an; die vierte Zahl konnte jede beliebige Zahl von eins bis neun bedeuten.
Eine ungerade Zahl hieß Spalte eins, eine gerade Spalte zwei. Die letzten beiden Zahlen gaben an, um das wievielte Stichwort, von oben gezählt, es sich in der betreffenden Spalte handelte.
Josef arbeitete eine halbe Stunde lang intensiv, las dann die Meldung durch und preßte die Hände an die Schläfen.
Eine halbe Stunde später war er bei Leon in dessen Haus. Der Chef der Vergeltungsorganisation las die Meldung und fluchte.
»Tut mir leid«, sagte er schließlich. »Das konnte ich nicht ahnen.«
Ohne daß die beiden Männer etwas davon wußten, hatte die Mossad innerhalb der vergangenen sechs Tage drei winzige Informationspartikel erhalten. Eine dieser Teilinformationen stammte von einem Israeli-Agenten in Buenos Aires und besagte, daß jemand die Auszahlung einer dem Gegen-

wert von einer Million DM entsprechenden Summe an eine Person, die »Vulkan« genannt wurde, verfügt hatte, um ihm »den Abschluß der nächsten Phase seines Forschungsprojekts zu ermöglichen«.
Das zweite Informationspartikel wurde von einem jüdischen Angestellten einer schweizerischen Bank beigesteuert, die Gelder aus anderweitigen geheimen Nazifonds zur Bezahlung von ODESSA-Leuten in Europa transferierte. Es lief darauf hinaus, daß der Bank eine Million Mark aus Beirut überwiesen und von einem Mann abgehoben worden war, der seit zehn Jahren ein auf den Namen Fritz Wegener lautendes Konto bei der betreffenden Bank unterhielt.

Die dritte Teilinformation stammte von einem ägyptischen Oberst, der eine höhere Position im Sicherheitsapparat der Fabrik 333 innehatte. Gegen eine beträchtliche Barzuwendung zur Aufbesserung seines Ruhestandsgehalts hatte er sich zu einer mehrstündigen Unterhaltung mit einem Mossad-Agenten in einem römischen Hotel bereitgefunden. Der Mann hatte zu berichten gewußt, daß dem Raketenprojekt nur noch ein zuverlässiges Fernsteuerungssystem fehlte, welches gegenwärtig in einer Fabrik in Westdeutschland entwickelt und konstruiert werde. Das Vorhaben koste die ODESSA angeblich Millionen.
Die drei fragmentarischen Informationen waren zusammen mit Tausenden anderen den Computerbänken Professor Yourel Neemans zur Auswertung eingeführt worden. Er galt als der israelische Genius, der als erster die Wissenschaft in Gestalt des Computers in die Analyse von Geheiminformationen eingeführt hatte. Später wurde er zum Vater der israelischen Atombombe. Wo das menschliche Gedächtnis möglicherweise versagen konnte, hatten die Mikroschaltkreise präzise gearbeitet. Sie brachten die drei Fakten in Zusammenhang – und sie erinnerten sich, daß Roschmann bis zu seiner Entlarvung 1955 durch seine Frau den Namen Fritz Wegener benutzt hatte.
Josef machte Leon in dessen Untergrundhauptquartier schwerste Vorhaltungen.
»Ich bleibe von jetzt ab hier. Ich gehe nicht außer Reichweite dieses Telefons da. Besorgen Sie mir ein schweres Motorrad und Schutzkleidung. Halten Sie beides innerhalb einer Stunde bereit. Falls Ihr kostbarer Miller sich meldet, muß ich verdammt schnell bei ihm sein.«
»Wenn er entlarvt wird, werden Sie nicht schnell genug bei ihm sein«, sagte Leon. »Kein Wunder, daß sie ihn davor gewarnt haben, der Sache weiter nachzugehen. Wenn er auch nur auf einen Kilometer an den Mann herankommt, bringen sie ihn um.«
Als Leon den Keller verließ, las Josef das Telegramm aus Tel Aviv noch einmal. Es lautete:

HOECHSTE ALARMSTUFE STOP IN IHREM GEBIET TAETIGER DEUTSCHER INDUSTRIELLER NEUEN INFORMATIONEN ZUFOLGE SCHLUESSELFIGUR FUER ERFOLG RAKETENPROGRAMM STOP DECKNAME VULKAN STOP VERMUTLICH IDENTISCH ROSCHMANN STOP SOFORT MILLER EINSETZEN STOP AUFSPUEREN UND AUSSCHALTEN STOP CORMORANT

Josef setzte sich an den Tisch, reinigte sorgfältig seine Walther PPK und legte das Magazin ein. Von Zeit zu Zeit sah er das stumme Telefon an.

Beim Abendessen war Bayer ganz der gutgelaunte Gastgeber gewesen; am liebsten lachte er über seine eigenen Witze – laut und viel. Miller hatte mehrmals vergeblich versucht, das Gespräch auf die Beschaffung eines neuen Passes für ihn zu bringen.

Jedesmal hatte Bayer ihm kräftig auf die Schulter geschlagen und ihm versichert, er brauche sich keine Sorgen zu machen.

»Überlassen Sie das nur mir, alter Junge. Der alte Franz Bayer macht das schon für Sie.«

Er tippte sich mit dem Zeigefinger an den rechten Nasenflügel, lächelte breit und brach wieder in wieherndes Gelächter aus.

In den acht Jahren seiner Tätigkeit als Reporter hatte Miller gelernt, zu trinken und trotzdem einen klaren Kopf zu behalten. Aber er war den Weißwein nicht gewohnt, der in beträchtlichen Mengen zum Essen getrunken wurde. Doch die Sorte, die Bayer bestellt hatte, war vorteilhaft, die Flaschen wurden in Eiskübeln gebracht, damit der Wein kalt blieb, und so konnte Miller dreimal ein volles Glas ausgießen, als Bayer wegschaute. Als sie beim Nachtisch angelangt waren, hatten sie zwei Flaschen geleert, und Bayer in seiner engen Jacke mit den Hirschhornknöpfen schwitzte heftig. Dies wiederum steigerte seinen Durst, und so bestellte er eine dritte Flasche Weißwein.

Miller gab sich sorgenvoll. Vielleicht konnte man ihm doch keinen neuen Paß beschaffen, und dann würde er unweigerlich eingesperrt wegen seiner Rolle bei den Ereignissen 1945 in Flossenbürg.

»Sie brauchen doch bestimmt ein paar Photos von mir, oder?« fragte er ängstlich.

Bayer lachte.

»Ja, ein paar Photos brauchen wir schon. Kein Problem. Die können Sie sich von einem Automaten am Bahnhof machen lassen. Warten Sie damit, bis Ihr Haar ein bißchen länger und der Bart etwas voller geworden ist. Dann wird niemand je erfahren, daß es sich noch immer um denselben Mann handelt.«

»Und wie geht es dann weiter?« fragte Miller neugierig.
Bayer beugte sich zu ihm hinüber und legte ihm einen fetten Arm um die Schultern. Miller spürte, wie ihm der saure Weinatem über das Gesicht strich, als ihm der dicke Mann ins Ohr kicherte.
»Dann schicke ich Sie zu einem Freund von mir, und eine Woche später ist der neue Paß da. Mit dem können Sie dann einen neuen Führerschein – die Fahrprüfung müssen Sie natürlich ablegen – und die sonstigen Papiere ausgestellt bekommen. Für die Behörden sind Sie gerade von einem fünfzehnjährigen Aufenthalt in Übersee zurückgekehrt. Kein Problem, alter Junge. Hören Sie auf, sich deswegen Gedanken zu machen.«
Obwohl Bayer langsam wirklich betrunken wurde, hielt er immer noch seine Zunge im Zaum. Er weigerte sich, mehr zu sagen, und Miller wollte ihn nicht zu sehr drängen. Er sollte keinen Verdacht schöpfen, daß irgend etwas mit seinem Gast nicht stimmte.
Er hätte gern einen Kaffee getrunken, lehnte ihn aber ab, weil der Kaffee Bayer womöglich wieder nüchtern gemacht hätte. Der fette Mann zückte seine gutgefüllte Brieftasche und bezahlte die Rechnung für das Essen. Sie gingen zur Garderobe. Es war halb elf.
»Haben Sie vielen Dank, Herr Bayer. Es war ein fabelhafter Abend.«
»Ich heiße Franz«, keuchte der fette Mann.
»Ich nehme an, das ist alles, was Stuttgart an Nachtleben zu bieten hat«, bemerkte Miller, als er sich seinen Mantel anzog.
»Haha, mein Bester. Das ist alles, was *du* kennst. Stuttgart ist nämlich ein großartiges Städtchen. Wir haben hier ein halbes Dutzend erstklassiger Nachtlokale. Hast du Lust, eines zu besuchen?«
»Soll das heißen, daß es hier Nachtlokale mit Striptease und allem gibt?« fragte Miller mit ungläubig aufgerissenen Augen.
Bayer schnaufte vor Vergnügen.
»Na, und ob! Ich hätte durchaus nichts dagegen, jetzt noch ein paar ansehnlichen Stripperinnen zuzuschauen.«
Bayer bedachte das Garderobenmädchen mit einem großzügigen Trinkgeld und watschelte auf die Straße hinaus.
»Was für Nachtlokale gibt es denn in Stuttgart?« fragte Miller mit Unschuldsmiene.
»Laß mich mal überlegen – da ist das Moulin Rouge, das Balzac, das Imperial und die Sayonara-Bar. Dann gibt es da noch das Madeleine in der Eberhardstraße...«
»Eberhard? Na, so ein Zufall! So hieß mein Chef in Bremen, der mir aus dieser Schweinerei herausgeholfen und mich zu dem Anwalt nach Nürnberg geschickt hat!« rief Miller aus.
»Na bestens, dann also auf ins Madeleine«, meinte Bayer und ging Miller zum Wagen voran.

Mackensen war um Viertel nach elf im Gasthaus »Drei Mohren«. Er fragte den Empfangschef, der Ankunft und Aufbruch der Gäste überwachte.
»Herr Bayer? Ja, der war heute abend hier. Ist ungefähr vor einer halben Stunde weggegangen.«
»War er in Gesellschaft eines Mannes? Eines schlanken Mannes mit kurzem braunen Haar und Bärtchen?«
»Ja, das stimmt. Sie saßen da drüben an dem Ecktisch.«
Mackensen steckte dem Mann einen Zwanzigmarkschein zu, der widerspruchslos angenommen wurde.
»Es ist sehr wichtig, daß ich ihn finde. Es geht um einen dringenden Notfall. Seine Frau hat ganz plötzlich einen Kollaps bekommen, wissen Sie...«
Der Empfangschef legte vor Mitgefühl das Gesicht in tiefe Falten.
»Ach Gott, wie schrecklich.«
»Wissen Sie, wohin die Herren von hier aus gegangen sind?«
»Ich muß gestehen, daß ich keine Ahnung habe.« Er rief einen der jüngeren Kellner herbei. »Hans, Sie haben Herrn Bayer und den Herrn in seiner Begleitung an dem Ecktisch bedient. Haben sie erwähnt, ob sie noch woanders hingehen wollten?«
»Nein«, sagte Hans. »Ich habe kein Wort davon gehört, daß sie noch weiterziehen wollten.«
»Sie könnten beim Garderobenmädchen nachfragen«, schlug der Empfangschef vor. »Möglicherweise hat sie ja gehört, daß sie irgend etwas über ihre Pläne gesagt haben.«
Mackensen fragte das Mädchen. Dann kaufte er ein Heft der Informationsbroschüre für Touristen »Was Stuttgart Ihnen bietet«. In der Rubrik »Nachtlokale« war ein halbes Dutzend Namen aufgeführt, und in der Mitte des Heftes war über zwei Seiten ein Stadtplan abgebildet. Er ging zu seinem Wagen und fuhr zu dem Striptease-Lokal, dessen Name die Liste anführte.

Miller und Bayer saßen im »Madeleine« an einem Tisch für zwei Personen. Bayer, der beim dritten doppelten Whisky angekommen war, glotzte mit gierigem Blick auf das von der Natur üppig bedachte junge Frauenzimmer, das in der Mitte der kleinen Bühne stand und kreisende Hüftbewegungen vollführte, während ihre Finger an den Haken ihres Büstenhalters nestelten. Als das Dessous schließlich fiel, versetzte Bayer seinem Gast einen schmerzhaften Rippenstoß.
»Das ist doch noch was, wie?« schmunzelte er, bebend vor Vergnügen.
Es war lange nach Mitternacht, und er wurde immer betrunkener.
»Hören Sie, Herr Bayer«, flüsterte Miller. »Ich mache mir Sorgen. Ich meine, ich bin es doch, der auf der Flucht ist. Wie rasch können Sie mir den Paß besorgen?«

Bayer legte Miller den Arm um die Schultern.
»Hör zu, Rolf, alter Kumpel. Ich hab's dir doch gesagt, darüber mußt du dir keine Sorgen machen. Verstehst du? Laß den alten Franz nur machen.« Er vollführte eine lässige Handbewegung und fügte hinzu: »Ich fabriziere die Pässe sowieso nicht selber. Ich schicke dem Burschen, der sie macht, nur die Photos zu, und eine Woche später sind sie da. Kein Problem, und jetzt trinken wir noch einen zusammen.«
Er hob eine fleischige Hand und winkte dem Kellner.
»Ober, noch zweimal dasselbe.«
Miller lehnte sich zurück und überlegte. Wenn er erst sein Haar wachsen lassen mußte, bevor sein Paßphoto aufgenommen werden konnte, würde das noch Wochen dauern. Zudem ließ Bayer sich den Namen und die Adresse des Paßfälschers nicht entlocken. Er war zwar betrunken, aber er gab seinen Kontakt zum Fälschergewerbe nicht preis.
Miller konnte den fetten ODESSA-Mann nicht vor dem Ende der ersten Show zum Aufbruch überreden. Als sie schließlich wieder in die kalte Nachtluft hinaustraten, war es nach ein Uhr morgens. Bayer, der torkelte, hatte einen Arm um Millers Schultern gelegt, und die unvermittelte Schockwirkung der kalten Luft drohte ihn jetzt vollends außer Gefecht zu setzen.
»Ich fahre Sie am besten heim«, sagte Miller, als sie sich schwankend auf den Wagen am Bordstein zu bewegten. Er holte die Wagenschlüssel aus Bayers Manteltasche und lud den fetten Mann, der keinerlei Einspruch erhob, auf dem Rücksitz ab. Dann schmetterte er die Tür zu, ging um den Wagen herum und setzte sich ans Steuer. In diesem Augenblick kam hinter ihnen ein grauer Mercedes um die Ecke und bremste zwanzig Meter weiter scharf ab.
Durch die Windschutzscheibe starrte Mackensen, der schon fünf Nachtlokale abgeklappert hatte, auf das Nummernschild des Wagens, der vor ihm in Höhe des »Madeleine« vom Straßenrand auf die Fahrbahn steuerte. Er trug die Nummer, die ihm Frau Bayer genannt hatte. Es war der Wagen ihres Mannes. Mackensen folgte ihm.
Miller, dem der eigene Alkoholspiegel zu schaffen machte, fuhr besonders vorsichtig. Von der Polizei angehalten und einem Alkoholtest unterzogen zu werden war das letzte, was er jetzt brauchen konnte. Er fuhr nicht zu Bayers Haus, sondern zu seinem Hotel. Bayer nickte unterwegs ein; sein Kopf sackte nach vorn und quetschte sein Doppelkinn zu einem Fettpolster zusammen, das sich auf Kragen und Krawattenknoten legte.
Vor dem Hotel rüttelte Miller Bayer wach.
»Los, alter Junge«, sagte er, »los doch, Franz, wir genehmigen uns noch einen vor dem Schlafengehen.«
Der fette Mann glotzte ihn benommen an.
»Muß nach Hause«, murmelte er. »Meine Frau wartet auf mich.«

»Nun komm schon. Nur noch einen kleinen Schluck zum Abschluß. Wir lassen uns einen auf mein Zimmer bringen und quatschen noch ein bißchen von den alten Zeiten.«
Bayer grinste betrunken.
»Da war noch was los, was, Junge? Rolf, Mensch, das waren Zeiten damals!«
Miller stieg aus, ging um den Wagen herum und hievte den Dicken aus dem Wagen.
»Ja, das waren noch Zeiten«, bestätigte er, als er ihn über den Gehsteig und durch den Hoteleingang lotste. »Komm, jetzt schwatzen wir erst mal noch ein bißchen von damals.«
Die Beleuchtung des Mercedes, der ein Stück weiter die Straße hinauf hielt, war abgeblendet worden, und der graue Wagen verschmolz mit den grauen Schatten der Straße.
Miller hatte seinen Zimmerschlüssel in der Tasche behalten. Der Nachtportier, der auf seinem Stuhl hinter dem Tresen saß, war eingenickt. Bayer murmelte irgend etwas Unverständliches.
»Ssschscht«, machte Miller. »Leise sein.«
»Leise«, wiederholte Bayer und schlich, den Finger auf den Lippen, schwankend auf die Treppe zu. Er kicherte über seine eigene pantomimische Darbietung. Zum Glück befand sich Millers Zimmer im ersten Stock; noch eine Treppe hätte Bayer nie geschafft. Miller schloß leise die Tür auf, knipste das Licht an und bugsierte Bayer in den einzigen Lehnstuhl des Zimmers – eine nicht sonderlich bequeme, ziemlich harte Sitzgelegenheit mit Armlehnen aus Holz.

Draußen, auf der anderen Seite der Straße, stand Mackensen und behielt die dunkle Front des Hotels im Auge. Als in Millers Zimmer das Licht anging, sah er, daß es im ersten Stockwerk war, von ihm aus gesehen auf der rechten Seite des Gebäudes.
Er überlegte, ob er geradewegs hinaufgehen und Miller, sobald er an der Tür erschien, niederstechen sollte. Zwei Dinge bewogen ihn, davon Abstand zu nehmen: einmal die Tatsache, daß der Nachtportier von Bayers schwerem Schritt geweckt worden war. Durch die Glastür beobachtete er, wie er sich in der Hotelhalle die Beine vertrat. Ein Fremder, der kein Hotelgast war und um 2 Uhr morgens die Treppe hinauflief, würde seiner Aufmerksamkeit gewiß nicht entgehen; er dürfte der Polizei eine gute Personenbeschreibung liefern. Und der zweite Umstand, der ihn von einem solchen Vorgehen absehen ließ, war Bayers Zustand. Er hatte gesehen, wie der fette Mann von Miller über das Trottoir zum Hoteleingang geschleppt worden war. Er wußte, daß er Bayer nicht schnell genug aus dem Hotel her-

ausbringen konnte, wenn er Miller umgelegt hatte. Falls die Polizei Bayer festnahm, bekäme er es mit dem Werwolf zu tun. Bayer wirkte zwar ganz harmlos, aber unter seinem richtigen Namen war er ein gesuchter SS-Verbrecher und für die ODESSA ein wichtiger Mann.
Ein letzter Faktor bewog Mackensen, sich für einen Fensterschuß zu entscheiden. Gegenüber dem Hotel stand ein halbfertiger Neubau. Die Wände waren bereits gezogen, die Fußböden gelegt worden, und eine unfertige Betontreppe führte zum ersten und zweiten Stockwerk hinauf. Er konnte sich Zeit nehmen, denn Miller würde das Hotel nicht verlassen. Mackensen ging zu seinem Wagen zurück und holte das Jagdgewehr aus dem verschlossenen Kofferraum.

Bayer wurde von dem Schlag vollkommen überrascht. Der Alkohol hatte seine Reaktionsfähigkeit allzu sehr verlangsamt. Er konnte ihn nicht mehr rechtzeitig abfangen oder ausweichen. Miller hatte vorgegeben, nach seiner Flasche Whisky zu suchen, den Kleiderschrank geöffnet und seine zweite Krawatte herausgeholt – die andere trug er. Er löste den Knoten und nahm sie auch in die Hand.
Bayer saß mit dem Rücken zu ihm im Sessel und murmelte: »Das waren noch Zeiten damals…«
Die gewaltige Masse seines rosa Fettnackens veranlaßte Miller, so hart zuzuschlagen, wie er nur konnte.
Es war nicht einmal ein Knockout-Schlag, denn seine Handkante war weich, er selbst ungeübt und Bayers Genick von Fettschichten geschützt. Aber es reichte. Als der ODESSA-Mann seine Benommenheit überwunden hatte, waren seine beiden Handgelenke an die Lehne des Sessels gefesselt.
»Was, zum Teufel –«, knurrte er undeutlich und schüttelte blöde den Kopf.
Miller band ihm die Krawatte ab und zurrte damit Bayers linkes Fußgelenk an einem Stuhlbein fest; für das rechte Fußgelenk nahm er die Telefonschnur.
Mit entsetzt gerundeten Knopfaugen sah Bayer zu ihm auf, als er zu begreifen begann. Wie alle seine Gesinnungsfreunde wurde er von einer Angst verfolgt, die ihn nie ganz verließ.
»Sie dürfen mich nicht verschleppen«, sagte er. »Sie kriegen mich nie nach Tel Aviv. Sie können mir nichts nachweisen. Ich habe auch nie was getan…«
Miller steckte ihm ein zusammengerolltes Paar Socken in den Mund und band ihm einen Wollschal um den Kopf – ein Geschenk der stets besorgten Frau Miller an ihren Sohn. Damit erstickte er Bayers Wortschwall. Der konnte nur noch wütend die Augen rollen.
Miller zog den anderen Stuhl heran, drehte ihn um und setzte sich rittlings

darauf. Sein Gesicht war keinen halben Meter von dem seines Gefangenen entfernt.

»Hör zu, du fettes Schwein. Damit du es gleich weißt, ich bin kein israelischer Agent. Und noch etwas – du kommst nicht weg von hier. Du bleibst hier, und du packst aus, hier und jetzt. Verstanden?«

Franz Bayers Augen starrten ihn über den Rand des gemusterten Wollschals hinweg an. Sie zwinkerten nicht mehr vergnügt; sie waren jetzt blutunterlaufen wie die eines wütenden Ebers.

»Was ich wissen will und was ich von dir zu hören kriege, bevor diese Nacht zu Ende geht, ist der Name und die Adresse des Mannes, der für die ODESSA die Pässe fälscht.«

Er sah sich im Zimmer um, und sein Blick fiel auf die Nachttischlampe. Er riß die Schnur aus dem Stecker, nahm die Lampe in die Hand und kehrte zu seinem Gefangenen zurück.

»Jetzt nehme ich dir den Knebel raus, Bayer, oder wie immer du in Wirklichkeit heißt, und du wirst reden. Falls du schreien solltest, schlage ich dir mit diesem Ding hier auf den Kopf. Mir ist es ziemlich egal, ob ich dir den Schädel zertrümmere oder nicht. Kapiert?«

Miller sagte nicht die Wahrheit. Er hatte nie einen Menschen getötet, und er hatte auch jetzt nicht die geringste Lust dazu.

Langsam löste er den Schal und zog Bayer die zusammengerollten Socken aus dem Mund. Die Lampe hielt er, zum Zuschlagen bereit, in der erhobenen Rechten hoch über dem Kopf des fetten Mannes.

»Du Schwein«, zischte Bayer. »Du Spion. Nichts kriegst du aus mir raus.«

Kaum hatte er das gesagt, wurden ihm die Socken schon wieder in den Rachen gestopft. Auch den Schal band Miller ihm wieder um.

»Nein?« sagte er. »Nun, das werden wir ja sehen. Ich fange mal bei deinen Fingern an und bin gespannt, wie dir das gefallen wird.«

Er bog Bayers rechten Ringfinger und den kleinen Finger zurück, bis sie nahezu senkrecht abgeknickt waren. Bayer bäumte sich so heftig auf, daß nicht viel gefehlt hätte, und er wäre umgekippt mit seinem Sessel. Miller hielt ihn fest und milderte den Druck auf die Finger. Er löste auch den Schal noch mal.

»Ich kann dir jeden Finger an der Hand einzeln brechen, Bayer«, flüsterte er. »Danach werde ich die Birne herausschrauben, den Schalter anknipsen und dir den Schwanz in die Birnenfassung stecken.«

Bayer schloß die Augen, und der Schweiß lief ihm in Strömen über das Gesicht.

»Nein, nein, nicht die Elektroden. Bitte nicht die Elektroden, bitte, bitte nicht da«, bettelte er.

»Du weißt, wie sich das anfühlt, was?« sagte Miller, den Mund ganz nah an Bayers Ohr. »Du kennst das, wie?«

Bayer stöhnte leise auf. Er kannte das. Er war einer der beiden Männer gewesen, die vor zwanzig Jahren das Geschwaderkommando Yeo-Thomas, das »Weiße Kaninchen«, im Keller des Gefängnisses von Fresnes bei Paris zu einem blutigen Brei zusammengeschlagen hatten. Er wußte nur zu genau Bescheid – allerdings nur aus der Perspektive des Täters, nicht des Opfers.
»Pack aus«, zischte Miller. »Den Namen des Fälschers und seine Adresse.«
Bayer schüttelte den Kopf.
»Ich kann nicht«, flüsterte er. »Die bringen mich sonst um.«
Miller steckte ihm wieder den Knebel in den Mund.
Er nahm Bayers kleinen Finger, schloß die Augen und bog ihn ruckartig um. Knirschend sprang das Fingerglied aus dem Knöchelgelenk. Bayer bäumte sich im Sessel auf und erbrach sich in den Knebel.
Miller riß ihn heraus, bevor er erstickte. Der fette Mann streckte den Kopf vor, und das kostspielige Abendessen mitsamt dem Inhalt zweier Flaschen Wein und diverser Gläser Scotch Whisky ergoß sich über seine Jacke und seine Hose.
»Los, rede«, sagte Miller. »Du hast noch ein paar Finger mehr, mit denen wir den Spaß wiederholen können.«
Bayer schluckte mit geschlossenen Augen.
»Winzer«, sagte er.
»Wer?«
»Winzer, Klaus Winzer. Er fälscht die Pässe.«
»Ist er Fälscher von Beruf?«
»Er ist Drucker.«
»Wo? In welcher Stadt?«
»Die bringen mich um.«
»Ich bringe dich um, wenn du es mir nicht sagst. Also los, in welcher Stadt?«
»Osnabrück«, flüsterte Bayer.
Miller steckte ihm wieder den Knebel in den Mund und überlegte.
Klaus Winzer, Drucker in Osnabrück. Miller öffnete den Attachékoffer, in dem Taubers Tagebuch und verschiedene Autokarten lagen. Er suchte eine Straßenkarte von Westdeutschland heraus.
Die Fahrt nach Osnabrück würde je nach Straßenzustand und den Wetterbedingungen vier bis fünf Stunden dauern. Es war schon fast 3 Uhr morgens.
Auf der anderen Seite der Straße fröstelte Mackensen in seiner Nische im ersten Stock des halbfertigen Neubaus. In dem Zimmer gegenüber brannte noch immer Licht. Mackensen ließ seinen Blick ständig zwischen dem erleuchteten Fenster im ersten Stockwerk und dem Hoteleingang hin und her wandern. Wenn nur Bayer herauskam, konnte er Miller allein aufs Korn nehmen. Wenn Miller allein herauskam, konnte er ihn ein Stück weiter die

Straße hinunter erwischen. Oder auch schon, wenn jemand das Fenster öffnete, um frische Luft zu schöpfen. Mackensen fröstelte wieder und umklammerte die schwere Remington-300er-Flinte. Bei einer Entfernung von knapp dreißig Meter konnte mit einem solchen Gewehr überhaupt nichts schiefgehen. Mackensen hatte Zeit, denn er war ein geduldiger Mann.
In seinem Zimmer packte Miller leise seine Sachen zusammen. Entscheidend war, daß Bayer mindestens sechs Stunden lang ruhig blieb. Vielleicht hatte der Mann zu große Angst, um seinen Chefs zu melden, daß er das Geheimnis des Fälschers verraten hatte. Aber darauf konnte sich Miller nicht verlassen.
Er verwandte noch ein paar Minuten darauf, Bayer die Fesseln enger zu binden und den Knebel tiefer in den Rachen zu stoßen, und kantete dann vorsichtig den Sessel mitsamt dem Gefesselten auf die Seite. Jetzt konnte er sich nicht mehr mit dem Sessel umkippen und durch den Krach Aufmerksamkeit auf sich lenken. Die Telefonschnur hatte Miller bereits herausgerissen. Er blickte sich ein letztes Mal prüfend im Zimmer um und schloß dann die Tür hinter sich ab.
Er war schon fast an der Treppe, als ihm plötzlich ein Gedanke kam. Vielleicht hatte sie der Nachtportier zusammen die Treppe hinaufgehen sehen. Was würde er denken, wenn jetzt nur ein Mann hinunterkam, seine Rechnung bezahlte und das Hotel verließ? Miller kehrte um und ging zum hinteren Teil des Gebäudes. Am Ende des Korridors war ein Fenster, unter dem ein Sims entlanglief, der zu einem flach abfallenden Garagendach führte. Miller öffnete leise das Fenster und kletterte hinaus. Wenige Sekunden später stand er im Hinterhof, auf den die Garage mündete. Ein Nebenausgang führte zu einer schmalen Seitenstraße hinter dem Hotel.
Zwei Minuten später machte er sich auf den fünf Kilometer langen Weg zu seinem Jaguar, der einen Kilometer von Bayers Haus entfernt stand. Die Nachwirkung des Alkohols und die Anstrengung, den fetten Mann zur Preisgabe des Fälschers zu bringen, hatten ihn sehr müde gemacht. Verzweifelt kämpfte er gegen die Müdigkeit an. Er brauchte dringend Schlaf. Aber er wußte, daß er Winzer erreichen mußte, bevor die ODESSA Alarm schlug.
Es war fast 4 Uhr morgens, als er in den Jaguar stieg, und es wurde halb fünf, ehe er den Weg zur Autobahn zurückgelegt hatte und in Richtung Heilbronn und Mannheim nach Norden raste.
Miller hatte das Zimmer kaum verlassen, als Bayer, der inzwischen wieder völlig nüchtern geworden war, sich aus seinen Fesseln zu befreien begann. Er versuchte, den Kopf weit genug vorzustrecken, um die Knoten in den Krawatten an seinen Handgelenken durch die Socken und den umgebundenen Schal hindurch aufzubeißen. Aber seine Leibesfülle hinderte ihn daran, den Kopf tief genug zu beugen, und die zusammengerollten Socken in sei-

nem Mund sperrten seine Zähne auseinander. Alle paar Minuten mußte er eine Pause machen, um heftig durch die Nase zu atmen.
Er versuchte mit aller Kraft die Beine zu bewegen, aber die Fesseln an seinen Fußgelenken lockerten sich nicht. Schließlich beschloß er, seine Handgelenke ungeachtet der Schmerzen in seinem gebrochenen kleinen Finger durch ständiges Zerren freizubekommen.
Als sich auch das als erfolglos erwies, fiel sein Blick auf die Nachttischlampe am Boden. Die Birne war noch eingeschraubt, aber wenn er sie zerschlug, gab das genug Glassplitter, um damit eine Krawatte aufzuschneiden.
Er brauchte eine Stunde, bis er den umgekippten Sessel Zentimeter um Zentimeter quer durch das Zimmer geschleift und die Glühbirne zerschlagen hatte.
Handfesseln, die aus Stoff sind, mit einer Glasscherbe durchzuschneiden, ist unendlich mühsam. Bayers Gelenke waren schweißnaß; sie durchfeuchteten den Krawattenstoff. Dadurch zogen sich die Fesseln nur noch enger zusammen. Es war 7 Uhr morgens, und über den Dächern wurde es schon hell, als er die ersten Schnüre an seinem linken Handgelenk mit einer Glasscherbe durchtrennt hatte. Und es war fast acht, als sein linkes Handgelenk endlich frei war.

Um diese Zeit erreichte Millers Jaguar den Kölner Autobahnring östlich der Stadt. Noch 160 Kilometer bis Osnabrück. Ein Graupelregen ging in dichten Vorhängen auf die schlüpfrige Autobahn nieder, und der hypnotisierende Rhythmus der Scheibenwischer ließ Miller fast einschlafen.
Er drosselte das Tempo auf 120 Stundenkilometer; bei dem Wetter und seinem Zustand bestand die Gefahr, daß er von der Straße geriet und in die aufgeweichten Felder rechts und links neben der Fahrbahn raste.

Mit der befreiten linken Hand brauchte Bayer nur noch ein paar Minuten, um sich den Schal abzubinden und den Knebel aus dem Mund zu reißen. Dann lag er mehrere Minuten reglos da und schnappte gierig nach Luft. In dem Zimmer stank es entsetzlich nach Schweiß, Erbrochenem, Whisky und Angst. Er löste die verknoteten Fesseln an seinem rechten Handgelenk und zuckte zusammen, als ihm der Schmerz vom gebrochenen kleinen Finger her den Arm hinauffuhr. Dann befreite er seine Füße.
Sein erster Gedanke war die Tür, aber die war verschlossen. Er versuchte sein Glück mit dem Telefon, wobei er sich kaum auf den Füßen halten konnte, weil sie von der langen Abschnürung noch ganz gefühllos waren. Schließlich taumelte er zum Fenster, zog die Vorhänge zur Seite und riß das Fenster auf.

In seiner Nische auf der anderen Seite der Straße war Mackensen trotz der Kälte nahe daran einzunicken, als er sah, wie gegenüber in Millers Hotelzimmer die Vorhänge zurückgezogen wurden. Mackensen riß die Remington an die Wange, wartete, bis die Gestalt hinter der Netzgardine das Fenster geöffnet hatte. Dann hielt er auf den Kopf und drückte ab.
Das Geschoß durchschlug Bayers Kehlkopf, und der ODESSA-Mann war schon tot, bevor sich sein massiger Körper aufbäumte und rückwärts zu Boden stürzte. Das Krachen des abgefeuerten Gewehrschusses würde der eine oder andere vielleicht für die Fehlzündung eines vorbeifahrenden Wagens halten, aber Mackensen war sich darüber im klaren, daß selbst zu dieser frühen Morgenstunde innerhalb von weniger als einer Minute irgend jemand Verdacht schöpfen und der Sache nachgehen würde.
Ohne noch einen zweiten Blick in das Zimmer gegenüber zu werfen, rannte er die Betontreppe zum Erdgeschoß hinunter. Er verließ den Neubau durch einen Hinterausgang und lief zwischen zwei Betonmischmaschinen und einem Schotterhaufen hindurch über den Hof. Innerhalb von sechzig Sekunden saß er in seinem Wagen, verstaute die Flinte im Kofferraum und fuhr davon.
Daß irgend etwas falsch gelaufen war, ahnte er schon, als er hinter dem Steuer saß und den Zündschlüssel ins Schloß steckte. Er vermutete, daß er einen Fehler begangen hatte. Der Werwolf hatte ihm den Mann, den er töten sollte, als groß und schlank beschrieben. Die Gestalt am Fenster, auf die er abgedrückt hatte, war die eines beleibten Mannes gewesen. Nach dem zu urteilen, was er gestern abend gesehen hatte, konnte es nur Bayer gewesen sein, den er erschossen hatte.
Nicht daß das ein allzu ernstes Problem bedeutet hätte. Angesichts des Toten auf dem Teppich in seinem Hotelzimmer blieb Miller nur noch die sofortige Flucht. Er würde natürlich zu seinem Jaguar rennen, der fünf Kilometer entfernt geparkt war. Mackensen fuhr den Mercedes zu der Stelle zurück, an der er den Jaguar zuletzt gesehen hatte. Ernstlich beunruhigt war er erst, als er feststellte, daß der Platz zwischen dem Opel und dem Mercedes-Benz-Laster leer war, auf dem der Jaguar am Abend zuvor in der ruhigen Villenstraße gestanden hatte.
Mackensen wäre nie der Henker der ODESSA geworden, hätte er nicht eiserne Nerven gehabt. Einige Minuten lang blieb er reglos am Steuer seines Wagens sitzen, ehe er auf die Tatsache, daß Miller bereits Hunderte von Kilometern weit weg sein konnte, zu reagieren begann.
Wenn Miller gegangen war, als Bayer noch lebte, dann entweder, weil er nichts aus ihm herausbekommen hatte – oder gerade weil er etwas herausbekommen hatte. Im ersten Fall war kein Schaden angerichtet worden; er würde Miller schon erwischen. Damit hatte es keine Eile. Wenn aber Miller von Bayer tatsächlich irgend etwas erfahren hatte, dann konnte es sich nur

um eine Information gehandelt haben. Was für eine Information das war, wußte einzig und allein der Werwolf. Deswegen mußte er ihn trotz seiner Angst vor der Wut seines Vorgesetzten anrufen.
Es dauerte zwanzig Minuten, bis er einen öffentlichen Fernsprecher fand. Er hatte immer eine Handvoll Münzen für Ferngespräche bei sich.
Als der Werwolf den Anruf entgegennahm und die Nachricht hörte, bekam er einen Tobsuchtsanfall und überschüttete den bezahlten Killer mit Verwünschungen und Vorwürfen. Er brauchte mehrere Minuten, ehe er sich etwas beruhigte.
»Sie finden ihn, Sie Hornochse, und das gefälligst schnell. Weiß der Teufel, wo der Bursche jetzt stecken mag.«
Mackensen wies seinen Chef darauf hin, daß er doch wissen müsse, welche Informationen Miller von Bayer erhalten haben könnte.
Der Werwolf überlegte einen Augenblick lang.
»Mein Gott«, flüsterte er, »der Fälscher. Er hat den Namen des Fälschers erfahren.«
»Welchen Fälscher meinen Sie, Chef?« fragte Mackensen.
Der Werwolf hatte sich wieder gefangen.
»Ich setze mich jetzt gleich mit dem Mann in Verbindung und warne ihn«, erklärte er. »Schreiben Sie sich mal auf, was ich Ihnen jetzt durchsage.« Er diktierte Mackensen eine Adresse und fügte hinzu: »Sie machen jetzt, daß Sie so schnell wie möglich nach Osnabrück raufkommen. Sie finden Miller unter der Adresse, die ich Ihnen genannt habe, oder irgendwo anders in der Stadt. Wenn er nicht in dem betreffenden Haus ist, suchen Sie die Stadt so lange nach dem Jaguar ab, bis Sie ihn gefunden haben. Und diesmal bleiben Sie bei dem Jaguar. Das ist der Ort, an den er mit Sicherheit zurückkehrt.«
Er warf den Hörer auf die Gabel. Gleich darauf nahm er ihn wieder auf, um sich von der Auskunft eine Osnabrücker Nummer geben zu lassen, und rief sie an.
Aus dem Hörer, den Mackensen in einer Stuttgarter Telefonzelle in der Hand hielt, kam das Amtszeichen. Achselzuckend hängte er ein und ging zu seinem Wagen zurück. Die Aussicht auf die lange, anstrengende Fahrt und den anschließend zu erledigenden »Auftrag« war nicht gerade begeisternd. Er war fast ebenso müde wie Miller, der sich jetzt schon dreißig Kilometer vor Osnabrück befand. Beide Männer hatten seit vierundzwanzig Stunden nicht geschlafen, und Mackensen hatte sogar seit dem Mittagessen am Vortag nichts mehr gegessen.
Mackensen war noch bis auf die Knochen durchgefroren von seiner nächtlichen Wache und wurde von dem Verlangen nach einer heißen Tasse Kaffee und einem Steinhäger gepeinigt. Trotzdem stieg er in seinen Mercedes zu der langen Fahrt nach Norden.

13

An Klaus Winzers äußerer Erscheinung gab es nichts, was auf seine ehemalige SS-Angehörigkeit hingewiesen hätte. Er hatte nicht annähernd die erforderliche Körpergröße von einsachtzig, und außerdem war er kurzsichtig. Er war vierzig Jahre alt, ein blasser, etwas schwammiger kleiner Mann mit blondem Haar und schüchternen Umgangsformen.

Tatsächlich war sein Leben weit ungewöhnlicher verlaufen als das der meisten Männer, die jemals die Uniform der SS getragen hatten. Er war 1924 in Wiesbaden als Sohn eines gewissen Johann Winzer geboren. Sein Vater war ein ungeschlachter, großmäuliger Metzgermeister, der seit den frühen zwanziger Jahren ein ergebener Gefolgsmann Adolf Hitlers und seiner Partei war. Die lärmende Heimkehr seines Vaters von Straßenschlachten mit Kommunisten und Sozialdemokraten gehörte zu den frühesten Kindheitseindrücken von Klaus Winzer.

Zum Verdruß seines Vaters schlug Klaus der Mutter nach und wuchs zu einem schwächlichen, kurzsichtigen und friedlichen Knaben heran. Klein war er außerdem. Er haßte körperliche Gewalt, jeglichen Sport und den Dienst in der Hitlerjugend. Es gab nur eines, was ihn begeisterte: Seit seinem zehnten oder elften Lebensjahr war er ganz besessen von der Kunst des Schönschreibens und der Ausschmückung handschriftlicher Manuskripte – eine Vorliebe, die sein Vater verächtlich als weibisch abtat.

Mit der Machtergreifung der Nazis kam der Metzger zu beträchtlichem Wohlstand; für die treuen Dienste, die er der Partei geleistet hatte, wurde er mit einem Exklusivvertrag belohnt. Dieser Vertrag sicherte ihm die Fleischbelieferung der örtlichen SS-Kasernen. Er bewunderte die schmuck einherstolzierenden SS-Jünglinge grenzenlos und hoffte inständig, den eigenen Sohn eines Tages in der eleganten Uniform der Schutzstaffel sehen zu können.

Klaus zeigte jedoch keinerlei Neigung dazu; er verbrachte seine Zeit über kalligraphischen Manuskripten und experimentierte mit farbigen Tinten und verschiedenen Papierarten.

Der Krieg kam, und im Frühjahr 1942 wurde Klaus achtzehn Jahre alt und damit wehrpflichtig. Im Gegensatz zu seinem grobknochigen, rauhbeinigen Vater war er blaß, klein, schmalbrüstig und scheu. Da er bei der militärärztlichen Untersuchung nicht einmal als tauglich zur Verwendung in der Schreibstube befunden wurde, schickte ihn die Musterungskommission wieder nach Hause.

Sein Vater empfand das als eine unerträgliche Kränkung.

Johann Winzer setzte sich kurzentschlossen in den Zug nach Berlin, um einen alten Freund aus den Tagen der Straßenkämpfe und Saalschlachten aufzusuchen. Dieser alte Freund war inzwischen ein hohes Tier in der SS geworden und konnte sich daher mit einiger Aussicht auf Erfolg für seinen Sohn verwenden. Vielleicht gelang es ihm, Klaus einen Posten zu vermitteln, auf dem er dem Reich auf irgendeine Weise von Nutzen sein konnte. Der Mann war durchaus hilfsbereit, wußte aber auch nicht sogleich eine geeignete Stelle zu nennen, in der Klaus Verwendung finden konnte. Er fragte den Metzger, ob es irgend etwas gäbe, was der Junge besonders gut könne. Beschämt gestand sein Vater, daß er etwas vom Zeichnen verstehe.

Der Mann versprach zu tun, was in seiner Macht stand. Um einen Anfang zu machen, schlug er vor, Klaus solle einen Sinnspruch zu Ehren eines gewissen SS-Sturmbannführers Fritz Suhren auf Pergament schreiben.

Klaus tat wie ihm geheißen. Anläßlich einer Feierstunde eine Woche später in Berlin wurde Suhren das mit komplizierten Ornamenten reich geschmückte Blatt in Schönschrift von seinen Gesinnungsfreunden überreicht. Suhren, bis dahin Kommandant des Konzentrationslagers Sachsenhausen, übernahm dann die Leitung des noch berüchtigteren KZ Ravensbrück.

1945 wurde er von den Franzosen hingerichtet. Unter denen, die bei der feierlichen Überreichung im RSHA in Berlin die Schönheit des überreichten Schmuckblatts besonders bewunderten, befand sich auch ein SS-Obersturmführer Alfred Naujocks. Das war der Mann, der im August 1939 den Scheinangriff auf den Gleiwitzer Rundfunksender an der deutsch-polnischen Grenze geleitet hatte. Dabei waren Leichen von KZ-Häftlingen in polnischen Armeeuniformen zurückgelassen worden; sie sollten als »Beweis« dafür dienen, daß Polen das Reich angegriffen hatte, und Hitler den Vorwand liefern für seinen Überfall auf Polen acht Tage später.

Naujocks erkundigte sich, wer das Schmuckblatt geschaffen hatte, und als man es ihm sagte, bestand er darauf, daß der junge Klaus Winzer nach Berlin geholt wurde. Bevor er noch recht begriffen hatte, wie ihm geschah, war Klaus Winzer bereits in die SS aufgenommen – ohne die Grundausbildung zum Ablegen des Treueschwurs auf den Führer. Er legte trotzdem den Treueschwur ab und noch einen zur Geheimhaltung verpflichtenden Eid. Dann wurde er darüber informiert, daß er auf ein als »geheime Reichssache« geltendes Projekt angesetzt wurde. Der verblüffte Metzgermeister in Wiesbaden wußte sich vor Glück kaum zu fassen.

Das betreffende Projekt wurde dann unter der Schirmherrschaft des Reichssicherheits-Hauptamtes, Amt 6, Abteilung F, in Berlin in einer Werkstatt in der Delbrückstraße ausgeführt. Im Grunde war es ganz simpel. Die SS versuchte Hunderttausende von englischen Fünfpfundnoten und amerikanischen Hundertdollarscheinen zu fälschen. Das Papier wurde in der reichseigenen Banknoten-Papiermühle in Spechthausen bei Berlin hergestellt, und die Werkstatt in der Delbrückstraße mußte das richtige Wasserzeichen für die Geldscheine herstellen. Es war seine eminente Kenntnis von Papieren und Tinten, weshalb die SS auf Klaus Winzers Mitarbeit Wert legte. Der Zweck des Unternehmens bestand darin, Großbritannien und die Vereinigten Staaten mit Falschgeld zu überschwemmen und auf diese Weise die Wirtschaft dieser Länder zu ruinieren. Anfang 1943, als die Herstellung des Wasserzeichens der englischen Fünfpfundnote gelungen war, wurde die Herstellung der Druckplatten dem Block 19 des Konzentrationslagers Sachsenhausen übertragen, wo jüdische und nichtjüdische Graveure und Chemigraphen unter Leitung der SS arbeiteten. Winzers Aufgabe bestand in der Überwachung der Qualität ihrer Arbeit.

Innerhalb von zwei Jahren hatte Winzer von seinen Schützlingen alle ihre Tricks gelernt, und die reichten aus, ihn zu einem ungewöhnlich versierten Fälscher zu machen. Gegen Ende des Jahres 1944 wurden die Spezialisten von Block 19 auch noch mit der Herstellung gefälschter Personalausweise beauftragt. Sie sollten den SS-Führern nach dem Zusammenbruch den Identitätswechsel ermöglichen.

Im Frühjahr 1945 war dann auch für die private kleine Idylle dieser Fälscherwerkstatt mitten im Chaos, das damals über Deutschland hereinbrach, das Ende gekommen.

Das gesamte, von einem gewissen Hauptsturmführer Bernhard Krüger befehligte Kommando erhielt Weisung, von Sachsenhausen in ein entlegenes Nest in den österreichischen Alpen zu übersiedeln. Auf Lastwagen ging es nach Süden, und in der stillgelegten Brauerei von Redl-Zipf in Oberösterreich nahm die Fälscherwerkstatt ihre Tätigkeit wieder auf. Wenige Tage vor Kriegsende stand ein todtrauriger Klaus Winzer am Ufer eines Gebirgssees und sah zu, wie Millionen virtuos gefälschter Pfundnoten und Dollarscheine in den See versenkt wurden.

Er kehrte nach Wiesbaden ins Elternhaus zurück. Bei der SS hatte er immer seine Mahlzeiten bekommen, und jetzt, im Somer 1945, stellte er zu seiner Überraschung fest, daß die deutsche Bevölkerung hungerte. Die Amerikaner, die Wiesbaden besetzt hatten, waren selbst reichlich versorgt, während die Deutschen trockenes Brot kauten. Sein Vater, der neuerdings »schon immer gegen die Nazis gewesen war«, war ein gebrochener Mann. Wo in seiner Metzgerei einst Schinken gehangen hatten, hing jetzt nur eine einzige Kette kümmerlicher Würstchen an den glänzenden Fleischerhaken.

Als Klaus von seiner Mutter erfuhr, daß die wenigen Lebensmittel nur auf Rationskarten von den Amerikanern erhältlich waren, sah er sich die Karten an und stellte fest, daß sie auf billigstem Papier von einer örtlichen Druckerei hergestellt wurden. Er nahm ein paar Lebensmittelkarten und zog sich damit in sein Zimmer zurück. Ein paar Tage später überreichte er seiner Mutter genug Lebensmittelkarten, um sie alle drei ein halbes Jahr lang zu ernähren.

»Aber sie sind doch gefälscht«, entsetzte sich seine Mutter.

Geduldig versuchte Klaus, ihr begreiflich zu machen, was er inzwischen selbst glaubte: daß sie nicht gefälscht, sondern nur auf einer anderen Druckmaschine hergestellt waren. Sein Vater stand Klaus bei.
»Dummes Frauenzimmer, willst du damit sagen, daß die Lebensmittelkarten von den Amis etwa besser sind als die von unserem Sohn?«
Der Einwand war um so weniger zu widerlegen, als sie sich noch am gleichen Abend zu einem reichhaltigen Mahl hinsetzen konnten.
Einen Monat darauf lernte Klaus Winzer Otto Klops kennen. Der gerissene, selbstsichere König des Wiesbadener Schwarzmarkts wurde sein Geschäftspartner. Winzer produzierte Lebensmittelkarten, Benzingutscheine, Interzonenpässe, Führerscheine, US-Militärpapiere und PX-Karten in unbegrenzten Mengen. Klops benutzte sie, um Lebensmittel, Benzin, Lastwagenreifen, Nylonstrümpfe, Seife, Kosmetika und Kleidung zu kaufen, wobei ein Teil der Beute zur Bestreitung eines angenehmen Lebens für ihn und Winzer diente. Der Rest wurde zu Schwarzmarktpreisen abgesetzt. Innerhalb von dreißig Monaten war Klaus Winzer ein reicher Mann geworden. Im Frühjahr 1948 belief sich sein Bankkonto auf fünf Millionen Reichsmark.
Seiner entsetzten Mutter erklärte er seine einfache Philosophie: »Ein Dokument ist nicht entweder echt oder gefälscht, sondern es ist entweder wirksam oder unwirksam. Wenn dir ein Paß über eine Grenze verhelfen soll, und du passierst mit seiner Hilfe diese Grenze, dann ist er ein brauchbares Dokument.«
Im Juni 1948 spielte Klaus Winzer das Leben zum zweitenmal übel mit: Die alte Reichsmark wurde von der DM abgelöst. Aber anstatt einen Umtausch im Verhältnis 1 : 1 vorzunehmen, schafften die Behörden die alte Währung einfach ab und zahlten jedem Bürger ein »Kopfgeld« von 40 DM aus. Klaus Winzer war ruiniert. Sein Vermögen hatte sich in wertloses Papier verwandelt.
Waren aller Art kamen wieder in den Handel, und Schwarzhändler wurden entbehrlich. Prompt wurde Klops von seinen eigenen Kunden denunziert, und Winzer mußte fliehen. Er stellte sich selbst einen Interzonenpaß aus und fuhr damit zum Hauptquartier der Militärregierung der britischen Zone in Hannover. Dort bewarb er sich um eine Anstellung in der Paßabteilung.
Seine Referenzen von den US-Behörden in Wiesbaden, unterzeichnet von einem Obersten der amerikanischen Luftwaffe, waren hervorragend; kein Wunder, denn er hatte sie selbst geschrieben. Der britische Major, der ihn interviewte, setzte die Teetasse ab und erklärte dem Bewerber:
»Ich hoffe, Sie sind sich darüber im klaren, wie wichtig es ist, daß die Leute stets ordnungsgemäße Papiere bei sich führen.«
Mit großem Ernst versicherte Winzer dem Major, daß er sich dessen vollauf

bewußt sei. Zwei Monate später kam seine große Chance. Er saß allein in einer Kneipe und trank sein Bier, als ein Mann mit ihm ins Gespräch kam. Sein Name war Herbert Molders. Er vertraute Winzer an, daß er von den britischen Militärbehörden wegen Kriegsverbrechen gesucht werde und Deutschland unbedingt verlassen müsse. Aber nur die Engländer stellten Pässe für Deutsche aus, und er wagte es nicht, einen Paß zu beantragen. Winzer entgegnete, daß sich das möglicherweise deichseln ließe, aber Geld kosten würde.

Zu seinem Erstaunen zog Molders ein echtes Diamantenhalsband aus der Tasche. Winzer vermutete, woher es kam.

Eine Woche später stellte Winzer, dem Molders ein Photo von sich gegeben hatte, den Paß aus. Er war sogar echt. Winzer brauchte ihn gar nicht zu fälschen.

Das System, nach dem das Paßamt arbeitete, war sehr einfach. In der Abteilung Eins erschienen die Antragsteller, füllten ein Antragsformular aus und hinterließen ihre mitgebrachten Papiere und amtlichen Unterlagen. Abteilung Zwei überprüfte die Geburtsurkunden, Personalausweise, Führerscheine und so weiter auf mögliche Fälschungen und stellte fest, ob Namen von Antragstellern auf der Kriegsverbrecher-Fahndungsliste auftauchten. Wenn keine Bedenken bestanden, reichten sie den Antrag mit einer vom Abteilungsleiter unterzeichneten Befürwortung an die Abteilung Drei weiter. Abteilung Drei entnahm bei Erhalt der Befürwortung durch Abteilung Zwei dem Safe einen Blankopaß, füllte ihn aus und fügte das Photo des Antragstellers ein. Der konnte den Paß dann zumeist schon nach einer Woche abholen.

Es gelang Winzer, sich in Abteilung Drei versetzen zu lassen. Er füllte das Antragsformular für Molders auf einen neuen Namen aus, schrieb eine Befürwortung auf den entsprechenden Vordruck von Abteilung Zwei und fälschte die Unterschrift des betreffenden britischen Offiziers.

Dann ging er in die Abteilung Zwei hinüber, legte Molders' Antrag zusammen mit der Befürwortung zu den neunzehn bereits befürworteten Anträgen, die dort zur Abholung bereitlagen, und trug den Stapel in Major Johnstons Zimmer. Major Johnston prüfte nach, ob zwanzig ausgefüllte und unterschriebene Befürwortungsvordrucke vorlagen, ging an sein Safe, holte zwanzig Blankopässe heraus und überreichte sie Winzer. Winzer füllte sie ordnungsgemäß aus, versah sie mit dem amtlichen Stempel und händigte den neunzehn wartenden Antragstellern neunzehn Pässe aus. Den zwanzigsten Paß steckte er ein. In den dafür vorgesehenen Aktenordner heftete er zwanzig Anträge ab, damit ihre Anzahl mit derjenigen der ausgestellten Pässe übereinstimmte.

An jenem Abend überreichte er Molders den neuen Paß und nahm das Diamantenhalsband entgegen. Er hatte sein neues Metier gefunden.

Im Mai 1949 wurde die Bundesrepublik gegründet und das Paßamt in Hannover der Regierung des Landes Niedersachsen übergeben. Winzer blieb auf seinem Posten. Er hatte keine Kunden mehr. Er brauchte auch keine. Allwöchentlich füllte er sorgfältig ein Paßantragsformular aus, versah es mit dem *en face* aufgenommenen Lichtbild irgendeiner anonymen Person, das er von einem Studiophotographen besorgte, fälschte einen Befürwortungsvordruck mitsamt der Unterschrift des Leiters der Abteilung Zwei (der jetzt ein Deutscher war) und ging dann mit einem Packen bereits bearbeiteter Anträge und Befürwortungen zum Leiter der Abteilung Drei. Solange die Anzahl der Anträge und Befürwortungen übereinstimmte, erhielt er jedesmal anstandslos einen Stapel Blankopässe. Bis auf einen wurden sie auch allesamt den Antragstellern ausgehändigt. Der letzte Blankopaß wanderte in seine Tasche. Alles, was er darüber hinaus benötigte, war der amtliche Stempel. Es wäre nicht unbemerkt geblieben, wenn er ihn gestohlen hätte. Er nahm ihn über Nacht mit nach Hause, und am nächsten Tag besaß er einen Abguß vom Dienststempel des Paßamts der Landesregierung von Niedersachsen.
Innerhalb von sechzig Wochen brachte er auf diese Weise sechzig Blankopässe in seinen Besitz. Er reichte seine Kündigung ein, hörte sich errötend die Lobreden an, die seine Vorgesetzten auf seine gewissenhafte und sorgfältige Arbeit als Angestellter in ihren Diensten hielten, und verließ Hannover. In Antwerpen verkaufte er das Diamantenhalsband und machte zu einer Zeit, in der für Gold und Dollars alles weit unter Marktpreis zu haben war, in Osnabrück eine hübsche kleine Druckerei auf.
Er wäre nie mit der ODESSA in Berührung gekommen, wenn Molders seinen Mund gehalten hätte. Aber in Madrid prahlte Molders Freunden gegenüber mit seinem Kontaktmann in Deutschland, der jedem, der ihn darum bat, einen echten westdeutschen Paß auf einen falschen Namen ausstellte.
Ende 1950 suchte ein »Freund« Winzer in Osnabrück auf, der sich dort gerade als Inhaber seiner Druckerei eingearbeitet hatte. Winzer blieb nichts anderes übrig, als zu kooperieren. Von da ab stellte er jedem ODESSA-Mann, der in Schwierigkeiten war, einen neuen Paß aus.
Das System war absolut sicher. Alles, was Winzer brauchte, war ein Lichtbild des Betreffenden und sein Geburtsdatum. Von den Angaben zur Person, die in den – im Archiv des Paßamts verwahrten – Antragsformularen aufgeführt worden waren, hatte er jeweils eine Kopie behalten. Er nahm einen Blankopaß und trug dort die bereits auf einem der Antragsformulare von 1949 vermerkten Angaben zur Person ein. Der Name war zumeist gebräuchlich und der Geburtsort weit hinter dem Eisernen Vorhang und somit nicht nachprüfbar. Das Geburtsdatum entsprach in den meisten Fällen dem wirklichen Alter des SS-»Antragstellers« ziemlich genau. Winzer drückte den Stempel der Paßbehörde des Landes Niedersachsen in den Paß,

und der Inhaber unterzeichnete in seiner eigenen Handschrift mit seinem neuen Namen, wenn er den Paß erhielt.

Verlängerungen oder Neuausstellungen waren kein Problem. Nach fünf Jahren beantragte der Paßinhaber seinen neuen Paß beim Paßamt jeder beliebigen Landesregierung, außer der von Niedersachsen. Der Beamte, beispielsweise des bayerischen Paßamts, setzte sich dann mit seinem Kollegen in Hannover in Verbindung, um die Bestätigung einzuholen, daß dort einem Walter Schumann, geboren dann und dann in Soundso, ein Paß ausgestellt worden war. Sodann stellte er, durch die Auskunft aus Hannover beruhigt, seinen neuen Paß aus und versah ihn mit dem bayerischen Amtsstempel. Solange das Photo auf dem Antragsformular in Hannover nicht mit dem im Paß verglichen wurde, der in München vorlag – solange konnte nichts schiefgehen. Und ein solcher Vergleich fand auch tatsächlich nie statt. Dem Beamten kam es ausschließlich auf korrekt ausgefüllte und genehmigte Anträge und übereinstimmende Paßnummern an – nicht auf Gesichter.

Erst ab 1955, also mehr als fünf Jahre nach der Ausstellung des Passes in Hannover, mußte ihn der Inhaber erneuern lassen. War der gesuchte SS-Verbrecher erst einmal im Besitz eines Passes, bekam er auch einen neuen Führerschein und jedes andere Dokument, das seine neue Identität bestätigte. Bis zum Frühjahr 1964 hatte Winzer insgesamt zweiundvierzig von seinen ursprünglich sechzig Blankopässen ausgestellt.

Aber der kleine Mann war so klug gewesen, eine Vorsichtsmaßregel zu treffen. Er sagte sich, daß die ODESSA womöglich eines Tages auf seine Dienste würde verzichten wollen – und auf ihn selbst ebenfalls. Deswegen sicherte er sich ab. Die wahren Namen seiner Klienten waren ihm nicht bekannt; um einen Paß auf einen falschen Namen auszustellen, war es nicht erforderlich, daß er sie erfuhr. Aber für seine Absicherung war das belanglos. Von jedem Photo, das ihm zugeschickt wurde, machte er eine Kopie, die er behielt; das Original klebte er in den Paß für den Absender. Die Kopie klebte auf einem Bogen Kanzleipapier, wo er den neuen Namen, den Wohnort (der in westdeutschen Pässen angegeben werden muß) und die neue Paßnummer mit Schreibmaschine vermerkte.

Die Bogen verwahrte er in einem Aktenhefter. Diese Akte war seine Lebensversicherung. Er behielt eine Ausfertigung in seinem Haus, und eine zweite lag bei einem Anwalt in Zürich. Wenn ihm die ODESSA jemals nach dem Leben trachtete, konnte er sie auf die Existenz der Akte hinweisen. Dann mußte die ODESSA begreifen, daß der Züricher Anwalt die Kopie den westdeutschen Behörden zuleiten würde, sobald ihm, Winzer, irgend etwas zustieß.

Die Westdeutschen würden die Photos mit ihrem Naziverbrecher-Album vergleichen. Schon die Paßnummer würde ihnen nach Rückfragen in allen zehn Landeshauptstädten den Aufenthaltsort des Paßinhabers verraten – die Entlarvung dauerte dann nicht länger als eine Woche. Es war ein garantiert sicheres System. Es ermöglichte Winzer, am Leben und bei guter Gesundheit zu bleiben.

Das also war der Mann, der an jenem Freitagmorgen kurz nach acht beim Frühstück saß, gemächlich seinen Toast mit Marmelade kaute, seinen Kaffee schlürfte und gerade die erste Seite des »Osnabrücker Tageblatts« überflogen hatte, als das Telefon schrillte. Die Stimme des Anrufers klang zuerst herrisch, dann aber merklich sanfter und offenbar bemüht, beruhigend zu wirken.

»Es kann gar keine Rede davon sein, daß wir Ihnen etwa Schwierigkeiten machen wollen«, versicherte der Werwolf. »Es ist nur wegen dieses verdammten Reporters. Wir haben lediglich einen Hinweis erhalten, daß er unterwegs ist, um Sie aufzusuchen. Kein Grund zur Besorgnis. Einer von unseren Männern ist ihm hart auf den Fersen, und die ganze Geschichte wird sich noch heute erledigt haben. Aber Sie müssen innerhalb von zehn Minuten das Haus verlassen. Was Sie machen sollen, ist folgendes ...«

Winzer packte aufgeregt eine kleine Reisetasche. Er sah zögernd den Safe mit der Akte an. Er beschloß, daß er sie nicht brauchte, und ließ sie an ihrem sicheren Ort. Dem überraschten Hausmädchen Barbara kündigte er an, er werde an diesem Vormittag nicht in das Druckereikontor gehen. Vielmehr trete er einen kurzen Erholungsurlaub in den österreichischen Alpen an. Frische Bergluft sei das beste Mittel, um sich wieder fit zu machen.

Barbara war immer noch sprachlos vor Staunen und stand mit offenem Mund an der Tür, als Winzers neuer Kadett – das kleine Opel-Modell war gerade erst auf den Markt gekommen – schon rückwärts die Auffahrt hinunterschoß, in die Villenstraße vor seinem Haus einbog und davonfuhr. Kurz nach neun befand er sich auf der Straße, die nach Süden zur Autobahn führte. Als der Kadett auf der stark befahrenen Landstraße einen Laster überholen wollte, scheuchte ihn ein entgegenkommender Sportwagen mit nervösem Aufblinken in die Reihe zurück. Winzer bemerkte nicht, daß es ein Jaguar war.

Am Saarplatz, nahe am Westrand der Stadt, fand Miller eine Tankstelle. Übermüdet kletterte er aus dem Wagen. Seine Muskeln schmerzten, und sein Nacken fühlte sich an, als habe er sich eben erst dem Dauergriff eines Ringkämpfers entwunden. Der Wein vom Abend zuvor hatte einen merkwürdigen Geschmack in seinem Mund hinterlassen. Miller mußte an Papageiendreck denken.

»Super«, sagte er. »Bitte vollmachen. Gibt es hier eine Telefonzelle?«

»Da drüben an der Ecke«, sagte der Tankwart.

Auf dem Weg dorthin kam Miller an einem Kaffee-Automaten vorüber und nahm einen Pappbecher mit heißem Kaffee in die Fernsprechzelle mit. Er blätterte in dem Osnabrücker Telefonbuch. Es gab mehrere Winzers, aber nur einen Klaus Winzer. Der Name war doppelt eingetragen. Der erste Eintrag hatte den Zusatz *»Druckerei«*, der zweite die Abkürzung *»priv.«*. Es war 9 Uhr 40 – reguläre Arbeitszeit. Er rief in der Druckerei an.
Der Mann, der sich am Apparat meldete, war offenbar der Druckermeister.
»Tut mir leid, er ist noch nicht da«, sagte er. »Normalerweise kommt Herr Winzer immer Punkt neun. Ich erwarte ihn jeden Augenblick. Rufen Sie doch in einer halben Stunde noch mal an.«
Miller dankte ihm und überlegte sich, ob er in der Privatwohnung anrufen solle. Lieber nicht. Wenn er zu Hause war, wollte Miller ihn selbst sprechen. Er merkte sich die Adresse und verließ die Telefonzelle.
»Wo ist die Silcherstraße?« fragte er den Tankwart, als er die Benzinrechnung bezahlt und festgestellt hatte, daß von seinen Ersparnissen nur noch 500 DM übrig waren. Der junge Mann deutete mit einem Kopfnicken zur anderen Straßenseite hinüber.
»In der Richtung liegt es«, sagte er. »In Westerberg. Da wohnen die feinen Leute.«
Miller kaufte einen Stadtplan, um die Straße zu suchen. Keine zehn Minuten später hielt er vor Winzers Haus.
Es war das Heim eines begüterten Mannes. Das ganze Viertel machte auf gepflegten Wohlstand. Miller ließ den Jaguar unten an der Auffahrt stehen und ging den Weg zur Haustür hinauf.
Das Mädchen, das ihm öffnete, war noch keine Zwanzig und sehr hübsch. Sie lächelte ihn strahlend an.
»Guten Morgen. Ich hätte gern Herrn Winzer gesprochen«, sagte Miller.
»Ooh, er ist nicht da. Er ist vor etwa einer Stunde weggefahren.«
Miller ließ sich nicht entmutigen. Zweifellos war Winzer auf dem Weg in seine Druckerei. Vielleicht war er unterwegs durch irgendeine Verkehrsstauung aufgehalten worden.
»Wie schade, ich hatte gehofft, ihn noch zu erwischen, bevor er in die Druckerei fährt.«
»Er ist nicht in die Druckerei gefahren. Heute morgen nicht. Er ist in Urlaub gefahren«, berichtete das Mädchen bereitwillig.
Miller zwang sich, ein Gefühl der Panik niederzukämpfen, das ihn zu überkommen drohte.
»Urlaub? Das ist aber ungewöhnlich zu dieser Jahreszeit. Übrigens«, log er, »waren wir für heute verabredet. Er hat mich ausdrücklich gebeten, herzukommen.«
»Ach, wie dumm«, sagte das Mädchen bekümmert. »Und er ist so plötzlich aufgebrochen. Erst kam ein Anruf, und sofort danach ist er rauf, nach oben,

und sagt: ›Barbara, ich fahre in Urlaub nach Österreich. Nur für eine Woche‹, sagt er. Also sonst packt er nie so überstürzt, wenn er wegfährt. Sagt nur gerade noch, ich soll die Druckerei anrufen und Bescheid sagen, daß er eine Woche lang nicht kommt, und weg ist er. Sieht ihm gar nicht ähnlich, so was. So ein stiller, ruhiger Herr.«
Millers Hoffnung schwand.
»Hat er gesagt, wohin er fährt?« fragte er.
»Nein. Nichts. Nur, daß er in die österreichischen Alpen wollte.«
»Keine Adresse, wohin die Post nachgeschickt werden soll? Keine Möglichkeit, sich mit ihm in Verbindung zu setzen?«
»Nein, das ist ja das merkwürdige. Ich meine, was soll die Druckerei machen? Ich habe gerade eben dort angerufen. Die waren ganz verzweifelt, wo doch so viele Dinge erledigt werden müssen.«
Miller überlegte rasch. Winzer hatte einen Vorsprung von einer Stunde, auf der Landstraße hatte er demnach schon etwa 80 Kilometer zurückgelegt. Das bedeutete, daß Miller mehr als zwei Stunden brauchte, bis er Winzer eingeholt hätte – zu lange. In zwei Stunden konnte er schon überall sein. Außerdem war es nicht erwiesen, daß er auch tatsächlich nach Süden in Richtung Österreich fuhr.
»Könnte ich dann vielleicht mit Frau Winzer sprechen?« fragte er.
Barbara kicherte und sah ihn schalkhaft an.
»Es gibt keine Frau Winzer«, sagte sie. »Kennen Sie Herrn Winzer denn nicht?«
»Nein, ich bin ihm nie begegnet.«
»Nun, er ist kein Mann, der heiratet. Ich meine, er ist sehr nett und alles, aber an Frauen ist er nicht wirklich interessiert. Wenn Sie verstehen, was ich meine.«
»Dann lebt er also ganz allein hier?«
»Von mir abgesehen, ja. Ich meine, ich wohne auch hier. Aber was das betrifft, ist es für mich wirklich ganz sicher.« Sie kicherte.
»Ich verstehe. Vielen Dank«, sagte Miller und wandte sich zum Gehen.
»Gern geschehen«, sagte das Mädchen und blickte ihm nach, als er die Auffahrt hinunterging und in den Jaguar kletterte. Der Jaguar hatte schon vorher ihre Aufmerksamkeit erregt. Sie fragte sich, ob sie nicht den netten jungen Mann auffordern konnte, die Nacht bei ihr zu verbringen, jetzt, wo Herr Winzer fort war. Sie sah den Jaguar mit donnerndem Auspuff davonfahren, seufzte und schloß die Tür.
Miller spürte, wie ihn jetzt, nach der jüngsten Enttäuschung, die Müdigkeit doppelt stark überkam. Er vermutete, daß Bayer sich aus seinen Fesseln befreit und vom Hotel aus Winzer telefonisch gewarnt hatte. Miller war seinem Ziel so nahe gewesen – er hatte es bloß um 60 Minuten verfehlt. Jetzt fühlte er nur noch das brennende Verlangen nach Schlaf.

Er fuhr an den mittelalterlichen Wallanlagen entlang, die die Altstadt umschlossen, und folgte dem Weg des Stadtplans zum Theodor-Heuss-Platz. Er parkte den Jaguar vor dem Hotel Hohenzollern, auf der dem Bahnhof gegenüberliegenden Seite des Platzes.
Er hatte Glück, es war noch ein Zimmer frei. Er konnte gleich hochgehen, sich ausziehen und aufs Bett legen. Ein vages Gefühl sagte ihm, daß er irgendein winziges Detail vergessen hatte. Aber bevor er zum Nachdenken kam, hatte ihn schon der Schlaf übermannt. Es war 10 Uhr 30.

Mackensen erreichte das Stadtzentrum von Osnabrück um 13 Uhr 30. Auf dem Weg dorthin hatte er einen Abstecher zu Winzers Haus im Stadtviertel Westerberg gemacht, aber keinen Jaguar vorgefunden. Bevor er Winzers Haus einen Besuch abstattete, wollte er den Werwolf anrufen, um zu hören, ob es Neuigkeiten gab.
Das Postamt liegt an der linken Seite des Theodor-Heuss-Platzes, wenn man vom Bahnhof aus blickt; das Hotel Hohenzollern liegt dem Bahnhof gegenüber. Mackensen parkte vor dem Postamt und verzog sein Gesicht zu einem breiten Grinsen. Der Jaguar stand vor dem ersten Hotel am Ort, und es war der, den er suchte.
Die Laune des Werwolfs hatte sich inzwischen entscheidend verbessert. »Alles in Ordnung. Die Aufregung hat sich gelegt«, erklärte er dem Killer. »Ich habe unseren Freund noch rechtzeitig erreicht, und er hat sich aus der Stadt verzogen. Gerade eben habe ich noch mal dort angerufen. Es muß das Hausmädchen gewesen sein, das am Apparat war. Sie erklärte mir, unser Freund sei etwa eine Stunde fortgewesen, als ein junger Mann in einem schwarzen Jaguar angefahren kam und nach ihm fragte.«
»Ich habe auch eine Neuigkeit«, sagte Mackensen. »Der Jaguar ist direkt vor meiner Nase hier auf dem Platz geparkt. Vermutlich schläft er sich im Hotel erst mal aus. Ich kann es gleich hier im Hotelzimmer erledigen. Ich nehme den Schalldämpfer.«
»Warten Sie. Gehen Sie nicht zu eilig vor«, warnte ihn der Werwolf. »Ich habe mir die Sache durch den Kopf gehen lassen. In Osnabrück darf er keinesfalls eine verpaßt kriegen. Das Mädchen hat ihn und seinen Wagen gesehen. Sie würde es wahrscheinlich der Polizei melden. Das wiederum würde die Aufmerksamkeit auf unseren Freund lenken, und er hat nicht gerade die besten Nerven. Er darf unter keinen Umständen in die Sache hineingezogen werden. Aus der Aussage des Hausmädchens würden sich eine Menge Verdachtsmomente gegen ihn ergeben. Erst kommt ein Anruf, dann stürzt er aus dem Haus und verschwindet, dann erscheint ein junger Mann, der ihn sprechen will, dann wird der junge Mann erschossen in einem Hotelzimmer aufgefunden. Das ist zuviel.«

Mackensen legte die Stirn in Falten.
»Sie haben recht«, sagte er schließlich. »Ich muß ihn mir vornehmen, wenn er abfährt.«
»Er wird wahrscheinlich noch ein paar Stunden bleiben und nach Hinweisen auf unseren Freund suchen. Er wird nichts entdecken. Da ist noch etwas. Hat Miller einen Aktenkoffer bei sich?«
»Ja«, sagte Mackensen. »Er hatte ihn jedenfalls bei sich, als er gestern abend das Nachtlokal verließ. Und er hatte ihn auch mit, als er in sein Hotelzimmer zurückging.«
»Und warum läßt er ihn nicht im Kofferraum seines Wagens? Warum nimmt er ihn mit ins Hotelzimmer? Weil er Dinge enthält, die für ihn wichtig sind. Soweit klar?«
»Ja«, sagte Mackensen.
»Der springende Punkt ist«, sagte der Werwolf, »er hat mich jetzt gesehen und kennt meinen Namen und meine Adresse. Er weiß von der Verbindung mit Bayer und dem Fälscher. Und Reporter schreiben sich solche Dinge auf. Dieser Aktenkoffer ist jetzt von entscheidender Wichtigkeit. Selbst wenn Miller stirbt, darf der Koffer nicht der Polizei in die Hände fallen.«
»Ich habe verstanden. Sie legen auch auf den Koffer Wert.«
»Sie nehmen ihn entweder an sich, oder Sie vernichten ihn«, befahl die Stimme aus Nürnberg. Mackensen überlegte einen Augenblick lang.
»Die beste Art und Weise, beides auf einmal zu erledigen, wäre, eine Bombe in den Wagen zu legen. Sie müßte mit der Federung verbunden sein und hochgehen, wenn er in vollem Tempo auf der Autobahn über irgendeine Unebenheit rast.«
»Ausgezeichnet«, sagte der Werwolf. »Wird der Aktenkoffer dabei auch mit Sicherheit vernichtet?«
»Bei der Bombe, an die ich denke, werden Wagen, Miller und Aktenkoffer in Flammen aufgehen und vollständig verbrennen. Und bei dem hohen Tempo wird es zudem aussehen wie ein Unfall. Zeugen werden sagen, der Benzintank sei explodiert.«
»Schaffen Sie das?« fragte der Werwolf.
Mackensen grinste. Die Killer-Ausrüstung im Kofferraum seines Wagens hätte jeden Attentäter neidisch gemacht. Sie enthielt nahezu ein Pfund plastischen Explosivstoff und zwei elektrische Zündvorrichtungen.
»Aber sicher«, knurrte er. »Kein Problem. Aber um an den Wagen heranzukommen, muß ich warten, bis es dunkel wird.«
Er verstummte, starrte aus dem Fenster des Postamts und bellte »Ich rufe gleich zurück« in den Hörer und legte auf.
Fünf Minuten später rief er noch mal an.
»Tut mir leid. Habe Miller gerade mit Aktenkoffer in den Wagen steigen sehen. Er ist weggefahren. Ich habe gleich im Hotel nachgefragt. Er ist ord-

nungsgemäß eingetragen und hat sein Reisegepäck dagelassen. Er kommt also zurück. Heute nacht mache ich die Bombe fertig und lege sie ihm in den Wagen...«

Miller war kurz vor eins erfrischt und in bester Stimmung aufgewacht. Er wußte plötzlich wieder, was ihn beunruhigt hatte, und fuhr zu Winzers Haus zurück. Das Mädchen schien sich zu freuen.
»Hallo, Sie sind's noch mal?« strahlte sie.
»Ich kam auf der Rückfahrt nach Hause hier vorbei, und da habe ich mich gefragt, wie lange Sie wohl hier in dieser Stellung schon sind?«
»Oh, ungefähr zehn Monate. Warum?«
»Nun ja, wo doch Herr Winzer, wie Sie sagen, nicht der Mann ist, der jemals heiraten wird, und Sie noch so jung sind – wer hat ihn denn betreut, bevor Sie die Stelle antraten?«
»Oh, jetzt verstehe ich, was Sie meinen. Seine Haushälterin natürlich, Fräulein Wendel.«
»Wo lebt sie denn jetzt?«
»Sie ist im Krankenhaus, die Ärmste. Sie liegt im Sterben. Brustkrebs, wissen Sie. Schrecklich, schrecklich. Deswegen begreife ich ja auch nicht, daß Herr Winzer einfach weggefahren ist. Er besucht sie nämlich normalerweise jeden Tag. Er ist ihr wirklich ergeben, ja, das ist er. Nicht daß sie jemals etwas miteinander gehabt haben, aber sie hat ihm so viele Jahre hindurch den Haushalt geführt, ich glaube, schon seit 1950, und er hält wahnsinnig viel von ihr. Mir sagt er ständig: ›Also Fräulein Wendel hat das immer so und so gemacht‹, und: ›Als Fräulein Wendel noch hier war, hat sie immer –‹ und so weiter und so weiter.«
»In welchem Krankenhaus liegt sie denn?«
»Ich hab's vergessen. Das heißt, Augenblick mal. Der Name steht auf dem Notizblock neben dem Telefon. Warten Sie, ich hole rasch den Zettel.«
Sie war nach zwei Minuten wieder da und nannte ihm den Namen der Klinik. Es war ein exklusives Sanatorium am Stadtrand von Osnabrück.

Mackensen verbrachte den frühen Nachmittag damit, sich die Ingredienzien für seine Bombe zu besorgen. »Das Geheimnis aller Sabotage«, hatte sein Lehrmeister ihm einst eingeschärft, »liegt in der Einfachheit der Mittel. Man soll nur mit Sachen arbeiten, die in jedem Laden zu haben sind.«
In einem Eisenwarenladen kaufte er einen Lötkolben und ein kurzes Stück Lötmetall; 1 Meter langen, dünnen Lötdraht, eine Metallschere, eine Metallsäge und eine Tube Schnellkleber. In einem Elektroladen kaufte er eine Neun-Volt-Transistorbatterie, eine Glühbirne von 2½ cm Durchmesser

und zwei Rollen feinen, mit Plastik isolierten Fünf-Ampère-Draht von je 3 Meter Länge. Einer war rot, der andere blau. Er war ein Mann, der auf Ordnung Wert legte und darauf sah, daß das positive Kabelende sich vom negativen deutlich unterschied. In einem Schreibwarengeschäft besorgte er sich fünf Radiergummis von 2 1/2 cm Breite, 5 cm Länge und 1/2 cm Dicke. Beim Drogisten zwei Päckchen Präservative, die je drei Condome enthielten, und in einem guten Lebensmittelgeschäft eine Dose feinsten schwarzen Tee. Es war eine 250-g-Dose mit fest verschließbarem Deckel. Als sorgfältigem Handwerker war ihm die Vorstellung verhaßt, daß seine Explosivstoffe feucht werden konnten, und der Deckel einer Teebüchse ist dazu geschaffen, keine Luft und Feuchtigkeit hereinzulassen.

Als er diese Besorgungen erledigt hatte, nahm er sich im Hotel Hohenzollern ein Zimmer mit Ausblick auf den Platz. Jetzt konnte er den Parkplatz während seiner Arbeit im Auge behalten. Irgendwann mußte Miller ja mal zurückkommen.

Bevor er das Hotel betrat, nahm er ein halbes Pfund Plastik-Explosivstoff – knetbares Zeug, das an das Plastilin für Kinder erinnerte – und eine elektrische Zündkapsel aus dem Kofferraum.

Er setzte sich an den Tisch vor dem Fenster und machte sich an die Arbeit. Er hatte sich eine Kanne starken schwarzen Kaffee machen lassen, um seine Müdigkeit zu vertreiben. Den Platz beobachtete er ständig aus dem Augenwinkel.

Die Bombe, die er zusammenbastelte, war ganz simpel. Zunächst kippte er den Tee ins Klosett und behielt nur den Büchsendeckel. Mit dem Griff der Drahtschere stieß er ein Loch hinein. Er nahm den roten Draht und schnitt 20 Zentimeter davon ab.

Ein Ende dieses kurzen roten Drahts lötete er an die positive Klemme der Batterie. An die negative Endklemme lötete er ein Ende des langen blauen Drahts. Er zog den blauen über die eine und den roten über die andere Seite der Batterie, damit sich die Drähte nicht berührten. Die Batterie und die beiden Drähte umwickelte er mit Isolierband.

Das andere Ende des kurzen roten Drahts war um den Kontaktpunkt der Sprengkapsel gewickelt. An dem gleichen Kontaktpunkt hatte er ein Ende des langen roten Drahts befestigt.

Er placierte die Batterie mitsamt ihren Drähten auf den Boden der viereckigen Teebüchse und drückte die Sprengkapsel tief in die weiche Plastikmasse des Explosivstoffs. Dann füllte er so viel wie möglich Explosivstoff in die Teebüchse, bis sie ganz voll war und nur noch die beiden langen Drähte, der blaue und der rote, aus der Öffnung ragten.

Damit war ein Stromkreis hergestellt, der nur geschlossen zu werden brauchte. Ein Draht verband die Batterie mit der Sprengkapsel. Ein anderer führte von der Sprengkapsel weg, sein freies Ende hing in der Luft. Von der Batterie führte ein weiterer Draht ebenfalls aus der Dose, auch sein freies Ende hing in der Luft. Aber sobald diese beiden exponierten Enden – das des langen roten Drahts und das des blauen Drahts – einander berührten, war der Stromkreis geschlossen. Die Ladung der Batterie zündete die Sprengkapsel, und die explodierte dann. Der Knall würde in dem Krachen untergehen, mit dem der Sprengstoff detonierte. Seine Menge reichte aus, um zwei oder drei Zimmer des Hotels vollständig zu verwüsten.

Blieb noch der Auslösungsmechanismus. Mackensen umwickelte seine Hände mit Taschentüchern und bog das Blatt der Metallsäge, bis es mittendurch in zwei etwa 15 Zentimeter lange Stücke zerbrach; beide Enden waren mit einem kleinen Loch zur Befestigung des Metallsägeblatts am Rahmen versehen.

Er türmte einen Radiergummi auf den anderen, so daß sie zusammen einen Würfel bildeten; damit hielt er die beiden Hälften des Sägeblatts voneinander getrennt. Er hatte sie – jeweils mit einem Ende – an der oberen und der unteren Fläche des Gummiwürfels befestigt; die beiden 15 Zentimeter langen Stahlblätter ragten mit einem Abstand von 2½ Zentimetern parallel zueinander hervor. Sie sahen jetzt aus wie die Kiefer eines Krokodils; der Gummiwürfel war an einem Ende der Stahlblätter – die restlichen 10 Zentimeter wurden nur noch durch Luft getrennt. Um zu gewährleisten, daß der Widerstand, der ihre Berührung hinderte, nur wenig größer war als Luft, praktizierte Mackensen die kleine Glühbirne zwischen die offenen Kiefer. Er befestigte sie mit einem reichlichen Tropfen Klebemasse an den beiden Blättern. Glas leitet keine Elektrizität.

Seine Arbeit war fast vollendet. Er steckte zwei Drähte – den roten und den blauen –, die aus der Büchse heraushingen, durch das Loch im Deckel und drückte den Deckel fest auf die Dose. Das Ende des einen heraushängenden Drahts lötete er an das obere Metallsägeblatt, das des anderen an das untere. Die Bombe war fertig.

Falls jemand auf den Auslöser trat oder sonstwie Druck auf ihn ausgeübt wurde, zersplitterte die Glühbirne, die beiden zerbrochenen Stahlsägeblätter würden zusammengepreßt, und der elektrische Stromkreis der Batterie schloß sich. Mackensen traf noch eine letzte Vorsichtsmaßregel. Um zu verhindern, daß die exponierten Blatteile der Stahlsäge zur gleichen Zeit das gleiche Stück Metall berührten, was ebenfalls den tödlichen Stromkreis geschlossen hätte, zog er alle sechs Condome über den Auslöser – einen über den anderen, bis er durch sechs Schichten dünnen, aber isolierenden Gummis gegen zufällige Berührungen mit leitendem Material geschützt war.

Die fertige Bombe verstaute er auf dem Boden des Kleiderschranks – zusammen mit dem restlichen Draht, der Metallschere und den Klebestreifen, die er brauchte, um die Sprengladung an Millers Wagen zu befestigen.

Dann bestellte er sich noch mehr Kaffee, um wach zu bleiben, und blieb am Fenster sitzen, wo er Millers Rückkehr auf den Parkplatz abwarten wollte. Er wußte nicht, wohin Miller gefahren war, und es interessierte ihn auch wenig. Der Werwolf hatte ihm versichert, daß Miller keine Hinweise auf den Aufenthaltsort des Fälschers entdecken konnte – das genügte ihm. Als guter Techniker war Mackensen bereit, seinen Auftrag zu erledigen und den Rest seinem Vorgesetzten zu überlassen. Im übrigen hatte er Geduld. Er wußte, daß Miller früher oder später zurückkehren würde.

14

Der Blick, mit dem der Arzt den Besucher musterte, war leicht mißbilligend. Miller, der Kragen und Krawatte haßte, trug einen weißen Nylonsweater mit Rollkragen, darüber einen schwarzen Pullover mit V-Ausschnitt und dazu einen schwarzen Blazer. Der Blick des Arztes verriet deutlich, daß er Schlips und Kragen als angemessener für einen Krankenhausbesuch erachtet hätte.

»Ihr Neffe?« wiederholte er überrascht. »Merkwürdig, ich hatte keine Ahnung, daß Fräulein Wendel einen Neffen hat.«

»Ich glaube, ich bin ihr einziger lebender Verwandter«, sagte Miller. »Selbstverständlich wäre ich schon viel eher gekommen, wenn ich von dem Zustand meiner Tante gewußt hätte. Aber Herr Winzer rief mich erst heute morgen an, um mich zu bitten, sie zu besuchen.«

»Normalerweise ist Herr Winzer um diese Zeit selbst hier«, bemerkte der Arzt.

»Er mußte ganz plötzlich verreisen«, sagte Miller. »Jedenfalls hat er mir das heute morgen am Telefon gesagt. Er sagte, daß er ein paar Tage fortbleiben werde und bat mich, statt seiner ins Krankenhaus zu gehen.«

»Er mußte verreisen? Das ist aber merkwürdig. Sehr merkwürdig.« Der Arzt schwieg einen Augenblick lang unschlüssig und fügte dann hinzu: »Würden Sie mich entschuldigen?«

Miller blieb in der Empfangshalle stehen. Der Arzt ging in ein angrenzendes kleines Büro. Miller hörte ihn durch die offene Tür telefonieren.

»Er ist tatsächlich verreist? Heute morgen? Für ein paar Tage? Nein, nein, vielen Dank, Fräulein. Ich wollte von Ihnen nur bestätigt wissen, daß er heute nachmittag verhindert ist.«

Der Arzt legte den Hörer auf und kehrte in die Halle zurück.

»Seltsam«, murmelte er. »Herr Winzer hat Fräulein Wendel seit ihrer Einlieferung jeden Tag besucht. Ein ungewöhnlich fürsorglicher Mann. Nun, wenn er sie noch einmal sehen will, muß er aber bald zurückkommen. Es kann sehr rasch zu Ende gehen.«

Miller machte ein trauriges Gesicht.
»Das sagte er mir am Telefon«, log er. »Armes Tantchen.«
»Als Verwandter können Sie selbstverständlich zu ihr. Aber ich muß Sie bitten, den Besuch nicht über Gebühr auszudehnen. Sie ist kaum noch in der Lage, zusammenhängend zu sprechen. Also machen Sie es kurz.«
Der Arzt brachte Miller einen langen Korridor hinunter in den hinteren Teil der Klinik, einer ehemaligen Privatvilla. Er bog in einen weiteren Gang ein und blieb am Ende vor einer Zimmertür stehen.
»Hier liegt sie«, sagte er, forderte Miller zum Eintreten auf und schloß die Tür hinter ihm. Miller hörte, wie sich seine Schritte auf dem Gang entfernten.
In dem Raum herrschte Halbdunkel. Erst als sich seine Augen an das trübe Licht des Winternachmittags durch den Spalt zwischen den zugezogenen Vorhängen gewöhnt hatten, erkannte er die geisterhaften Umrisse der Frau auf dem Bett. Man hatte ihr mehrere Kissen unter Kopf und Schultern geschoben, und ihr Gesicht war so blaß wie ihr weißes Nachthemd und das Bettzeug. Sie hielt die Augen geschlossen. Miller hatte wenig Hoffnung, den Schlupfwinkel des Fälschers von ihr zu erfahren.
»Fräulein Wendel«, flüsterte er.
Ihre Lider flatterten, und sie schlug die Augen auf.
Sie starrte ihn mit so ausdruckslosem Blick an, daß er bezweifelte, ob sie ihn überhaupt sah.
Sie schloß die Augen wieder und begann mit kaum hörbarer Stimme irgend etwas zu murmeln. Er beugte sich über sie, um die abgerissenen Sätze zu verstehen. Viel Aufschluß gaben sie nicht. Es war von Rosenheim die Rede – möglicherweise ihrem Geburtsort. Dann sagte sie etwas, das wie »Alle ganz in Weiß, so hübsch, so wunderhübsch« klang und in unverständliches Gemurmel überging.
Miller beugte sich tiefer über sie.
»Fräulein Wendel, können Sie mich hören?«
Die sterbende Frau murmelte noch immer leise vor sich hin. Miller verstand nur die Worte: »Alle mit einem Gebetbuch und einem Blumenstrauß in der Hand, alle in Weiß und so unschuldig damals.«
Miller runzelte die Stirn. Dann begriff er. Im Delirium erinnerte sie sich an ihre Erstkommunion.
»Können Sie mich hören, Fräulein Wendel?« wiederholte er ohne Hoffnung auf eine Reaktion. Sie öffnete die Augen und starrte ihn an. Sie nahm wenig mehr wahr als den weißen Sweaterkragen, den schwarzen Stoff des Pullovers und seine schwarze Jacke. Zu seinem Erstaunen schloß sie wieder die Augen, und ihre flache Brust hob und senkte sich krampfhaft. Miller war beunruhigt und dachte daran, den Arzt zu rufen. Dann trat je eine Träne aus ihren Augen und rollte über ihre eingefallenen Wangen.

Ihre Rechte tastete sich langsam über die Bettdecke zu seinem Handgelenk, mit dem er sich dort aufgestützt hatte, als er sich über sie beugte. Mit überraschender Kraft packte sie sein Handgelenk. Miller wollte sich schon losreißen und gehen, weil er überzeugt war, von ihr nichts über Klaus Winzers Verbleib zu erfahren – da sagte sie ganz deutlich: »Segnen Sie mich, Vater, denn ich habe gesündigt.«
Einige Sekunden lang begriff er nicht. Ein zufälliger Blick auf seinen weißen Pullover und den schwarzen Stoff seines Blazers erklärte ihm ihre Täuschung. Er kämpfte zwei Minuten lang mit sich. Sollte er sie verlassen und nach Hamburg zurückfahren, oder sollte er sein Seelenheil aufs Spiel setzen und einen letzten Versuch unternehmen, Eduard Roschmann mit Hilfe des Fälschers aufzuspüren?
Er beugte sich vor.
»Mein Kind, ich bin bereit, Ihre Beichte zu hören.«
Da begann sie zu reden. Mit matter, monotoner Stimme berichtete sie ihre Lebensgeschichte. Sie war im Jahre 1910 in Bayern geboren und aufgewachsen; sie erinnerte sich noch daran, wie ihr Vater in den Ersten Weltkrieg gezogen und vier Jahre später voller Bitterkeit über die Kapitulation in Berlin heimgekehrt war.
Sie erinnerte sich der politischen Wirren in den frühen zwanziger Jahren und des mißglückten Putschversuchs in München, als eine von einem Straßenredner namens Adolf Hitler angeführte Gruppe von Männern die Regierung hatte stürzen wollen. Später war ihr Vater der Partei dieses Mannes beigetreten, und als sie dreiundzwanzig wurde, hatte der Straßenredner bereits in ganz Deutschland die Macht erobert und war zum bejubelten Führer der fanatisierten Massen geworden. Sie arbeitete als Sekretärin im Amt des Gauleiters von Bayern und besuchte die Tanzabende mit den schmucken, blonden jungen Männern in den schönen Uniformen.
Aber sie war ein häßliches, lang aufgeschossenes, knochiges Mädchen mit eckigen Bewegungen, einem Pferdegesicht und einem leichten Lippenbart. Sie trug das mausfarbene Haar zu einem Knoten im Nacken zusammengebunden und bevorzugte wetterfeste Kleidung und Gesundheitsschuhe. Mit Ende zwanzig war sie sich darüber im klaren gewesen, daß sie keine Aussichten hatte, einen Mann zum Heiraten zu finden, wie die anderen Mädchen im Dorf. 1939 wurde sie als Aufseherin in das Konzentrationslager Ravensbrück dienstverpflichtet.
Sie berichtete von den Menschen, die sie geschlagen hatte, von den Tagen ihrer Macht über andere, von den Exzessen der Grausamkeit im Lager, während ihr die Tränen über die Wangen liefen und sie Millers Hand umklammerte, als wolle sie ihn festhalten, bis sie ihre Beichte beendet hatte.
»Und nach dem Krieg?« fragte er leise.
Sie war jahrelang umhergeirrt. Von der SS verlassen, von den Alliierten

gejagt, hatte sie als Küchenhilfe gearbeitet und bei der Heilsarmee geschlafen. 1950 begegnete sie Winzer. Er wohnte in einem Hotel, wo sie als Kellnerin arbeitete, und suchte in Osnabrück nach einem Haus, das er kaufen wollte. Er kaufte sein Haus, das kleine Neutrum von einem Mann, und schlug ihr vor, zu ihm zu ziehen und ihm den Haushalt zu führen.
»Ist das alles?« fragte Miller, als sie schwieg.
»Ja, Vater«, sagte sie.
»Mein Kind, Sie wissen, daß ich Ihnen die Absolution nicht erteilen kann, wenn Sie nicht alle Ihre Sünden gebeichtet haben.«
»Das ist wirklich alles, Vater.«
Miller holte tief Luft.
»Und was ist mit den gefälschten Pässen? Die Pässe, die er für die flüchtigen SS-Männer ausgestellt hat?«
Sie blieb eine Weile stumm, und er fürchtete schon, daß sie wieder das Bewußtsein verloren hatte.
»Das wissen Sie, Vater?«
»Ja, mein Kind, ich weiß es.«
»Ich habe sie nicht gefälscht«, sagte sie.
»Aber es ist Ihnen bekannt, was Klaus Winzer getan hat.«
»Ja«, flüsterte sie.
»Er ist verschwunden. Er ist abgereist«, sagte Miller.
»Nein. Nicht verschwunden. Nicht Klaus. Das würde er nie tun. Er kommt zurück.«
»Wissen Sie, wohin er gefahren ist?«
»Nein, Vater.«
»Sind Sie sich auch ganz sicher, mein Kind? Man hat ihn dazu gezwungen, wegzufahren. Wohin kann er gefahren sein?«
»Ich weiß es nicht, Vater. Wenn sie ihm drohen, spielt er die Akte gegen sie aus. Er hat mir gesagt, daß er das tun würde.«
Miller fuhr zusammen. Er blickte auf die Frau hinunter. Sie hatte die Augen geschlossen, als schlafe sie.
»Welche Akte, mein Kind?«
Sie sprachen noch fünf Minuten miteinander, dann wurde leise an die Tür geklopft. Miller löste sein Handgelenk aus dem Griff der Frau und stand auf, um zu gehen.
»Vater...«
Die Stimme klang klagend, bittend. Er wandte sich zu ihr um. Sie starrte ihn mit weit aufgerissenen Augen an.
»Segnen Sie mich, Vater.«
Der Tonfall war beschwörend. Miller seufzte. Es war eine Todsünde. Er konnte nur hoffen, daß irgendwer irgendwo alles verstehen würde. Er hob die Rechte und machte das Zeichen des Kreuzes.

»In nomine Patris, et Filii, et Spiritus Sancti. Ego te absolvo a peccatis tuis.« Die Frau seufzte tief auf, schloß die Augen und verfiel wieder in einen Dämmerzustand.
Draußen auf dem Gang wartete der Arzt.
»Ich glaube wirklich, daß es jetzt an der Zeit ist, den Besuch zu beenden«, sagte er.
Miller nickte.
»Ja, sie schläft«, sagte er, und nach einem raschen Blick auf die Patientin brachte ihn der Arzt zum Ausgang.
»Wie lange, glauben Sie, daß sie noch zu leben hat?« fragte Miller.
»Das ist sehr schwer zu sagen. Zwei Tage, vielleicht drei. Mehr nicht. Es tut mir leid.«
»Nun, haben Sie jedenfalls herzlichen Dank dafür, daß Sie mir erlaubten, sie noch einmal zu sehen«, sagte Miller. Der Arzt hielt ihm die Tür auf.
»Oh, da ist noch etwas, Doktor. Wir sind alle katholisch in unserer Familie. Sie bat mich um einen Priester. Die Letzte Ölung, verstehen Sie?«
»Ja, selbstverständlich.«
»Werden Sie dafür sorgen?«
»Gewiß«, sagte der Arzt. »Ich wußte es nicht. Ich werde noch heute nachmittag alles veranlassen. Ich danke für den Hinweis. Guten Tag.«
Es war später Nachmittag geworden, und die Dämmerung ging bereits in Dunkelheit über, als Miller zum Theodor-Heuss-Platz zurückfuhr und den Jaguar zwanzig Meter vom Hotel entfernt parkte. Er überquerte die Straße, ging durch die Hotelhalle und fuhr mit dem Lift in sein Zimmers hinauf.
Zwei Stockwerke höher hatte Mackensen vom Fenster seines Zimmers aus Millers Ankunft beobachtet. Er nahm seine Reisetasche mit der Bombe, fuhr ins Foyer, zahlte seine Rechnung für die kommende Nacht und erklärte, daß er am nächsten Morgen in aller Frühe aufbrechen müsse. Dann ging er zu seinem Wagen. Er manövrierte ihn an eine Stelle, von der aus er den Hotelausgang und Millers Jaguar im Auge behalten konnte. Er richtete sich auf eine längere Wartezeit ein.
Es waren immerhin noch viele Menschen unterwegs. Er konnte sich an dem Jaguar noch nicht zu schaffen machen. Außerdem – vielleicht kam Miller in jedem Augenblick wieder aus dem Hotel heraus. Wenn er losfuhr, bevor die Bombe gelegt war, würde Mackensen ihn ein paar Kilometer hinter Osnabrück auf offener Landstraße erledigen und den Aktenkoffer an sich nehmen. Verbrachte Miller die Nacht im Hotel, legte er die Bombe in den ersten Morgenstunden, wenn kein Mensch mehr unterwegs war.
In seinem Hotelzimmer zermarterte sich Miller das Hirn, um auf einen Namen zu kommen, der ihm nicht einfallen wollte. Er sah das Gesicht des Mannes vor sich, besann sich aber nicht auf den Namen.
Es war kurz vor Weihnachten 1961 gewesen. Miller hatte auf der Presse-

bank beim Landgericht Hamburg auf die Eröffnung eines Prozesses gewartet, der ihn interessierte; er war jedoch so früh gekommen, daß er das Ende der vorangegangenen Verhandlung miterlebte. Auf der Anklagebank saß ein frettchengesichtiges Männchen, und der Verteidiger bat um Milde unter Hinweis auf die bevorstehende Weihnachtszeit und die Tatsache, daß der Angeklagte Frau und Kinder habe.

Miller erinnerte sich, daß ihm das blasse, bekümmerte Gesicht der Frau des Angeklagten aufgefallen war. Sie hatte die Hände verzweifelt vor das Gesicht geschlagen, als der Richter ihren Mann zu achtzehn Monaten Gefängnis verurteilte und erklärte, ohne die von der Verteidigung geäußerte Bitte um Milde wäre die Strafe noch weit härter ausgefallen. Die Anklage hatte den Angeklagten als einen der geschicktesten Safeknacker Hamburgs geschildert.

Vierzehn Tage später war Miller in einer der Nebenstraßen der Reeperbahn in eine Bar eingekehrt, um mit einigen seiner Kontaktleute aus der Unterwelt ein Gläschen zu trinken. Er hatte reichlich Geld, denn er war an diesem Tag für ein großes Photo-Feature honoriert worden. Am anderen Ende des Raums schrubbte eine Frau den Fußboden. Er hatte das bekümmerte Gesicht der Frau des Safeknackers wiedererkannt, der vor zwei Wochen verurteilt worden war. In einem Anfall spontaner Großzügigkeit, den er bald darauf bereute, hatte er ihr einen Hundertmarkschein in die Schürzentasche gesteckt und war gegangen.

Im Januar war ein Brief aus dem Gefängnis gekommen. Die Frau mußte den Barmixer nach seinem Namen gefragt und ihrem Mann von dem fremden Wohltäter erzählt haben. Der Brief war an ein Magazin geschickt worden, für das er gelegentlich arbeitete. Die Leute dort hatten ihn an Miller weitergeleitet.

»Lieber Herr Miller,
meine Frau schrieb mir, was Sie kurz vor Weihnachten für sie getan haben. Ich habe Sie nie gesehen, und ich weiß nicht, warum Sie das getan haben, aber ich möchte Ihnen sehr herzlich dafür danken. Das Geld hat Doris und den Kindern zu einem richtig schönen Weihnachen und Neujahr verholfen. Wenn ich jemals etwas für Sie tun kann, sagen Sie mir nur Bescheid. Ihr sehr ergebener …«

Aber wie lautete der Name, der darunter gestanden hatte? Koppel, richtig. Viktor Koppel. Wenn er nur nicht wieder einsitzt, dachte Miller. Er holte sein Adressenbüchlein mit den Namen und Telefonnummern seiner Kontaktleute heraus, stellte sich den Zimmerapparat auf die Knie und begann, seine Freunde in der Hamburger Unterwelt anzurufen.

Er erreichte Koppel um halb acht. Da es Freitagabend war, feierte er zu-

sammen mit einer Clique von Freunden in einer Bar auf St. Pauli. Im Hintergrund konnte Miller die Musikbox hören. Sie spielte den Beatles-Song »I want to hold your hand«, der in diesem Winter so oft gespielt wurde, daß er ihn schon nicht mehr hören konnte.
Mit ein bißchen Nachhilfe besann sich Koppel auf Miller und das Geldgeschenk, das Doris vor zwei Jahren von ihm erhalten hatte. Koppel war anscheinend nicht mehr völlig nüchtern.
»War schon anständig von Ihnen, Herr Miller. Richtig anständig war das von Ihnen.«
»Hören Sie, aus dem Gefängnis haben Sie mir damals geschrieben, wenn Sie mal was für mich tun könnten, würden Sie es tun. Wissen Sie das noch?«
Koppels Stimme klang argwöhnisch.
»Ja, ich weiß.«
»Tja, ich brauche ein bißchen Hilfe. Nicht viel. Wollen Sie mir helfen?«
»Ich habe nicht viel bei mir, Herr Miller.«
»Ich will Sie nicht anpumpen«, sagte Miller. »Ich habe da eine kleine Sache für Sie, ich will Sie auch dafür bezahlen. Eine ganz leichte Sache.«
Koppels Stimme klang erleichtert.
»Ach so, na klar. Wo sind Sie?«
Miller gab ihm seine Instruktionen.
»Fahren Sie gleich zum Hauptbahnhof, und nehmen Sie den ersten besten Zug nach Osnabrück. Dort erwarte ich Sie auf dem Bahnsteig. Und noch etwas: Bringen Sie Ihr Werkzeug mit.«
»Hören Sie, Herr Miller. Außerhalb meines Revieres arbeite ich nicht gern. Ich kenne mich in Osnabrück nicht aus.«
Miller verfiel in den Jargon von St. Pauli.
»Is ja man bloß 'n Kinnerspiel, Koppel. Steht leer. Hausbesitzer is in Urlaub gefahrn, da is ne Masse Zeugs zu holen. Ich hab alles ausbaldowert, kein Beinbruch. Sie können morgen zum Frühstück wieder in Hamburg sein, mit 'ner Tüte voll Mäusen, nach denen niemand fragt. Der Mann ist 'ne ganze Woche weg, Sie können das Zeug bequem losschlagen, bevor er zurückkommt, und die Bullen hier werden denken, das hätten die hiesigen Jungs gedreht.«
»Was ist mit meinem Bahngeld?«
»Das ersetze ich Ihnen bei Ihrer Ankunft. Um neun geht ein Zug in Hamburg ab. Sie haben eine Stunde. Also beeilen Sie sich.«
Koppel stieß einen Seufzer aus.
»Also gut. Ich nehme den Zug.«
Miller legte auf, bat die Telefonvermittlung des Hotels, ihn um 11 Uhr anzurufen. Er legte sich angezogen aufs Bett, um bis dahin zu schlafen.
Draußen setzte Mackensen seine einsame Wache fort. Er beschloß, die

Bombe um Mitternacht zu legen, wenn Miller nicht inzwischen wieder auf der Bildfläche erschienen war.
Aber um Viertel nach elf kam Miller aus dem Hotel heraus, überquerte den Platz und betrat den Bahnhof. Mackensen war überrascht. Er stieg aus dem Mercedes und ging zum Bahnhof hinüber, um einen Blick in die Halle zu werfen. Miller stand auf dem Bahnsteig und wartete auf einen Zug.
»Wann und wohin geht der nächste Zug von diesem Bahnsteig?« fragte Mackensen einen Gepäckträger.
»11 Uhr 33 nach Münster«, sagte der Gepäckträger.
Mackensen fragte sich, warum Miller wohl den Zug nahm, wenn er einen Wagen hatte. Noch immer verwundert, kehrte er zu seinem Mercedes zurück und nahm seine Wache wieder auf.
Um 11 Uhr 35 war sein Problem gelöst. Miller kam wieder aus dem Bahnhof heraus; in seiner Begleitung befand sich ein schäbig angezogener kleiner Mann, der eine schwarze Ledertasche trug. Sie waren in eine Unterhaltung vertieft. Mackensen fluchte. Das letzte, woran ihm gelegen sein konnte, war, daß Miller in Gesellschaft in dem Jaguar davonfuhr. Das erschwerte seinen Mordauftrag beträchtlich. Zu seiner Erleichterung gingen die beiden auf ein wartendes Taxi zu, stiegen ein und fuhren weg. Mackensen beschloß, noch zwanzig Minuten zu warten und dann mit seiner Bombenlegerarbeit am Jaguar zu beginnen. Der Jaguar stand noch immer zwanzig Meter von ihm entfernt.
Um Mitternacht war der Platz nahezu menschenleer. Mackensen nahm seine Taschenlampe und drei kleine Werkzeuge zur Hand und stieg leise aus dem Mercedes. Er ging zu dem Jaguar hinüber, warf einen Blick in die Runde und kroch unter den Wagen.
Daß sein Anzug vom Schneematsch des aufgeweichten Bodens innerhalb von Sekunden durchnäßt und verschmutzt sein würde, wußte er. Das war seine geringste Sorge. Er knipste die Taschenlampe an und fand den Verschlußriegel der Kühlerhaube unter der Front des Jaguars. Er brauchte zwanzig Minuten, um ihn zu lösen. Die Kühlerhaube sprang zwei Zentimeter hoch, als sich die Sperre öffnete. Mit einem einfachen Druck von oben würde sie sich wieder schließen lassen, wenn er seine Arbeit beendet hatte. Auf diese Weise brauchte er wenigstens nicht den Wagen aufzubrechen, um den Verschlußknopf der Kühlerhaube von innen zu betätigen.
Er ging zum Mercedes zurück und holte die Bombe. Ein Mann, der unter der Kühlerhaube eines Wagens arbeitet, erregt wenig oder keinen Argwohn. Passanten nehmen an, daß er einen Defekt an seinem eigenen Wagen zu beheben versucht.
Die Explosivladung mit Draht befestigte er mit der Drahtzange an der Innenwand der Motorwanne gegenüber dem Fahrersitz. Die Explosion würde keinen Meter von Millers Brust stattfinden. Den verbundenen Auslöseme-

chanismus placierte er auf dem Boden der Wanne unterhalb des Motors. Dann kroch er noch mal unter den Wagen und sah sich im Schein seiner Taschenlampe die vordere Radaufhängung genauer an. Innerhalb von fünf Minuten hatte er den geeigneten Platz gefunden und zurrte das hintere Ende des Auslösers an einer Stützstrebe fest. Sie war wie gemacht für diesen Zweck. Die Kiefer des Auslösers steckten in Gummiüberzügen und wurden von der Glühbirne auseinandergespreizt. Er klemmte sie zwischen zwei Spiralen der starken Federung an der rechten Vorderradaufhängung.

Als der Auslöser so festsaß, daß er durch die normale Erschütterung beim Fahren nicht herausfallen konnte, kroch Mackensen unter dem Wagen hervor. Er schätzte, daß sich die offenen Kiefer des Auslösers durch die Zusammenziehung der Federung des rechten Vorderrads schlossen, sobald der Wagen mit hoher Geschwindigkeit auf eine Unebenheit oder ein Schlagloch traf. Danach wurde die Glühbirne, die beide Kiefer trennte, zersplittert und der Kontakt zwischen den beiden elektrisch geladenen Hälften des Stahlsägeblatts hergestellt. Wenn das geschah, zerriß es Miller mitsamt den belastenden Papieren in tausend Stücke.

Schließlich nahm Mackensen die in der Mitte durchhängenden Drähte, die die Ladung mit dem Auslöser verbanden, legte sie zu einer ordentlichen Schleife und befestigte sie mit Klebestreifen an der Seitenwand der Motorwanne. Jetzt konnten sie nicht mehr auf dem Boden schleifen und durch die Berührung mit der Straßenoberfläche durchgerieben werden. Dann schloß er die Kühlerhaube und ließ sie einrasten. Er kehrte zu seinem Mercedes zurück, machte es sich auf dem Rücksitz bequem und nickte ein in der Gewißheit, gute Arbeit geleistet zu haben.

Auf dem Saarplatz ließ Miller das Taxi halten, bezahlte den Fahrer und stieg mit Koppel aus. Erst als das Taxi weggefahren war, wurde Koppel, der während der Fahrt den Mund gehalten hatte, wieder gesprächig.

»Ich hoffe, Sie wissen, was Sie tun, Herr Miller. Ich meine, es ist ja doch etwas seltsam, daß Sie als Reporter so ein Ding drehen wollen, nicht?«

»Machen Sie sich keine Gedanken, Koppel. Ich bin hinter ein paar Dokumenten her, die in dem Haus im Safe verwahrt werden. Ich lasse sie mitgehen, und Sie suchen sich aus, was Sie von den Sachen, die es da sonst noch gibt, haben wollen. In Ordnung?«

»Na ja, weil Sie es sind, einverstanden. Dann wollen wir mal.«

»Da ist noch etwas. In der Villa wohnt ein Hausmädchen.«

»Sie haben aber gesagt, das Haus steht leer«, protestierte Koppel. »Wenn sie runterkommt, verdrücke ich mich. Mit Körperverletzung und so will ich nichts zu schaffen haben.«

»Wir werden warten bis 2 Uhr morgens. Dann schläft sie bestimmt fest.«

Sie legten die anderthalb Kilometer bis zu Winzers Haus zu Fuß zurück, und nachdem sie verstohlen die Straße hinauf- und hinuntergeblickt hatten, schlüpften sie rasch durch die Gartenpforte. Um nicht auf den knirschenden Kies zu treten, gingen beide Männer auf dem Gras, das die Auffahrt säumte. Sie überquerten den Rasen und versteckten sich hinter den Rhododendronbüschen gegenüber einer Reihe von Fenstern.
Koppel, der sich wie ein verfolgtes kleines Tier im Unterholz bewegte, unternahm einen Erkundungsgang um das Haus herum und überließ es Miller, die Tasche mit dem Werkzeug zu bewachen. Als er zurückkam, flüsterte er:
»Das Mädchen hat noch immer Licht an. Ihr Fenster ist auf der anderen Seite des Hauses unter dem Dach.«
Eine Stunde lang saßen sie fröstelnd unter den fetten immergrünen Blättern der Büsche. Zu rauchen wagten sie nicht. Um ein Uhr morgens unternahm Koppel einen weiteren Rundgang und berichtete, daß im Schlafzimmer des Mädchens kein Licht mehr brannte.
Koppel ließ weitere anderthalb Stunden verstreichen. Dann drückte er Millers Handgelenk, griff seine Tasche und lief über den mondbeschienenen Rasenstreifen auf die Fenster des Arbeitszimmers zu. Irgendwo ein Stück weiter die Straße hinunter bellte ein Hund, und in größerer Entfernung quietschten die Reifen eines Wagens, der mit überhöhter Geschwindigkeit eine Kurve nahm.
Zu Millers und Koppels Glück war der Mond noch nicht hinter der Seitenfront des Hauses hervorgekommen – das Gartengelände unterhalb der Fenster lag im Schatten. Koppel ließ seine Taschenlampe aufleuchten; der Lichtstrahl wanderte um den Fensterrahmen herum über die Querstrebe, die das Fenster in einen unteren und einen oberen Teil gliederte. Eine Fensterverriegelung war vorhanden, aber kein Alarmsystem. Koppel öffnete seine Tasche und nahm eine Rolle Klebestreifen, eine Saugglocke an einem Stock, einen Glasschneider mit Diamantspitze und einen Gummihammer heraus.
Mit bemerkenswerter Geschicklichkeit schnitt er unmittelbar unterhalb des Fensterriegels einen perfekten Kreis in die Fensterscheibe. Zur Sicherheit befestigte er zwei Klebestreifen quer über die kreisrund ausgeschnittene Scheibe und drückte deren Enden auf der unversehrten Glasfläche fest. Zwischen die Klebestreifen preßte er die vorher gut befeuchtete Saugglocke, so daß zu beiden Seiten ein schmaler Streifen Glas sichtbar blieb. Er nahm den Stiel der Saugglocke in die linke Hand und versetzte der ausgeschnittenen Glasfläche einen festen Schlag mit dem Gummihammer.
Beim zweiten Schlag knackte es, und die runde Scheibe wurde nach innen gedrückt. Beide verharrten bewegungslos und warteten auf eine Reaktion, aber offenbar hatte niemand das Geräusch gehört. Koppel, der den Griff der

Saugglocke, an der die Glasscheibe haftete, nicht losgelassen hatte, riß jetzt die beiden Klebestreifen ab. Er blickte durch das Loch im Fenster in das Zimmer, stellte fest, daß der dicke Teppich, der den Fußboden bedeckte, keine zwei Meter entfernt war. Er schleuderte die runde Glasscheibe und die Saugglocke mit einer Drehung seines Handgelenks so geschickt in den Raum, daß beides lautlos auf dem Teppich landete.
Dann langte er durch das Loch in der Scheibe, drehte die Fensterverriegelung auf und öffnete vorsichtig den unteren Fensterflügel. Flink wie ein Wiesel setzte er über die Fensterbank, und Miller folgte ihm vorsichtig. Der Raum war im Vergleich zu der vom Mondlicht erhellten Nacht draußen pechschwarz, aber Koppel schien ausgezeichnet sehen zu können.
Er zischte: »Ruhig jetzt«, und Miller erstarrte, während der Einbrecher leise das Fenster schloß und die Vorhänge zuzog. Er wanderte lautlos im Raum umher, umging instinktiv die Möbel und schloß die Tür zum Korridor. Erst dann knipste er seine Taschenlampe an.
Der Strahl irrte durchs Zimmer, traf hier auf eine Tischplatte, dort auf ein Telefon, ein wandhohes Bücherregal, einen Sessel und verweilte schließlich auf einem geräumigen Kamin, der von einer ausgedehnten Fläche sauber verfugter glasierter Ziegelsteine umgeben war.
Ohne daß Miller auch nur einen Laut wahrgenommen hatte, stand Koppel plötzlich neben ihm.
»Das hier muß das Arbeitszimmer sein, Boß. Zwei solche Räume mit Kaminen wie diesem kann es nicht in einem Haus geben. Wo ist der Hebel, mit dem sich das Mauerwerk öffnen läßt?«
»Weiß ich nicht«, murmelte Miller ebenso leise wie Koppel, den die Erfahrung gelehrt hatte, daß Murmeln nicht so weit trägt wie Flüstern. »Den müssen Sie schon suchen.«
»Bin ich blöd? Da könnte ich ja ewig suchen«, sagte Koppel.
Er bedeutete Miller, sich in den Sessel zu setzen und seine Fahrerhandschuhe unter keinen Umständen auszuziehen. Dann nahm er seine Tasche, ging zum Kamin hinüber und streifte sich ein Stirnband mit einer Haltevorrichtung für die Taschenlampe um den Kopf. Jetzt war der Lichtstrahl nach vorn gerichtet. Zentimeter für Zentimeter tastete er das Mauerwerk nach winzigen Unebenheiten, Einkerbungen oder Hohlräumen ab. Nachdem er auf diese Weise die gesamte Fläche untersucht und nichts gefunden hatte, begann er noch einmal von vorn – diesmal benutzte er ein Palettenmesser. Um halb vier hatte er gefunden, wonach er suchte.
Die Klinge des Messers glitt in einen Spalt zwischen zwei Ziegelsteinen, und es klickte leise. Ein Geviert von Ziegelsteinen, das etwa sechzig mal sechzig Zentimeter maß, sprang ein Stückchen vor. Die Arbeit war so meisterhaft, daß das Viereck mit bloßem Auge nicht von seiner Umgebung zu unterscheiden war.

Vorsichtig öffnete Koppel die Tür. Sie hing auf der linken Seite in Stahlangeln. Das bewegliche Stück Mauerwerk war in eine Stahlplatte eingearbeitet, die eine Tür bildete. Hinter der Tür traf der dünne Lichtstrahl von Koppels Taschenlampe auf die Vorderseite eines kleinen Wandsafes.

Er ließ die Taschenlampe eingeschaltet, hängte sich ein Stethoskop um und steckte die Hörvorrichtung in die Ohren. Nachdem er fünf Minuten lang unverwandt auf das Vier-Scheiben-Kombinationsschloß gestarrt hatte, hielt er das Stethoskop an die Stelle, von der er annahm, daß sich dort die Zuhaltung befand. Er fing an, die Zahlen der ersten Scheibe durchzuprobieren.

Miller saß drei Meter von Koppel entfernt im Sessel und wurde immer nervöser. Koppel dagegen war ganz ruhig und von seiner Arbeit vollständig in Anspruch genommen. Außerdem wußte er, daß aller Wahrscheinlichkeit nach niemand im Zimmer nach dem Rechten sehen würde, solange sie sich nicht vom Fleck rührten. Der Einstieg, die Suche und der Ausstieg – das waren Gefahrenmomente.

Er brauchte vierzig Minuten, bis er die letzte Ziffer gefunden hatte. Vorsichtig öffnete er die Safetür und drehte sich zu Miller um. Der Schein seiner Taschenlampe glitt über einen Tisch mit zwei silbernen Leuchtern und einer massiv silbernen Schnupftabakdose. Stumm stand Miller auf und trat neben Koppel an den Safe. Er nahm die Taschenlampe aus ihrer Halterung an Koppels Stirnband und leuchtete in das Innere des Safes. Da lagen mehrere Banknotenbündel. Er zog sie heraus und gab sie seinem dankbaren Komplicen. Koppel stieß einen leisen Pfiff aus.

Das obere Fach des Safes enthielt nur einen einzigen Gegenstand – einen lederfarbenen Aktenhefter aus Manilahanf. Miller nahm ihn heraus, öffnete ihn und blätterte in den Papieren. Es waren insgesamt etwa vierzig. Jedes Blatt trug ein aufgeklebtes Photo und ein paar mit Maschine geschriebenen Zeilen. Beim achtzehnten Blatt stockte Miller und sagte laut: »Großer Gott.«

»Leise«, murmelte Koppel eindringlich.

Miller schloß den Aktenhefter, gab Koppel die Taschenlampe und sagte: »Sie können ihn jetzt zumachen.«

Koppel ließ die Tür wieder zurückgleiten und drehte so lange an der Skalenscheibe, bis der Safe verschlossen war. Er hatte genau die gleiche Zahlenkombination wiederhergestellt wie am Anfang, als der Safe noch verschlossen war. Dann fügte er das Mauerstück wieder ein und drückte kräftig dagegen. Wieder machte es leise »klick« und rastete ein.

Er hatte sich die Banknoten – den Reinertrag aus Winzers vier letzten Paßfälschungen – in die Jackentasche gestopft. Er brauchte nur einige Sekunden, um die beiden Leuchter und die silberne Schnupftabakdose leise in seine schwarze Reisetasche gleiten zu lassen.

Er knipste die Taschenlampe aus, führte Miller am Arm zum Fenster, zog die Vorhänge zurück und sah wachsam hinaus. Der Rasen lag verlassen da. Der Mond hatte sich hinter eine Wolke verzogen. Koppel öffnete leise das Fenster, sprang katzenhaft gewandt mit der Tasche hinaus und wartete auf Miller. Miller hatte den Aktenhefter unter seinen Rollkragensweater gesteckt und lief hinter Koppel auf die Büsche zu.
Sie gingen dicht an dem Gebüsch entlang, bis sie an die Gartenpforte kamen. Dann traten sie auf die Straße hinaus.
Miller wäre am liebsten losgerannt.
»Gehen Sie nicht so schnell«, sagte Koppel in normaler Lautstärke. »Und unterhalten Sie sich mit mir. Es muß so aussehen, als kämen wir von einer Geselligkeit nach Hause.«
Bis zum Bahnhof waren es fast fünf Kilometer, und es ging schon auf 5 Uhr morgens. An Werktagen wären sie zweifellos bereits gelegentlichen Passanten begegnet, die auf dem Weg zur Arbeit waren. Aber es war Sonnabend, und sie erreichten den Bahnhof, ohne von einem Polizisten angehalten oder auch nur mißtrauisch beäugt worden zu sein.
Vor 7 Uhr fuhr kein Zug in Richtung Hamburg, aber Koppel erklärte, es mache ihm nicht das geringste aus, sich an der Theke im Wartesaal bei einem Kaffee und einem Doppelkorn aufzuwärmen.
»War doch mal 'ne nette kleine Abwechslung, Herr Miller«, sagte er. »Ich hoffe, Sie haben gefunden, wonach Sie suchten.«
»O ja, das habe ich«, sagte Miller.
»Na, dann will ich mal wieder heim zu Muttern. Tschüs, Herr Miller.« Der kleine Einbrecher nickte ihm zu und trollte sich in den Wartesaal. Miller drehte sich um, überquerte den Platz und ging ins Hotel zurück, ohne zu ahnen, daß ihm der Blick des Killers vom Rücksitz der geparkten Mercedes-Limousine aus gefolgt war.
Für die telefonischen Auskünfte, die Miller einholen mußte, war es noch zu früh; er gestand sich daher drei Stunden Schlaf zu und bat, um 9 Uhr 30 geweckt zu werden.
Das Telefon schrillte auf die Minute genau zur gewünschten Zeit, und er bestellte Kaffee und Brötchen, die just in dem Augenblick gebracht wurden, als er den Hahn der heißen Dusche abdrehte und nach dem Handtuch griff. Er trank Kaffee und vertiefte sich in das Studium der Blätter in dem Aktenordner. Ein halbes Dutzend der Gesichter kannte er – aber keinen einzigen Namen. Die Namen, das mußte er sich erst klarmachen, besagten ja auch gar nichts.
Blatt 18 sah er sich noch einmal ganz genau an, nachdem er alle durchgesehen hatte. Der Mann war älter geworden. Er trug das Haar jetzt länger und hatte sich ein Bärtchen auf der Oberlippe stehenlassen. Aber die Ohren – der Teil eines Gesichts, der viel individueller ausgeprägt ist als alle anderen

Gesichtszüge und dennoch stets übersehen wird – waren die gleichen geblieben. Die schmalen Nasenlöcher, die schiefe Kopfhaltung und die hellen Augen auch.
Der Name war landläufig; was Millers Aufmerksamkeit fesselte, war die Adresse. Der Zahl des Postamts nach zu urteilen, mußte sie sich im Zentrum der Stadt befinden, und das deutete auf einen Apartmentblock hin. Um 10 Uhr rief er die Auskunft der auf dem Blatt genannten Stadt an. Er fragte nach der Telefonnummer des Verwalters jenes Apartmentblocks. Es war ein Glücksspiel, und er hatte Glück. Es handelte sich tatsächlich um einen Apartmentblock, und zwar um einen teuren.
Er rief den Verwalter an und erklärte, daß er verschiedentlich einen Mieter angerufen, aber keine Verbindung mit ihm bekommen habe, was insofern merkwürdig sei, als ihn der Mieter ausdrücklich gebeten habe, zu dieser Zeit anzurufen. Ob der Verwalter wohl helfen könne? Sollte womöglich das Telefon gestört sein?
Der Mann am anderen Ende der Leitung war außerordentlich entgegenkommend. Der Herr Direktor sei wahrscheinlich in der Fabrik oder vielleicht auch über das Wochenende zu seinem Landhaus gefahren. Welche Fabrik das sei? Nun, seine eigene natürlich, die Radiofabrik. Der Verwalter nannte den Firmennamen.
»Oh, ja, selbstverständlich, wie dumm von mir, welche denn wohl sonst!« sagte Miller und legte auf. Die Auskunft nannte ihm die Nummer der Fabrik. Der Pförtner, der sich dort meldete, wies Miller darauf hin, daß Samstag sei, und sagte, der Herr Direktor verbringe das Wochenende in seinem Landhaus und sei am Montagmorgen wieder in der Fabrik zu erreichen. Nein, die Privatnummer des Hauses dürfe von der Fabrik nicht preisgegeben werden. Miller dankte ihm und legte auf.
Der Mann, der ihm schließlich die Privatnummer und Adresse des Radiofabrikanten nannte, war ein alter Kontaktmann von ihm, der Handels- und Wirtschaftskorrespondent einer großen Zeitung in Hamburg. Er hatte die Anschrift des Radiofabrikbesitzers in seinem privaten Adreßbuch stehen. Miller saß da und starrte auf das Photo von Roschmann. Seine Privatanschrift und seinen neuen Namen hatte er in sein Notizbuch gekritzelt. Jetzt fiel ihm auch ein, daß er den Namen schon gehört hatte – es war der eines bekannten Industriellen. Er hatte auch die Radiogeräte in den Geschäften gesehen. Er holte seine Deutschlandkarte heraus und suchte nach den Ortschaften im Umkreis des Landhauses.
Es war nach zwölf, als er seine Reisetasche gepackt hatte und in die Halle hinunterfuhr, um seine Rechnung zu begleichen. Da er einen Wolfshunger hatte, nahm er seinen Aktenkoffer und ging ins Hotelrestaurant, um sich ein großes Steak zu bestellen.
Beim Essen faßte er den Entschluß, die letzte Etappe der Jagd noch am glei-

chen Nachmittag zurückzulegen. Er wollte den Gesuchten am nächsten Vormittag stellen. Er hatte noch immer den Zettel mit der Telefonnummer des Staatsanwalts der Zentralstelle in Ludwigsburg in der Brieftasche – jetzt hätte er ihn anrufen können. Aber zuerst wollte er Roschmann gegenübertreten. Er wollte den Staatsanwalt um die Entsendung eines Zugs Polizeibeamter innerhalb einer halben Stunde bitten, aber an diesem Abend erreichte er ihn möglicherweise nicht zu Hause. Sonntag vormittag war schon richtig, genau richtig.

Als er schließlich auf den Platz hinaustrat, sein Gepäck im Kofferraum des Jaguar verstaute, den Aktenkoffer auf den Beifahrersitz warf und sich ans Steuer setzte, war es fast 2 Uhr geworden. Der Mercedes, der ihm bis zum Stadtrand von Osnabrück folgte, entging seiner Aufmerksamkeit. Der graue Wagen fuhr hinter ihm bis zum Schild am Ortsende und stoppte sekundenlang, während sich der Jaguar schnell auf der Landstraße nach Süden entfernte. Der graue Wagen wendete und fuhr in die Stadt zurück.

Von einer Telefonzelle aus rief Mackensen den Werwolf in Nürnberg an.

»Er ist losgefahren«, berichtete er seinem Vorgesetzten. »Ich habe mich davon überzeugt, daß er aus der Stadt raus und mit einem Affenzahn in Richtung Süden abgehauen ist.«

»Ist Ihr kleines Geschenk für ihn mit eingepackt worden?«

Mackensen grinste.

»Das will ich meinen! Ich habe es an der rechten Vorderradaufhängung angebracht. Bevor er auch nur achtzig Kilometer weit gekommen ist, zerreißt es ihn in lauter Stücke, die niemand mehr identifizieren kann.«

»Gut so«, schnarrte der Mann in Nürnberg. »Sie müssen müde sein, Kamerad. Fahren Sie in die Stadt zurück und legen Sie sich erst mal ein paar Stunden schlafen.«

Mackensen brauchte keine zweite Aufforderung. Seit Mittwoch hatte er keine Nacht mehr richtig durchgeschlafen.

Miller legte die achtzig Kilometer zurück und noch weitere hundertsechzig. Eines nämlich hatte Mackensen übersehen. Seine Auslösevorrichtung hätte sicher sehr rasch gezündet, wenn sie in das Radaufhängungssystem einer kontinentaleuropäischen Limousine geklemmt worden wäre. Aber der Jaguar war ein englischer Sportwagen mit weit härterer Radaufhängung. Als er über die Autobahn nach Frankfurt hinunterjagte, wurde die starke Federung oberhalb der Vorderräder, sobald der Wagen über ein Schlagloch oder eine andere Bodenunebenheit raste, zwar leicht zusammengedrückt, und die kleine Glühbirne zwischen den Kiefern des Bombenauslösers zerbarst dabei in winzige Glassplitter. Aber die beiden elektrisch geladenen Hälften des Stahlblattes berührten sich nicht. Bei harten Stößen näherten sie sich einander bis auf wenige Millimeter und rückten dann wieder auseinander. Nichts ahnend von der tödlichen Bedrohung, legte Miller die Strecke über

Münster, Dortmund, Köln und Wiesbaden bis kurz vor Frankfurt in knapp vier Stunden zurück. Dann bog er in die Straße nach Königstein und in die verschneiten Wälder des Taunus ein.

15

Es war schon dunkel, als der Jaguar den Kurort in den südlichen Vorläufern des Taunus erreichte. Ein Blick auf seine Karte klärte Miller darüber auf, daß ihn keine dreißig Kilometer mehr von dem Landsitz trennten, auf dem der ehrenwerte Radiofabrikant das Wochenende verbrachte. Miller beschloß, im Hotel zu übernachten und die Fahrt am anderen Morgen fortzusetzen. Im Norden erhoben sich die verschneiten Berge; entlang der Hauptstraße der kleinen Stadt reihten sich die Lichter und erhellten geisterhaft die Burgruine oberhalb des Städtchens auf einem Hügel, wo einst der Sitz der Grafen von Falkenstein gewesen war. Der Himmel war klar, aber ein eisiger Wind kündigte weitere Schneefälle für die Nacht an.
Miller hielt vor dem Park-Hotel an der Ecke Hauptstraße und Frankfurter Straße und fragte, ob ein Zimmer frei sei. Kneipp-Kuren haben im Februar sehr viel weniger Reiz als in den Sommermonaten, und so hätte er um diese Jahreszeit ganze Zimmerfluchten mieten können.
Der Portier riet ihm, den Wagen auf dem von Bäumen und Büschen gesäumten kleinen Parkplatz hinter dem Hotel abzustellen. Miller nahm ein Bad und ging zum Abendessen in den Gasthof Zum Grünen Baum an der Hauptstraße. Das Lokal zählte zu dem runden Dutzend ausgezeichneter Restaurants, die der Kurort zu bieten hatte.
Seine Nervosität setzte unvermittelt beim Essen ein. Als er das Weinglas zum Mund führte, zitterten seine Hände. Das lag teils an der Erschöpfung, dem Mangel an Schlaf in den letzten vier Tagen, in denen er sich jeweils nur für eine oder zwei Stunden hatte hinlegen können – aber es war auch eine verzögerte Reaktion auf die nervliche Anspannung. Schließlich war er kein professioneller Einbrecher wie Koppel und staunte immer noch über das Glück und seinen Instinkt, der ihm geraten hatte, Winzers Haus einen zweiten Besuch abzustatten. Er hatte gefunden, was er suchte, aber das machte ihn nicht ruhiger.
Seine Nervosität rührte vor allem von dem Gedanken an das bevorstehende Ende der Jagd her. Von der Aussicht auf die Konfrontation mit dem Mann, den er haßte und nach so vielen Umwegen, die ihn immer weiter von seinem Ziel abzubringen schienen, nun endlich gefunden hatte. Und von der Befürchtung, daß noch im letzten Augenblick irgend etwas schiefgehen konnte.
Miller fiel jener Dr. Schmidt wieder ein, der ihn im Hotel in Bad Godesberg

aufgesucht und davor gewarnt hatte, seine Nachforschungen nach Roschmann fortzusetzen. Er mußte an Wiesenthal denken, der ihm gesagt hatte: »Seien Sie vorsichtig. Diese Männer können gefährlich werden.« Nach alledem war es verwunderlich, daß sie noch nicht zugeschlagen hatten. Sie wußten, daß er Miller hieß – der Besuch im Hotel Dreesen bewies das; und seit er Bayer in Stuttgart niedergeschlagen hatte, mußte ihnen auch seine Identität als Kolb bekannt sein. Und doch hatte sich niemand blicken lassen. Was sie seiner Meinung nach nicht wissen konnten, war dagegen die Tatsache, daß er jetzt unmittelbar vor seinem Ziel war. Vielleicht hatten sie seine Spur verloren oder beschlossen, ihn sich selbst zu überlassen, weil sie nach dem Untertauchen des Fälschers keine Gefahr mehr in ihm sahen. Dabei hatte er die Akte, Winzers geheimes und explosives Beweismaterial, an sich gebracht und damit die aufsehenerregendste Story des Jahrzehnts »im Kasten«. Er grinste befriedigt, und die Kellnerin, die gerade vorbeikam, war der Meinung, sein Lächeln gelte ihr. Als sie das nächstemal an seinem Tisch vorüberkam, wackelte sie provozierend mit dem Hintern, und Miller mußte an Sigi denken. Seit Wien hatte er sie nicht mehr angerufen. Den letzten Brief hatte er ihr Anfang Januar geschrieben – also vor sechs Wochen. Jetzt fühlte er, daß er sie brauchte wie nie zuvor.

Komisch, dachte er, daß die Männer die Frauen immer dann besonders entbehren, wenn sie es mit der Angst zu tun kriegen. Und er mußte sich eingestehen, *daß* er es mit der Angst bekam – Angst vor dem, was er getan hatte, und Angst vor dem Massenmörder, dem er morgen gegenübertreten würde.

Er schüttelte den Kopf, um die bedrückenden Gedanken zu verscheuchen, und bestellte noch eine halbe Flasche Wein. Das war nicht der Augenblick, sich elegischen Anwandlungen zu überlassen. Er hatte einen journalistischen Coup gelandet, der eine beispiellose Sensation darstellte – und er war dabei, eine alte Rechnung zu begleichen.

Er überdachte noch einmal seinen Plan, während er den zweiten halben Liter Wein trank: Ein Anruf beim Staatsanwalt in Ludwigsburg. Dreißig Minuten später kam die Polizei und schaffte den Mann weg, damit er endlich in Polizeigewahrsam genommen, vor Gericht gestellt und zu lebenslänglicher Haft verurteilt wurde. Wäre Miller ein härterer Mann gewesen, hätte er es sich nicht nehmen lassen wollen, Roschmann mit eigenen Händen umzubringen.

Bei dem Gedanken daran wurde ihm bewußt, daß er unbewaffnet war. Würde er Roschmann wirklich allein antreffen? War der SS-Verbrecher überzeugt, sein neuer Name sichere ihn vor der Entlarvung? Oder hatte er einen privaten, bewaffneten Leibwächter für den Fall der Fälle?

Karl Brandt, der Hamburger Kriminalinspektor, hatte Miller zum 25. Geburtstag, den man feuchtfröhlich im Kreise von einigen Freunden und

Mädchen begangen hatte, ein Paar Handschellen geschenkt. »Trauringe«, hatte er scherzend gesagt, »für den Fall, daß du dich einmal verehelichen solltest.« Seitdem lagen die Handschellen auf dem Boden einer Truhe in Millers Wohnung.

Er besaß auch eine Pistole, eine kleine Sauer Automatic, die er ganz legal gekauft hatte, als er 1960 eine Enthüllungsstory über das organisierte Gangstertum im Hamburger Vergnügungsgewerbe recherchierte und von den Bossen auf St. Pauli bedroht wurde. Die Waffe war ebenfalls in seiner Wohnung in Hamburg – in einer verschlossenen Schreibtischlade.

Leicht benommen vom Wein, vom doppelten Kognak und auch vor Müdigkeit, zahlte er die Rechnung, stand auf und ging ins Hotel zurück. Er wollte von dort aus gleich Sigi in Hamburg anrufen, benutzte dann aber doch lieber eine der beiden öffentlichen Telefonzellen vorm Hoteleingang. Es war sicherer so. Es ging auf 10 Uhr, und er erreichte Sigi in dem Klub, in dem sie arbeitete. Wegen der lärmenden Musik der Band im Hintergrund mußte er schreien, damit sie ihn verstand.

Miller unterbrach ihre Fragen – wo er gewesen sei, weshalb er nichts von sich hatte hören lassen, wo er sich jetzt aufhalte – und sagte ihr, was sie tun sollte. Sie wandte ein, daß sie nicht wegkönne, aber in seiner Stimme schwang etwas mit, was sie stutzig machte.

»Ist mit dir auch alles in Ordnung?« schrie sie ins Telefon.

»Ja. Mir geht es gut. Aber ich brauche deine Hilfe. Bitte, Liebling, laß mich nicht im Stich. Nicht jetzt, nicht heute nacht.«

Sie schwieg einen Augenblick lang und sagte dann: »Ich komme. Ich erzähle denen hier einfach irgendwas von einer dringenden Familiensache. Ein Notfall oder so.«

»Hast du genug Bargeld, um einen Wagen zu mieten?«

»Ich glaube schon. Ich kann mir ja was von einer Kollegin pumpen.«

Er nannte ihr einen Wagenverleih mit durchgehendem Nachtbetrieb und schärfte ihr ein, seinen Namen zu erwähnen, weil er den Inhaber gut kannte.

»Wie weit ist es bis zu dir?« fragte sie.

»Von Hamburg aus sind es fünfhundert Kilometer. Du kannst es in fünf Stunden schaffen. Sagen wir sechs Stunden, von jetzt ab gerechnet. Du wirst gegen 5 Uhr morgens hier sein. Und vergiß nicht, die Sachen mitzubringen.«

»Nein, ich bringe sie dir mit.« Sie schwieg einen Augenblick und sagte dann: »Peter, Liebling...«

»Was ist?«

»Hast du vor irgend etwas Angst?«

Das Leuchtzeichen forderte erneut zum Nachzahlen auf, und Miller hatte kein Markstück mehr.

»Ja«, sagte er nur und hängte ein, als sie getrennt wurden.
Im Hotelfoyer fragte er den Nachtportier, ob er ihm einen großen Umschlag beschaffen könne. Nach einigem Suchen in den Fächern unter dem Tresen überreichte der Portier Miller triumphierend ein mit Pappe verstärktes braunes Kuvert. Es war groß genug für Din-A4-Blätter. Miller, der die umfangreiche Sendung als Briefpost abschicken wollte, kaufte ihm obendrein noch seinen gesamten Vorrat an Briefmarken ab, die normalerweise nur für die Gäste mit Ansichtskarten da waren.
Danach ging er wieder in sein Zimmer. Er legte den Attachékoffer, den er den ganzen Abend mitgenommen hatte, auf das Bett und nahm Salomon Taubers Tagebuch, den Aktenhefter aus Winzers Safe und zwei Photographien heraus. Er las die beiden Seiten in dem Tagebuch noch einmal. Sie hatten ihn dazu gebracht, Jagd auf einen Mann zu machen, von dem er bis dahin noch nie etwas gehört hatte. Er betrachtete lange die beiden Photos. Schließlich nahm er einen Bogen einfaches weißes Papier aus dem Koffer und schrieb eine kurze, für jeden Leser verständliche Erklärung nieder, aus der unmißverständlich hervorging, um was es sich bei dem Aktenhefter handelte. Die Erklärung steckte er zusammen mit der Akte aus Winzers Safe und einem der beiden Lichtbilder in den Umschlag. Er adressierte ihn und beklebte ihn mit sämtlichen Marken, die ihm der Nachtportier verkauft hatte.
Das andere Photo steckte er in die Brusttasche seiner Jacke. Der zugeklebte Umschlag und das Tagebuch wanderten wieder in den Attachékoffer, den er unters Bett schob.
Er hatte noch eine kleine Taschenflasche Kognak in seinem Reisekoffer. Am Waschbecken goß er sich ein Wasserglas voll ein. Er stellte fest, daß seine Hände zitterten, aber die feurige Flüssigkeit entspannte ihn. Er legte sich mit leicht schwindligem Kopf auf das Bett und schlief sofort ein.

Josef ging wütend und ungeduldig in dem Kellerraum in München auf und ab. Leon und Motti saßen am Tisch und starrten auf ihre Hände. Seit dem Eintreffen des Telegramms aus Tel Aviv waren achtundvierzig Stunden vergangen.
Ihre Versuche, Miller ausfindig zu machen, hatten keinen Erfolg gehabt. Auf ihr Drängen war Alfred Oster zu dem Parkplatz in Bayreuth gegangen, um nachzusehen, ob der Jaguar noch dort stand. Später bekamen sie die Nachricht, daß er verschwunden war.
»Wenn die den Jaguar zu Gesicht bekommen, wissen sie, daß Kolb kein Bäckergeselle aus Bremen sein kann«, knurrte Josef. »Selbst wenn sie nicht wissen, daß der Besitzer Peter Miller heißt.«
Später hatte ein Freund in Stuttgart Leon davon unterrichtet, daß die Polizei

im Zusammenhang mit der Ermordung eines Stuttgarter Bürgers namens Bayer, dessen Leiche in einem Hotelzimmer aufgefunden wurde, nach einem jüngeren Mann fahndete. Die Personenbeschreibung paßte zu gut auf den als Kolb getarnten Miller, als daß es sich um einen anderen Mann hätte handeln können, aber zum Glück lautete der Name im Hotelregister weder Kolb noch Miller, und ein schwarzer Sportwagen war nicht erwähnt worden.

»Wenigstens war er so vernünftig, sich mit falschem Namen einzutragen«, sagte Leon.

»Das war er seiner Rolle als Kolb schuldig«, erklärte Motti. »Kolb sollte doch vor der Bremer Polizei auf der Flucht sein, die wegen Kriegsverbrechen nach ihm fahndete.«

Aber das war ein schwacher Trost. Wenn die Stuttgarter Polizei Miller nicht finden konnte – die Gruppe Leon konnte es auch nicht. Sie hatten allen Anlaß zu befürchten, daß die ODESSA Miller inzwischen entschieden dichter auf den Fersen war als sie selbst oder die Polizei.

»Nachdem er Bayer umgebracht hatte, mußte ihm klar gewesen sein, daß seine Tarnung als Kolb hinfällig geworden war. Deswegen wird er auf den Namen Miller umgeschaltet haben«, überlegte Leon. »Er mußte die Suche nach Roschmann also aufgeben – oder er hat von Bayer etwas erfahren, das ihn auf Roschmanns Fährte setzte.«

»Warum, zum Teufel, meldet er sich dann nicht?« brauste Josef auf. »Glaubt dieser Dilettant vielleicht, er könnte es ganz allein mit Roschmann aufnehmen?«

Motti hüstelte leise.

»Er weiß nicht, wie wichtig Roschmann für die ODESSA ist.«

»Wenn er ihm nahe genug kommt, wird er es schon merken«, sagte Leon.

»Falls er bis dahin nicht schon ein toter Mann ist, womit wir glücklich wieder auf dem Nullpunkt angelangt wären«, bemerkte Josef bitter. »Warum ruft der Idiot nicht an?«

Beim Werwolf dagegen blieb das Telefon in jener Nacht nicht stumm. Klaus Winzer rief ihn aus einem Bergschloß in der Regensburger Gegend an. Der Werwolf hatte beruhigende Nachrichten für ihn.

»Ja, ich glaube, Sie können jetzt ohne Bedenken heimfahren«, sagte der Chef der ODESSA. »Der Mann, der Sie sprechen wollte, ist inzwischen mit Sicherheit unschädlich gemacht worden.«

Der Fälscher dankte ihm, beglich seine Hotelrechnung und startete noch in derselben Nacht zur Rückfahrt nach Osnabrück. Er würde rechtzeitig zum Frühstück zu Hause ankommen. Er wollte dann gleich ein Bad nehmen, lange schlafen und am Montagmorgen wie gewohnt in die Druckerei gehen.

Miller erwachte, als an die Tür geklopft wurde. Er blinzelte, stellte fest, daß er das Licht hatte brennen lassen, und schloß auf. Der Hausdiener stand in der Tür und hinter ihm Sigi. Miller beruhigte den Mann mit der Erklärung, daß Sigi seine Frau sei, die ihm wichtige Akten für eine Geschäftsbesprechung am Vormittag mitgebracht habe. Der Hausdiener, ein Bursche vom Lande, der ein für Miller schwer verständliches Hessisch sprach, nahm wortlos sein Trinkgeld und ging.
Sigi warf die Arme um Millers Hals, als er die Zimmertür mit dem Fuß zustieß.
»Wo warst du? Was tust du hier?«
Er unterband ihre Fragen in der einfachsten und wirksamsten Weise, und als sie einander losließen, waren Sigis kalte Wangen gerötet und erhitzt, und Miller atmete rascher.
Er nahm ihr den Mantel ab und hängte ihn auf den Haken an der Tür. Sie begann erneut Fragen zu stellen.
»Vorrangiges verdient vorrangig behandelt zu werden«, sagte er und zog sie auf das Bett hinunter, das dank der dicken Federdecke, unter der er ein paar Stunden geschlafen hatte, noch immer warm war. Sie kicherte.
»Du hast dich nicht verändert.«
Sie trug ihr tief ausgeschnittenes Abendkleid aus dem Klub und darunter ein Nichts von einem Büstenhalter. Er öffnete den Reißverschluß am Rükken ihres Kleides und streifte ihr die schmalen Träger von den Schultern.
»Und du? Hast du dich verändert?« fragte er sie leise.
Sie atmete tief und legte sich zurück, als er sich über sie beugte und sie an sich zog.
»Nein«, flüsterte sie. »Überhaupt nicht. Du weißt, was ich mag.«
»Und du weißt, was ich mag«, murmelte er nahezu unverständlich.
Sie quietschte auf.
»Ich bin zuerst dran. Du hast mir mehr gefehlt als ich dir.«
Eine Antwort blieb aus, aber Sigis Stöhnen und Seufzen war beredt genug.
Es dauerte eine Stunde, bis sie, außer Atem und glücklich, voneinander abließen. Miller füllte das Zahnputzglas mit Kognak und Wasser, und Sigi, die nie viel trank, nippte nur daran. Den Rest trank Miller.
»Und jetzt«, sagte Sigi scherzend, »nachdem vorrangig erledigt wurde...«
»Vorläufig«, warf Miller ein. Sie kicherte.
»Jetzt darf ich vielleicht erfahren, was es mit dem mysteriösen Brief auf sich hatte, warum du sechs Wochen wegbleiben mußtest, warum du diesen schrecklichen Haarschnitt hast und warum wir uns unbedingt in einem Hotelzimmer in irgendeiner hessischen Kleinstadt treffen müssen?«
Miller wurde ernst. Kurz entschlossen stand er auf, ging, immer noch nackt, durch das Zimmer und kam mit seinem Attachékoffer zurück. Er setzte sich auf die Bettkante.

»Du würdest ohnehin sehr bald erfahren, was ich vorhabe«, sagte er, »ich kann es dir also ebensogut auch jetzt schon erzählen.«
Er redete nahezu eine Stunde lang. Sein Bericht begann mit der Auffindung des Tagebuchs, das er ihr zeigte, und er endete mit dem Einbruch in das Haus des Fälschers. Sie hatte ihm mit wachsendem Entsetzen zugehört.
»Du bist verrückt«, sagte sie, als er schwieg. »Du bist ja gänzlich übergeschnappt, total irre. Du hättest leicht dabei draufgehen oder wegen hunderterlei Dinge ins Gefängnis kommen können.«
»Ich mußte es tun«, sagte er. Er war außerstande, für das, was auch ihm in diesem Augenblick unsinnig erschien, eine Erklärung vorzubringen.
»Und das alles wegen eines gräßlichen alten Nazis? Du bist ja bescheuert. Das ist doch vorbei, Peter, längst vorbei. Wozu willst du deine Zeit auf diese Leute verschwenden?«
Ratlos und verwirrt starrte er sie an.
»Aber ich habe es doch nun mal getan«, sagte er trotzig.
Sie seufzte tief und schüttelte den Kopf, um ihm zu zeigen, wie unverständlich ihr sein Verhalten war.
»Na gut«, sagte sie. »Und jetzt ist es geschafft. Du weißt, wer er ist und wo er ist. Du mußt nur nach Hamburg zurückfahren und die Polizei anrufen. Die erledigt dann schon alles übrige. Dafür wird sie schließlich bezahlt.«
Miller wußte nicht, was er ihr darauf anworten sollte.
»So einfach liegen die Dinge nicht«, sagte er. »Ich gehe heute vormittag da hinauf.«
»Du gehst wo hinauf?«
Er deutete mit dem Daumen zum Fenster hinaus, zu den dunklen Berghängen.
»Zu seinem Haus.«
»Zu seinem Haus? Wozu?« Ihre Augen weiteten sich vor Schrecken.
»Du gehst doch nicht etwa hin, um ihn zu treffen?«
»Doch. Frag mich nicht warum, denn ich kann es dir nicht sagen. Es ist etwas, was ich ganz einfach tun muß.«
Ihre Reaktion überraschte ihn. Sie setzte sich ruckartig auf, drehte sich zu ihm um und starrte ihn an. Er hatte sich ein Kissen unter den Nacken geschoben und lag rauchend da.
»Dafür wolltest du den Revolver haben.« Sie sagte es ihm auf den Kopf zu.
»Du willst ihn umbringen...«
»Ich will ihn nicht umbringen...«
»Na gut, dann bringt er dich um. Und du gehst da ganz allein hinauf, mit einem Revolver gegen ihn und seine Bande. Du elender, verfluchter, dämlicher Mistkerl du...«
Miller starrte sie verwundert an.

»Weswegen? Worüber regst du dich so auf? Über Roschmann?«
»Ich rege mich nicht wegen des gräßlichen alten Nazis auf. Ich rede von mir. Von mir und dir, du sturer, behämmerter, blöder Kerl. Du riskierst es, von denen da oben kaltgemacht zu werden, bloß um irgend etwas Verrücktes zu beweisen und eine Story für deine dämlichen Illustrierten-Leser an Land zu ziehen. Du hast bei der ganzen Sache auch nicht einen Augenblick lang an mich gedacht…«
Sie hatte angefangen zu weinen, und während sie mit unverminderter Heftigkeit weitersprach, glitten ihr die Tränen über die Wangen und hinterließen dort schwarze Spuren von Wimperntusche.
»Sieh mich an, sieh mich an, und schau aber mal genau hin – für wen hältst du mich eigentlich? Für eine, die sich bloß gut bumsen läßt? Meinst du vielleicht, ich schlafe jede Nacht mit so 'nem ungehobelten Reporter, damit er sich selber großartig findet, wenn er dann loszieht, um irgendeiner idiotischen Story nachzujagen, bei der er draufgehen kann? Hältst du mich wirklich für so blöd? Hör mal zu, du bekloppter Hornochse, ich will heiraten. Ich will Frau Miller werden, ich will Kinder haben. Und du bist drauf und dran, dich umbringen zu lassen… O Gott…«
Sie sprang aus dem Bett und rannte in das Badezimmer, warf die Tür hinter sich zu und schloß sie ab.
Miller lag wie vor den Kopf geschlagen da und vergaß, an seiner Zigarette zu ziehen, die bis an seine Finger herunterbrannte. Er hatte Sigi noch nie so wütend gesehen und war zutiefst beunruhigt. Er dachte über alles nach, was sie gesagt hatte, während er hörte, wie sie Wasser einlaufen ließ.
Er drückte die heruntergebrannte Zigarette im Aschenbecher aus und klopfte an der Badezimmertür.
»Sigi.«
Keine Antwort.
»Sigi.«
Die Wasserhähne wurden zugedreht.
»Geh weg.«
»Sigi, mach bitte auf. Ich möchte mit dir reden.«
Stille. Dann schloß sie die Tür auf. Sie stand nackt da und sah ihn schmollend an. Sie hatte sich die Wimperntusche abgewaschen.
»Was willst du?« fragte sie.
»Komm wieder ins Bett. Ich möchte mit dir reden. Wir werden noch erfrieren, wenn wir noch länger hier herumstehen.«
»Nein, nein. Du willst ja bloß wieder mit mir…«
»Nein, diesmal nicht. Ehrlich. Ich verspreche dir, daß ich es nicht tun werde. Ich will nur reden.«
Er nahm sie bei der Hand und führte sie ins Bett und in die Wärme zurück.
»Worüber willst du mit mir reden?« fragte sie mißtrauisch.

Er legte sich zu ihr ins Bett und fragte ganz nah an ihrem Ohr: »Willst du meine Frau werden, Sigrid Rahn?«
Sie drehte sich zu ihm um.
»Ist das dein Ernst?« fragte sie.
»Ja. Ich bin vorher irgendwie nie richtig auf die Idee gekommen. Aber du bist vorher ja auch nie richtig wütend geworden.«
»Na so was«, sagte sie, als traue sie ihren Ohren nicht. »Ich muß wohl öfters mal wütend werden.«
»Kriege ich nun eine Antwort?«
»Oh, ja, Peter. Ich will deine Frau werden. Wir beide werden recht gut sein zusammen.«
Er begann sie wieder zu liebkosen und wurde aufs neue erregt.
»Du hast gesagt, daß du damit nicht gleich wieder anfangen willst.«
»Nur dieses eine Mal. Danach laß ich dich auch ganz bestimmt auf immer und ewig in Ruhe.«
Sie streckte ihren Schenkel über ihn und hatte sich im nächsten Augenblick vollends auf ihn gerollt. Sie sah zu ihm hinab und sagte: »Untersteh dich, Peter Miller.«
Miller langte hinauf und zog an der Schnur, um die Nachttischlampe zu löschen.
Im Osten färbte sich der Himmel schwach grau. Es war Sonntagmorgen, der 23. Februar. Millers Armbanduhr auf dem Nachttisch zeigte auf zehn vor sieben. Aber Miller war schon fest eingeschlafen.

Eine halbe Stunde später bog Klaus Winzer in die Auffahrt seines Hauses ein, hielt vor der geschlossenen Garagentür und stieg aus. Er war müde und zerschlagen, aber auch glücklich, wieder zu Hause zu sein.
Barbara, die die Abwesenheit ihres Arbeitgebers ausnutzte, um länger im Bett zu bleiben, war noch nicht aufgestanden. Als sie dann schließlich erschien, nachdem Winzer die Haustür aufgeschlossen und von der Halle aus nach ihr gerufen hatte, war sie mit einem Nachthemdchen bekleidet, das den Puls jedes anderen Mannes beschleunigt hätte. Winzer jedoch verlangte es nach Spiegeleiern, Toast und Marmelade, einer Kanne Kaffee sowie einem heißen Bad. Tatsächlich aber bekam er nichts von alledem.
Statt dessen berichtete sie ihm von einer Entdeckung, die sie am Samstagmorgen hatte machen müssen, als sie das Arbeitszimmer betrat, um Staub zu wischen: daß das Fenster zerbrochen und die silbernen Leuchter sowie die Schnupftabakdose verschwunden waren. Sie hatte sofort die Polizei verständigt. Nach Meinung der Beamten bestand nicht der geringste Zweifel darüber, daß es sich bei dem säuberlich runden Loch in der Fensterscheibe um die Arbeit eines Profis handelte. Sie hatte ihnen gesagt, daß der Haus-

besitzer abwesend sei, und sie hatten wissen wollen, wann er wiederkäme, denn sie wünschten ihm, wie das in solchen Fällen üblich war, ein paar Fragen zu stellen, die sich auf die gestohlenen Gegenstände bezogen.
Stumm hörte sich Winzer den Bericht des Mädchens an. Er war blaß geworden, und an seiner Schläfe hatte eine einzelne Ader zu klopfen begonnen. Er schickte Barbara in die Küche, damit sie ihm Kaffee machte. Er ging in sein Arbeitszimmer und schloß die Tür hinter sich ab. Er brauchte nicht länger als dreißig Sekunden, um festzustellen, daß die Akte über vierzig ODESSA-Verbrecher verschwunden war.
Als er sich von dem Safe wegwandte, klingelte das Telefon. Es war der Arzt aus der Klinik, der ihn darüber unterrichtete, daß Fräulein Wendel in der vergangenen Nacht gestorben war.
Gleichgültig gegen die Kälte, die durch das mit Zeitungspapier verstopfte Loch im Fenster drang, saß Winzer zwei Stunden lang in seinem Sessel vor dem kalten Kamin. Er spürte nur die kalten Finger, die sich in sein Inneres zu krallen schienen, während er sich darüber schlüssig zu werden versuchte, was jetzt zu tun war. Barbara, die wiederholt klopfte und durch die verschlossene Tür rief, daß das Frühstück fertig sei, erhielt keine Antwort. Durch das Schlüsselloch hörte sie, wie er mehrfach vor sich hin murmelte: »Nicht meine Schuld, nicht meine Schuld.«

Miller hatte vergessen, den Weckruf abzubestellen, um den er am Abend zuvor gebeten hatte, bevor er Sigi anrief. Um 9 Uhr schrillte das Telefon neben dem Bett. Verschlafen meldete er sich, dankte mit undeutlichem Gemurmel und stand auf. Er wußte, daß er sofort wieder einschlafen würde, wenn er auch nur eine Minute länger im Bett blieb. Sigi, erschöpft von der Autofahrt und von der Liebe und überwältigt von dem Glück, endlich verlobt zu sein, schlief noch ganz fest.
Miller duschte erst heiß und dann minutenlang kalt, rieb sich mit dem Handtuch, das er über Nacht auf der Heizung gelassen hatte, kräftig ab und fühlte sich großartig. Die Bedrücktheit und die Angst, die am Abend zuvor auf ihm gelastet hatten, waren verflossen. Er fühlte sich fit und zuversichtlich.
Er zog sich Hose und knöchelhohe Stiefel, einen dicken Rollkragenpullover und darüber eine zweireihige dunkelblaue Joppe an. Sie hatte Außentaschen, in denen Platz genug für den Revolver und die Handschellen war, und eine innere Brusttasche, in die er das Photo steckte. Er holte die Handschellen aus Sigis Reisetasche und untersuchte sie. Einen Schlüssel gab es nicht; die Handfesseln schnappten selbsttätig zu, und wem sie einmal angelegt wurden, der blieb gefesselt, bis ihn die Polizei oder eine Metallsäge befreite.

Die Pistole hatte er noch nie abgefeuert, und das Innere des Laufs war noch immer mit dem Waffenöl der Herstellerfirma eingefettet. Das Magazin war gefüllt, und er ließ es so. Um sich mit der Waffe wieder vertraut zu machen, betätigte er den Verschluß ein paarmal, vergewisserte sich, wie gesichert und entsichert wurde, drückte das Magazin in den Griff, beförderte die erste Kugel in die Kammer und sicherte die Waffe. Den Zettel mit der Telefonnummer des Staatsanwalts in Ludwigsburg steckte er sich in die Hosentasche.

Er holte den Attachékoffer unter dem Bett hervor und nahm einen Bogen weißes Papier heraus, um Sigi eine Nachricht zu hinterlassen. Er schrieb: »Mein Liebling, ich gehe jetzt los, um den Mann zu stellen, den ich gejagt habe. Ich habe meine Gründe, weswegen ich ihm ins Gesicht sehen und dabei sein will, wenn die Polizei kommt, um ihn in Handschellen abzuführen. Es sind gute Gründe, und heute nachmittag werde ich sie Dir erklären können. Auf alle Fälle aber schreibe ich Dir hier auf, was Du tun sollst...«

Die Anweisungen waren präzise und klar. Er schrieb ihr die Münchener Telefonnummer auf, die sie anrufen, und die Nachricht, die sie dem Mann, der sich unter der angegebenen Nummer meldete, übermitteln sollte. Sein Brief schloß: »Fahre mir unter keinen Umständen nach, das würde die Dinge nur verschlimmern, wie immer auch die Situation sein mag. Wenn ich also bis Mittag nicht zurück bin oder Dich nicht im Hotelzimmer angerufen habe, ruf die Münchener Nummer an, gib die Nachricht durch, verlasse das Hotel, steck den Umschlag in Frankfurt in irgendeinen Briefkasten und fahr dann nach Hamburg zurück. Verlob dich inzwischen nicht mit einem anderen. Alles Liebe, Peter.«

Er legte den Brief zusammen mit dem Umschlag mit der ODESSA-Akte und drei Fünfzigmarkscheinen auf den Nachttisch. Dann klemmte er sich Salomon Taubers Tagebuch unter den Arm, verließ leise das Zimmer und ging nach unten. Im Vorübergehen bat er den Portier in der Rezeption, den Weckanruf um 11 Uhr 30 noch einmal zu wiederholen.

Er trat um 9 Uhr 30 aus dem Hotel und war überrascht über die Schneemengen, die über Nacht gefallen waren. Er ging um das Gebäude herum zum Parkplatz, kletterte in den Jaguar und drückte auf den Anlasser. Es dauerte einige Minuten, bis der Motor ansprang. Während er warm lief, holte Miller einen Handbesen aus dem Kofferraum und fegte die dicke Schneedecke von Kühler, Dach und Windschutzscheibe.

Dann setzte er sich ans Steuer, legte den Gang ein und fuhr auf die Hauptstraße hinaus. Der dicke Schneeteppich auf der Fahrbahn knirschte unter den Reifen. Am Abend vorher hatte er sich noch kurz vor Ladenschluß ein Meßtischblatt der Gegend besorgt. Er warf einen Blick darauf und nahm dann die Straße nach Limburg.

16

Nach einem strahlenden Sonnenaufgang hatte es sich rasch bezogen. Unter den grauen Wolken glitzerte der Schnee auf den Bäumen, und von den Bergen her wehte ein scharfer Wind.
Die Straße führte in Windungen bergaufwärts und verlor sich gleich hinter dem Städtchen im Romberg-Wald. Die Schneedecke auf der Fahrbahn war makellos weiß und nur von einer einzigen Spur gezeichnet. Sie stammte von einem motorisierten Kirchgänger, der vor einer Stunde nach Königstein zum Gottesdienst gefahren war.
Miller bog in die Abzweigung nach Glashütten ein, umrundete die Abhänge des alles überragenden Feldbergs und fuhr die Straße nach der Ortschaft Schmitten hinunter. An den Bergabhängen heulte der Wind durch die Kiefern; er steigerte sich zu einem gellenden Klageton aus dem verschneiten Geäst.
Nach zwanzig Minuten zog Miller noch mal die Karte zu Rate und suchte eine Einfahrt, die von der Straße zu einem Privatanwesen führte. Wie sich dann herausstellte, handelte es sich um ein verriegeltes Gatter, an dem ein Schild mit der Aufschrift »Privatbesitz, Betreten verboten« befestigt war. Miller kletterte bei laufendem Motor aus dem Wagen, schob den Riegel zur Seite, schwang das Gatter zurück und steuerte den Jaguar auf den tiefverschneiten Waldweg. Miller fuhr im ersten Gang, denn unter der Schneedecke war nur gefrorener Sand. Zweihundert Meter weiter den Pfad hinauf war in der vergangenen Nacht unter der Last einer halben Tonne Schnee ein Ast von einer mächtigen Eiche abgebrochen. Er war in das Dickicht neben dem Pfad gestürzt und hatte einen dünnen schwarzen Mast umgerissen, der jetzt quer über dem Fahrweg lag.
Miller fuhr vorsichtig weiter und spürte den zweimaligen Stoß, als die Vorder- und dann die Hinterräder über den Mast hinwegrollten.
Der Weg mündete in eine Lichtung mit dem Landhaus und dem Garten. Miller hielt vor der Haustür an, stieg aus und drückte auf die Klingel.

Nach dem letzten Satz des Werwolfs legte Klaus Winzer in seinem Arbeitszimmer in Osnabrück den Hörer auf und ging an seinen Schreibtisch. Er war ganz ruhig. Zweimal schon hatte ihm das Leben übel mitgespielt, zuerst mit der Vernichtung seiner Falschgeldvorräte bei Kriegsende und dann mit der Entwertung seines Papiergeld-Vermögens im Jahre 1948. Jetzt geschah es zum drittenmal. Er holte seine alte, aber verläßliche Luger aus der untersten Schreibtischlade, steckte sich den Lauf in den Mund und drückte ab. Das Bleigeschoß, das ihm den Kopf zerriß, war keine Fälschung.

Regungslos saß der Werwolf da und starrte auf das summende Telefon. Er dachte an die Männer, denen Klaus Winzer falsche Pässe ausgestellt hatte. Sie standen alle auf der Fahndungsliste und mußten mit Verhaftung und Aburteilung rechnen, wenn sie gefaßt wurden. Die Aufdeckung der geheimen Dossiers Klaus Winzers würde eine Serie neuer Prozesse auslösen. Die Folgen waren gar nicht auszudenken.
Seine vordringlichste Aufgabe war, Roschmann zu warnen, denn Roschmann stand auf der Winzer gestohlenen Liste. Dreimal versuchte er vergeblich das Haus im Taunus telefonisch zu erreichen – die Nummer war jedesmal besetzt. Schließlich wandte er sich an die Störungsstelle, die ihm wenig später mitteilte, daß die Leitung unterbrochen sei.
Daraufhin rief er das Hohenzollern-Hotel in Osnabrück an. Mackensen war schon beim Aufbruch. In wenigen Sätzen unterrichtete er den Killer über die jüngste Katastrophe und beschrieb ihm, wo Roschmann lebte.
»Ihre Bombe scheint nicht funktioniert zu haben«, sagte er. »Fahren Sie so rasch wie möglich dorthin, stellen Sie Ihren Wagen irgendwo ab, wo man ihn nicht sieht, und weichen Sie Roschmann nicht von der Seite. Wir haben ihm bereits einen Leibwächter mitgegeben. Wenn Miller mit dem, was er in der Hand hat, schnurstracks zur Polizei geht, sind wir geliefert. Aber wenn er zu Roschmann kommt, überwältigen Sie ihn und bringen Sie ihn zum Reden. Bevor er stirbt, müssen wir erfahren, was er mit den Papieren gemacht hat.«
Mackensen warf einen Blick auf seine Straßenkarte und schätzte die Entfernung ab.
»Um 1 Uhr bin ich da«, sagte er.

Miller klingelte noch mal, und dann wurde die Tür geöffnet. Eine Welle warmer Luft drang aus der Halle. Der Mann, der vor ihm stand, mußte aus seinem Arbeitszimmer gekommen sein. In der Halle stand eine Türe offen. Lange Jahre bequemen Wohllebens hatten den einstmals schlanken SS-Führer korpulent werden lasen. Sein Gesicht war vom Alkohol oder von der Landluft gerötet und sein Haar an den Schläfen ergraut. Er sah aus wie der Prototyp des wohlhabenden Bürgers in mittleren Jahren, der sich denkbar bester Gesundheit erfreut. Aber sein Gesicht war, obwohl verändert, in mancher Einzelheit, in den Grundzügen doch das gleiche geblieben, das Tauber gekannt und beschrieben hatte. Roschmann musterte Miller kalt.
»Ja?« sagte er.
Miller brauchte einige Sekunden, um ein Wort herauszubringen. Was er geprobt hatte, war vergessen.
»Mein Name ist Miller«, sagte er, »und Ihrer ist Roschmann.«
Bei der Nennung der beiden Namen flackerte in den Augen des Mannes vor

ihm etwas auf, aber seine eiserne Selbstbeherrschung ließ ihn keine Miene verziehen.
»Sie irren sich«, sagte er schließlich. »Ich habe den Namen, den Sie da nennen, nie gehört.«
Hinter der Fassade äußerster Ruhe stellte der ehemalige SS-Führer fieberhaft Überlegungen an. Seit 1945 hatte er Krisensituationen in seinem Leben wiederholt durch rasches, präzises Denken gemeistert. Von seiner Unterhaltung mit dem Werwolf her erinnerte er sich nur zu gut an den Namen Miller. Sie war ja erst ein paar Wochen her. Seine erste Regung war, dem Besucher die Tür vor der Nase zuzuschlagen, aber er beherrschte sich.
»Sind Sie allein zu Hause?« fragte Miller.
»Ja«, antwortete Roschmann wahrheitsgemäß.
»Dann gehen wir in Ihr Arbeitszimmer«, bestimmte Miller rundheraus.
Roschmann erhob keine Einwände, denn er war sich darüber im klaren, daß er Zeit gewinnen und Miller so lange hinhalten mußte, bis...
Er drehte sich auf dem Absatz um und durchquerte mit langen Schritten die Halle. Miller warf die Tür hinter sich zu und folgte Roschmann ins Arbeitszimmer. Es war ein behaglich eingerichteter Raum mit einer dick gepolsterten Tür und einem flackernden Kaminfeuer. Miller schloß die Tür hinter sich.
Roschmann blieb in der Mitte des Zimmers stehen und wandte sich zu Miller um.
»Ist Ihre Frau hier?« fragte Miller. Roschmann schüttelte den Kopf. »Sie ist über das Wochenende zu Verwandten gefahren«, sagte er. Das entsprach der Wahrheit. Sie war am Abend zuvor überraschend angerufen worden und hatte den Zweitwagen genommen. Der andere Wagen der Roschmanns hatte einen Schaden am Motor und stand in der Garage. Roschmann erwartete seine Frau am Abend zurück.
Was er wohlweislich nicht erwähnt hatte und worum seine fieberhaften Überlegungen kreisten, das war die Tatsache, daß sein massiger kahlrasierter Leibwächter und Fahrer Oskar ins Dorf hinuntergeradelt war, um zu melden, daß der Telefonanschluß gestört war. Roschmann wußte, daß er das Gespräch mit Miller bis zu Oskars Rückkehr nicht abreißen lassen durfte. Als er sich zu seinem Besucher umwandte, hielt der junge Reporter eine Automatic in der Hand, die auf seinen Bauch gerichtet war. Roschmann hatte Angst, verbarg sie aber hinter gespielter Überlegenheit.
»Sie wagen es, mich in meinem eigenen Haus mit einer Pistole zu bedrohen?«
»Rufen Sie doch die Polizei«, sagte Miller und deutete mit einem Kopfnikken auf das Telefon auf dem Schreibtisch. Roschmann machte keine Anstalten, es zu benutzen.
»Ich stelle fest, daß Sie noch immer leicht hinken«, bemerkte Miller. »Der

orthopädische Schuh gleicht zwar recht gut aus, aber ganz läßt es sich doch nicht verleugnen. Im Lager Rimini hat man Ihnen die Zehen amputiert. Sie waren Ihnen auf der Flucht durch Österreich erfroren, stimmt's?«
Roschmann kniff die Augen leicht zusammen, sagte aber nichts.
»Sehen Sie, Herr Direktor, wenn Sie die Polizei rufen, wird die Sie identifizieren. Das Gesicht ist das gleiche geblieben, die Schußwunde in der Brust und die Narbe unter der linken Achselhöhle, wo sie zweifellos versucht haben, die Blutgruppentätowierung der SS zu entfernen – alle diese Dinge erleichtern den Beamten ihre Arbeit. Wollen Sie also wirklich die Polizei rufen?«
»Was wollen Sie, Miller?« fragte er.
»Setzen Sie sich«, sagte der Reporter. »Nicht an den Schreibtisch, sondern in den Sessel, damit ich Sie sehen kann. Und behalten Sie die Hände auf den Armlehnen. Geben Sie mir keinen Anlaß zum Schießen, denn, glauben Sie mir, ich täte es liebend gern.«
Roschmann setzte sich in den Sessel; er nahm seine Augen nicht von der Waffe. Miller setzte sich ihm gegenüber auf die Schreibtischkante.
»Und jetzt unterhalten wir uns«, sagte er.
»Worüber?«
»Über Riga. Über achtzigtausend Menschen – Männer, Frauen und Kinder –, die Sie dort niedergemetzelt haben.«
Roschmann hatte begriffen, daß ihn Miller offenbar nicht sofort erschießen wollte. Langsam gewann er seine Gelassenheit wieder. Die Farbe kehrte in sein Gesicht zurück. Er riß seinen Blick von der Waffe los und sah Miller an.
»Das ist eine Lüge. In Riga sind niemals achtzigtausend Häftlinge umgekommen.«
»Siebzigtausend? Sechzigtausend?« fragte Miller. »Halten Sie es wirklich für so entscheidend, vielleicht ›nur‹ sechzigtausend Menschen umgebracht zu haben und keine achtzigtausend?«
»Das ist ja der springende Punkt«, sagte Roschmann lebhaft. »Es ist heute so unwichtig wie damals. Hören Sie, junger Mann, ich weiß nicht, weshalb Sie es auf mich abgesehen haben. Aber ich kann es mir zusammenreimen. Irgend jemand hat Ihnen eine Menge sentimentalen Unsinn über sogenannte Kriegsverbrechen und dergleichen eingetrichtert. Das ist alles Unsinn, absoluter Unsinn. Wie alt sind Sie?«
»Neunundzwanzig.«
»Haben Sie Ihren Militärdienst geleistet?«
»Nein, ich war nicht mehr wehrpflichtig.«
»Dann haben Sie ja keine Ahnung vom Militär. Befehl ist Befehl. Wer ihn ausführt, ist für das, was er tut, nicht verantwortlich.«
»Sie wollen mir doch nicht einreden, daß Sie Soldat waren? Sie haben zwar

eine Uniform getragen, aber welches Risiko haben Sie denn gehabt? Standen Sie jemals einem bewaffneten Mann gegenüber? Nein, Roschmann, Sie waren nichts anderes als ein Henker in Uniform!«
»Unsinn«, sagte Roschmann, »ihr Jungen seid alle gleich. Man hat eure Köpfe mit Lügen vollgestopft, man hat unsere großen Ideen herabgewürdigt. Alles, was früher war, das verachtet ihr, weil ihr nicht wißt, wie es war.«
»Und wie war es damals? Ich bin Journalist, bitte, ich lasse mich gern belehren. Eure Verbrechen – waren das die großen Ideen? Aber vielleicht ist die ganze Welt im Unrecht und nur ihr, die Mörder, im Recht.«
Roschmann lehnte sich in seinem Sessel zurück. Die unmittelbare Gefahr schien für den Augenblick gebannt.
»Junger Mann, Sie wollen wissen, wie es damals war? Gut, ich will es Ihnen sagen: Wir waren auf dem besten Weg, die Herren der Welt zu werden. Wir hatten alle Armeen geschlagen. Und wir haben gezeigt, was für eine große Nation wir sind. Und das konnten wir nur, weil wir hart waren, frei von jeder Gefühlsduselei. Wir standen geschlossen hinter unserem Ziel und geschlossen hinter dem Mann, der uns dorthin führte. Unser Ziel, das war die Größe, die dem deutschen Volk immer versagt gewesen war. Aber das könnt ihr nicht verstehen, weil ihr aufgehört habt, als Deutsche zu fühlen, weil die Umerzieher euch Stolz und Vaterlandsliebe aus den Köpfen getrommelt haben. Was war denn vorher, bevor wir kamen? Ein verlorener Krieg, weil uns die Verräter im eigenen Land den Dolch in den Rücken gestoßen hatten, das Versailler Diktat – eine Schmach für jedes Volk; dann Millionen Arbeitslose auf der Straße, Elend und Kriminalität, weil der Staat von Weimar mit einer Schwatzbude als Parlament keine Ordnung schaffen konnte. Ordnung und Arbeit – das haben wir gebracht, wir, weil wir hart waren und unbeugsam und an das deutsche Volk glaubten. Es galt, die Besten dieses Volkes zu berufen und die Schwachen, die Schmarotzer und Schädlinge auszumerzen. Wir waren auf einem großen Weg: Brot, Ordnung und Kampf. Ja, Kampf und Siege. Und wir von der SS, wir waren die Besten, die Elite, und sind es auch heute noch.«
Roschmann holte Atem.
»Natürlich haben wir auf gewissen Gebieten Fehler gemacht. Aber haben die andern keine gemacht?«
Miller wollte ihn unterbrechen, aber Roschmann redete weiter. »Nein, nicht die Juden und die Lager – die meine ich nicht. Unser Volk konnte nur überleben, wenn unsere Feinde ausgeräuchert wurden. Und zu diesen Feinden, die für unser Unglück verantwortlich waren, gehörten vor allem die Juden. Und weil wir versucht haben, die Welt von dieser Pest zu befreien, macht ihr jetzt ein Geschrei. Es hat sie doch niemand nehmen wollen! Es gab eine Zeit, wo wir sie verschenkt hätten. Aber keiner wollte sie! Im übri-

gen: Ihr tut immer so, als wären wir die Erfinder der Konzentrationslager gewesen. Haben Sie nie davon gehört, daß die ersten Konzentrationslager die Engländer im Buren-Krieg errichtet haben?
Aber darum geht es nicht. Es geht um etwas anderes. Auch in der Natur gibt es die natürliche Auslese: Der Schwächere muß dem Stärkeren weichen. Auf diese Weise hat die Natur wertvolle Gattungen erhalten. Und schauen Sie sich in der Weltgeschichte um. Wir gehörten zu den Wertvollen. Daher mußten die Schwächlinge weichen. Ja, Sie mögen mich haßerfüllt, mißtrauisch oder sonst noch wie anschauen. Aber uns beide verbindet etwas, was Sie heute für nicht mehr sehr wertvoll betrachten, wir beide sind die Angehörigen des rassisch wertvollsten Volkes der Erde!«
Roschmann war so in Rage geraten, daß er trotz der auf ihn gerichteten Waffe zwischen Fenster und Schreibtisch auf und ab ging.
»Uns verbindet mehr als die Sprache, denn auch die Juden sprechen deutsch. Es ist auch nicht nur die Kultur, denn auch die Kultur war zum Teil jüdisch. Uns verbindet die Zugehörigkeit zu einem Volk. Wir ziehen am selben Strang, Miller, ja, Sie, der Sie jetzt mit der Waffe auf mich zielen – und ich.
Sie fragen nach dem Beweis unserer Größe? Schauen Sie sich das Deutschland von heute an. 1945 auf Gnade oder Ungnade den Barbaren im Osten und den Narren und Plutokraten im Westen ausgeliefert, zerbombt, erniedrigt und gedemütigt, hat es sich aus den Trümmern erhoben. Noch mangelt es Deutschland an der unerläßlichen Disziplin, für die wir seinerzeit haben sorgen können, aber Jahr für Jahr wächst seine wirtschaftliche und industrielle Macht. Und auch seine militärische Macht. Wenn erst einmal die letzten Auswirkungen des Einflusses der Alliierten von 1945 überwunden sind, werden wir wieder so mächtig sein, wie wir es einmal waren. Dazu brauchen wir Zeit und einen neuen Führer, aber die Ideale werden dieselben sein, und auch der Ruhm wird der gleiche sein.
Und wissen Sie, womit wir das schaffen werden, junger Mann? Ich will es Ihnen sagen – mit Disziplin und Organisation. Mit härtester Disziplin – je härter, desto besser – und straffer Organisation, *unserer* Art, die Dinge zu organisieren, die nach unserer Tapferkeit die größte Gabe ist, über die wir verfügen. Denn wir *können* organisieren, das haben wir bewiesen. Sehen Sie sich doch um, sehen Sie dieses Haus an, dieses Anwesen, das Werk, alle Fabriken, hier, im Ruhrgebiet und anderswo. Tausende von Fabriken, die in Tag- und Nachtschichten Deutschlands Macht und Reichtum mehren. Und wer, glauben Sie wohl, hat alles das geschaffen? Etwa die Leute, die ihre Zeit damit vertun, sich ein paar kümmerlicher Juden wegen in wehleidigen Gemeinplätzen zu ergehen? Nestbeschmutzer und feige Verräter, die anständigen, aufrecht gesinnten deutschen Soldaten am Zeuge flicken wollen? Nein, *wir* waren es, die alles geschaffen haben, dieselben Männer, die

Deutschland vor dreißig Jahren schon einmal wieder hochgebracht haben.«
Er wandte sich vom Fenster ab und sah Miller mit fanatisch leuchtenden Augen an. Zugleich aber schätzte er auch die Entfernung zwischen dem Feuerhaken am Kamingitter und dem Punkt ab, an dem er sich gerade befand – fünf Schritte zwischen Kamin und Sessel.
Miller hatte seinen Blick bemerkt.
»Jetzt kommen Sie, ein Vertreter der jungen Generation, voller Idealismus und Betroffenheit zu mir und richten Ihren Revolver auf mich. Warum lassen Sie Ihren Idealismus nicht Ihrem eigenen Land, Ihrem eigenen Volk zugute kommen? Glauben Sie, daß unser Volk dafür Verständnis hat, daß Sie mich oder vielleicht auch andere jagen?«
»Ich habe niemanden um die Zustimmung gefragt«, sagte Miller.
Natürlich können Sie mich der Polizei übergeben, man wird mir möglicherweise – ich sage ausdrücklich: ›möglicherweise‹ – den Prozeß machen. Denn wo soll man alle diese Zeugen hernehmen, die man für diesen Prozeß braucht? Und am Ende, glauben Sie mir, werden Sie es selber sein, der den Tag verflucht, an dem Sie zu mir gekommen sind. Stecken Sie also die Pistole weg und gehen Sie nach Hause, junger Mann. Gehen Sie nach Hause und studieren Sie die wahre Geschichte jener Zeit.«
Miller hatte während der ganzen Tirade nahezu stumm dagesessen und den Mann, der vor ihm auf und ab schritt und ihn bekehren wollte, mit wachsendem Abscheu beobachtet. Er hatte hundert Dinge sagen wollen über den Wahnsinn, ein Gefühl der Größe und fraglichen geschichtlichen Ruhm, um den Preis des Lebens von Millionen Mitmenschen erwerben zu wollen. Aber er fand keine Worte. Man findet sie nie, wenn man sie braucht. So saß er wie betäubt da und starrte Roschmann an, bis er fertig war.
Nach ein paar Sekunden fragte Miller: »Haben Sie jemals von einem Mann namens Tauber gehört?«
»Von wem?«
»Salomon Tauber. Er war ein Deutscher wie Sie und ich. Ein deutscher Jude. Er war in Riga, von der Zernierung bis zur Räumung des Ghettos.«
Roschmann zuckte die Achseln.
»Ich kann mich nicht erinnern. Das ist lange her. Wer soll das gewesen sein?«
»Setzen Sie sich«, sagte Miller. »Und jetzt bleiben Sie, wo Sie sind.«
Roschmann hob ungeduldig die Schultern und ging zu dem Sessel zurück. Er spürte, daß Miller nicht schießen würde, und die Frage, wie er ihm eine Falle stellen konnte, war ihm wichtiger als das Schicksal eines obskuren alten Juden, der lange tot war.
»Tauber starb am 22. November letzten Jahres. Er hat den Gashahn aufgedreht. Hören Sie mir zu?«
»Ja, wenn's sein muß.«

»Er hinterließ ein Tagebuch. Einen Bericht über seine Leidensgeschichte, über das, was ihm in Riga und andernorts, hauptsächlich aber in Riga, zugestoßen ist – was Sie und andere ihm angetan haben. Aber er überlebte, er kam zurück nach Hamburg und lebte dort noch achtzehn Jahre lang, bevor er Selbstmord beging. Er beging Selbstmord, weil er überzeugt war, daß Sie lebten und nie vor Gericht gestellt werden würden. Ich habe sein Tagebuch an mich genommen. Er brachte mich auf Ihre Spur – und ich habe Sie gefunden.«

»Das Tagebuch eines Toten hat keine Beweiskraft«, knurrte Roschmann.

»Nicht für Gerichte«, sagte Miller. »Aber mir genügt es.«

»Und Sie sind wirklich nur hergekommen, um mich für das, was vor Jahrzehnten irgendein Jude in sein Tagebuch geschrieben hat, zur Rechenschaft zu ziehen?«

»Nein, keineswegs. In dem Tagebuch gibt es eine bestimmte Seite, die Sie lesen sollten.«

Miller schlug sie auf und hielt Roschmann das Tagebuch hin.

»Lesen Sie«, befahl er, »und zwar laut.«

Roschmann gehorchte. Es handelte sich um die Passage, in der Tauber beschrieb, wie Roschmann auf dem Kai von Riga einen mit dem Eichenlaub zum Ritterkreuz ausgezeichneten namenlosen Offizier der Wehrmacht ermordete.

Roschmann las die Passage laut zu Ende und blickte auf.

»Na und?« sagte er. »Der Mann hatte mich geschlagen. Er widersetzte sich meinen Anordnungen. Ich hatte Vollmacht, das Schiff zu beschlagnahmen, um die Gefangenen zurückzutransportieren.«

Miller hielt ihm ein Photo entgegen.

»Ist das der Mann, den Sie umgebracht haben?«

Roschmann warf einen Blick auf das Photo und zuckte mit den Achseln.

»Wie soll ich das heute noch wissen? Es ist zwanzig Jahre her.«

Miller entsicherte die Pistole und richtete sie auf Roschmanns Kopf.

»War das der Mann?«

Roschmann blickte auf das Photo.

»Also gut. Er war es. Was weiter?«

»Das war mein Vater«, sagte Miller.

Alle Farbe wich aus Roschmanns Gesicht. Sein Unterkiefer sackte herab, und sein Blick irrte zu dem einen halben Meter entfernten Pistolenlauf. Die Hand, die ihn hielt, war ruhig.

»Mein Gott«, flüsterte er, »Sie sind also gar nicht wegen der Juden gekommen?«

»Nein. Das mit den Juden ist entsetzlich – aber daß ich jetzt hier bin, das haben Sie dem Mord an meinem Vater zu verdanken.«

»Aber wie kommen Sie dazu, dem Tagebuch mit Sicherheit entnehmen zu

wollen, daß der Mann wirklich Ihr Vater war? Ich habe seinen Namen nie erfahren – woher wollen Sie es also wissen?«
»Mein Vater starb am 11. Oktober 1944 in Kurland«, sagte Miller. »Zwanzig Jahre lang war das alles, was ich wußte. Dann las ich das Tagebuch. Es war der gleiche Tag, das gleiche Gebiet, die beiden Männer hatten den gleichen Rang. Vor allem aber trugen beide das Eichenlaub zum Ritterkreuz. Es gab nicht sehr viele, die damit ausgezeichnet worden waren, und noch weniger darunter waren Hauptleute der Wehrmacht. Die Chance, daß die beiden Offiziere, die am gleichen Tag in der gleichen Gegend starben, nicht identisch waren, ist eins zu einer Million.«
Roschmann wußte nun, daß er es mit einem Mann zu tun hatte, der seinen Überredungskünsten nicht zugänglich war. Wie gelähmt starrte er auf den Pistolenlauf.
»Sie wollen mich umbringen! Das dürfen Sie nicht tun, nicht kaltblütig. Tun Sie das nicht, Miller. Bitte, tun Sie das nicht, ich will nicht sterben.«
Endlich hatte Miller Roschmann dort, wo er ihn haben wollte. Er beugte sich vor und begann zu sprechen.
»Jetzt hör mir mal zu, du widerwärtiges Schwein, deine lügenhaften Verdrehungen habe ich mir lange genug angehört. Mir ist speiübel davon. Ich weiß nicht, was mir lieber wäre: daß ich dich gleich abknalle oder daß ich zusehe, wie du den Rest deines Lebens hinter Gittern verbringst. Versuch bloß nicht, dich auf Befehle herauszureden und auf eine Gemeinschaft mit den Millionen Soldaten, die gefallen sind. Diese Gemeinschaft gab es nicht und die konnte es auch nicht geben, denn diese Millionen, die gefallen sind, fielen im Kampf, im Kampf gegen bewaffnete Männer. Ihr aber habt im Rücken der Front einen Krieg ohne Risiko geführt, einen Krieg gegen ausgehungerte, ausgemergelte, zerbrochene Männer, Frauen und Kinder. Jeder von euch ist sich wie ein Herrgott vorgekommen, und ich glaube, dieses Gefühl beseelt euch heute noch. Aber ihr wart unsagbar feige Hunde.
Wie wollen Sie das erklären, daß Sie alle am Leben geblieben sind? Millionen Soldaten sind gefallen, aber Tausende von Mördern sind am Leben geblieben. Sie, Roschmann, sind doch nicht der einzige, dem das geglückt ist. Zu Tausenden habt ihr euch vor der Verantwortung gedrückt, indem ihr nach Übersee geflüchtet und unter falschem Namen untergetaucht seid. Ihr wart es doch, die mit Durchhalteparolen das Volk trotz der Aussichtslosigkeit bis zur Selbstaufgabe noch aufgeputscht haben, während ihr euch schon falsche Dokumente und Zivilkleidung besorgt hattet, sichere Verstecke und Geld. Ihr seid Abschaum, Roschmann, übelster Abschaum.
Ausgerechnet Sie haben die Unverfrorenheit, mir vorzuhalten, was ein guter Deutscher ist. Ihr habt uns ins Elend gestoßen, und ihr seid für den Schutt und die Asche, in denen wir als Kinder in Hunger und Entbehrung aufgezogen wurden, verantwortlich. Sie haben von Größe und von Tapfer-

keit gesprochen, und dabei sind Sie doch vor den Russen davongelaufen. Und als ihr flüchtende Soldaten saht, habt ihr vergessen, daß ihr selber auf der Flucht wart, und habt sie an den Bäumen aufgehängt, um die anderen zu zwingen, einen Kampf ohne Aussicht zu führen, nur weil ihr Zeit gewinnen wolltet, euch rechtzeitig in Sicherheit zu bringen.

Im Namen einer verblendeten rassistischen Heilsehre habt ihr Millionen und aber Millionen umgebracht und euch dann davongestohlen. Nicht die Alliierten, sondern wir müssen über euch zu Gericht sitzen, und diese Pflicht und Schuldigkeit kann uns niemand nehmen. Und daher werde ich Sie nicht erschießen. Ich werde Ihnen die Chance geben, Ihre Unverschämtheiten vor der deutschen Öffentlichkeit zu sagen. Und niemandem, Herr Roschmann, wird es leid um Sie tun, wenn Sie zu lebenslänglicher Zuchthausstrafe verurteilt werden, die Sie tausendfach verdient haben. Und lassen Sie sich von mir als einem Vertreter der Generation junger Deutscher, die Sie so offenkundig verabscheuen, noch eines sagen. Dieser Wohlstand, den wir heute haben, hat nicht das geringste mit Ihnen und Ihresgleichen zu tun. Er hat eine Menge mit all den Millionen Menschen zu tun, die im Gegensatz zu Ihnen schwer arbeiten und kein Blut an den Händen haben!«

Miller hielt immer noch die Pistole auf Roschmann gerichtet. Er packte den Griff der Waffe fester. »Sie wollen mich umbringen«, stammelte Roschmann.

»Nein. Ich bringe Sie vor Gericht.«

Miller langte hinter sich und zog das Telefon zu sich heran. Er behielt Roschmann im Auge und hielt die Waffe im Anschlag. Er nahm den Hörer ab, legte ihn auf die Schreibtischplatte und wählte. Dann nahm er den Hörer auf.

»Ich kenne da einen Mann in Ludwigsburg, der sich auf eine Unterhaltung mit Ihnen freut«, sagte er und hob den Hörer ans Ohr. Der Apparat war stumm. Er legte den Hörer auf die Gabel zurück, nahm ihn wieder auf und wartete auf das Amtszeichen. Vergebens.

»Haben Sie das Kabel zerschnitten?« fragte er.

Roschmann schüttelte den Kopf.

»Hören Sie, wenn Sie die Leitung herausgerissen haben, jage ich Ihnen jetzt und hier eine Kugel durch den Kopf.«

»Ich habe nichts dergleichen getan. Ich habe das Telefon heute noch gar nicht benutzt.«

Miller fiel der abgerissene Ast der Eiche und der umgestürzte Telefonmast ein, der quer über dem Weg zum Haus gelegen hatte. Er fluchte leise. Roschmann lächelte dünn.

»Das Kabel muß heruntergerissen sein«, sagte er. »Sie werden ins Dorf gehen müssen. Was wollen Sie jetzt machen?«

»Ihnen eine Kugel in den Kopf schießen, wenn Sie nicht tun, was ich Ihnen sage«, fuhr ihn Miller an. Er zog die Handschellen aus der Tasche seiner Joppe und warf sie Roschmann zu.
»Gehen Sie zum Kamin hinüber«, befahl er ihm und folgte dem Mann quer durch den Raum. »Was haben Sie vor?«
»Ich werde Sie an das Kamingitter fesseln und dann ins Dorf gehen, um zu telefonieren«, sagte Miller.
Sein prüfender Blick suchte das verschnörkelte schmiedeeiserne Kamingitter nach einer geeigneten Stelle ab, als Roschmann die Handschellen zu Boden fallen ließ. Der SS-Führer beugte sich nieder, als wollte er sie aufheben, ergriff statt dessen jedoch einen schweren Feuerhaken und schleuderte ihn Miller in Kniehöhe entgegen. Der Reporter sprang zur Seite, der Feuerhaken verfehlte ihn, und Roschmann verlor das Gleichgewicht. Miller sprang vor, hieb Roschmann mit dem Pistolenlauf auf den gesenkten Kopf und trat zurück.
»Versuchen Sie das noch einmal, und ich lege Sie um«, sagte er.
Stöhnend vor Schmerz richtete sich Roschmann wieder auf.
»Schließen Sie eine der Handschellen um Ihr rechtes Handgelenk«, befahl Miller, und Roschmann gehorchte. »Das Rankenornament vor Ihnen – sehen Sie das? In Kopfhöhe. Gleich daneben zweigt ein Schnörkel ab und vereinigt sich wieder mit dem Rankenornament. Schließen Sie dort die andere Fessel an.«
Roschmann ließ die zweite Fessel zuschnappen, und Miller beförderte die Feuerzange mit einem Tritt außer Reichweite. Mit vorgehaltener Pistole durchsuchte er Roschmanns Taschen und entfernte alle erreichbaren Gegenstände aus dem Umkreis des Gefesselten, mit denen er das Fenster hätte einwerfen können.
Draußen kam Oskar den Fahrweg hinaufgeradelt. Er hatte seinen Auftrag, die Störung des Telefonanschlusses zu melden, ausgeführt. Der Jaguar auf der Auffahrt überraschte ihn. Als er ins Dorf radelte, hatte ihm sein Chef ausdrücklich versichert, er erwarte keinen Besuch.
Er lehnte das Fahrrad an die Mauer und betrat das Haus leise durch die Vordertür. Im Gang vor der gepolsterten Tür blieb er unschlüssig stehen. Kein Laut drang aus dem Arbeitszimmer.
Miller sah sich ein letztes Mal in dem Raum um und war zufrieden.
»Übrigens hätte es Ihnen wenig genützt, wenn es Ihnen gelungen wäre, mich zu treffen. Es ist jetzt kurz nach halb elf, und ich habe meinen Mitwissern ein beweiskräftiges vollständiges Dossier über Sie hinterlassen. Wenn ich nicht bis Mittag zurück bin, leiten sie es den zuständigen Behörden zu. Ich gehe jetzt ins Dorf, um zu telefonieren. In zwanzig Minuten bin ich wieder da. Sie können sich nicht selbst befreien, nicht mal mit einer Metallfeile. Eine halbe Stunde nach mir wird die Polizei eintreffen.«

Was er sagte, ließ Roschmanns Hoffnungen schwinden. Er wußte, daß ihm noch eine Chance blieb – Oskar mußte rechtzeitig zurückkommen, Miller überwältigen und ihn zwingen, seine Anweisung, die belastenden Dokumente den Behörden zuzuleiten, vom Dorf aus telefonisch zu widerrufen. Er sah auf die Uhr auf dem Kaminsims. Es war zwanzig vor elf.
Miller stieß die Tür auf der anderen Seite des Raums auf und trat auf den Gang hinaus. Der Mann vor ihm war einen Kopf größer und trug einen Rollkragenpullover. Roschmann, der Oskar von seinem Kaminplatz aus sehen konnte, rief: »Halten Sie ihn fest!«
Miller wich in das Arbeitszimmer zurück und zog wieder die Pistole aus der Tasche. Er war zu langsam. Mit einem linken Schwinger schlug Oskars Pranke Miller die Automatic aus der Hand. Ein rechter Haken traf Millers Kopf. Der Reporter wog 85 Kilo, aber der Schlag hob ihn vom Boden und schleuderte ihn rückwärts. Seine Füße verfingen sich in einem niedrigen Zeitungsständer, und im Fallen schlug er mit dem Hinterkopf auf der Ecke eines hölzernen Büchergestells auf. Wie leblos glitt sein Körper auf den Teppich und rollte halb zur Seite.
Sekundenlang herrschte Schweigen. Oskar starrte seinen ans Kamingitter gefesselten Chef mit hängenden Armen an. Roschmann blickte auf den reglos daliegenden Müller, von dessen Hinterkopf ein schmaler Blutfaden auf den Boden sickerte.
»Sie Idiot!« brüllte Roschmann Oskar an, als er sah, daß Miller bewußtlos war. Oskar sah ratlos aus.
»Kommen Sie her!«
Der Hüne stapfte quer durch den Raum und blieb vor Roschmann stehen.
»Versuchen Sie, mich aus diesen Handschellen zu befreien«, befahl der ehemalige SS-Führer. »Nehmen Sie den Feuerhaken oder die Zange zur Hilfe.«
Aber der Kamin war zu einer Zeit gebaut worden, als die Handwerker noch ihre Ehre darein setzten, dauerhafte Arbeit zu leisten. Das Ergebnis von Oskars Anstrengungen waren ein verbogener Feuerhaken und eine gekrümmte Feuerzange.
»Schleifen Sie ihn hierher«, befahl Roschmann schließlich. Während Oskar den bewußtlosen Miller hochhielt, sah Roschmann dem Reporter unter das Augenlid und fühlte ihm den Puls.
»Er lebt, aber Sie haben ihn gründlich ausgeknockt«, sagte er. »Ohne Arzt kann es Stunden dauern, bis er wieder zu sich kommt. Bringen Sie mir Papier und Bleistift.«
Mit der freien Hand kritzelte er zwei Telefonnummern auf einen Zettel, während Oskar eine Metallfeile aus der Werkzeugkommode unter der Treppe holte. Als er zurück war, gab ihm Roschmann den Zettel.
»Fahren Sie so rasch Sie können ins Dorf hinunter«, befahl er Oskar. »Ru-

fen Sie diese Nürnberger Nummer an, und sagen Sie dem Mann, der sich dort meldet, was geschehen ist. Rufen Sie anschließend diese Ortsnummer an, und machen Sie dem Arzt klar, daß er sofort herkommen soll. Kapiert? Sagen Sie ihm, daß es ein dringender Notfall ist. Los, los, beeilen Sie sich.«
Als Oskar aus dem Zimmer stürmte, warf Roschmann einen Blick auf die Uhr. Es war 10 Uhr 50. Wenn Oskar es schaffte, um 11 Uhr im Dorf zu sein und um Viertel nach elf mit dem Arzt zurückzukehren, konnten sie Miller, selbst wenn der Arzt nur unter vorgehaltener Pistole mitarbeiten sollte, möglicherweise noch rechtzeitig wieder zu sich bringen. Denn er mußte seine Mitwisser anrufen und damit die Absendung des belastenden Dossiers verhindern.

Oskar war zu seinem Fahrrad gestürzt, hatte den Lenker gepackt und sich auf den Sattel geschwungen, als sein Blick auf den geparkten Jaguar fiel. Er hielt an und sah durch die Scheibe auf der Seite des Fahrersitzes, daß der Zündschlüssel nicht abgezogen war. Sein Chef hatte ihn zur Eile ermahnt, also ließ er das Rad fallen, klemmte sich hinter das Lenkrad des Sportwagens und ließ den Motor an. In weitem Bogen wirbelten die Hinterräder den Kies auf, als Oskar aus der Auffahrt in den Fahrweg steuerte. Er hatte den dritten Gang eingelegt und preschte so rasch er konnte den vereisten Fahrweg zur Straße hinunter, als er auf den schneebedeckten, umgestürzten Telefonmast traf, der quer über dem Weg lag.

Roschmann feilte noch immer an der Kette zwischen den beiden Handschellen, als die dröhnende Explosion im Kiefernwald ihn zusammenzucken ließ. Mit einiger Anstrengung gelang es ihm, sich weit genug nach links zu drehen, um durch die französischen Terrassenfenster hinauszusehen. Der Wagen und der Fahrweg waren außerhalb seines Blickfeldes, aber die Rauchwolke, die über die Kiefernwipfel strich, sagte ihm, daß der Wagen durch eine Explosion zerstört worden war. Ihm fiel die Zusicherung ein, die man ihm gegeben hatte, daß Miller unschädlich gemacht werden würde. Aber Miller lag keinen Meter von ihm entfernt auf dem Boden, Oskar hatte es zweifellos erwischt und seine, Roschmanns, eigene Zeit lief unwiderruflich ab. Er lehnte den Kopf gegen das kalte Metall des schmiedeeisernen Kamingitters und schloß die Augen.

»Es ist aus«, flüsterte er. Nach einigen Minuten feilte er weiter. Es dauerte länger als eine Stunde, bis die spezialgehärtete Stahlkette der Polizei-Handschellen von der inzwischen stumpf gewordenen Feile durchtrennt war. Als Roschmann sich aus der Fesselung löste, schlug die Uhr auf dem Kaminsims zwölfmal.

Wenn er es nicht so eilig gehabt hätte, hätte er dem bewußtlosen Miller einen Tritt versetzt – aber er hatte keine Zeit. Er nahm mehrere Bündel Banknoten und einen Paß aus dem Wandsafe. Zwanzig Minuten später radelte er mit einem Haufen Geld und ein paar Kleidungsstücken in seiner

Reisetasche den Fahrweg zur Straße hinunter. Er kam an den zerbeulten Trümmern des Jaguar und an der Leiche vorbei. Sie lag mit dem Gesicht nach unten im Schnee. Roschmann sah kaum hin. Er radelte so schnell er konnte zum Dorf.

Von dort aus bestellte er ein Taxi und ließ sich zum Rhein-Main-Flughafen fahren. Er trat an den Informationsschalter und fragte: »Geht innerhalb der nächsten Stunde eine Maschine nach Argentinien? Wenn nicht, welche Flugverbindung mit Anschluß nach Buenos Aires können Sie mir nennen?«

17

Es war zehn nach eins, als Mackensen von der Landstraße in den Fahrweg des Privatgrundstücks einbog. Auf halber Strecke zum Haus war der Weg blockiert.

Der Jaguar war von innen heraus zerborsten, aber seine Räder hatten den Boden nicht verlassen. Er stand noch immer quer auf dem Fahrweg. Front und Heck, die durch die starken Stahlträger des Chassis' zusammengehalten wurden, waren nach wie vor erkennbar. Aber der Mittelteil des Wagens einschließlich des Fahrersitzes war nicht mehr vorhanden. Trümmer dieses Teils waren in weitem Umkreis rund um das Wrack verstreut.

Mackensen betrachtete das ausgeglühte Stahlgerippe mit grimmigem Lächeln. Er ging zu der Leiche in den versengten Kleidungsstücken. Sie lag sieben oder acht Meter vom Wrack entfernt im Schnee. Die Körpergröße des Toten ließ ihn stutzen, und er beugte sich über ihn. Dann richtete er sich auf und legte die letzte Strecke des Fahrwegs zum Haus im Dauerlauf zurück.

Er klingelte nicht, sondern drückte auf die Klinke. Sie gab nach. Mackensen öffnete die Tür und betrat die Halle. Sekundenlang blieb er witternd stehen und horchte angespannt. Kein Laut zu hören. Er griff sich unter die linke Achsel und zog eine Luger-Automatic mit langem Lauf hervor, entsicherte sie und öffnete die Türen, die auf die Halle gingen.

Die erste führte in das Eßzimmer, die zweite in das Arbeitszimmer des Hausherrn. Obwohl er die reglose Gestalt neben dem Teppich vor dem Kamin sofort gesehen hatte, blieb er an der halb geöffneten Tür stehen, bis er sicher war, daß nicht noch jemand im Zimmer war. Er hatte zwei Männer gekannt, die auf diesen Trick – den Köder und den verborgenen Hinterhalt – hereingefallen waren. Bevor er das Arbeitszimmer betrat, blickte er durch die Ritze zwischen den Türangeln, um sicherzugehen, daß niemand dahinter lauerte.

Miller lag auf dem Rücken, den Kopf zur Seite gedreht. Mackensen starrte auf das kalkweiße Gesicht hinunter und beugte sich dann hinab. Er hörte

Millers flache Atemzüge. Das getrocknete Blut auf Millers Hinterkopf ließ Mackensen ahnen, was vorgefallen war.
Er verbrachte zehn Minuten damit, das Haus zu inspizieren, bemerkte die aufgerissenen Schubladen im Schlafzimmer des Hausherrn und stellte im Badezimmer fest, daß das Rasierzeug fehlte. Er ging ins Arbeitszimmer zurück, warf einen Blick in den geöffneten leeren Wandsafe, setzte sich an den Schreibtisch und nahm den Telefonhörer ab.
Ein paar Sekunden lang blieb er mit dem Hörer am Ohr sitzen, dann fluchte er leise und legte auf. Die Werkzeugkommode unter der Treppe war leicht zu finden, weil ihre Türen offenstanden. Er nahm heraus, was er brauchte, verließ das Haus durch eines der französischen Fenster im Arbeitszimmer und ging zu dem umgestürzten Telefonmast, der quer auf dem Fahrweg lag. Er brauchte fast eine Stunde, um die Enden des zerrissenen Kabels zu finden, sie aus dem Gestrüpp des Unterholzes zu lösen und wieder zusammenzufügen. Dann ging er zum Haus zurück, setzte sich an den Schreibtisch und nahm wieder den Hörer auf. Das Amtszeichen war da, und er wählte die Nummer seines Chefs in Nürnberg.
Er hatte erwartet, daß der Werwolf begierig sei, eine Nachricht von ihm zu erhalten, aber die Stimme des Mannes klang matt und nur schwach interessiert. Wie ein pflichteifriger Unteroffizier meldete Mackensen, was er vorgefunden hatte – den Wagen, die Leiche des Leibwächters, die halbe Handschelle, die noch immer um das Kamingitter geschlossen war, die stumpfe Metallsäge auf dem Teppich. Und Miller, der bewußtlos auf dem Boden lag. Zum Schluß berichtete er, daß der Hausherr verschwunden sei.
»Er hat nicht viel mitgenommen, Chef«, sagte er, »ein paar Sachen zum Übernachten, wahrscheinlich Bargeld aus dem Safe. Ich kann hier aufräumen, für den Fall, daß er zurückkommen will.«
»Nein, er kommt nicht zurück«, sagte der Werwolf. »Er hat mich gerade vom Flughafen Frankfurt aus angerufen. Er hat einen Flug nach Madrid gebucht und fliegt noch heute abend von dort aus nach Buenos Aires weiter...«
»Aber das ist gar nicht nötig«, wandte Mackensen ein. »Ich werde Miller zum Reden bringen, und wir werden erfahren, wo er seine Papiere verwahrt hat. Im Wagen war kein Aktenkoffer, und er hatte auch keinen bei sich, außer einer Art Tagebuch, das im Arbeitszimmer auf dem Fußboden lag. Aber seine restlichen Unterlagen sind sicher nicht weit von hier.«
»Weit genug«, entgegnete der Werwolf. »In einem Briefkasten.« Müde berichtete ihm der Werwolf, was Miller dem Fälscher gestohlen und was Roschmann ihm soeben vom Frankfurter Flughafen aus telefonisch mitgeteilt hatte. »Diese Papiere werden morgen, spätestens Dienstag, in den Händen der Behörden sein. Von dem Zeitpunkt an lebt jeder, der in der Akte steht, auf Abruf. Das betrifft sowohl Roschmann, den Eigentümer des Hauses, in

dem Sie sind, als auch mich. Ich habe den ganzen Morgen damit verbracht, alle Betroffenen zu warnen, und ihnen dringend empfohlen, die Bundesrepublik innerhalb von vierundzwanzig Stunden zu verlassen.«
»Und wie soll es jetzt weitergehen?«
»Sie verkrümeln sich«, antwortete sein Vorgesetzter. »Sie stehen nicht in der Akte. Ich muß mich aus dem Staub machen, denn mein Name ist in der Akte verzeichnet. Sie fahren zu Ihrer Wohnung zurück und warten, bis mein Nachfolger mit Ihnen Verbindung aufnimmt. Was den Rest betrifft, ist alles vorbei. Vulkan ist geflohen und wird nicht mehr zurückkommen. Mit seiner Abreise bricht die gesamte Operation zusammen, sofern nicht ein anderer für ihn einspringen und das Projekt fortführen kann.«
»Welcher Vulkan? Was für ein Projekt?«
»Jetzt, wo ohnehin alles vorbei ist, kann ich es Ihnen ja sagen. Vulkan war Roschmanns Deckname, und Sie sollten Roschmann gegen Miller abschirmen...« In wenigen Sätzen erklärte der Werwolf dem Schergen der ODESSA, weshalb Roschmann so wichtig, warum er unersetzlich und das Projekt an seine Person gebunden gewesen war. Mackensen pfiff leise durch die Zähne und blickte zu dem noch immer bewußtlosen Miller hinüber.
»Das Bürschchen hat uns allen, weiß Gott, genug Ärger gemacht«, sagte er. Der Werwolf schien sich zusammenzureißen, und etwas von seiner alten Autorität schwang in seiner Stimme mit.
»Kamerad, Sie müssen dafür Sorge tragen, daß der Saustall da drüben aufgeräumt wird. Haben Sie noch Verbindung mit dem Aufräumkommando, das Sie beim letzten Mal bestellten?«
»Ja, ich weiß, wie ich es kontaktieren kann. Die Leute sitzen nicht weit weg von hier.«
»Rufen Sie sie an, lassen Sie sie kommen. Geben Sie ihnen Anweisungen, alle Spuren zu beseitigen. Die Frau von Roschmann wird sich fragen, wo er stecken mag, aber sie darf nie erfahren, was vorgefallen ist. Verstanden?«
»Geht klar, Chef.«
»Dann sehen Sie zu, daß Sie die Kurve kratzen. Noch eines – bevor Sie das tun, erledigen Sie den Hund, den Miller. Ein für allemal.«
Mackensen sah zu dem bewußtlosen Reporter hinüber und kniff leicht die Augen zusammen.
»Es wird mir ein Vergnügen sein«, knurrte er.
»Dann viel Glück.«
Mackensen legte den Hörer auf. Er zog ein Notizbuch mit Adressen und Telefonnummern, blätterte darin herum und wählte eine Nummer. Dem Mann, der sich meldete, gab er sich zu erkennen, indem er ihn auf die Dienste ansprach, die er der ODESSA bei ähnlichen Gelegenheiten geleistet hatte. Er beschrieb ihm, wohin er fahren sollte und was er dort vorfinden würde.

»Der Wagen muß mitsamt der Leiche in eine tiefe Bergschlucht gestürzt werden. Reichlich Benzin darüber, und sorgen Sie dafür, daß nichts Identifizierbares an dem Mann verbleibt – durchsuchen Sie seine Taschen und nehmen Sie alles an sich – auch seine Uhr.«

»Geht klar«, versicherte die Stimme am anderen Ende der Leitung. »Ich bringe einen Anhänger und einen Wagenheber mit.«

»Bestens«, sagte Mackensen. »Da wäre noch etwas. Im Arbeitszimmer des Hausherrn werden Sie noch eine Leiche und einen blutbefleckten Teppich vorfinden. Beseitigen Sie beides, aber nicht zusammen mit dem Wagen. Ich denke da vielmehr an irgendeinen sumpfigen See. Mit entsprechender Beschwerung, versteht sich. Und keinerlei Spuren, klar?«

»Geht in Ordnung. Wir sind um 5 Uhr da, und um sieben ist alles erledigt. Fracht dieser Art transportieren wir nicht gern bei Tageslicht.«

»Verstehe«, sagte Mackensen. »Ich bin dann schon weg. Aber Sie werden alles so vorfinden, wie ich es Ihnen beschrieben habe.«

Mackensen legte auf und ging zu Miller hinüber. Er zog seine Luger und überprüfte gewohnheitsmäßig den Verschluß, obwohl er wußte, daß die Waffe durchgeladen war.

»Du dreckiger kleiner Mistköter«, sagte er und zielte mit ausgestrecktem Arm auf Millers Stirn.

Die langen Jahre, in denen er wie ein Raubtier gelebt und überlebt hatte, während andere, Opfer und Kumpane, auf den Seziertischen der Pathologen endeten, hatten Mackensens Sinne geschärft. Er sah den Schatten nicht, der durch das offene Terrassenfenster auf den Teppich fiel – er spürte ihn und fuhr blitzartig und bereit zum Feuern herum. Aber der Mann hatte keine Waffe in der Hand.

»Wer, zum Teufel, sind Sie?« knurrte Mackensen und behielt die Waffe im Anschlag.

Der Mann, der im offenen Terrassenfenster stand, trug die schwarze Lederkleidung eines Motorradfahrers. Mit der Linken hielt er sich den Sturzhelm, den er am schmalen Rand gepackt hatte, vor den Leib. Der Mann warf einen raschen Blick auf die reglose Gestalt zu Mackensens Füßen und die Pistole in dessen Hand.

»Ich bin herbestellt worden«, sagte er.

»Von wem?« fragte Mackensen.

»Von Vulkan«, entgegnete der Mann. »Kamerad Roschmann.«

Mackensen senkte die Pistole.

»Der ist nicht mehr da.«

»Nicht mehr da?«

»Hat sich verdrückt. Nach Südamerika. Das ganze Projekt ist abgeblasen. Und alles nur wegen dieses miesen kleinen Reporters hier.«

Er richtete den Pistolenlauf auf Miller.

»Sie machen ihn unschädlich?« fragte der Mann.
»Darauf können Sie Gift nehmen. Er hat uns das Projekt vermasselt. Er hat Roschmann identifiziert und das Belastungsmaterial zusammen mit einem Haufen anderer Personalpapiere der Polizei zugeleitet. Wenn Ihr Name in dieser Akte aufgeführt ist, sollten Sie zusehen, daß Sie so schnell wie möglich rauskommen aus der Bundesrepublik.«
»In was für einer Akte?«
»In der Akte ODESSA.«
»Da steht nichts über mich drin«, sagte der Mann.
»Über mich auch nicht«, knurrte Mackensen. »Aber über den Werwolf steht was drin, und seine Weisung lautet, dieses Bürschchen hier kaltzumachen, bevor wir abhauen.«
»Über den Werwolf?«
Was Mackensen stutzig werden ließ, war weniger die Frage selbst als vielmehr der Tonfall, in dem sie gestellt wurde. Man hatte ihm zwar soeben erklärt, außer dem Werwolf und ihm selbst wisse in Deutschland niemand etwas von dem Vulkan-Projekt. Die anderen saßen in Südamerika, von woher – das nahm er wenigstens an – der Besucher kam. Aber einem solchen Mann mußte die Existenz des Werwolfs bekannt sein. Er kniff seine Augen leicht zusammen:
»Kommen Sie aus Buenos Aires?« fragte er.
»Nein.«
»Woher denn?«
»Aus Jerusalem.«
Es dauerte eine halbe Sekunde, bevor Mackensen die Bedeutung des Wortes erfaßt hatte. Er riß seine Luger hoch, um zu feuern. Aber eine halbe Sekunde ist eine lange Zeit – lang genug, um zu sterben.
Die Schaumgummieinlage im Sturzhelm wurde versengt, als der Mann die Walther abfeuerte. Das 9-mm-Parabellum-Geschoß durchschlug den Kunststoffhelm glatt und traf Mackensens Brustbein mit der Wucht eines ausschlagenden Maultiers. Der Helm fiel zu Boden, und hinter dem blauen Rauch wurde jetzt die rechte Hand des Agenten sichtbar. Wieder feuerte er die PPK ab.
Mackensen war ein großer, starker Mann. Trotz der Kugel in der Brust hätte er geschossen, aber das zweite Projektil vereitelte das. Es drang ihm zwei Fingerbreit über dem rechten Auge in den Schädel und tötete ihn augenblicklich.

Miller erwachte am Montagmorgen auf einer Privatstation des Frankfurter Städtischen Krankenhauses. Eine halbe Stunde lang blieb er reglos liegen und wurde sich nur langsam darüber klar, daß sein Kopf bandagiert war.

Er entdeckte einen Klingelknopf, aber die Krankenschwester, die kurz darauf erschien, ermahnte ihn, ganz still liegenzubleiben, weil er eine schwere Gehirnerschütterung erlitten habe.
Er gehorchte und versuchte sich die Ereignisse des Vortags ins Gedächtnis zu rufen. Bis zum späten Vormittag konnte er sich lückenlos erinnern. Von dem, was nach diesem Zeitpunkt geschah, wußte er nichts mehr. Er nickte ein, und als er aufwachte, war es draußen dunkel, und ein Mann saß an seinem Bett. Der Mann lächelte. Miller starrte ihn an.
»Ich kenne Sie nicht«, sagte er.
»Aber ich Sie«, entgegnete der Besucher.
Miller überlegte. »Ich habe Sie schon einmal gesehen«, sagte er schließlich. »Sie waren in Osters Haus. Mit Leon und Motti.«
»Richtig. Woran erinnern Sie sich sonst noch?«
»An so ziemlich alles. Die Erinnerung an die Einzelheiten stellt sich wieder ein.«
»An Roschmann?«
»Ja. Ich habe mit ihm gesprochen. Ich wollte die Polizei holen.«
»Roschmann ist weg. Er ist wieder nach Südamerika geflohen. Die ganze Geschichte ist vorüber. Aus. Erledigt. Verstehen Sie?«
Miller schüttelte den Kopf.
»Nicht ganz. Ich habe eine Mordsstory. Und ich werde sie aufschreiben.
Das Lächeln des Besuchers schwand. Er beugte sich vor.
»Hören Sie, Miller. Sie sind ein blutiger Laie, und Sie können von Glück reden, daß Sie noch leben. Sie werden keine Silbe von all dem schreiben. Zumal Sie nichts zu berichten haben. Das Tagebuch von Salomon Tauber habe ich sichergestellt, und ich nehme es mit nach Israel, wohin es gehört. Ich habe es gestern nacht gelesen. In Ihrer Jackentasche steckt das Photo eines Hauptmanns der Wehrmacht. Ihr Vater?«
Miller nickte.
»Dann haben Sie das alles also um seinetwillen angestellt?«
»Ja.«
»Nun, in gewisser Weise tut es mir leid. Um ihn, meine ich. Ich hätte nie gedacht, daß ich das jemals von einem Deutschen sagen würde. Aber kommen wir zur Sache. Was war das für eine Akte?«
Miller sagte es ihm.
»Aber warum, zum Teufel, haben Sie sie uns dann nicht zukommen lassen? Sie sind ein undankbarer Bursche, Miller. Wir haben eine Menge Schwierigkeiten in Kauf genommen, um Sie da hineinzuschmuggeln. Dann gelingt es Ihnen tatsächlich, das belastende Material in die Hände zu bekommen – und was tun Sie? Sie leiten es Ihren eigenen Leuten zu. Dabei hätten wir mit den Informationen wirklich etwas anfangen können.«
»Irgend jemandem mußte ich die Akte zuschicken. Durch Sigi. Und das hieß

mit der Post. Sie waren ja so überaus klug, mir Leons Adresse nicht zu verraten.«
Josef nickte.
»Schon gut. Aber eine Story haben Sie so oder so nicht zu erzählen. Sie haben keine Beweise. Das Tagebuch ist weg, die Akte ist weg. Wenn Sie trotzdem unbedingt auspacken wollen, wird Ihnen keiner glauben. Mit Ausnahme der ODESSA – die wird sich an Ihnen rächen wollen. Vielleicht tun sie Sigi etwas an oder Ihrer Mutter. Die sind da gar nicht zimperlich, das werden Sie ja wohl gemerkt haben.«
Miller dachte eine Weile nach.
»Was ist mit meinem Wagen?«
»Ach, das wissen Sie ja noch nicht. Ich habe vergessen, es Ihnen zu sagen.«
Josef berichtete Miller von der Bombe und wie sie detoniert sein mußte.
»Ich habe Ihnen ja gesagt, daß die nicht zimperlich sind. Der Wagen ist in völlig ausgebranntem Zustand in einem Bachbett unterhalb der Brücke aufgefunden worden. Die Leiche, die man ebenfalls fand, konnte nicht identifiziert werden. Fest steht lediglich, daß es nicht Ihre war. Ihre Geschichte besagt, daß Sie einen Anhalter mitgenommen haben, der Sie mit einem Schraubenschlüssel niedergeschlagen hat und in Ihrem Wagen davongefahren ist.
Das Krankenhaus wird bestätigen, daß Sie auf Veranlassung eines Motorradfahrers eingeliefert wurden, der einen Krankenwagen herbeirief, als er Sie am Straßenrand liegen sah. Das Personal in der Aufnahme wird mich nicht wiedererkennen, denn ich steckte in einer Motorradfahrermontur und trug Sturzhelm und Brille. Das ist die offizielle Version, und bei der bleibt es. Um ganz sicherzugehen, habe ich vor zwei Stunden die Deutsche Presseagentur angerufen, behauptet, Sie sind das Opfer eines Anhalters geworden, der kurz darauf mit Ihrem Wagen in eine Schlucht stürzte und dabei ums Leben kam.«
Josef stand auf. Er sah auf Miller hinunter.
»Sie scheinen sich darüber gar nicht im klaren zu sein, daß Sie Schwein gehabt haben. Die Nachricht, die mir Ihre Freundin, vermutlich auf Ihre Weisung, zukommen ließ, habe ich gestern gegen Mittag erhalten. Ich habe für die Strecke von München bis zu dem Haus im Taunus genau dreieinviertel Stunden gebraucht. Die hatten da einen Burschen, der Sie unbedingt kaltmachen wollte. Ich kam gerade noch zur rechten Zeit, um ihn daran zu hindern.«
In der Tür drehte er sich noch mal zu Miller um. »Lassen Sie sich einen Rat geben. Kassieren Sie die Versicherungssumme für Ihren Wagen, kaufen Sie sich einen VW, fahren Sie nach Hamburg zurück, heiraten Sie Ihre Freundin, schaffen Sie sich Kinder an und bleiben Sie Reporter. Lassen Sie sich nicht wieder mit Profis ein.«

Eine halbe Stunde nachdem er gegangen war, erschien die Krankenschwester.
»Da ist ein Anruf für Sie«, sagte sie.
Es war Sigi, die lachend und weinend zugleich auf ihn einredete. Sie hatte einen anonymen Anruf erhalten und erfahren, daß Peter in Frankfurt im Städtischen Krankenhaus lag.
»Ich komme zu dir. Ich fahre gleich los«, erklärte sie und legte auf. Das Telefon klingelte wieder.
»Miller? Hier Hoffmann. Ich lese da gerade eine Agenturmeldung. Sie haben eins über den Schädel bekommen. Wie geht es Ihnen?«
»Danke, ausgezeichnet, Herr Hoffmann«, sagte Miller.
»Na großartig. Wann werden Sie aus dem Krankenhaus entlassen?«
»In ein paar Tagen. Warum?«
»Ich habe da eine Story für Sie, die ganz auf Ihrer Linie liegt. In Bayern gibt es eine Klinik, wo die wintersportbegeisterten Töchter reicher Eltern, die sich mit ihren Skilehrern eingelassen und das Pech gehabt haben, schwanger zu werden, gegen ein beachtliches Honorar Abtreibungen vornehmen lassen können. Und das alles, ohne daß der Herr Papa davon etwas erfährt. Einige von den Burschen scheinen mit der Klinik zusammenzuarbeiten – auf Provisionsbasis. Eine hübsche kleine Story. Sex im Schnee, Orgien in Oberbayern. Wann können Sie anfangen?«
Miller überlegte.
»Nächste Woche.«
»Na wunderbar. Was ich noch sagen wollte – die Sache, der Sie nachgegangen sind. Die Jagd auf den Nazi. Haben Sie den Kerl ausfindig gemacht? Gibt das überhaupt eine Story her?«
»Nein, Herr Hoffmann«, sagte Miller zögernd. »Ist nicht drin.«
»Dachte ich mir doch gleich. Sehen Sie zu, daß Sie rasch wieder auf die Beine kommen. Und rufen Sie mich an, sobald Sie wieder in Hamburg sind.«

Am Dienstag setzte Josefs Maschine, die über Frankfurt aus London gekommen war, bei sinkender Abenddämmerung auf dem Flughafen Lod auf. Josef wurde von zwei Männern empfangen und zur Berichterstattung zu dem Obersten, der das Telegramm von Cormorant unterzeichnet hatte, in das Hauptquartier gefahren. Sie sprachen bis kurz vor 2 Uhr morgens, während ein Stenograph alles aufnahm. Dann lehnte sich der Oberst zurück, lächelte und bot seinem Agenten eine Zigarette an.
»Gute Arbeit«, sagte er. »Wir haben die Fabrik überprüft und die Behörden benachrichtigt – selbstverständlich anonym. Die Forschungsabteilung wird aufgelöst. Falls die deutschen Behörden nicht dafür sorgen werden, werden

wir uns selbst darum kümmern. Aber sie werden es tun. Offenbar haben die Wissenschaftler gar nicht gewußt, für wen sie arbeiten. Wir wollen inoffiziell an sie herantreten, und sicher werden sich die meisten bereit erklären, ihre Aufzeichnungen zu vernichten. Sie wissen, daß die öffentliche Meinung in Deutschland, falls die Geschichte publik werden sollte, eindeutig für Israel Partei nehmen würde. Sie werden andere Stellungen in der Industrie bekommen und den Mund halten. Das wird auch Bonn tun – und wir ebenfalls. Wie wird sich Miller verhalten?«

»Genauso. Was ist mit den Raketen?«

Der Oberst blies eine Rauchwolke aus und sah durch das Fenster zu den Sternen am Nachthimmel hinauf.

»Ich glaube kaum, daß sie jemals abgeschossen werden. Spätestens bis zum Sommer siebenundsechzig muß Nasser seine Kriegsvorbereitungen abgeschlossen haben. Wenn die Ergebnisse der Forschungsarbeiten in Vulkans Fabrik vernichtet sind, werden es die Ägypter kaum schaffen, die Raketen vor dem Sommer siebenundsechzig mit dem benötigten Fernlenksystem auszurüsten.«

»Dann ist die Gefahr also vorüber«, sagte der Agent. Der Oberst lächelte.

»Die Gefahr ist nie vorüber. Sie nimmt nur andere Formen an. Diese spezifische Gefahr mag gebannt sein. Die generelle besteht weiter. Wir werden noch mal zu kämpfen haben, und möglicherweise danach noch einmal, bevor sie wirklich vorüber ist. Aber wie dem auch sei – Sie müssen müde sein. Sie können jetzt nach Hause gehen.«

Er griff in eine Schublade und holte eine Kunststofftasche hervor, die persönliche Wertgegenstände enthielt, während der Agent seinerseits seinen gefälschten deutschen Paß, Geld, Brieftasche und Schlüssel auf den Tisch legte und sich in einem Nebenraum umzog. Die deutschen Kleidungsstücke ließ er dort zurück.

In seiner eigenen Identität, die er 1947 angenommen hatte, als er nach Israel gekommen und in die Palmach eingetreten war, fühlte sich der Agent bedeutend wohler.

Sein Vorgesetzter musterte ihn kritisch von Kopf bis Fuß und lächelte beifällig.

»Willkommen daheim, Major Uri Ben Shaul.«

Er nahm sich ein Taxi und ließ sich zu seiner Wohnung in einem Vorort der Stadt fahren. Er schloß die Haustür mit dem Schlüssel auf, den ihm der Oberst zusammen mit seinen anderen persönlichen Gegenständen ausgehändigt hatte.

In dem dunklen Schlafzimmer konnte er undeutlich erkennen, wie der gleichmäßige Atem seiner schlafenden Frau Rivka die dünne Bettdecke leise hob und senkte. Er schaute ins Kinderzimmer und trat an die Betten seiner beiden Söhne, des sechsjährigen Shlomo und des zweijährigen Dov.

Er wünschte sich nichts sehnlicher, als sich neben seine Frau zu legen und gründlich auszuschlafen, aber er hatte vorher noch etwas zu erledigen. Er stellte seine Reisetasche ab und zog sich leise aus und um. Rivka schlief ungestört weiter.
Er zog seine Uniformhose an, die wie immer gereinigt und gebügelt im Kleiderschrank hing, und schnürte sich die schwarzen halbhohen Rindslederstiefel zu. Das Khakihemd und die Feldjacke, die nur mit den schimmernden Stahlschwingen des Fallschirmjägerabzeichens geschmückt war, die er sich im Sinai und bei Kommandounternehmen jenseits der Grenze verdient hatte, vervollständigten seine Uniform. Dann setzte er sein rotes Barett auf, suchte eine Reihe von Gegenständen zusammen und steckte sie in eine kleine Reisetasche. Im Osten erschien bereits ein erster schwacher Lichtschein, als er aus dem Haus trat und zu seinem kleinen Wagen ging, der noch immer dort stand, wo er ihn einen Monat zuvor gegenüber dem Wohnblock geparkt hatte.
Es war erst der 26. Februar, aber die Luft war schon mild und versprach einen strahlenden Frühling.
Er verließ Tel Aviv in östlicher Richtung und bog in die Fernstraße nach Jerusalem ein. Er liebte die friedliche Stille in der Stunde der Morgendämmerung. Tausendmal hatte er auf Patrouillengängen in der Wüste den Sonnenaufgang erlebt, bevor die mörderische Hitze des Tages einsetzte, die Kämpfe aufflackerten und der Tod Ernte hielt. Es war die beste Zeit des Tages.
Die Straße führte über das flache, fruchtbare Land der küstennahen Ebene und durch das zu geschäftigem Leben erwachende Dorf Ramleh auf die okkerfarbenen Hügel Judäas zu. Hinter Ramleh begann in jenen Tagen die fünf Meilen lange Umleitung, die um den Grenzvorsprung von Latrun herumführte und die vorgeschobenen Stellungen der jordanischen Streitkräfte umging. Zur Linken konnte er die morgendlichen Lagerfeuer der Arabischen Legion mit ihren zartblauen Rauchsäulen sehen.
In dem Dorf Abu Gosh ließen sich um diese Stunde nur wenige Araber blikken, und als er die letzten Hügel vor Jerusalem erreichte, stand die Sonne über dem östlichen Horizont und spiegelte sich auf dem Kuppeldach des Felsendoms im arabischen Sektor der Stadt gleißend wider.
Er parkte den Wagen einen halben Kilometer von seinem Ziel entfernt und ging den letzten Weg zum Mausoleum von Yad Vashem zu Fuß. Die Allee bestand aus Bäumen, die zum Gedächtnis der Nichtjuden gepflanzt worden waren, die den Juden zu helfen versucht hatten. Sie führte zu den großen Bronzetüren, durch die man die Gedenkhalle für die sechs Millionen ermordeten Juden betritt.
Der alte Torhüter sagte ihm, daß die Gedächtnisstätte zu so früher Stunde noch nicht geöffnet sei; als ihm der Major jedoch erklärte, weshalb er ge-

kommen war, ließ ihn der alte Mann ein. Der Major ging in die Erinnerungshalle und blickte sich um. Er hatte diesen Ort schon wiederholt aufgesucht, um für seine Familie zu beten, aber die massiven grauen Granitquader, aus denen die Halle errichtet war, beeindruckten ihn auch jetzt wieder, als besuche er das Mausoleum zum erstenmal.

Er trat an das Gitter und blickte auf die Namen in schwarzen hebräischen und lateinischen Lettern im grauen Steinboden. Die Ewige Flamme, die über der flachen Schale flackerte, aus der sie gespeist wurde, war das einzige Licht, das den Raum erhellte.

In ihrem Schein las er die in den Granitboden geschnittenen Namen der Mordstätten: Auschwitz, Treblinka, Bergen-Belsen, Ravensbrück, Buchenwald... Es waren zu viele, als daß er sie hätte zählen können. Aber er fand den Namen, den er gesucht hatte: Riga.

Er brauchte keine Yarmulka, um seinen Kopf zu bedecken, denn er trug sein rotes Barett. Aus seiner Reisetasche holte er einen Tallith, einen Seidenschal mit Fransen, wie ihn Peter Miller unter den nachgelassenen Habseligkeiten des alten Mannes in Altona vorgefunden hatte. Er legte sich den Tallith um die Schultern, nahm das Gebetbuch, das er ebenfalls mitgenommen hatte, und schlug die richtige Seite auf. Dann legte er die Linke auf das Messinggitter, das die Halle teilt, und blickte in die Flamme vor ihm. Da er nicht zu den strenggläubigen Juden zählte, mußte er häufig im Gebetbuch nachschauen, als er die fünftausend Jahre alten Gebete rezitierte:

Yisgaddal,
Veyiskaddash,
Shemay rabbah...

Und so geschah es, daß ein Major der israelischen Fallschirmtruppe auf einem Berg im Gelobten Land für Salomon Taubers vor einundzwanzig Jahren in Riga gestorbene Seele ein *khaddish* betete.

Es wäre schön, wenn auf dieser Welt alle Dinge hübsch säuberlich zu Ende geführt und abgeschlossen werden könnten. Aber das ist bekanntlich höchst selten der Fall. Die Menschen leben und sterben weiterhin an vorherbestimmten Orten und zur vorherbestimmten Zeit. Was die Hauptpersonen dieses Berichts anlangt, so bleibt an dieser Stelle nachzutragen, was über ihr weiteres Schicksal in Erfahrung gebracht werden konnte:

Peter Miller ist verheiratet und schreibt nur noch Storys, wie sie die Leute beim Frühstück oder im Frisiersalon lesen wollen. Im Sommer 1970 erwartete Sigi ihr drittes Kind.

Was den merkwürdigen Todesfall eines gewissen Franz Bayer betrifft, so führten die Ermittlungen der Polizei bis heute zu keinem Ergebnis.

Die Männer der ODESSA verstreuten sich. Eduard Roschmanns Frau erhielt wenige Tage nach ihrer Rückkehr von ihrem Mann ein Telegramm aus Argentinien. Sie weigerte sich, ihm nach dorthin zu folgen. Im Sommer 1965 schrieb sie ihm an die alte Adresse, Villa Jerbal, und bat ihn um die Scheidung vor einem argentinischen Gericht.
Der Brief wurde ihm an seine neue Adresse nachgeschickt, und sie erhielt seine schriftliche Einwilligung unter der Bedingung, daß die Scheidung nach deutschem Recht erfolgte. Sie wurde 1966 ausgesprochen. Frau Roschmann hat ihren Mädchennamen wieder angenommen und ist in Deutschland geblieben. Roschmanns erste Frau, Hella, lebt nach wie vor in Österreich.
Nachdem es dem Werwolf endlich gelungen war, seine wütenden Vorgesetzten in Argentinien zu besänftigen, ließ er sich auf einem kleinen Grundbesitz nieder, den er mit dem Erlös aus dem Verkauf seiner beweglichen Habe auf der spanischen Insel Formentera erwarb. Die Radiofabrik wurde liquidiert. Alle Wissenschaftler, die an der Entwicklung des Fernlenksystems für die ägyptischen Raketen gearbeitet hatten, fanden ausnahmslos Anstellungen in der Industrie oder an der Universität. Das Projekt jedoch, an dem sie gearbeitet hatten, brach zusammen.
Die Raketen der Fabrik 333 wurden nie abgeschossen. Die Raketenmäntel wurden fertiggestellt, die Sprengköpfe waren in der Produktion; auch der Raketentreibstoff war in beträchtlichen Mengen vorhanden. Wer die Authentizität der Angaben über die Zusammensetzung der Sprengköpfe bezweifelt, sollte die protokollierten Aussagen nachlesen, die Professor Otto Joklik bei der Verhandlung gegen Yossef Ben Gal vor dem Kantonalgericht in Basel gemacht hat, die dort vom 10. bis zum 26. Juni 1963 stattfand. Weil sie nicht die elektronischen Fernsteuerungssysteme hatten, ohne die sie ihre Ziele in Israel nie erreicht hätten, lagerten die vierzig vor dem Anlaufen der Massenproduktion hergestellten Raketen noch immer in der Fabrik 333. Im Sechs-Tage-Krieg wurden sie von israelischen Bombern zerstört. Die deutschen Wissenschaftler waren schon vor diesem Zeitpunkt enttäuscht in die Bundesrepublik zurückgekehrt.
Die Geheimakte Klaus Winzers, die Miller den Behörden zugeleitet hatte, brachte die ODESSA in größte Schwierigkeiten. Die Bilanz des Jahres 1964, das für sie so gut begonnen hatte, war katastrophal. Erschüttert von den Enthüllungen, appellierte Bundeskanzler Erhard Ende 1964 an alle Menschen im In- und Ausland, die von dem Verbleib der SS-Verbrecher Kenntnis hatten, ihr Wissen den zuständigen Behörden nicht länger vorzuenthalten. Das Echo hierauf war so positiv, daß sich die in der Ludwigsburger Zentralstelle tätigen Männer in ihrer Arbeit bestätigt und gerechtfertigt sahen und sie noch eine Reihe von Jahren mit neuer Energie fortsetzten.
Altkanzler Konrad Adenauer, einer der beiden Politiker, die das Waffenab-

kommen zwischen Deutschland und Israel aushandelten, starb am 19. April 1967 in seinem Haus in Rhöndorf. Sein Vertragspartner, der ehemalige israelische Premierminister David Ben-Gurion, blieb noch bis 1970 Abgeordneter der Knesset und trat dann endgültig von der politischen Bühne ab. Er lebt an der Straße von Beer Sheba nach Eilat im Herzen der braunen Berge des Negev im Kibbuz von Sede Boker. Er empfängt gern Besuch und unterhält sich temperamentvoll über alles mögliche – nur nicht über die Raketen von Heliopolis und die Vergeltungsaktionen gegen die deutschen Wissenschaftler, die an ihrer Entwicklung beteiligt waren.

General Amit, der Chef des israelischen Geheimdienstes, blieb bis September 1968 im Amt. Er war es, der dafür zu sorgen hatte, daß Israel bei Ausbruch des Sechs-Tage-Kriegs über die für den militärischen Erfolg unerläßlichen Geheiminformationen verfügte. Wie sich zeigen sollte, ist ihm das vollauf gelungen.

Nach seinem Ausscheiden aus der Armee wurde er Aufsichtsratsvorsitzender und Generaldirektor der gewerkschaftseigenen Koor-Industriebetriebe. Er lebt nach wie vor äußerst bescheiden, und seine reizende Frau Yona weigert sich wie eh und je, ein Dienstmädchen zu engagieren, weil sie es vorzieht, ihre gesamte Hausarbeit selbst zu machen.

Sein Nachfolger hat diesen Posten heute noch inne – es ist General Zvi Zamir.

Major Uri Ben Shaul fiel am Mittwoch, dem 7. Juni 1967, als Führer einer Fallschirmjägerkompanie, die kämpfend in die Altstadt von Jerusalem vordrang. Er erhielt einen Kopfschuß, den ein Schütze der Arabischen Legion auf ihn abgab, und stürzte dreihundertfünfzig Meter östlich des Mandelbaumtors tödlich getroffen zu Boden.

Simon Wiesenthal lebt und arbeitet nach wie vor in Wien, sammelt Informationen, geht Hinweisen nach, fahndet weiterhin methodisch und zielstrebig nach dem Verbleib gesuchter SS-Mörder und kann Jahr für Jahr neue Erfolge verbuchen.

Leon starb 1968 in München; nach seinem Tod verlor die führerlos gewordene Gruppe, die unter seiner Leitung private Vergeltungsaktionen unternahm, ihren Zusammenhalt und löste sich auf.

Was schließlich den Stabsfeldwebel Ulrich Frank betrifft, den Kommandanten des Panzers, der Millers Weg auf der Autobahn München–Salzburg gekreuzt hatte, so befand er sich im Irrtum, als er annahm, daß sein Panzer, der »Drachenfels«, verschrottet werden würde. Er wurde auf einem Tieflader abtransportiert, und Frank bekam ihn nie wieder zu Gesicht. Drei Jahre und vier Monate später hätte er ihn ohnehin nicht wiedererkannt.

Seine braungrüne Farbe war mit einem Sandbraun übermalt worden, das mit dem Farbton der Wüstenlandschaft verschmolz. Das Eiserne Kreuz der Bundeswehr am Geschützturm war entfernt und durch eine Reihe von Ziffern ersetzt worden. Auch den Namen, den ihm Frank gegeben hatte, trug er nicht mehr; er war umgetauft worden und heißt jetzt »Der Geist von Massada«.

Sein Kommandant war wiederum ein Stabsfeldwebel, ein hakennasiger, bärtiger Mann namens Nathan Levy. Am 5. Juni 1967 begann für den M-48 die Woche, in der er zum erstenmal zum Fronteinsatz kam, seit er zehn Jahre zuvor in Detroit die Montagehalle verlassen hatte. Er zählte zu den Panzern, die General Israel Tal zwei Tage darauf in die Schlacht um den Mitla-Paß warf, und am Sonntag, dem 10. Juni 1967, erreichte der von Kugeleinschlägen übersäte, staubverkrustete und ölverschmierte alte Patton mit klirrenden Ketten, die der steinige Boden der Halbinsel Sinai dünngeschliffen hatte, um 12 Uhr mittags das Ostufer des Suez-Kanals.

Ein Buch wie *Die Akte ODESSA* kann nicht geschrieben werden, ohne daß eine Vielzahl von Menschen dem Autor Informationen liefert oder den Zugang zu wichtigen Informationen vermittelt. Allen, die mir in dieser Weise geholfen haben, möchte ich für ihre Unterstützung meinen herzlichen Dank sagen. Und wenn das entgegen den Gepflogenheiten hier geschieht, ohne daß ich ihre Namen nenne, so hat das drei Gründe.
Manche meiner Gewährsleute sind ehemalige Angehörige der SS, die nicht wußten, mit wem sie sprachen und nicht wußten, daß ihre Mitteilungen in einem Buch Verwendung finden würden. Andere haben mich ausdrücklich gebeten, ihre Namen nicht zu nennen. In einer Reihe von Fällen schließlich war es allein meine Entscheidung, auf eine Namensnennung zu verzichten, und zwar weniger aus Rücksicht auf meine eigene Sicherheit als auf die meiner Informanten.
In anderen Fällen, in denen mir Erfahrungen berichtet wurden, die Hunderttausende machen mußten, kommt es vielleicht ohnehin nicht auf authentische Namen an. Es genügt zu wissen, daß das Berichtete authentisch ist – so wie im Falle jenes Schicksals, das in Salomon Taubers Tagebuch bezeugt wird.

1972 Frederick Forsyth

Der Verlag dankt Herrn Simon Wiesenthal, Wien, für die kritische Durchsicht der deutschen Fassung und dem Institut für Zeitgeschichte in München, das bereitwillig Einblick in seine Unterlagen gewährte.